Margot S. Baumann
Mondscheintochter

TINTE & FEDER

Das Buch

Sie hat eine Schwester namens Undine? Electra ist fassungslos, als sie bei der Testamentsverlesung ihrer Großtante erfährt, dass sie keineswegs ein Einzelkind ist. Aber wo ist Undine? Eine alte Postkarte ist der einzige Hinweis.

Entschlossen, das Familiengeheimnis zu lösen, macht Electra sich auf den Weg nach Devon. Als sie am Rande des Dartmoors strandet, hat sie Glück im Unglück: Sie lernt den jungen Bauunternehmer Nelson kennen, der sich mit ihr auf die Suche begibt.

Aber keine Spur von Undine – bis sie auf ein düsteres Gebäude stoßen. Wie gut, dass Nelson an ihrer Seite ist, als unheimliche Erinnerungen in Electra wach werden …

Die Autorin

Margot S. Baumanns Laufbahn als Geschichtenerzählerin begann in der zweiten Klasse, als sie ihrer damaligen Lehrerin erklärte, ihre Eltern hätten sie Landstreichern abgekauft.

Heute schreibt die 1964 geborene Autorin Romane über Liebe, Verrat, Geheimnisse und Sehnsuchtsorte. Für ihre Werke erhielt sie nationale und internationale Preise. Sie mag raue Küsten, schroffe Felswände, Musik, Hunde, das Leben im Allgemeinen, ihre Familie und träumt von einem Cottage am Meer.

Margot S. Baumann ist Mitglied des Berner Schriftstellerinnen und Schriftsteller Vereins und des Montségur Autorenforums. Sie lebt und arbeitet im Kanton Bern (Schweiz). Mehr Infos zur Autorin auf www.margotsbaumann.com.

MARGOT S. BAUMANN

Mondschein-tochter

ROMAN

TINTE & FEDER

Deutsche Erstveröffentlichung bei
Tinte & Feder, Amazon Media EU S.à r.l.
38, avenue John F. Kennedy, L-1855 Luxembourg
Juni 2020

Umschlaggestaltung: bürosüd⁰ München, www.buerosued.de
© Lukasz Pajor / Shutterstock; © Jag_cz / Shutterstock; © mamita / Shutterstock; © Joseph Molinari / Getty Images; © Jill Hyland / ArcAngel
1. Lektorat: Karla Schmidt
2. Lektorat: Bernadette Lindebacher
Korrektorat: Manuela Tiller / Angelika Wiedmaier
Gedruckt durch:
Amazon Distribution GmbH, Amazonstraße 1, 04347 Leipzig /
Canon Deutschland Business Services GmbH, Ferdinand-Jühlke-Straße 7, 99095 Erfurt /
CPI books GmbH, Birkstraße 10, 25917 Leck

ISBN 978-2-91980-934-9

www.tinte-feder.de

Abschied ist ein Kreis

Noch sind die Zeichen blass zu sehen,
die uns so schmerzhaft eingebrannt.
Noch klingt der Sehnsucht leises Flehen,
was einen dünnen Faden spannt.
Doch sieh, die Wolken bringen Tränen,
und eh das Wasser Boden schmeckt,
gefriert es schon zu Kältesträhnen,
und lautlos wirst du zugedeckt.

So bist du Teil nun allen Lebens:
Verloren zwar, doch nicht vergebens.

1

Electra Green hastete über den Campus der Universität Oxford. Ihr blonder Pferdeschwanz wippte dabei fröhlich hin und her, aber das war auch das Einzige, was gerade fröhlich an ihr war. Professor Flowerday, Electras Vorgesetzter, würde ihr gehörig den Kopf waschen, wenn sie wieder zu spät kam. Er hasste nichts mehr auf der Welt als Unpünktlichkeit.

Das unebene Kopfsteinpflaster in Oxfords Straßen mochte ja hübsch anzusehen sein, war aber für jeden Stöckelschuh der ultimative Killer. Electra unterdrückte einen Schmerzensschrei, als sie zum wiederholten Mal einen Fehltritt machte.

»Das wirst du mir büßen, Kate!«, murmelte sie verärgert, während sie die schwere Tür zum Empfang aufstieß.

Ihre Mitbewohnerin Catherine Pheloung, von allen Kate genannt, hatte sich nämlich schon wieder Electras Handyladekabel ausgeliehen und vergessen, das Gerät ihrer Freundin danach wieder anzuschließen. Deshalb hatte Electra auch verschlafen, musste – ohne Kaffee! – aus dem Haus und hatte nicht einmal die Möglichkeit gehabt, ihren Chef vorzuwarnen, dass es ein paar Minuten später wurde.

Simon, der Pförtner, saß hinter seinem Schreibtisch und warf ihr einen belustigten Blick zu, als sie schwer atmend eintrat.

»Sie haben Glück, der Professor ist noch nicht da.«

Der Professor wurde auf dem ganzen Campus nur die Eule genannt, weil er mit seinen markanten Tränensäcken, der missbilligenden Miene und seinen braun gemusterten Tweedjacketts mit den Lederflicken an den Ellbogen einem schlecht gelaunten Kauz ähnelte.

Electra stieß erleichtert die Luft aus. »Manchmal hat eben auch die Dümmste etwas Glück«, erwiderte sie lächelnd. Sie hasste es, wenn die Eule sie vorwurfsvoll und ohne zu blinzeln anstarrte. Electra ordnete ihren Pferdeschwanz und durchquerte den Raum.

Professor Barrington Flowerdays Büro lag gleich hinter der Rezeption, daneben ihres, das zwar mehr einer Besenkammer glich, in dem sie sich aber wohlfühlte. Sie arbeitete jetzt seit fünf Jahren für Flowerday. Ihm oblagen die Finanzen der berühmten Oxford-Universität, und er hatte sie damals als seine Assistentin eingestellt, was sich jedoch, wie Electra feststellen musste, als eine zu hochtrabende Bezeichnung für ihren Job herausstellte. Im Grunde war sie nichts weiter als eine Sekretärin, die Spesenabrechnungen erstellte, Rechnungen tippte, Protokolle schrieb und Meetings organisierte. Und obwohl sie in ihrer Jugend von einer glanzvollen Karriere – als was auch immer – geträumt hatte, gefiel ihr die Arbeit in den heiligen Hallen dieser urbritischen Bildungseinrichtung. Neben Cambridge war Oxford die prestigeträchtigste Universität der Insel und zog Studenten aus aller Welt an.

Electra war schon immer eine Leseratte gewesen und hatte sich unbändig gefreut, als sie an der Uni Oxford eingestellt worden war. Jetzt war es ihr vergönnt, durch die gleichen Flure wie Oscar Wilde, J. R. R. Tolkien, T. S. Eliot, Harper Lee, Lord Byron oder Lewis Carroll zu flanieren. Wobei sie selbst meist mehr hetzte als flanierte, denn Professor Flowerday war, trotz seines poetischen Namens, ein richtiger Sklaventreiber. Trotzdem – sie mochte den Trubel, wenn auch der Tag oft zu wenig Stunden für all die Arbeit hatte, die sie erledigen musste. Zum Glück war es schon Juni, der Monat der Abschlussfeiern, und schon bald würde sie mit Kate nach Ibiza in ihren wohlverdienten Urlaub fliegen. Natürlich nur, wenn sie ihre Mitbewohnerin nicht vorher um die Ecke brachte!

Electra wühlte in der Schreibtischschublade nach ihrem zweiten Ladekabel, nahm sich zum wiederholten Mal vor, endlich einen Wecker anzuschaffen, und widmete sich der überquellenden Post.

»Ach herrje, das tut mir aber leid!« Kate wirkte alles andere als reumütig. Um ihre Mundwinkel zuckte es, und Electra schnalzte abfällig mit der Zunge.

»Das sollte es auch«, erwiderte sie und zog einen feuerroten Wecker mit dem Konterfei von Micky Maus aus der Plastiktüte. »Und damit das nicht mehr vorkommt, wird Micky mich ab morgen aus dem Schlaf reißen.«

Kate grinste. »Und das ganze Haus gleich mit.«

Electra und ihre Freundin bewohnten die Dachwohnung in einem Vierparteienhaus in der Banbury Road. Die Mieten in Oxford waren teuer, und sie konnten sich die Dreizimmerwohnung auch nur deshalb leisten, weil das Haus Kates Großvater gehörte.

Das aus roten Ziegelsteinen erbaute viktorianische Bauwerk mit den zahlreichen Erkern lag verkehrsgünstig an einer Buslinie und unweit von Port Meadow, der großen Wiese an der Themse mit ihren Wanderwegen. Electra liebte dieses Gebäude, trotz seiner maroden Wasserrohre, die seltsame Geräusche von sich gaben, den zugigen Fluren und den papierdünnen Wänden. Seit sie bei ihrer Großtante ausgezogen war, fühlte sie sich hier zu Hause. Und ja, Micky würde vermutlich mit seinem schrillen Klingeln alle Bewohner aus den Betten reißen.

»Selbst schuld«, entgegnete sie trotzig. »Wenn ich wegen dir jedes Mal zu spät komme, wirft mich die Eule irgendwann noch raus.«

»Ach was!«, entgegnete Kate lachend. »Der wird sich hüten. So schnell findet der keine willigere Sklavin.«

Obwohl Electra den Professor insgeheim ebenfalls als Sklaventreiber titulierte, verlangte ihre Loyalität jetzt, dass sie für ihn in die Bresche sprang.

»Das nennt man gemeinhin arbeiten, Herzchen. Es können eben nicht alle auf der faulen Haut liegen … so wie du.«

Kate arbeitete als Bedienung bei ihrem Großvater, der in der Innenstadt einen gut gehenden Pub führte. Da Electra ihrer Freundin dort schon öfter zur Hand gegangen war, wusste sie, was das für ein Knochenjob sein konnte. Und Kate wusste ebenfalls, dass sie das wusste, also ging sie nicht weiter auf Electras Provokation ein.

»Es ist übrigens ein Brief für dich gekommen, der unheimlich amtlich aussieht«, sagte sie stattdessen. »Hast du was ausgefressen?«

Als sie Electras entsetztes Gesicht bemerkte, fügte sie schnell hinzu: »Er ist nicht von der Eule, keine Angst. Du kannst weiterhin Galeerendienst leisten.«

2

Nelson Travelian brütete seit einer Stunde über seiner Buchhaltung. Er fuhr sich mit beiden Händen durch die dunkelbraunen Locken und seufzte tief. Die Geschäfte gingen miserabel. Wenn sich nicht bald etwas änderte, würde er sein Bauunternehmen schließen müssen.

Er stand auf und trat ans Fenster. Von seinem Büro aus sah er direkt auf die Queen Street, die zum Bahnhof von Newton Abbot führte. Die kleine Stadt lag im Südwesten Englands in der Grafschaft Devon, Distrikt Teignbridge, und war seit drei Jahren sein Zuhause. Seitdem versuchte er vergeblich, hier Fuß zu fassen. Und als würde das Schicksal ihn verhöhnen wollen, befestigte gerade jemand am Haus auf der gegenüberliegenden Straßenseite ein Schild, auf dem der kommende Umbau des Gebäudes angekündigt wurde. Leider stand Nelsons Name wieder einmal nicht auf der Liste der beteiligten Handwerksunternehmen.

Als er in dem kleinen Städtchen angekommen war, hatte er sich auf seine Zukunft gefreut und war sich sicher gewesen, dass aus ihm ein erfolgreicher Unternehmer werden würde. Er hatte sich auf die Fahne geschrieben, nur Materialien zu verwenden, die ökologisch unbedenklich waren. Zudem war es ihm ein großes Anliegen, alten Häusern bei der Sanierung ihren ursprünglichen Charme zu erhalten oder zurückzugeben. Leider hielt man hier jedoch wenig von seinen Ambitionen, und es hatte sich zudem gezeigt, dass ein Einmannbetrieb in der heutigen Zeit einfach nicht mehr lukrativ war. Die Bewohner von Newton Abbot hatten ihn zwar halbwegs akzeptiert und nannten ihn mittlerweile auch nicht mehr ›Zyklop‹ – das war der Spitzname des einäugigen Admiral Nelson gewesen –, sie gaben ihre Aufträge aber dennoch lieber den einheimischen Bauunternehmern.

Nelsons Handy klingelte. Als er aufs Display schaute, atmete er erst einmal tief durch, bevor er sich meldete.

»Hi, Steve, wie geht's?«

»Hallo, Brüderchen«, meldete sich sein ältester Bruder. »Und, fleißig dabei, die Umwelt zu retten?«

Steve hielt – wie auch Robert, sein anderer Bruder – wenig von Nelsons Bestrebungen, einen eigenen Beitrag zur Erhaltung von Natur und antiker Bausubstanz zu leisten. Sie machten sich ständig über sein Engagement lustig und warteten nur darauf, dass er endlich das Handtuch warf und wie ein geprügelter Hund nach Hause zurückkroch.

»Kann nicht klagen«, sagte Steve. »Ich wollte dich auch nur darüber informieren, dass du erneut Onkel wirst. Tracy ist wieder schwanger. Und vielleicht bekomme ich jetzt, nach unseren zwei süßen Mädels, endlich männliche Verstärkung.«

Nelson schluckte. Obwohl er sich für Steve freute, verspürte er zugleich einen Stich des Neids. Er hätte selbst gern eine Familie mit vielen Kindern gehabt. Doch welche Frau interessierte sich schon für einen beinahe bankrotten Kleinunternehmer?

»Cool, gratuliere«, entgegnete er und hoffte, seiner Stimme war die gebotene Begeisterung anzuhören. »Ich wünsche euch alles Gute. Grüß Tracy herzlich von mir und beglückwünsche sie zu ihrer Geduld mit dir altem Schnösel.«

Steve lachte schallend. Und nachdem sie sich noch einen Moment brüderlich gekabbelt hatten, beendeten sie das Gespräch.

Nelson trat wieder ans Fenster und starrte hinaus. Er war im dreißig Kilometer entfernten Exeter, der Hauptstadt der Grafschaft, aufgewachsen und hatte die ausgeschriebene Baufirma in Newton Abbot durch Zufall in einer lokalen Tageszeitung entdeckt. Er kannte die Gegend von den ausgedehnten Wandertouren seiner Familie im Dartmoor National Park und mochte sie sehr, obwohl das Wetter einem öfter mal einen Strich durch die Rechnung machte. Schon mancher Wanderer hatte sich in dem unwegsamen Gelände verirrt. Die Einheimischen behaupteten oft: Im Dartmoor regnet es an über zweihundert Tagen im Jahr und an den restlichen ist es neblig. Das war natürlich übertrieben. Nelson hatte den Verdacht, dass sie damit nur die Besucher abschrecken wollten. Viele Einheimische lebten zwar vom Tourismus, blieben aber sonst lieber unter sich.

Die Hügellandschaft, die vornehmlich aus Moor und Heide bestand, war ein beliebtes Ausflugsziel für Einheimische und bekannt für ihre frei laufenden Ponys. Zudem zogen die zahlreichen Reste bronzezeitlicher Wohnstätten und Steinkreise mittlerweile eine Vielzahl von Touristen an. Und die charakteristischen *clapper bridges*, kleine, aus Granitplatten erbaute Brücken über Wasserläufe, die man hier überall fand, wurden als Postkartenmotiv in die ganze Welt verschickt.

Als Nelson vor drei Jahren verkündet hatte, dass er sich in dieser Gegend selbstständig machen wollte, hielten seine Eltern und seine zwei Brüder das für eine Schnapsidee. Sie beschworen ihn, die Schenkung seines Großvaters nicht für einen maroden Betrieb zum Fenster hinauszuwerfen. Manchmal, in einem schwachen Moment, wünschte Nelson sich, er hätte auf seine Familie gehört.

Er atmete tief durch und setzte sich an den Schreibtisch. Ein paar Monate würde er noch durchhalten können. Doch wenn sich die Lage nicht rasch besserte, musste er die Flinte ins Korn werfen. Auf jeden Fall konnte er schon mal den Mietvertrag fürs Büro kündigen. Den Papierkram würde er auch in seinem Zimmer in der Pension erledigen können oder in seiner Werkstatt, die im Industrieviertel von Newton Abbot lag. Er musste unbedingt sparen!

Nachdenklich sah er sich im Büro um. Computer, Drucker und das Regal mit den Auftragsordnern benötigte er fürs Geschäft, alles andere könnte er hoffentlich zu Geld machen. Er brauchte weder eine schicke Sitzgruppe mit dem passenden Couchtisch noch den ledernen Chefsessel, den er vor drei Jahren in einem Anflug von Größenwahn gekauft hatte. Den Festnetzanschluss konnte er ebenfalls kündigen – heutzutage lief sowieso alles übers Handy. Als sein Blick jedoch auf die Kaffeemaschine fiel, verzog er den Mund. Die würde er nur im Notfall veräußern, denn ohne Kaffee war er nur ein halber Mensch. Und vermutlich brächte das alte Teil eh nur ein paar Pfund ein. Den Lieferwagen brauchte er ebenfalls für die Arbeit. Aber er könnte mehr das Fahrrad benutzen. So sparte er Sprit und tat gleich noch etwas für seine Gesundheit und die Umwelt.

Nelson nickte entschlossen, kramte einen linierten Block hervor und erstellte eine Liste der Sachen, die er zu Geld machen konnte. So leicht würde er nicht aufgeben. Umweltschutz war seine Passion, und er würde schon dafür sorgen, dass die Einheimischen endlich mit dem Umdenken anfingen. Das begann im Kleinen, wenn sie ihre Cottages umbauten und dabei besser auf Isolierung und Wärmerückgewinnung achteten. Solche Investitionen zahlten sich mit der Zeit aus und bald würden hoffentlich auch die altmodischen Ölheizungen durch bessere Lösungen ersetzt werden. Aber wenn doch alles schiefging, würde er auch das überleben!

3

»Der Brief ist von einem Anwalt«, erklärte Electra und sah Kate verwirrt an.

»Geht es vielleicht um deine Großtante?«, fragte Kate.

Josephine Womack – oder Jo, wie alle sie nannten – war Electras Großtante mütterlicherseits gewesen und vor zehn Wochen verstorben. Seit Electras Eltern bei einem Autounfall vor vierzehn Jahren getötet worden waren, hatte sie bei ihr und ihrem Mann gelebt. Damals war Electra noch ein Teenager gewesen, und der plötzliche Verlust ihrer Eltern hatte sie komplett aus der Bahn geworfen. Obwohl sie ihren Verwandten dankbar dafür war, dass sie nicht in einem Kinderheim untergebracht wurde, hatte Tante Jos Überfürsorglichkeit sie erstickt. Sie hatte Electra nichts erlaubt, weder Discobesuche noch sonstige außerhäusliche Aktivitäten. Beim kleinsten Schnupfen war sie mit ihr zum Arzt gerannt, als wäre sie eine Prinzessin, deren Leben es unbedingt zu erhalten galt. Dies und die ständige Bevormundung hatten Electra, kaum dass sie volljährig wurde, aus dem Haus getrieben. Sie hatte dann einige Monate in London gelebt und sich mit Kellnerinnenjobs mehr schlecht als recht über Wasser gehalten, bevor sie wieder nach Oxford zurückgekommen war. Bei ihren Verwandten hatte sie damals aber nicht mehr einziehen mögen, deshalb war sie Kate auch so dankbar, dass sie sich eine Wohnung teilten.

Electra las den Namen des Anwalts vor: »Ellies Luther, LLP.« Sie wandte sich an Kate. »Kennst du den?«

Kate schüttelte den Kopf. »Nie gehört. Nun mach schon auf!«

»Sehr geehrte Miss Green«, begann Electra. »Mein herzliches Beileid zum Hinscheiden Ihrer Großtante Josephine Womack, die mich seinerzeit zum Nachlassabwickler ihres Testaments bestimmt hat …«

Electra überflog still den ganzen Brief und stieß danach verblüfft die Luft aus.

»Was ist?«, fragte Kate. »Erbst du?«

»Ja, offensichtlich.«

»Und viel?« Kate machte große Augen.

»Kann ich mir nicht vorstellen«, entgegnete Electra und faltete das Schreiben zusammen.

Josephine war nach dem Tod ihres Gatten nicht dazu zu bewegen gewesen, ihr altes Haus zu verkaufen und in eine kleinere Wohnung zu ziehen. Dieser Eigensinn hatte sich dadurch gerächt, dass sie auf der steilen Treppe gestürzt war und danach in einem Pflegeheim leben musste. »Das Heim für Tante Jo war immens teuer. Das Geld aus ihrem Hausverkauf wurde dafür restlos aufgebraucht.«

Electra hatte sie ab und zu, mehr aus Pflichtbewusstsein und weniger aus aufrichtiger Zuneigung, besucht. Das schlechte Gewissen, dass sie sich bei Tante Jo viel zu selten hatte blicken lassen, nagte noch heute an ihr. Schließlich war sie ihre letzte lebende Verwandte gewesen. Doch jetzt war es für Reue zu spät. Und die Jahre, in denen sie sich bloß mit ihr gestritten hatte, konnte sie auch nicht einfach vergessen. Trotzdem musste sie schlucken. Ihre Großtante hatte sie offenbar als Alleinerbin eingesetzt.

»Möglicherweise sind es auch nur Schulden, die mir durch die Erbschaft aufgebürdet werden«, murmelte sie, trat in die Küche und setzte Teewasser auf. »Man kann ein Erbe auch ausschlagen, nicht wahr?«, rief sie Kate zu.

Kate folgte ihr und zog die Schultern hoch. »Keine Ahnung. In Filmen ist es zumindest so. Doch im echten Leben …?«

»Ich soll am kommenden Samstag bei diesem Luther antanzen, damit Tante Jos Testament verlesen werden kann.«

»Und? Wirst du den Termin wahrnehmen?«

Sollte sie hingehen? Oder besser nicht? Was, wenn ihr dieser Anwalt Vorhaltungen machte, dass sie ihre Großtante so vernachlässigt hatte? Ein kalter Schauer lief Electra über den Rücken.

»Ich weiß noch nicht«, entgegnete sie nachdenklich. »Vielleicht.«

* * *

»Mr Travelian, Ihr Lieferwagen blockiert schon wieder meine Einfahrt!«, hallte es durchs Treppenhaus.

Nelson zog sich die Bettdecke über den Kopf. Sosehr er Shelly Tuttle, seine Zimmerwirtin, auch mochte, ihre Stimme konnte Stahl schneiden. Zusammen mit dem Gekläff ihres Pinschers Cookie ergab das eine Kakofonie, die sogar Tote wiederauferstehen ließ.

»Moment!«, rief er verdrossen, weil sie sowieso keine Ruhe geben würde, bevor er nicht auf die Beine kam und seinen Transporter umparkte.

Er zog ein herumliegendes T-Shirt über den Kopf und lief die Treppe hinunter. An deren Fuß stand Ms Tuttle, Cookie auf dem Arm, und zog missbilligend die Augenbrauen hoch, als sie seine Boxershorts erblickte.

Nelson verbiss sich ein Lachen. Seine Zimmerwirtin hielt nichts von legerer Kleidung und noch weniger von losen Sitten, weshalb es in ihrer Pension auch verboten war, Damen mit aufs Zimmer zu nehmen. Das fiel ihm nicht schwer, denn seit er in Newton Abbot lebte, hatte er keine längere Beziehung mehr gehabt. Natürlich hatte es ab und zu ein Date gegeben, aber es hatte sich nie etwas Ernsthaftes daraus entwickelt.

Vielleicht sollte er doch zurück nach Exeter ziehen, sich eine Frau suchen und eine Familie gründen, wie es seine Brüder getan hatten. Er war jetzt über dreißig, und irgendwann fing auch für Männer die Uhr an zu ticken. Vor allem, weil er sich einen Haufen Kinder wünschte. Zwar hatte Charlie Chaplin noch mit dreiundsiebzig einen Sohn bekommen, doch dem wollte Nelson nicht nacheifern. In seiner Branche würde er zu Hause schnell wieder einen Job finden und vielleicht auch eine tolle Frau. Nur das mit der Selbstständigkeit müsste er dann halt vergessen. Alles hatte eben seinen Preis.

Der Samstagmorgen glänzte mit traumhaftem Wetter und angenehmen Temperaturen. Juni und Juli waren in dieser Ecke Großbritanniens die wärmsten Monate im Jahr. Während Nelson seinen Lieferwagen hinters Haus stellte, beschloss er, eine ausgedehnte Wanderung zu unternehmen. Er hatte schon immer einmal zum Black Tor gewollt.

Im Dartmoor gab es an die hundertsechzig Tors. Diese Wiesenhügel boten einen fantastischen Blick über die Landschaft, und einige waren nur mit Karte und Kompass zu finden. Bei seinen Wanderungen sammelte Nelson öfter mal den herumliegenden Müll ein. Es war ihm unverständlich, dass jemand diese wundervolle Landschaft mit Aludosen, Zigarettenkippen und Plastikgeschirr verschandelte. Natürlich gab es keine Abfalleimer im Moor. Aber konnten die Leute ihren Müll, den sie schon so weit hergeschleppt hatten, nicht auch einfach wieder mitnehmen? Er betrachtete kritisch den einen Abfallbeutel und steckte zur Sicherheit noch einen zweiten in den Rucksack. Besonders Picknickplätze quollen manchmal regelrecht über vor lauter Wohlstandsmüll. Dann zog er sich geschwind an und lief wieder die Treppe hinunter.

Der Black Tor lag im nördlichen Teil des Nationalparks unweit des Gebietes, das die Armee für Schießübungen benutzte und währenddessen für Wanderer sperrte. Doch am Wochenende wurde nicht geballert. Wenn er jetzt gleich aufbrach, würde er noch vor den Tagesausflüglern ankommen und die Stille genießen können. Trotz der angenehmen Temperaturen musste er jedoch warme und wasserfeste Kleidung, einen Kompass, eine Trillerpfeife, um im Notfall auf sich aufmerksam machen zu können, eine Wanderkarte und Proviant mitnehmen. Bei einem Wetterumschwung war diese Ausrüstung lebenswichtig. Die Behörden empfahlen ebenfalls, nicht allein zu wandern. Wenn etwas passierte, konnte es Tage dauern, bis Hilfe kam, denn im Dartmoor gab es praktisch keinen Handyempfang. Doch Nelson hatte nicht vor, die eingetragenen Wege zu verlassen. Trotzdem informierte er Ms Tuttle von seiner Absicht.

»Na, dann viel Vergnügen«, war ihre kopfschüttelnde Antwort. »Tun Sie, was Sie nicht lassen können.«

4

Die Kanzlei von Ellies Luther befand sich in der Park End Street gleich gegenüber des Royal Oxford Hotel. Electra sah an dem in die Jahre gekommenen dreistöckigen Backsteinbau mit den Giebeltürmen hoch. Dieser Anwalt musste ein regelrechter Workaholic sein, wenn er sie am Samstagmorgen zu einem Termin bestellte.

Sie hatte ihre Kleidung passend zu diesem hochoffiziellen Anlass gewählt: eine weiße Bluse und ein dunkelblaues Kostüm. Der knielange Bleistiftrock zwickte zwar etwas um den Bauch herum, weil sie leider ihre Vorliebe für Fish and Chips nicht in den Griff bekam, wirkte aber gediegen und erwachsen. Ganz so, wie es sich ihrer Meinung nach für eine Testamentsverlesung gehörte. Obwohl sie nicht glaubte, dass sie dieses Gebäude als reiche Frau verlassen würde, war sie dennoch neugierig, was Tante Jo in ihrem Testament bestimmt hatte.

Sie betätigte die Klingel neben dem verwitterten Messingschild. Im Lautsprecher daneben knisterte es beinahe augenblicklich.

»Electra Green?«

»Ja.«

»Herzlich willkommen. Mein Büro liegt im zweiten Stock.«

Der Türsummer erklang und sie trat ein. In dem düsteren Eingangsbereich roch es muffig. Linker Hand führte eine Treppe in die oberen Etagen, auf der rechten Seite befand sich ein altertümlicher Lift mit einem Schiebegitter.

Electra ignorierte den Aufzug und stöckelte die Treppe hinauf. Die Treppenstufen knarrten unter ihren Tritten, die Wände hätten gut einen Anstrich vertragen können, und das dunkel gebeizte Treppengeländer hatte seine besten Tage auch bereits hinter sich. Alles mutete alt und wenig einladend an. Ob dieser Ellies Luther wusste, wie ungastlich dieses Gebäude auf potenzielle Klienten wirkte? Möglicherweise war das jedoch seinem Kundenkreis geschuldet, denn das Ambiente sah definitiv nicht danach aus, als würden hier gut betuchte Klienten ein- und ausgehen.

Als Electra in der zweiten Etage ankam, stand ein betagter Mann in der offenen Wohnungstür neben dem Lift. Er trug einen altmodischen Anzug mit Weste und Krawatte, dazu eine goldene Uhrkette. Offenbar hatte er sein Aussehen dem Haus angepasst. Oder war es umgekehrt? Seine schlohweißen Haare glänzten unnatürlich, als hätte er eine Tube Pomade darauf ausgedrückt. Auf seiner rot geäderten Nase saß eine halbmondförmige Brille, über deren Rand hinweg er sie prüfend betrachtete.

»Sie sehen Ihrer Großtante verblüffend ähnlich«, begrüßte er sie mit angenehm tiefer Stimme und streckte die Hand aus.

Electra hatte nie den Eindruck gehabt, dass sie Tante Jo ähnelte, wollte das jedoch nicht diskutieren, deshalb nickte sie nur und schüttelte dem Anwalt die Hand. Sein Handschlag war kurz und fest und fühlte sich an, als würde man altes Pergament berühren. Er trat einen Schritt zur Seite und ließ sie eintreten.

»Bitte nach links in mein Arbeitszimmer.«

Das Büro des Anwalts machte denselben Eindruck, den sie schon vom Haus bekommen hatte: Alte, dunkle Möbel und eine Unmenge Papiere, die so aussahen, als hätten sie bereits zu Queen Victorias Amtszeit hier herumgelegen, okkupierten den größten Teil des Raums. Auf dem Fenstersims thronte eine verdorrte Zimmerpflanze und an den Wänden hingen vergilbte, gerahmte Diplome und Auszeichnungen. Ein Gemisch aus Staub und Pfeifentabak lag in der Luft.

»Entschuldigen Sie bitte die Unordnung, aber ich praktiziere schon eine ganze Weile nicht mehr. Und das alles hier ist sozusagen der Kaffeesatz meines Berufslebens.«

Er wies auf einen gepolsterten Stuhl vor dem antiken Schreibtisch und Electra setzte sich.

»Darf ich Ihnen eine Erfrischung anbieten?«, fragte er und schien erleichtert, als sie den Kopf schüttelte.

Er ließ sich gemächlich auf dem Sessel hinter dem Schreibtisch nieder und stieß dabei ächzend die Luft aus. Vor ihm auf einer grünen Pultunterlage lag eine dünne Mappe. Tante Jos Testament?

Eine Weile sagte keiner ein Wort, und Electra fragte sich, ob sie vielleicht ein Gespräch beginnen sollte. Doch da sie nicht wusste, wie anfangen, schwieg sie und schlug die Beine übereinander.

Der Anwalt räusperte sich. »Zuallererst möchte ich Ihnen mein herzliches Beileid zum Hinscheiden Ihrer Großtante aussprechen.«

»Danke.«

»Ich muss leider gestehen, dass ich Josephine seit beinahe dreißig Jahren nicht mehr gesehen habe.« Er hob die Schultern, als wolle er sich dafür entschuldigen. »Das Leben …« Er brach ab und schüttelte den Kopf. »Nun ja.«

Er schlug die Mappe auf. Electra erhaschte einen Blick auf ein handschriftliches Dokument.

»Ich weiß nicht, wie versiert Sie im Umgang mit Testamenten sind, Miss Green, deshalb lassen Sie mich kurz erklären, weshalb ich Sie kontaktiert habe und kein vom Gesetz bestimmter Nachlassabwickler. Ihre Großtante hat mich seinerzeit als *Executor* benannt. Dieser Erlass gilt bis zu meinem Tod. Und da ich noch munter vor Ihnen sitze …«

Er stockte und wirkte plötzlich verlegen. Offenbar war ihm gerade bewusst geworden, dass ein kleiner Witz in dieser Situation vielleicht nicht angebracht war.

Er räusperte sich. »Wie dem auch sei. Das Testament wurde, wie es das Gesetz verlangt, von einem Zeugen – Ihrem Großonkel – bestätigt und unterzeichnet. Danach wurde es nicht mehr geändert oder angepasst. Es lagerte in meinem Safe, so wie es der Wunsch Ihrer Großtante war. Das Testament ist …«, er beugte sich vor, »… am 18. Dezember 1991 hier in meiner Kanzlei aufgesetzt worden.«

Er hob den Blick. »Also kurz nach Ihrer Geburt.«

Electra presste die Lippen aufeinander. Tante Jo hatte demnach, kaum dass ihre Großnichte das Licht der Welt erblickt hatte, ein Testament zu ihren Gunsten aufgesetzt. Das schlechte Gewissen, dass sie sie in den vergangenen Monaten so sträflich vernachlässigt hatte, verursachte ihr erneut einen dicken Kloß im Hals. Sie schluckte mehrmals, um die aufsteigenden Tränen in Schach zu halten.

»Verstehe«, krächzte sie, weil sie annahm, dass sie diesen Umstand irgendwie kommentieren sollte.

Der Anwalt sah sie stirnrunzelnd über seine Brille hinweg an, erwiderte aber nichts.

»Ich werde Ihnen den Letzten Willen Ihrer Großtante jetzt vollumfänglich vorlesen. Wenn Ihnen etwas unklar sein sollte, unterbrechen Sie mich ungeniert.«

Electra nickte stumm.

»Josephine Agathe Womack
14 Holywell Street
Oxford OX1 3SA
Vereinigtes Königreich

Testament

Oxford, 18. Dezember 1991

Ich, Josephine Agathe Womack, geborene Armitage, geboren am 15. März 1931 in Oxford, bestimme als meine Erben die Töchter meiner Nichte Helen Green:

Meine Großnichte Undine Green, geboren am 14. Februar 1989 in Canterbury, wohnhaft in Edgar Road 41, CT1 1NS Canterbury, Vereinigtes Königreich. Sie erhält die Hälfte aller meiner Besitztümer.

Meine Großnichte Electra Green, geboren am 1. Dezember 1991 in Canterbury, wohnhaft in Edgar Road 41, CT1 1NS Canterbury, Vereinigtes Königreich. Sie erhält die Hälfte aller meiner Besitztümer.

Sollte eine Erbin zum Zeitpunkt meines Todes bereits verstorben sein, erkläre ich die andere oder deren Abkömmlinge entsprechend der gesetzlichen Erbfolge zur Erbin beziehungsweise zu Erben.

Ich ordne für meinen Nachlass einen Nachlassabwickler (Executor) an:

Zum Testamentsvollstrecker ernenne ich Ellies Luther, geboren am 11. Oktober 1939 in Oxford, wohnhaft Park End Street 102, Oxford OX1 1HU, Vereinigtes Königreich.

Kann er die Aufgabe der Testamentsvollstreckung nicht wahrnehmen, soll durch das Nachlassgericht ein geeigneter Nachlassabwickler (Administrator) beauftragt werden.

Unterschrift: Josephine Agathe Womack
Zeuge: Charles Womack.«

Der Anwalt hob den Blick. »Haben Sie alles verstanden?«

Electra sah ihn mit weit aufgerissenen Augen und offenem Mund an.

»Miss Green? Ich fragte, ob Sie alles verstanden haben.« Ellies Luther beugte sich über den Tisch.

Electra befeuchtete ihre Lippen mit der Zunge. Sie wollte etwas erwidern, brachte aber keinen Ton heraus.

Der Anwalt runzelte die Stirn. »Ist Ihnen nicht gut? Soll ich Ihnen ein Glas Wasser holen?«

Sie schüttelte den Kopf. »Ich …«, begann sie. »Wir …« Sie brach ab.

»Ja?« Luther verschränkte die Hände auf dem Schreibtisch.

»Das muss ein Missverständnis sein, Mr Luther. Ich habe keine Schwester. Ich bin ein Einzelkind.«

5

Nelson fuhr bis zum Parkplatz des Meldon-Stausees. Erfreulicherweise war der Platz beinahe leer. Das würde sich im Lauf des Tages ändern, denn diese Stelle amtierte als Ausgangspunkt der Wanderung zum mythischen Eichenwäldchen *Black-a-Tor Copse*. Er war schon dort gewesen und hatte tolle Fotos geknipst. Die mit Moos und Flechten bewachsenen Findlinge im gurgelnden Bachbett und die uralten, verkrüppelten Eichen erzeugten eine seltsame Stimmung, als wäre man durch die Zeit gefallen. Fast erwartete man, gleich einem Zug urzeitlicher Druiden auf dem Weg zu ihrem Kultplatz zu begegnen.

Nelson stieg aus und streckte den Rücken. Auch wenn er schon drei Jahre in dieser Gegend lebte, genoss er die Luft im Dartmoor doch jedes Mal erneut. Es roch nach Torf, nasser Vegetation und ein wenig nach Pferdemist, den die frei laufenden Ponys als Andenken zurückließen.

Er kontrollierte seinen Rucksack, überquerte den Damm und stieg den grasbewachsenen Pfad Richtung Homerton Hill hinauf, von wo aus man bereits die markanten Ausläufer des Black Tor im Süden sehen konnte.

Während er gemächlich einem Trampelpfad folgte, ab und zu ein liegen gebliebenes Papier aufhob und dabei achtgab, nicht in die mit Wasser gefüllten Senken zu treten, kreisten seine Gedanken erneut um das aktuelle Problem, seinen Lebensunterhalt als selbstständiger Bauunternehmer zu bestreiten. Vielleicht wäre es klüger, gleich aufzugeben, bevor er sein letztes Hemd verlor. Die Schenkung seines Großvaters war dahin und die kläglichen Reste von Nelsons Gespartem würden ebenfalls in Kürze aufgebraucht sein. Natürlich müsste er mit dem Spott seiner Brüder rechnen, wenn er jetzt ohne jeden Erfolg nach Exeter zurückkehrte. Doch war das wirklich so schlimm? Sein Stolz würde zwar erheblich darunter leiden. Aber manchmal musste man eben eine Niederlage eingestehen, das hatten weit berühmtere Personen vor ihm schon getan. Vielleicht konnte er den Traum vom ökologischen Bauen ja auch in Exeter realisieren. Die Städter waren in puncto Naturschutz oft sensibler als diejenigen, die schon in der Natur lebten.

Nelson stieg ins Flusstal des West Okement Rivers hinab, vorbei an schroffen Granitfelsen und mit Heidekraut überwachsenen Hängen. Im Frühling blühten hier die Glockenblumen: ein lilafarbenes Meer, wohin das Auge reichte. Er würde die Gegend wirklich vermissen, wenn er wieder nach Exeter zog.

Als er in der Ferne ein paar gescheckte Ponys erspähte, die friedlich grasten und dem Zweibeiner, der in ihr Revier eingedrungen war, keine Beachtung schenkten, straffte er die Schultern und beschloss, an seinem ursprünglichen Plan festzuhalten.

Sechs Monate. Wenn es dann nicht besser lief, war Schluss!

* * *

»Eine Schwester?«

Electra nickte.

Kate sah sie verwirrt an. »Du nimmst mich doch auf den Arm.«

»Würde ich über so etwas Witze machen? Ich kann es mir auch nicht erklären! Der Anwalt wusste nichts Näheres und hat mir bloß vorgelesen, was in Tante Jos Testament steht. Aber ja, offenbar habe ich eine Schwester.«

Kate stieß ein amüsiertes Schnauben aus. »Einfach so, ja? Und wo ist diese angebliche Schwester?«

Electra zuckte mit den Schultern. »Keine Ahnung. Der Anwalt hat mir erzählt, dass er versucht hat, diese Undine ausfindig zu machen. Bei mir war das ja recht einfach, weil ich wieder in Oxford lebe, aber bei ihr sei er gescheitert. Sprich: Er hat sie nicht gefunden.«

Sie legte die Kopie des Testaments auf den Küchentisch. Ihre Hand zitterte dabei. Kate griff nach dem Dokument und überflog die Zeilen.

»Undine«, sagte sie. »Was für ein seltsamer Name.«

Electra stellte die Kaffeemaschine an. Es war kurz nach Mittag und später wollten sie den Wocheneinkauf erledigen.

»Etwa so ungewöhnlich wie Electra, nicht?«

Kate nickte schmunzelnd.

In ihrer Schulzeit hatte Electra ihren Vornamen gehasst. Niemand hatte so geheißen und sie war oft Opfer beißenden Spotts geworden. ›Strommast‹ und ›Spastectra‹ hatte man sie genannt. Sie schüttelte sich.

»Und was willst du jetzt tun?«

Electra stellte Zucker und Milch auf den Tisch. »Weiß nicht … der tattrige Anwalt hatte bei der Suche nach dieser Undine kein Glück. Vermutlich ist er dazu auch gar nicht mehr in der Lage. Aber ich muss das genauer wissen und vielleicht finde *ich* sie ja.«

Kate wiegte ihren Kopf hin und her. »Findest du es nicht seltsam, dass dir deine Großtante nie von ihr erzählt hat? Vielleicht ist es ja ein Missverständnis. Oder …« Sie brach ab und runzelte die Stirn.

»Oder?«

»Haben deine Eltern sie eventuell zur Adoption freigegeben?«

Electra starrte ihre Freundin fassungslos an. »Spinnst du? Das hätten sie nie getan! Aus welchem Grund sollten sie so etwas Schreckliches tun?«

Kate nickte. »Du hast recht, entschuldige, ein dummer Gedanke.« Sie schwieg einen Moment. »Aber möglicherweise ist diese Undine im Kindesalter gestorben.«

Electra holte zwei Kaffeetassen aus dem Küchenschrank. »Ja, das ging mir auch schon durch den Kopf. Trotzdem hätte man mir das doch erzählen müssen.«

Kate griff wieder nach der Testamentskopie. »Ich wusste gar nicht, dass du in Canterbury auf die Welt gekommen bist.«

Electra drückte die Espressotaste. »Meine Eltern haben dort gelebt, bevor sie wieder nach Oxford gezogen sind. Daran erinnere ich mich aber nicht. Und auch nicht an ein anderes Kind in unserer Familie, ich war ja noch klein.«

»Vielleicht solltest du dort auf dem Einwohnermeldeamt anrufen und dich nach dieser Undine erkundigen. Es sind bestimmt Unterlagen vorhanden, wenn ihr beide in derselben Stadt geboren seid.«

Electra rührte nachdenklich im Espresso. »Und was, wenn sie noch dort lebt?«

»Das wäre doch gigantisch, Eli!« Kates Augen funkelten. »Stell dir vor, du findest nach all den Jahren deine leibliche Schwester. Die *Sun* würde dir einen Haufen Geld für diese Story zahlen. Oder ihr kommt sogar ins Fernsehen. Wie diese Shows, in denen sich Familienangehörige nach Ewigkeiten wiederfinden. Ich muss bei so was immer weinen.«

Electra schwieg.

»Was?«, fragte Kate.

Electra hob die Achseln. »Wenn sie noch dort lebt, wieso hat sie Luther dann nicht gefunden? Oder warum hat sie mich nicht kontaktiert?«

»Keine Ahnung, vielleicht wusste sie ebenfalls nicht, dass sie eine Schwester hat.«

Electra schnaubte. »Oder sie *wollte* mich nicht sehen!«

Kate legte die Hand auf Electras Arm. »Blödsinn. Es gibt sicher einen ganz einfachen Grund, dass ihr euch nie getroffen habt.« Sie griff nach ihrem Espresso und nippte daran. »Sie saß aber nicht zufällig im Auto, in dem deine Eltern …«

Electra zuckte zusammen. Sie sprachen selten über den Autounfall ihrer Eltern. Nur durch Zufall hatte sie selbst damals nicht im Wagen gesessen, der auf der Autobahn von einem zu schnell fahrenden Laster gerammt worden war. Sie war zu der Zeit auf Klassenfahrt gewesen und hatte die schreckliche Nachricht erst zwei Tage später erfahren. Zwei Tage, in denen sie gelacht und sich ihres Lebens erfreut hatte, während Mum und Dad bereits tot gewesen waren.

»Nein, meine Eltern saßen allein im Auto. Und wieso hätte sich diese Undine auch plötzlich in unserem Wagen befinden sollen? Immerhin war ich damals schon vierzehn, ich hätte doch irgendetwas mitbekommen«, gab Electra scharf zur Antwort.

»Ja, klar, das war auch bloß so ein Gedanke. Tut mir leid.«

Electra seufzte. »Nein, mir tut es leid, entschuldige. Du willst mir ja nur helfen. Aber das alles bringt mich furchtbar durcheinander.«

»Natürlich«, entgegnete Kate, »das ist mehr als verständlich.«

Sie tranken schweigend, während draußen der Regen an die Fensterscheiben prasselte.

»Hast du mal in den Unterlagen deiner Eltern nachgesehen?«, fragte Kate, das Thema wieder aufgreifend. »Vielleicht findest du dort eine Geburtsurkunde.«

»Ich habe das alles durchgesehen«, sagte Electra. »Schon vor Jahren. Wenn etwas darin gestanden hätte, meinst du nicht, dass es mir aufgefallen wäre?«

»Vermutlich.« Kate rückte näher an den Küchentisch. »Also, was hast du jetzt vor?«

6

Eine Akte knallte auf Electras Schreibtisch und sie zuckte erschrocken zusammen. Als sie den Kopf hob, sah sie in Professor Flowerdays missbilligendes Gesicht.

»Was soll das?«, fragte er.

Sie blinzelte. »Wie meinen Sie das?«

Der Professor verdrehte die Augen, was ihn noch mehr wie eine schlecht gelaunte Eule aussehen ließ.

»Dieses Protokoll ist inakzeptabel! Was ist bloß los mit Ihnen? Schon seit ein paar Tagen benehmen Sie sich reichlich seltsam. Gibt es irgendwelche Probleme?«

Es war Donnerstagmorgen. Seit letztem Samstag, als Electra erfahren hatte, dass sie angeblich eine Schwester hatte, kreisten ihre Gedanken ständig um diese Undine. Offensichtlich war das ihrer korrekten Arbeitsweise abträglich.

Sie schüttelte den Kopf. »Nein, keine Probleme.« Sie griff nach der Akte. »Ich werde mich gleich ans Korrigieren machen, Herr Professor.«

»Das will ich auch hoffen«, knurrte Flowerday und verließ zackig ihr Büro.

Lustlos schlug sie die Akte auf, suchte in ihrem Computer die entsprechende Datei und öffnete sie. Die Eule hatte recht, das Protokoll wies erhebliche Mängel auf. Sie hatte das falsche

Datum eingetragen, nicht aufgeschrieben, wer was gesagt hatte, und die Beschlüsse nicht korrekt formatiert.

Sie schaute zum Fenster hinaus in einen kleinen Innenhof. Die wenigsten Studenten verirrten sich in diesen Teil des Unigeländes, weil er etwas abseits lag, und deshalb mochte sie ihn besonders. Auch jetzt hatten der akkurat gemähte grüne Rasen, die malerischen Glyzinien, die sich die Wände hochrankten, und die symmetrischen Giebel des ockerfarbenen Gebäudes eine beruhigende Wirkung auf sie.

»Canterbury«, murmelte sie gedankenverloren vor sich hin.

Sie war einmal dort gewesen, ebenfalls auf einer Klassenfahrt, aber nicht auf derjenigen, bei der sie die Hiobsbotschaft vom Unfall ihrer Eltern erhalten hatte. Sie erinnerte sich noch an die engen Gassen und die vielen Touristen, die nicht von den Pilgern zu unterscheiden gewesen waren. Und an die mächtige Kathedrale, den Sitz des Erzbischofs der anglikanischen Kirche, mit der darin befindlichen Bronzeskulptur, die an die Ermordung Thomas Beckets gemahnte.

Sie warf einen schnellen Blick zur offenen Tür und suchte dann im Internet die Telefonnummer der Stadtverwaltung von Canterbury. Als das Freizeichen ertönte, beschleunigte sich ihr Puls.

Electra wich mit dem Fahrrad einer Gruppe Studenten aus, die die ganze Breite der Straße einnahmen und sich wie Kleinkinder gegenseitig schubsten. Sie klingelte ärgerlich, was die Jugendlichen zu haltlosem Gelächter animierte. Sie schüttelte genervt den Kopf. Oxfords Lehrinstitute behaupteten zwar gern, dass hier die kommende Elite des Landes studierte. Davon war allerdings gerade nicht viel zu merken.

»God save the Queen … und mich dazu!«, zischte sie und stoppte vor dem Pub von Kates Großvater.

The spotted Dog war ein typisch englischer Pub mit alten zerkratzten Holztischen, einem gemauerten Kamin und einer großen Auswahl an Biersorten und gebranntem Alkohol. Obwohl es schon seit einigen Jahren verboten war, in öffentlichen Gaststätten zu rauchen, zeugten die verfärbten Wände und Deckenbalken von Jahrhunderten voller Tabakqualm. Über der Bar hingen Leistungsabzeichen aus dem Pferdesport. Ein Vorfahre aus Kates Familie war ein begeisterter Reiter gewesen, der unglücklicherweise bei seinem Lieblingssport auch zu Tode gekommen war.

Eben schrieb seine Nachfahrin mit flüssiger Kreide das aktuelle Mittagsgericht auf eine schwarze Tafel, als Electra hereinstürzte.

»Die geben keine telefonischen Auskünfte!«

Kate schaute hoch. »Dir auch einen schönen Tag. Wer gibt was nicht?«

Electra kletterte auf einen Barhocker und strich sich eine Strähne hinters Ohr.

»Der City Council in Canterbury. Datenschutz.«

»Du hast also angerufen?«

Sie nickte und griff nach einer Packung gesalzener Erdnüsse. »Entweder man geht persönlich hin, mit seinem Pass, versteht sich, oder man wickelt die Anfrage elektronisch ab. Ebenfalls mit einer Kopie seines Passes. Das dauert aber länger. Kostenpflichtig sind beide Varianten.«

»Dann fahr in den nächsten Tagen halt mal hin.«

»Aber am Sonntag geht doch unser Flug.«

Wie jedes Jahr hatten die Freundinnen zusammen eine Pauschalreise gebucht. Diesen Sommer wollten sie eine Woche nach Ibiza fahren.

»Stimmt ja. Sonne, Meer und Sangria!«, rief Kate begeistert. »Ich kann's kaum erwarten.«

»Eben, und Canterbury liegt ja nicht gerade um die Ecke. Knapp sechs Stunden Zugfahrt hin und zurück.«

»Dann nimm morgen frei, und ich frage Großvater, ob er dir seinen Wagen leiht.«

Electra verzog den Mund. Sie besaß zwar einen Führerschein, hatte das Autofahren aber schon immer gehasst. Sie bevorzugte die öffentlichen Verkehrsmittel oder ihr Fahrrad. Vielleicht eine Folge des Autounfalls ihrer Eltern.

»Du würdest nicht …«, begann sie zögerlich.

Kate schüttelte bestimmt den Kopf. »Tut mir leid, Eli, aber das kann ich Grandpa nicht antun. Für morgen hat sich eine Touristengruppe für Fish and Chips angemeldet, das schafft er nicht allein. Und meine Eltern können ihm nicht helfen, die haben selbst viel zu tun.«

Electra nickte enttäuscht. »Natürlich. Dann muss es eben warten, bis wir aus dem Urlaub zurück sind. Kann ich ein Bitter Lemon haben?«

Kate legte den Kreidemarker beiseite und sah Electra nachdenklich an. »Soll ich den Urlaub canceln?«

»Auf keinen Fall! Das kann ich von dir nicht verlangen, du … ich meine, wir freuen uns doch das ganze Jahr darauf.«

»Das schon, aber ich will auch nicht mit einer Person verreisen, die nur mit halbem Herz dabei ist. Du würdest die ganze Zeit darüber nachgrübeln. Habe ich recht?«

Electra biss sich auf die Lippen.

»Eben.« Kate seufzte, riss eine Schublade auf und holte ein Bitter Lemon hervor. Dann runzelte sie die Stirn. »Ich könnte Rebecca fragen, ob sie mich an deiner Stelle begleitet.«

Rebecca war Kates Cousine und die langweiligste Person, die auf Gottes Erde wandelte.

»Dieses Opfer kann ich von dir nicht verlangen«, entgegnete Electra lachend. »Das könnte ich nie wiedergutmachen.«

»Stimmt. Und du ständest daher dein Leben lang in meiner Schuld.« Kate zwinkerte. »Aber jetzt mal im Ernst. Ich möchte wirklich in Urlaub fahren. Und wenn Rebecca mitkommt, bekommst du wenigstens einen Teil deiner Kosten erstattet. Das Umbuchen kostet bestimmt etwas, doch dein Ticket einfach so verfallen zu lassen, ist dumm. Zudem schnarcht Rebecca nicht, im Gegensatz zu dir, das wäre schon mal ein Vorteil.«

»Hey, ich schnarche nicht!«, entrüstete sich Electra.

»Wie ein Sägewerk, meine Liebe. Und Rebecca spricht Spanisch. Auch nicht zu verachten, wenn ich einen feurigen Ibizaner kennenlerne. Ibizaro? Egal, eben einen Spanier!«

Electra lachte. »Also gut, frag sie mal. Vielleicht kann sie aber nicht so kurzfristig Urlaub nehmen, dann komme ich mit. Immerhin habe ich achtundzwanzig Jahre gut ohne Schwester gelebt, da wird es auf eine Woche mehr oder weniger auch nicht ankommen.«

7

Canterbury empfing Electra am Montagmorgen mit strahlendem Sonnenschein. Laut der Karte auf ihrem Handy benötigte sie zum City Council zwanzig Minuten zu Fuß. Vor dem Bahnhof orientierte sie sich und schlug den Weg zur Schlossruine ein. Sie hatte den ganzen Tag Zeit, und wenn sie schon mal hier war, wollte sie sich auch ein wenig umsehen.

Eine Fußgängerbrücke führte gleich neben dem Bahnhof über eine viel befahrene Straße. Dahinter erstreckten sich die mächtigen Mauern des ehemaligen normannischen Schlosses. Die spärlichen Überreste des gewaltigen Bauwerks wirkten bröckelig und waren für Besucher gesperrt. Aber anhand verschiedener Infotafeln bekam man einen ausführlichen Überblick über die Geschichte der aus dem elften Jahrhundert stammenden Burg. Die Ruine lag in einem hübschen Park mit hohen Bäumen und gepflegten Rasenflächen. Sobald die Baumwipfel eine Lücke ließen, erhaschte Electra einen Blick auf die Kathedrale, die allseits präsent das Ortsbild von Canterbury prägte. Auf dem Rückweg wollte sie die Bischofskirche nochmals besichtigen und dann, wie sie hoffte, mit neuen Erkenntnissen über ihre angebliche Schwester nach Oxford zurückfahren. Kate erwartete im fernen Ibiza schon sehnsüchtig ein Update.

Electras ursprünglicher Plan, am Freitag nach Canterbury zu fahren, war von Professor Flowerday vereitelt worden. Er könne ihr, so hatte er gemeint, so kurzfristig keinen freien Tag gewähren, weil dringende Akten zu bearbeiten wären. Rebecca war zum Glück sofort bereit gewesen, Electras Platz einzunehmen. Also waren Kate und Rebecca am Sonntag losgeflogen.

Natürlich wurmte es Electra, dass ihr jetzt eine Woche Sonne, Spaß und Mittelmeerbrise entgingen. Aber Kate hatte schon recht gehabt, sie wäre keine gute Urlaubsbegleiterin gewesen. Der Verdacht, dass Electra eine ältere Schwester hatte, war so ungeheuerlich, dass sie einfach wissen musste, ob das stimmte.

Eigentlich wäre die Suche nach Undine ja der Job des Testamentsvollstreckers gewesen. Immerhin hatte ihn Tante Jo genau dafür bezahlt. Aber Ellies Luther schien Electra nicht mehr in der Lage zu sein, irgendetwas herauszufinden. Vermutlich hatte er sich lediglich bei der Gemeinde Oxford erkundigt, ob eine Undine Green ansässig war, und es dann bei der abschlägigen Antwort bewenden lassen. Nun ja, er war beinahe so alt wie Methusalem, das entschuldigte vieles. Und ehrlich gesagt war diese Suche auch ein bisschen aufregend. Beunruhigend zwar, aber eben auch aufregend.

Während Electra der Military Road in östlicher Richtung folgte, schoss ihr erneut ein bestimmter Gedanke durch den Kopf, den sie schon seit Tagen wälzte. Angenommen, es gab diese Undine tatsächlich – vielleicht hatte sie ja bereits eine Familie? Sie war ja, laut den Angaben im Testament, zwei Jahre älter als Electra. Gut möglich also, dass Undine verheiratet war und Kinder hatte.

Bei dem Gedanken bildete sich ein warmes Gefühl in Electras Magen. Möglicherweise war sie schon Tante von Neffen und Nichten. Sie hätte endlich wieder eine Familie! Vor Rührung wurde ihre Kehle eng und sie schluckte mehrmals.

»Abwarten«, murmelte sie.

Nur nicht zu viele Hoffnungen im Vorfeld, denn schließlich konnte sich alles als Missverständnis herausstellen. Vielleicht hatte sich Tante Jo lediglich einen Spaß erlaubt … aus was für Gründen auch immer. Aber Electras Großonkel hatte das Testament ebenfalls unterschrieben. Und Charles Womack war alles andere als ein Spaßvogel gewesen; von schlechten Scherzen hatte der ehemalige Literaturprofessor wenig gehalten. Nein, er hätte bestimmt nicht aus Jux ein ungenaues Schriftstück unterschrieben.

Die Stadtverwaltung war in einem flachen Bau aus rotem Ziegelstein untergebracht. Der Eingangsbereich unterschied sich nicht von anderen öffentlichen Institutionen. An den Wänden hingen Flyer und Plakate von örtlichen Aktivitäten, Konzerten und Sportveranstaltungen. Der Fußboden bestand aus leicht zu reinigenden Steinplatten in mausgrauer Farbe. Auf der linken Seite standen unbequem aussehende Besucherstühle vor einer schmucklosen Empfangstheke aus hellem Holz. Dahinter saß eine dunkelhäutige Frau in einem taubenblauen Kostüm, die eifrig auf einer Computertastatur tippte.

Electra trat an die Theke, zog ihren Pass aus der Handtasche und räusperte sich.

Die Empfangsdame hob den Blick und schenkte ihr ein Lächeln. »Wie kann ich Ihnen helfen?«, fragte sie, ohne mit dem Tippen aufzuhören.

»Mein Name ist Electra Green. Ich bin in Canterbury geboren und würde gern das Geburtenregister aus dem Jahr 1989 einsehen.« Sie legte ihren Pass auf die Theke. »Ich suche nämlich meine … Schwester.«

Die Angestellte runzelte die Stirn, und Electra fühlte sich bemüßigt, eine Erklärung abzugeben.

»Ich wusste bis vor ein paar Tagen nicht, dass ich überhaupt eine Schwester habe.«

Die Stirnfalten der Empfangsdame vertieften sich.

»Eine lange Geschichte«, fügte Electra hinzu und lachte. Doch es klang gekünstelt, also räusperte sie sich wieder und schwieg.

»1989 sagen Sie?«

Electra nickte.

»Pech, bis 1984 hätten Sie selbst in der freien Datenbank nachsehen können.«

Die Angestellte griff nach dem Pass.

»So etwas gibt es?«, fragte Electra erstaunt.

»Aber ja.« Die Dame lächelte. »Willkommen im digitalen Zeitalter. Zusätzliche Auskünfte und/oder eine Kopie der Geburtsurkunde sind jedoch kostenpflichtig.«

Electra nickte verstehend.

»Also«, wandte sich die Angestellte an sie. »Für eine Auskunft brauche ich Namen und Geburtsdatum der betreffenden Person.«

»Undine Green, geboren am vierzehnten Februar 1989.«

Die Mitarbeiterin gab die Angaben in den Computer ein. »Undine«, murmelte sie dabei. »Seltsamer Name … aber hübsch.«

Electra verspürte das dringende Bedürfnis, eine Toilette aufzusuchen. Sie knetete sich die kalten Hände und versuchte, ruhig zu bleiben.

»Ah, da ist sie ja!« Die Angestellte drehte den Computerbildschirm so, dass Electra einen Blick darauf werfen konnte. »Undine Green, geboren am vierzehnten Februar 1989 im Kent & Canterbury Hospital. Eltern Helen und Timothy Green.« Sie sah hoch. »Ist sie das?« Und als Electra nicht gleich antwortete, fügte sie hinzu: »Und knapp drei Jahre später kamen Sie zur Welt. Im selben Krankenhaus. Also haben wir Ihre Schwester offenbar gefunden, nicht wahr?«

Electra wusste nicht, was sie erwartet hatte. Vielleicht, dass die Dame ihr sagen würde, dass es keine Undine Green gab, die 1989 in Canterbury auf die Welt gekommen war. Oder dass es zwar eine gab, deren Eltern aber ganz anders hießen. Doch alles hatte anscheinend seine Richtigkeit.

»Ist Ihnen nicht gut?«

Electra atmete tief durch. Sie fühlte sich plötzlich wackelig auf den Beinen und stützte sich schwer auf die Theke.

»Alles in Ordnung«, krächzte sie. »Würden Sie mir bitte eine Kopie der Geburtsurkunde erstellen?«

»Natürlich.«

Die Angestellte gab einen Befehl in den Computer ein und irgendwo fing ein Drucker an zu rattern.

»Können …« Electra brach ab und atmete tief durch. »Können Sie mir ebenfalls sagen, ob Undine Green noch in Canterbury lebt?«

Ihre Stimme klang seltsam hoch und sie hatte das Gefühl, gleich in Ohnmacht zu fallen. Sie atmete tief durch. Es war, wie es war, aber jetzt wollte sie auch alles wissen.

Die Angestellte warf ihr einen irritierten Blick zu. Offenbar kam es nicht jeden Tag vor, dass eine Frau ihre Schwester per Einwohnermeldeamt suchen musste. Die Dame gab wieder ein paar Befehle ein.

»Tut mir leid, aber eine Undine Green ist in Canterbury nicht mehr gemeldet. Hat sie eventuell geheiratet und jetzt einen anderen Namen?«

Electra zuckte hilflos mit den Schultern.

Die Angestellte blinzelte. »Ich versuche es mal mit dem Vornamen, einverstanden? Er ist ja recht ungewöhnlich und vielleicht …« Sie brach ab und schüttelte den Kopf. »Nein, es gibt auch keine Einwohnerin mit diesem Vornamen.« Sie scrollte hektisch mit der Maus. »Hier steht, dass Ihre Familie kurz nach Ihrer Geburt von Canterbury wegzog.«

»Ja, meine Eltern sind nach Oxford zurückgekehrt.«

»Ist das so?«, meinte die Angestellte darauf.

»Wieso, steht das dort denn nicht? Normalerweise muss man beim Wegzug doch seine neue Adresse angeben?«

»Korrekt.« Die Dame warf Electra einen prüfenden Blick zu. »Nur fehlt hier die Nachsendeadresse.«

Vor dem steinernen Eingangstor zum Areal der Kathedrale drängten sich die Besucher wie bei einem Volksfest, und Electra grübelte, ob sie die zwölf Pfund für den Eintritt wirklich bezahlen sollte. Vielleicht würde sie später wiederkommen, wenn sich der Andrang ein wenig gelegt hatte. Ihr war im Moment sowieso nicht nach sakraler Erbauung.

Sie kehrte dem Massenauflauf den Rücken und bog in die Mercery Lane ein. Doch auch hier herrschte an diesem Montag ein Gedränge, als hätte sich die ganze Welt ausgerechnet heute dazu entschieden, einen Ausflug nach Canterbury zu unternehmen. Die vielen Menschen gingen ihr zunehmend auf die Nerven; sie brauchte etwas Ruhe, um sich über einiges klar zu werden. Zudem hatte Kate ihr schon fünf Kurznachrichten geschickt, um nachzufragen, was sich denn auf dem Einwohnermeldeamt ergeben hatte.

Kurzerhand drängte Electra sich in ein Lokal, das Frozen Yogurt anbot, setzte sich zuhinterst auf einen wackligen Metallstuhl und starrte vor sich hin. Ein Räuspern schreckte sie auf. Hinter der Theke wies eine Angestellte auf ein Schild, auf dem »Selfservice« stand. Electra erhob sich seufzend, holte sich einen Eisbecher mit Mango-Geschmack und ein Bitter Lemon und verzog sich wieder in ihre Ecke.

Sie hatte also tatsächlich eine Schwester! Irgendwie konnte sie es immer noch nicht glauben. Wieso wusste sie nichts davon? Weshalb hatten ihre Eltern sie nicht darüber aufgeklärt? Oder

Tante Jo? Man verschwieg doch nicht einfach ein Kind! Was zum Teufel war nur los mit ihrer Familie?!

Es gibt sie, Kate! Ich habe eine Kopie der Geburtsurkunde. Aber sie lebt nicht (mehr?) in Canterbury. Keine Ahnung, was ich jetzt tun soll.

Electra schickte die Kurznachricht ab und löffelte lustlos den Frozen Yogurt. Beinahe postwendend kam die Antwort.

Scheiße, das ist unglaublich! Engagiere einen Privatdetektiv, damit der sie findet.

Electra lachte. Das war typisch Kate! Woher sollte Electra das Geld nehmen, um einen Privatermittler zu bezahlen?

Eine Gruppe schnatternder Touristen betrat das Lokal und der Lärmpegel erhöhte sich merklich. Offenbar war es hier nicht möglich, seine Gedanken zu sortieren.

Sie stand auf und trat wieder nach draußen. Die Lust, sich weiter in Canterbury umzusehen, war ihr vergangen. Am besten, sie kehrte nach Oxford zurück und dachte über ihre nächsten Schritte nach. Sie hatte immerhin eine Woche Urlaub, also reichlich Zeit, sich was auszudenken. Zwar hatte sie keinen Schimmer, wie sie Undine finden sollte, aber vielleicht kam ihr ja urplötzlich eine Erleuchtung. Es gab sicher Mittel und Wege, in Großbritannien eine Person ausfindig zu machen. Sie konnte zuerst das Internet durchforsten. Mit Social Media würde sie eventuell weiterkommen.

Electra lächelte, als sie den Weg zurück zum Bahnhof einschlug. Sie hatte eine Schwester!

8

»Was soll das heißen, Carl? Wir waren uns doch einig!«

Nelson strich sich mit einer fahrigen Geste durchs Haar. Das durfte nicht wahr sein! Carl Manferd, der örtliche Fleischer, hatte ihm den Auftrag für einen Anbau an seine Schlachterei versprochen. Und jetzt machte er einen Rückzieher.

»Tut mir leid, Zykl…, Nelson. Aber meine Frau besteht darauf, dass ihr Cousin den Auftrag bekommt.«

Nelson wechselte das Handy ans andere Ohr. »Du weißt schon, dass auch ein mündlicher Vertrag bindend ist, oder?«

Er konnte nicht verhindern, dass sein Ton schärfer wurde. Er hatte so auf diesen Auftrag gehofft, den Gewinn bereits eingeplant, und jetzt das.

Carl räusperte sich am anderen Ende. »Natürlich, ich weiß. Kann ich dich mit einem Monat Gratissteaks besänftigen? Es tut mir wirklich leid, Kumpel. Aber die Familie … du weißt doch, wie das hier ist. Und du bist …«

»Lediglich ein Zugezogener!«, vervollständigte Nelson den Satz. Er wusste nicht, ob er wütend oder enttäuscht sein sollte. Es war immer dasselbe, langsam hatte er wirklich die Schnauze voll.

»Das wollte ich nicht sagen«, antwortete Carl jetzt ebenfalls schärfer, »sondern dass ich in näherer Zeit das Cottage meiner Mum umbauen will und dich dann ganz bestimmt berücksichtige.«

Nelson schnaubte. Carl redete schon seit Jahren darüber, das baufällige Häuschen seiner Mutter zu restaurieren. Wenn er auf diesen Auftrag spekulierte, war er wirklich genauso naiv, wie ihn seine Brüder immer hinstellten.

»Nun denn, du hast dich offenbar entschieden, also Schwamm drüber«, beendete er das Gespräch, ohne Carl weitere Möglichkeiten zu bieten, ihn mit obskuren Versprechungen hinzuhalten.

So ein Mist! Wie sollte er jetzt die laufenden Rechnungen begleichen? Er griff nach dem Ordner mit den Bankunterlagen. Sein Kontostand lief bedrohlich auf die Null-Grenze zu. Der Bankrott war nur noch eine Frage der Zeit.

Er stieß verzweifelt die Luft aus. Zwar hatte sich gestern ein Interessent für die Büroräumlichkeiten gemeldet, der konnte sich jedoch nicht dazu durchringen, den Mietvertrag per sofort zu übernehmen. Er würde es sich überlegen, hatte er gesagt. Doch wie lange? Nelson brauchte das Geld jetzt und nicht erst an Weihnachten!

Er schaltete die Kaffeemaschine ein und setzte sich mit einem doppelten Espresso an den Schreibtisch. Dabei fiel sein Blick auf eine Visitenkarte. Er griff danach und drehte sie gedankenverloren in den Händen …

Nelson hatte sich auf die Felsen am Black Tor gesetzt, die Füße baumeln lassen und den frischen Südostwind genossen. Die Aussicht an diesem klaren Tag war einfach grandios. Er konnte meilenweit über das Moor sehen, über das spektakuläre Wolkengebilde wanderten, als würde sie jemand an einer Schnur über den Himmel ziehen. Homerton Hill lag links von ihm und auf der rechten Seite der Longstone Hill, dazwischen schimmerte in der Ferne der Stausee. In einer halben Meile Luftlinie erspähte er eine kleine Herde Ponys, die gemütlich graste. Die gefleckten Tiere ließen sich mittlerweile von den aufmarschierenden Touristen nicht mehr stören. Im Gegenteil, sie hatten ihre Scheu vor den Menschen komplett verloren und bettelten um Leckerbissen, wenn eine Wandergruppe auftauchte.

Nelson nahm einen Schluck Tee aus der Thermoskanne und atmete tief durch. Gab es etwas Schöneres als das Moor? Auch wenn es an gewissen Stellen eher karg und wenig einladend aussah, für ihn war es nahezu das Paradies auf Erden.

»Himmel Herrgott noch mal!«

Er wirbelte erschrocken herum. Hinter ihm tauchte ein hochrotes, verschwitztes Gesicht auf, das einem kleinen untersetzten Mann in nagelneuer Wanderkluft gehörte, der sich ungelenk aufs Felsplateau hievte. Er verzog den Mund, als hätte er Zahnschmerzen.

»Ach!«, rief er, als er Nelson erblickte. »Haben Sie sich auch verlaufen?«

»Nicht im Mindesten«, entgegnete Nelson amüsiert. »Ich bin mit Absicht hier.«

Der Mann grunzte missmutig. Beim Näherkommen bemerkte Nelson, dass er humpelte.

»Sind Sie verletzt?«, fragte er und stand auf.

»Neue Wanderschuhe«, gab der Fremde zähneknirschend zur Antwort. »Und vermutlich die größten Blasen seit Menschengedenken!« Er streckte die Hand aus: »Harry Madrigal.«

»Nelson Travelian.«

Sie schüttelten sich die Hände.

»Meine Frau meinte, ich müsse mehr raus und in die freie Natur«, brummelte Madrigal. »Leicht gesagt. Sie lässt sich derweil in einem Spa in Tavistock durchkneten. Aber ich bin nun mal ein Stadtmensch und will jetzt nur noch zu meinem Wagen und in einem hübschen Pub etwas essen. Wie komme ich denn wieder zum Parkplatz am Stausee? Für heute ist mein Naturverlangen gestillt.«

Nelson lachte und beschrieb ihm den Weg zum Parkplatz.

»Er ist von hier aus ganz leicht zu finden«, fügte er hinzu. »Sie sollten in Zukunft aber besser in einer Gruppe wandern.«

»So wie Sie?«, erwiderte Madrigal mit einem Augenzwinkern.

Nelson lachte wieder. »Ich lebe in der Gegend und kenne mich aus. Aber Sie haben recht, es ist nicht ratsam, allein im Moor unterwegs zu sein.«

»Sie leben hier?«, fragte Madrigal. »Züchten Sie etwa Ponys?«

Nelson schmunzelte. »Nein, ich bin Bauunternehmer, spezialisiert auf ökologische Sanierungen.«

»Tatsächlich? Wie witzig, ich bin in der gleichen Branche.« Madrigal fummelte an seiner Outdoor-Jacke herum, die bestimmt ein halbes Vermögen gekostet hatte, zog eine Visitenkarte hervor und reichte sie Nelson.

Bau-Engineering Harry Madrigal, London, stand auf der Karte.

»Ich habe von einem Kollegen einen Tipp bekommen, dass hier in der Gegend ein lohnendes Gebäude zu einem Spottpreis zu haben ist. Deshalb sind meine Frau und ich nach Devon gefahren. Sie genießt und ich schufte, in guten wie in schlechten Zeiten.« Er lachte meckernd. »Aber das Objekt lohnt sich für meine Firma nicht, es ist viel zu abgelegen und wirklich in einem erbärmlichen Zustand. Da müsste man Millionen reinstecken!« Er schüttelte den Kopf. »Nun ja, Sie kennen das sicher: Außer Spesen nix gewesen.«

Nelson nickte und seufzte. »Ja, leider.«

»Wenn Sie mal genug von dieser Einöde haben und darüber nachdenken, in London Ihre Zelte aufzuschlagen, rufen Sie mich an.«

Madrigal wies mit dem Kinn auf seine Visitenkarte, und Nelson nickte erfreut. Wie nett von dem Mann, ihm das anzubieten.

»Ökologisches Bauen kommt gerade richtig in Mode«, fuhr Madrigal fort. »Vor allem im Großraum London. Da schreien im Moment alle nach Nachhaltigkeit.« Er tippte sich mit dem Finger an die Nase. »Da sind Sie klug auf den richtigen Zug aufgesprungen, Mr Travelian. Respekt.«

Noch bevor Nelson hatte erklären können, dass er in keiner Weise auf irgendwelche Züge aufsprang, sondern ihm die Umwelt seit jeher am Herzen lag, hatte Madrigal sich verabschiedet und war Richtung Stausee davongehumpelt.

Nachdenklich betrachtete Nelson Madrigals Visitenkarte. Sollte er seine Zelte in Devon abbrechen und sein Glück in London versuchen? Wenn die Hauptstädter wirklich am Umdenken waren, wäre er dort möglicherweise besser dran als in einer Kleinstadt, die ihn immer noch als Fremden betrachtete.

* * *

Auf Facebook gab es überraschenderweise eine erkleckliche Anzahl Frauen mit dem Namen Undine. Electra klickte sich durch die Profile, die öffentlich einsehbar waren, und musterte jedes Foto dieser Userinnen eingehend. Glich diese nicht ein wenig ihrer Mutter? Und hatte jene nicht die Augen ihres Vaters? Vielleicht war das aber auch bloß Wunschdenken.

Sie überlegte einen Moment und schrieb dann sämtlichen Frauen eine identische Privatnachricht:

> »Guten Tag, mein Name ist Electra Green. Ich bin durch Zufall auf Ihr Profil bei Facebook gestoßen, als ich nach einer Undine Green gesucht habe. Sind Sie möglicherweise 1989 in Canterbury geboren? Wenn ja, kontaktieren Sie mich doch bitte. Es ist wichtig! Herzlichen Dank.«

Danach googelte sie Undine Green im Internet, fand aber keine Einträge. Es wäre ja auch zu schön gewesen!

Sie lehnte sich zurück und starrte vor sich hin. Kates Vorschlag, einen Privatdetektiv zu engagieren, wurde immer verlockender. Als Electra jedoch die Stundensätze im Internet recherchierte, stieß sie frustriert die Luft aus. Eine Person zu suchen, kostete zwischen fünfundsiebzig und dreihundertfünfzig Pfund die Stunde! Das konnte sie sofort wieder vergessen.

Was für Alternativen blieben ihr? Eine Anzeige aufgeben? Aber in welcher Zeitung? Wenn Undine aus der Gegend weggezogen war, müsste sie in einem landesweiten Blatt inserieren. Doch falls ihre Schwester Großbritannien verlassen hatte, wäre auch das sinnlos.

Electra zermarterte sich das Hirn, welche Möglichkeiten ihr noch offenstanden, allerdings blieb eine zündende Idee aus. Vielleicht sollte sie Ellies Luther nochmals kontaktieren, um sich zu erkundigen, was er alles unternommen hatte, um Undine ausfindig zu machen. Doch als Electra seine Nummer wählte, ging niemand ran.

»Mist aber auch!«, stieß sie unwillig hervor und stellte die Kaffeemaschine an.

Nach ihrer Rückkehr von Canterbury hatte sie sich zuerst mit Kate in Verbindung gesetzt und sie über die neuste Entwicklung informiert. Ihre Freundin war sogleich Feuer und Flamme für eine Personensuche gewesen und hatte die wildesten Spekulationen angestellt. Am liebsten hätte sie die Recherche wohl gleich selbst in die Hand genommen.

Seltsamerweise hatte sie Kates Begeisterung völlig kaltgelassen. Es war ihr eher peinlich, dass ihre Freundin so einen Aufstand machte. War das verrückt von ihr? Ja, eindeutig! Aber sie fühlte sich immer noch unter Schock und vielleicht reagierte sie deshalb so unterkühlt auf das Thema, denn im Grunde war das alles doch zu bizarr, als dass sie es wirklich glauben konnte. Würde das Begreifen erst einsetzen, wenn sie Undine fand?

Das Klingeln ihres Handys holte Electra aus ihren Gedanken.

»Green.«

»Ms Green, hier spricht Abigail Banks, die Leiterin der Seniorenresidenz *Morning Point.*«

»Ms Banks, hallo, wie geht es Ihnen?«

»Bestens, meine Liebe. Ich wollte Sie nur nochmals darauf hinweisen, dass Sie die restlichen Sachen Ihrer Großtante abholen können.«

»Nochmals?«, fragte Electra verwirrt.

Am anderen Ende blieb es einen Moment still, dann räusperte sich die Heimleiterin. »Hat Sie denn meine Assistentin nicht angerufen?«

»Nein.«

»Dieses dumme Ding!«, schimpfte Ms Banks. »Es ist ein Kreuz …« Sie brach ab. »Wie dem auch sei. Wir haben die wenigen Sachen Ihrer Großtante in einen handlichen Karton gepackt und wären Ihnen sehr verbunden, wenn Sie ihn in den nächsten Tagen abholen.«

Das Pflegeheim Morning Point, in dem Tante Jo ihre letzten Monate verbracht hatte, lag in der Bayworth Lane. Mannshohe Buchenhecken schützten das hellgelbe Gebäude vor neugierigen Blicken.

Electra trat durchs offene Eingangstor und ging die barrierefreie Rampe zur Rezeption hoch. Sie hatte sich nach Ms Banks' Anruf gleich auf den Weg gemacht. Unangenehmes musste man sofort erledigen.

Die in kräftigem Türkis und Lila gehaltene Eingangshalle roch wie üblich nach einem Mix aus Krankenhaus, Kantinenessen und Blüten-Potpourri. Eine ältere Dame mit einem Rollator stand vor der Empfangstheke und beklagte sich lautstark über ihre Zimmernachbarin, die es offenbar nicht unterlassen konnte, das ganze Jahr hindurch die Vögel zu füttern.

»Sie kacken ständig auf meinen Balkon!«, wetterte sie. »Mir reicht es jetzt!«

»Beruhigen Sie sich, Ms Henstridge. Unser Hausmeister wird sich gleich darum kümmern.« Die Angestellte warf Electra einen amüsierten Blick zu und verdrehte ansatzweise die Augen.

»Das will ich auch hoffen«, grummelte die alte Frau, drehte sich um und rollte leise vor sich hin schimpfend Richtung Speisesaal.

Electra trat an die Empfangstheke. »Electra Green. Ich …«

»Ah, Ms Green, ich erinnere mich an Sie. Wie schön, Sie wiederzusehen.« Die Empfangsdame stand auf und reichte ihr die Hand. »Mein herzliches Beileid nochmals.«

»Danke.«

»Sie holen den Karton Ihrer Großtante ab, nicht wahr?«

»Ist er schwer?«

Die Angestellte winkte ab. »Nein, keine Angst. Es sind nur noch ein paar persönliche Sachen drin. Die Möbel und Kleider haben wir, wie Sie es wollten, den örtlichen Hilfswerken gespendet.«

Sie bückte sich, hievte einen kleinen Karton auf die Theke und legte die Empfangsbestätigung daneben. »Bitte hier unterschreiben.«

Electra kritzelte ihre Unterschrift auf das Papier, schnappte sich den Karton, der wirklich kaum etwas wog, und verabschiedete sich.

Draußen atmete sie kräftig durch. So schön das Anwesen mit seinem weitläufigen Park, dem alten Baumbestand und den schmucken Gehwegen auch war, die Bewohner warteten hier leider nur noch auf den Tod.

9

Electra stellte den Karton auf den Küchentisch und musterte ihn nachdenklich. In den offiziellen Unterlagen, die sie nach Tante Jos Ableben durchgesehen hatte, war ihr nichts Ungewöhnliches aufgefallen, und auch in dieser Kiste befand sich auf den ersten Blick nichts Besonderes: bestickte Taschentücher, eine Schmuckschatulle und alte Fotos. Sie hatte so darauf gehofft, einen Hinweis auf Undine darin zu finden. Fehlanzeige!

Electra seufzte, stülpte den Deckel wieder auf den Karton und ging ins Wohnzimmer. Sie warf sich aufs Sofa und sah sich eine alte Episode von *Lewis* an. Sie mochte diese Krimiserie, die in Oxford spielte. Sie fühlte sich dabei stets, als würde sie sich ein privates Video ansehen, weil ihr die Szenerie so vertraut war. Gerade deklamierte der kopflastige DS Hathaway ein Shakespeare-Zitat, was seinen Boss DI Lewis – wie so oft – in Staunen versetzte, als ihr Blick wieder auf den Karton auf dem Küchentisch fiel. Vielleicht barg er ja doch einen Hinweis auf Undine. Sie musste ihn vielleicht einfach genauer inspizieren!

Electra schaltete den Krimi auf stumm, sprang auf und lief zurück in die Küche. Hastig entfernte sie den Pappdeckel, stellte das gerahmte Hochzeitsfoto, einen Schnappschuss ihrer Eltern mit Electra als Schulanfängerin und ein Bild von Bath, wo Tante Jo ihre Kindheit verbracht hatte, auf den Tisch. Dann wühlte sie sich durch die restlichen Habseligkeiten.

In der Schmuckschatulle lagen zwei Ringe, eine altmodische Kamee-Brosche mit einem Frauenkopf und ein paar dünne Goldkettchen. Josephine Womack hatte nie viel Schmuck getragen und stets gesagt, Natürlichkeit sei die schönste Zier einer Frau.

Unvermittelt kamen Electra die Tränen. Das Bedauern darüber, dass sie sich nicht gut mit Tante Jo verstanden hatte, machte ihr zu schaffen. War es ihre Schuld gewesen? Hätte sie mit der alten Dame verständnisvoller sein müssen? Doch jetzt war es zu spät, das angespannte Verhältnis zwischen ihnen in Ordnung zu bringen.

Sie schniefte leise vor sich hin, griff nach den bestickten Taschentüchern und betrachtete die verschlungenen Initialen ihrer Großtante. Ganz unten im Karton lagen ein paar Briefe. Offensichtlich hatte ihr Großonkel seiner Braut fleißig geschrieben, als sie noch nicht verheiratet gewesen waren. Ob sich darin eventuell ein Hinweis auf Undine befand? Doch ein kurzer Blick auf die Datumsangaben ließ diese Hoffnung zerplatzen. Die Briefe stammten alle aus den 1950er-Jahren, als sowohl Undine als auch Electra noch gar nicht auf der Welt gewesen waren. Sollte sie die Briefe trotzdem lesen? Electra entschied sich dagegen. Das waren Worte zwischen Liebenden, und die gingen sie nichts an.

Als sie die Briefe wieder in den Karton legen wollte, fiel etwas zu Boden. Sie bückte sich danach. Eine Postkarte. Sie zeigte eine gemauerte Brücke über einem Fluss voller Steine, zwei zerzauste Ponys und ein paar Häuser in einer bewaldeten hügeligen Landschaft. *Badgers Holt, Dartmeet,* stand auf der Vorderseite.

Electra runzelte die Stirn. Nie gehört. Sie drehte die Karte um und schnappte nach Luft.

»Und du bist dir sicher?« Kates Stimme klang aufgeregt.

»Ich werde doch wohl Mums Handschrift erkennen!«, entgegnete Electra genervt. »Es ist zwar schon eine Weile her, aber ja, sie hat eindeutig diese Postkarte geschrieben.«

»Das ist so spannend!«, rief Kate. »Wie in einem Krimi! Lies sie mir nochmals vor.«

Nachdem Electra die Postkarte in Tante Jos Habseligkeiten gefunden hatte, hatte sie gleich Kate angerufen. Sie musste unbedingt mit jemandem darüber sprechen!

Electra räusperte sich: »Liebe Josephine, lieber Arthur, wir leben uns langsam ein, obwohl ich die Annehmlichkeiten einer größeren Stadt doch sehr vermisse. Es geht uns den Umständen entsprechend gut. Electra macht bereits ihre ersten Schritte. Sie ist wirklich goldig! Herzliche Grüße, Helen. PS: Wir geben nicht auf!«

»Was wollen sie nicht aufgeben?«, fragte Kate.

»Moment, ich frage sie kurz.« Electra schnaubte. »Woher soll ich das denn wissen?«

Kate lachte. »Ja, sorry. Aber offensichtlich haben sie doch dort gewohnt, oder?«

»Es klingt wenigstens danach.«

»Und du erinnerst dich wirklich nicht daran?«

»Süße, wenn ich zu der Zeit die ersten Schritte getan habe, wie alt muss ich da gewesen sein? Ein Jahr? Anderthalb? Keine Ahnung. Erinnerst du dich an Dinge, die so weit zurückliegen?«

»Stimmt, das ist zu lange her. Aber jetzt hast du wenigstens einen Anhaltspunkt. Vielleicht lebt Undine immer noch in Dartmeet. Wo liegt das überhaupt?«

»In Devon«, erklärte Electra. »Ich hab's gegoogelt. Ein kleines Dorf mitten im Dartmoor. Offenbar sehr beliebt bei Wanderern.«

»Oh, das Dartmoor!« Kate senkte die Stimme und deklamierte feierlich: »Durch Aberglaube, als die Zeit noch jung war. Von den Toten, den Toten des Krieges, die schlafen unter dem ausgehöhlten Steinhaufen.«

»Bitte was?«

»Ach komm. Erinnerst du dich nicht an das Gedicht von Noel Thomas Carrington? Er bekam dafür von King George immerhin fünfzig Guineas.«

Electra lachte. »Nein, beim besten Willen nicht. Das habe ich offenbar erfolgreich verdrängt. Es können ja nicht alle so ein Elefantengedächtnis haben wie du.«

Kate kicherte geschmeichelt. »Deshalb bin ich ja auch die beste Bedienung von ganz Oxford. Was sag ich, von ganz Großbritannien!«

Eine Weile schwelgten sie in Erinnerungen an ihre gemeinsame Schulzeit, bis Kate wieder aufs eigentliche Thema zu sprechen kam.

»Electra, ohne Quatsch jetzt, du musst dorthin fahren und vor Ort recherchieren. Nur so findest du Undine, glaub mir.«

»Ich soll nach Dartmeet fahren? Hast du einen Sonnenstich? Was soll ich denn dort? Das sind lediglich ein paar Häuser. Es gibt nicht mal eine Post.«

»Aber vielleicht erinnert sich jemand an die Greens. Vor allem an das goldige Kindchen.«

Electra lachte. »Ich überleg's mir. Und jetzt ab mit dir an den Strand! Ich melde mich wieder. Genieß die Zeit und trink einen dieser süßen, bunten Cocktails für mich mit.«

* * *

»Hi, Dad, ich bin's.«

Richard Travelian hatte schon nach dem ersten Klingeln abgenommen.

»Nelson, wie schön, von dir zu hören. Wie läuft das Geschäft?«

Nelson verzog den Mund. Sein Dad kam immer sofort auf das Wesentliche zu sprechen.

»Leider nicht so gut«, gab er unumwunden zu. Es brachte nichts, das Unvermeidliche zu beschönigen. »Ich muss mich wohl mit dem Gedanken anfreunden, dass das Experiment einer eigenen Baufirma in Devon gescheitert ist.«

Einen Moment blieb es am anderen Ende der Leitung still.

»Verstehe«, sagte sein Vater daraufhin. »Nun, du hast es immerhin versucht, mein Junge. Niemand macht dir einen Vorwurf.«

»Danke, Dad. Sag aber Mum noch nichts, okay? Und meinen Brüdern erst recht nicht. Es reicht, wenn sie ihren Spott nach meinem Scheitern über mich ausschütten.«

Sein Vater lachte. »In Ordnung. Aber sie meinen es doch nicht böse. Du kennst sie ja, und du bist ja auch nicht gerade zimperlich mit deinen Kommentaren, wenn ihnen was Dummes passiert.«

Etwas Dummes? Nelson schluckte. Sein Vater sah das alles also als etwas Dummes an? Trotz flammte in Nelson auf. Wie konnte ihn sein Dad immer noch wie einen kleinen Jungen behandeln?

»Weißt du was, mein Junge? Komm doch einfach wieder nach Exeter zurück und vergiss das mit den ökologischen Sanierungen. Zwar hat deine Mutter dein altes Zimmer ausgeräumt und gibt jetzt darin Pilates-Unterricht für die Ladys aus der Nachbarschaft. Aber das kriegen wir schon hin. Im schlimmsten Fall macht Lydia das halt in der Garage. Wir …«

»Dad!«, unterbrach ihn Nelson scharf. »Vergiss es, ich krieche auf keinen Fall wieder in euren Schoß zurück!«

Frostiges Schweigen am anderen Ende der Leitung war die Reaktion.

Nelson atmete tief durch. Er hätte seinen Vater nicht so anblaffen sollen, er meinte es sicher nur gut. Aber Nelson fühlte sich gekränkt, weil ihm offenbar niemand in seiner Familie etwas zutraute.

»Nun ja«, begann Richard Travelian zögerlich. »Ich wollte dir mit meinem Vorschlag natürlich nicht zu nahe treten und …«

»Nein, mir tut es leid, Dad«, fiel ihm Nelson resigniert ins Wort. »Mein Ton war nicht angemessen, entschuldige. Aber ich bin erwachsen und muss mein eigenes Leben führen. Dazu gehört auch, dass ich meine Ideale nicht verraten darf. Und die liegen eben im Umweltschutz.«

»Natürlich, mein Junge. Eine wichtige Sache. Und wir sind stolz auf dich, dass du dich so engagierst.«

»Danke, Dad. Das bedeutet mir viel. Und vielleicht habe ich auch schon eine Lösung gefunden.« Nelson dachte an Harry Madrigal und sein Angebot.

»Tatsächlich? Erzähl mal.«

Nelson wechselte das Handy ans andere Ohr. »Im Moment gibt's noch nichts Konkretes zu berichten, sorry. Aber sobald es Neuigkeiten gibt, rufe ich euch natürlich sofort an.«

Sein Vater brummte zustimmend. »Selbstständigkeit hat eben ihren Preis, nicht wahr? Und Probleme sind dazu da, angegangen zu werden … das formt den Charakter!«

»So ist es, Dad.«

»Fein, dann hören wir wieder voneinander, in Ordnung? Halt die Ohren steif!«

»Natürlich. Bye, Dad. Grüß Mum von mir.«

Nachdenklich betrachtete Nelson das Display seines Handys.

Er trat ans offene Fenster und sah auf die Queen Street hinunter. Eben spannten die Passanten die Schirme auf. Dicke Regentropfen schlugen aufs Pflaster und der vertraute Geruch von nassem Asphalt verbreitete sich. In der Ferne grollte Donner. Selten hatte das Wetter besser zu seiner Stimmung gepasst.

Er hatte seinem Vater eigentlich gar nichts von seinen Überlegungen, Madrigals Angebot anzunehmen, erzählen wollen. Das hatte der Mann vielleicht gar nicht ernst gemeint. Und wenn auch diese Möglichkeit in die Hosen ging, stände Nelson vor seiner Familie als noch größerer Vollidiot da. Aber sein Stolz hatte ihm ein Bein gestellt.

Mit einem Seufzen schloss er das Fenster, setzte sich an seinen Computer und checkte die Website, auf der er seine überzähligen Möbel zum Verkauf angeboten hatte. Vielleicht geschah ja ein Wunder und ein reicher Amerikaner bot ihm ein Vermögen für den alten Plunder.

10

Die schnellste Bahnverbindung nach Dartmeet führte über Reading und Exeter bis Newton Abbot. Danach musste Electra in einen Überlandbus umsteigen. Knapp fünf Stunden Reisezeit – sie war komplett verrückt!

Sie war heute Morgen Hals über Kopf aufgebrochen und hatte das Frühstück ausfallen lassen, und ihr Koffeinspiegel war bedenklich niedrig. Nervös sah sie auf die Uhr. Gleich hinter Reading hatte der Zug wegen einer Stellwerkstörung eine Viertelstunde mitten in der Pampa angehalten. Hoffentlich kam er pünktlich an, denn es fuhr pro Woche nur ein Bus in das kleine Nest im Dartmoor, und zwar mittwochs. Wie abstrus, dass es so etwas in der heutigen Zeit noch gab. Sollte sie den Bus verpassen, müsste sie sich nach einem Taxi umsehen. Hoffentlich blieb ihr das erspart, denn natürlich hatte sie wieder einmal vergessen, ihr Handy aufzuladen, und wollte deshalb auch nicht ins Internet, um nachzusehen, ob es in Newton Abbot überhaupt Taxis gab. Sie musste Akku sparen, und eine Steckdose bot dieser Zug leider nicht an. Also hoffte sie, dass der Lokführer die Verspätung wieder aufholte.

Electra hatte Kates Vorschlag, nach Dartmeet zu fahren, zuerst als absurd abgetan, doch gestern Nacht war etwas geschehen, das ihr zu denken gab. Nach Kates Telefonanruf hatte

Electra bei der Gemeindeverwaltung angerufen und nachgefragt, seit wann ihre Eltern in Oxford wieder gemeldet waren, und erfahren, dass die Greens erst drei Jahre nach Electras Geburt erneut ansässig wurden.

Zwischen Canterbury und Oxford lagen also drei Jahre, in denen ihre Familie irgendwo anders gelebt hatte. Weshalb diese Lücke? Und wo hatten sie in der Zeit gewohnt? War es tatsächlich dieses Dartmeet? Und warum erinnerte sie sich gar nicht daran? Immer mehr verdichtete sich der Hinweis auf das kleine Dorf in Devon. Und dann hatte sie auch noch diesen unheilvollen Traum.

Es war eine Aneinanderreihung von Bildern gewesen, und die Furcht, die sie dabei gefühlt hatte, war so real, dass es sie jetzt noch schüttelte. Dunkle Gänge, düstere Treppenhäuser, seltsame Geräusche und Schreie … schreckliche, schmerzerfüllte Schreie! Waren diese Bilder vielleicht Wirklichkeit gewesen? Eine Wirklichkeit von früher? Sie hatte nie vorher etwas Ähnliches geträumt, geschweige denn wegen eines Traums solch eine Angst gehabt. Erst jetzt, da sie wusste, dass es Undine gab, war vielleicht etwas aus ihr herausgebrochen. Als hätte es all die Jahre unter der Oberfläche gelauert.

Der Traum jedenfalls hatte den Ausschlag gegeben, dass Electra jetzt durch die liebliche Landschaft von Somerset Richtung Devon fuhr; im Gepäck lediglich eine kleine Reisetasche und eine seltsame Ahnung, dass sich diese Mission vielleicht nicht so entwickeln würde, wie sie sich das vorstellte.

Sie sah aus dem Fenster. Eben verließen sie den Bahnhof in Taunton, der Hauptstadt der Grafschaft Somerset. Dichte grüne Hecken säumten die Bahnlinie, dahinter lagen Ackerböden und Schafweiden, unterbrochen von Zäunen; ab und zu erblickte sie ein Gehöft und immer wieder kleinere Ortschaften mit roten Backsteinhäusern. Über allem wölbte sich ein blauer Himmel, gespickt mit weißen Wolkenformationen.

In Taunton war ein Reisender zugestiegen, der sich auf dem Sitz gegenüber niederließ. Sie musterte ihn verstohlen. Er trug einen schicken Anzug mit Krawatte. Eine modische Hornbrille vervollständigte den Eindruck des erfolgreichen Geschäftsmannes. Sie schätzte ihn auf Mitte vierzig. Seine schwarzen Haare hatte er mit viel Gel aus der Stirn gekämmt, was seine Frisur wie eine dieser chinesischen Lackdosen aussehen ließ. Sobald er sich mit einem Nicken gesetzt hatte, zog er einen Laptop hervor und tippte eifrig darauf herum, ohne sie weiter zu beachten.

Electras Magen knurrte und sie packte das Sandwich und die Flasche Mineralwasser aus, die sie sich am Bahnhof in Oxford auf die Schnelle noch gekauft hatte. Sie hoffte inständig, dass bald ein Angestellter mit dem Snack-Trolley vorbeikam und sie endlich einen Kaffee bekam.

Der strahlende Sonnenschein draußen tat sein Bestes, um die verstörenden Traumbilder, die immer wieder in ihr aufstiegen, auf ein erträgliches Maß zu reduzieren. War es möglich, dass diese Bilder und Gefühle diejenigen eines Kleinkindes waren? Und wenn ja, was hatte sie damals erlebt, das so schrecklich gewesen war, dass sie es bis jetzt verdrängt hatte?

»Hätten Sie gern etwas vom Wagen?«

Electra zuckte zusammen. Im Gang stand ein Bediensteter der Great Western Railway und sah sie fragend über seinen Trolley hinweg an.

»Einen Kaffee mit Milch und Zucker bitte.«

»Kommt sofort!«

* * *

Nelson steckte den Kopf durch die Küchentür.

»Ms Tuttle, ist es in Ordnung, wenn ich meinen Lieferwagen hinter dem Haus stehen lasse? Ich nehme heute das Fahrrad.«

Die Zimmerwirtin saß am Küchentisch vor einem ihrer geliebten Kreuzworträtsel.

»Berühmter Fußballspieler von Manchester United, wurde geadelt.« Sie sah Nelson fragend an.

»Bobby Charlton.«

»Passt! Danke.« Konzentriert schrieb sie den Namen in die kleinen Kästchen.

»Also, ist es okay?«, fragte er erneut.

Sie wedelte mit der Hand. »Jaja, aber nur bis morgen. Trevor kommt mit der neuen Regentonne vorbei, und Sie wissen ja, wie …«

»Danke!«, rief Nelson und zog sich hastig zurück. Er hatte keine Lust auf Ms Tuttles Dorfklatsch.

Er öffnete die Haustür und lief die Stufen hinab. Sein Fahrrad lehnte am Gartenzaun. Er hatte es übers Wochenende in Schuss gebracht, und auch wenn es beim Treten etwas quietschte, genoss er die tägliche Fahrt ins Büro.

Es war kurz nach halb zwei. Um vierzehn Uhr wollte der Interessent für die Büroräumlichkeiten nochmals vorbeikommen. Offenbar hatte er sich jetzt doch dazu entschlossen, den Mietvertrag zu übernehmen. Ein kleiner Lichtblick!

Das Wetter hätte besser nicht sein können. Nach dem gestrigen Gewitter glänzte das Städtchen wie frisch poliert.

Nelson setzte den Fahrradhelm auf und trat fröhlich pfeifend in die Pedale. Vielleicht wendete sich jetzt endlich das Schicksal, und die Durststrecke lag hinter ihm.

* * *

Ein lauter Pfiff ertönte und Electra schreckte hoch. Sie war doch tatsächlich eingeschlafen. Gott sei Dank hatte sie nichts geträumt. Der Mitreisende war fort. Der Zug verlangsamte seine Fahrt und die anderen Passagiere begannen, ihre Sachen zusammenzupacken. Waren sie etwa schon in Newton Abbot?

Sie sah auf die Uhr. Kurz vor halb zwei. Also hatte sie ihr Ziel doch noch pünktlich erreicht. Der Bus nach Dartmeet fuhr um 13.55 Uhr. Sie hatte sowohl das Busticket wie auch das Zugticket online buchen können, zu Hause ausgedruckt und musste sich jetzt nicht noch einmal am Schalter anstellen. Perfekt!

Sie langte nach ihrer Handtasche auf dem Nebensitz und griff ins Leere. Verdutzt starrte sie auf den abgewetzten Sitzbezug, bückte sich dann und spähte unter den Sitz. Nichts. Die Reisetasche? Als sie zum Gepäckfach hochsah, wurde ihr eiskalt. Weg! Genau wie ihre Handtasche mit all ihrem Eigentum darin.

Sie sprang auf.

»Entschuldigen Sie!«, rief sie durchs Abteil. Ein älteres Ehepaar, das sich für den Ausstieg bereit machte, wandte sich um. »Haben Sie zufällig jemanden gesehen, der mein Gepäck mitgenommen hat? Vielleicht ein Geschäftsmann mit schwarzem Lackhaar?«

Die älteren Herrschaften sahen sie verwirrt an. »Sind Sie bestohlen worden?«

Electra nickte. »Meine Handtasche, meine Reisetasche … beide weg!«

Tränen stiegen ihr in die Augen.

»Ach Kindchen, das tut mir aber leid«, sagte die Frau mitfühlend. »Ronald, hast du etwas bemerkt?«

Ihr Gatte schüttelte den Kopf. »Ich habe doch gelesen.«

»Wohl eher geschlafen«, meinte seine Ehefrau mit einem Augenzwinkern und wandte sich wieder an Electra. »Und ich habe die ganze Zeit an dem Strampler für meine Enkeltochter gestrickt und ebenfalls nichts bemerkt. Tut mir leid. Wenden

Sie sich am besten an den Schaffner. Sie sind hoffentlich versichert?«

Das hilft mir jetzt auch nicht weiter!, wollte Electra am liebsten schreien, doch sie hielt sich zurück. Die beiden konnten schließlich nichts dafür, dass man sie beklaut hatte.

Der Zug stoppte. *Newton Abbot* verkündete das Schild am Bahnhofsgebäude. Das Ehepaar nickte ihr zu und verließ das Abteil.

Electra stand wie erstarrt da. Was sollte sie jetzt tun? Sie besaß bloß noch ihr Handy, weil sie es wie üblich in der Gesäßtasche verstaut hatte. Kein Geld, keinen Pass, keine Kleider.

»Verflucht, Kate, das ist alles deine Schuld! Von wegen ›du musst unbedingt nach Devon‹!«, knirschte Electra und wischte sich die aufsteigenden Tränen aus den Augen. Flennen half jetzt auch nicht weiter.

»Erst mal tief durchatmen!«, beschwor sie sich. »Bloß nicht hysterisch werden. Und aussteigen. Sonst lande ich noch in Cornwall.«

Sie lief durchs Abteil und sprang aus dem Zug. Keine Sekunde zu früh, denn gerade schlossen sich die Türen und der Zug fuhr weiter.

Ratlos stand sie einen Moment auf dem Bahnsteig, der sich langsam leerte. Eine warme Brise strich über ihr erhitztes Gesicht. Wenigstens würde sie nicht erfrieren.

Wohin jetzt? Polizei oder zuerst zum Bahnschalter? Sie sah sich um, straffte die Schultern und marschierte entschlossen zum Ticketschalter.

11

»Tut mir leid, Miss, aber ich kann Sie nicht befördern, wenn Sie keinen gültigen Fahrschein besitzen.«

Electra starrte den stämmigen Busfahrer in der zu engen Uniform ungläubig an.

»Aber ich habe Ihnen doch schon gesagt, dass mir mein gesamtes Gepäck gestohlen wurde. Das Busticket befand sich in meiner Handtasche. Und die ist ebenfalls weg!«

»Tut mir leid, das zu hören, Miss, aber ich kann Sie nicht befördern, wenn Sie …«

»… keinen gültigen Fahrschein besitzen«, beendete sie seinen Satz genervt. »Ja, das habe ich verstanden! Können Sie vielleicht eine Ausnahme machen? Ich habe ja schließlich schon bezahlt. Wie käme ich sonst hierher?«

Der Busfahrer zuckte mit den Schultern und schaute dann demonstrativ auf seine Uhr.

Electra hätte schreien können!

Sie atmete tief durch. »Wenn ich Ihnen die Quittung meiner Online-Buchung zeige, nehmen Sie mich dann mit?«

Der Busfahrer überlegte einen Moment und nickte gnädig.

»Gut, warten Sie hier. Ich suche schnell einen Stecker, um mein Handy aufzuladen, danach kann ich meine Mails abrufen.«

Sie erstarrte. Ihr Ladekabel steckte in der Reisetasche. Mist, verdammter!

»Haben Sie zufällig ein Ladekabel für ein Smartphone?«

Der Busfahrer sah sie an, als hätte sie ihm ein unsittliches Angebot gemacht, und schüttelte vehement den Kopf.

»Brauche ich nicht«, raunzte er. »So neumodisches Zeugs kommt mir nicht ins Haus.«

»Gibt's hier denn ein Geschäft, das solches … Zeugs verkauft?«, fragte sie hoffnungsvoll. Vielleicht reichte die Zeit aus, um schnell in einen Handyladen zu flitzen und ein neues Kabel zu kaufen.

»Dachte, Ihnen wurde die Handtasche gestohlen«, erwiderte der Busfahrer mit einem spöttischen Lächeln auf den Lippen. »Wie wollen Sie das denn bezahlen?«

Verflucht! Das hatte sie einen Moment lang vollkommen vergessen. Sie hatte ja keinen Cent mehr in der Tasche. Und dieser Pinsel in Uniform sah sich offenbar darin bestätigt, dass sie nur eine Gratisfahrt hatte schnorren wollen.

»Gutes Argument«, murmelte sie niedergeschlagen.

Leider befanden sich in dem Bus keine Passagiere, die sie um ein Ladekabel oder sogar um eine Powerbank hätte bitten können. Sie würde also den Bus nach Dartmeet verpassen. Immerhin hatte sie aber einen Taxistand neben dem Bahnhof bemerkt, doch wie sollte sie die Fahrt bezahlen?

Dass Kate gerade auf Ibiza weilte, vereinfachte die Sache nicht gerade. Ihre Freundin hätte ihr sofort Geld geschickt oder wäre selbst nach Devon gekommen. Vielleicht konnte sie ihr aber von den Balearen aus Geld überweisen. Nur – dazu musste sie sie erst mal erreichen.

»Alles klar«, wandte sie sich resigniert an den Busfahrer. »Ich sehe schon, wir kommen nicht ins Geschäft.«

Er zuckte bloß mit den Achseln, und sie machte sich kopfschüttelnd davon.

Sie hatte den Diebstahl am Bahnschalter gemeldet und ihre Adresse und ihre Telefonnummer hinterlegt, nur für den Fall, dass ihr Gepäck irgendwo auftauchte. Jetzt musste sie noch zur Polizei, um das Delikt anzuzeigen. Doch wo befand sich in Newton Abbot die Polizeistation? Sie wollte schon zu ihrem Handy greifen, um nachzusehen …

»Verflixt!«

Wie hatten die Leute das früher bloß gemacht? Sie war ohne ihr Helferlein vollkommen aufgeschmissen.

Den Busfahrer wollte sie nicht nach dem Weg fragen, auf seine feixende Miene konnte sie gern verzichten. Deshalb wandte sie sich an eine Passantin mit einem übergewichtigen Pinscher an der Leine.

»Eine knappe Meile zu Fuß über die Queen Street, Kindchen«, beantwortete die rundliche Frau ihre Frage und wies mit dem Arm nach rechts. »Ist nicht zu verfehlen.«

Electra bedankte sich mit einem Lächeln. Offenbar waren nicht alle Einheimischen so feindselig wie der Busfahrer. Trotzdem fühlte sie sich gerade so verlassen wie das letzte Einhorn. Wo sollte sie ihr Handy aufladen? Ob sie Kate danach erreichte? Wie schnell konnte die ihr Geld schicken? Und wo sollte Electra diese Nacht schlafen?

Vielleicht wäre es das Beste, sie kehrte nach Oxford zurück. Als Schwarzfahrerin eben. Wenn sie erwischt wurde, müsste sie halt eine Buße zahlen. Aber immer noch besser, als auf einer Parkbank zu nächtigen. Die ganze Devon-Reise erschien ihr plötzlich als der dümmste Einfall, den sie je gehabt hatte.

Als sie die Queen Street erreichte, erblickte sie auf der anderen Straßenseite einen Handyladen. Heureka! Wenn sie den Verkäufer ein bisschen bezirzte, würde der sie vielleicht kostenlos ihr Handy aufladen lassen.

Eilig verließ sie den Bürgersteig und trat auf die Straße.

Dann geschahen mehrere Dinge in rascher Folge: Sie hörte ein Quietschen, einen lauten Fluch, und ein Fahrradfahrer flog an ihr vorbei. Darauf erklangen ein Scheppern und ein Knall, als würde ein riesiges Ei geköpft.

* * *

Nelson bog mit dem Fahrrad rasant in die Queen Street ein. Wenn er sich beeilte, würde er noch einen Kaffee trinken können, bevor der zukünftige Mieter auftauchte. Nelson mochte Kaffeeduft. Er fühlte sich dann immer gleich wie zu Hause. Vielleicht hätte er besser ein Lokal aufmachen und keine Baufirma kaufen sollen.

Er grinste bei dem Gedanken, wie er in einer weißen Schürze Devons Spezialität, Scones mit Clotted Cream und Erdbeerkonfitüre, servierte, und übersah deshalb die Gestalt, die urplötzlich vor ihm auftauchte.

Instinktiv bremste er scharf, dabei hob sich das Hinterrad des Fahrrads und er fiel kopfüber über den Lenker aufs Pflaster. Mit Wucht schrammte er über den Asphalt, hörte seine Jeans reißen und fühlte ein Brennen vom Ellbogen bis zur Achsel hinauf. Ein stechender Schmerz zuckte durch seinen Kopf, als er schließlich gegen den Bordstein knallte. Benommen blieb er liegen. Die Umgebung begann zu verschwimmen, als hätte er zu viel getrunken, die Straßengeräusche hörte er nur noch wie durch Watte.

Nelson blinzelte mehrmals, um das taube Gefühl im Kopf loszuwerden. Eine Lichtgestalt schob sich in sein Gesichtsfeld und beugte sich zu ihm herunter. Dabei fielen lange, blonde Haare wie ein Schleier vor ihr Gesicht. Schreckgeweitete Augen sahen ihn an. Die Gestalt sagte etwas zu ihm, doch er registrierte nur, wie sich ihr Mund bewegte. Ein äußerst hübscher Mund, wie er feststellte. Dann wurde ihm schwarz vor Augen.

* * *

Electra starrte entsetzt auf den Radfahrer, der offenbar wegen ihr gestürzt war. Den hatte sie vollkommen übersehen. Er war mit dem Kopf gegen den Bordstein geknallt. Zum Glück trug er einen Helm. Doch möglicherweise hatte er sich trotzdem verletzt.

Himmel Herrgott, heute ging aber auch alles schief!

Electra lief zu dem Verunglückten und beugte sich über ihn.

»Hallo? Hören Sie mich? Sind Sie verletzt? Es tut mir schrecklich leid, ich habe Sie nicht gesehen.«

Mit verschleiertem Blick sah der Mann zu ihr hoch. Er lächelte kurz, dann verdrehte er die Augen.

* * *

»Er ist bewusstlos«, hörte Nelson jemanden sagen.

Er schlug die Augen auf und stöhnte. Es fühlte sich an, als hätte ihn ein großes Tier durchgekaut und wieder ausgespuckt. Als er sich umsah, erblickte er eine kleine Schar Passanten, die im Kreis um ihn herumstanden. Eine blonde Frau beugte sich über ihn.

»… ich habe Sie gar nicht gesehen«, stotterte sie.

Er setzte sich auf. Einen Augenblick lang drehte sich alles. Sein Kopf dröhnte, sein Knie schmerzte und sein Ellbogen fühlte sich wie Porridge an, aber augenscheinlich lebte er noch.

»Mensch, Nelson, was war das denn für eine akrobatische Nummer? Damit solltest du im Zirkus auftreten.«

Das war Peter, wie Nelson erkannte. Im Erdgeschoss des Gebäudes, in dem sein Büro lag, führte er einen Handyladen. Peter grinste frech und half ihm hoch.

»*The flying Travelian*«, knurrte Nelson und betrachtete dabei seinen aufgeschürften Ellbogen. »Noch nie von dem gehört?«

Peter lachte. »Wenn du schon wieder Witze machen kannst, wird's nicht so schlimm sein.«

Er klopfte ihm auf die Schulter, was Nelson vor Schmerz zusammenzucken ließ, überquerte die Straße und verschwand in seinem Geschäft.

»Ich entschuldige mich noch einmal in aller Form. Brauchen Sie einen Arzt? Ich habe Sie einfach nicht gesehen und …«

Die Frau, wegen der er offensichtlich gestürzt war, rang die Hände.

»Passen Sie eben besser auf!«, knurrte er und betrachtete traurig seine zerrissenen Lieblingsjeans. Das Fahrrad sah ebenfalls aus, als würde es nur noch für den Müll taugen. Super, er musste doch sparen!

»Man läuft nicht wie ein kopfloses Huhn über die Straße!«, wetterte er weiter. »Sie …« Er brach ab und betrachtete verblüfft die Frau, die gerade in Tränen ausbrach.

»Es ist mir ja nichts passiert«, versuchte er sie zu beruhigen. »Nur ein paar Schrammen. Halb so wild.«

Sie sah ihn aus geröteten Augen an. Die Iris war von einem dunklen Blau, wie das Meer an einem stürmischen Tag.

»Ich … es …«, stammelte sie und erneut liefen ihr die Tränen übers Gesicht.

Am liebsten hätte er sie tröstend in den Arm genommen.

Er schätzte sie auf Mitte zwanzig. Sie hatte wunderschönes Haar und einen hellen Teint, der ihn an das gute Porzellan seiner Mutter erinnerte, das nur an Sonn- und Feiertagen zum Einsatz kam.

Die herzzerreißenden Schluchzer der Fremden schienen ihm jedoch ein bisschen zu dramatisch für die momentane Situation. Wollte sie damit etwa erreichen, dass er sie einfach laufen ließ? Obwohl er Verständnis für sie aufbrachte – sie hatte das bestimmt nicht mit Absicht getan –, musste sie ihm doch die Reparatur seines Fahrrads bezahlen.

»Na, na«, versuchte er es noch einmal. »Laden Sie mich zu einem Tee ein und wir besprechen die Sache in Ruhe, okay?«

Einen Moment sah sie ihn verstört an, dann vergrub sie das Gesicht in den Händen und schluchzte abermals auf.

Er runzelte die Stirn. Langsam wurde die Situation kurios. Die Frau tat ja gerade so, als wäre er der Täter und sie das Opfer. Die Schaulustigen hatten sich mittlerweile zerstreut, jetzt blieben jedoch andere Passanten stehen und beäugten ihn vorwurfsvoll. Am Ende würden sie noch die Polizei alarmieren in der Annahme, dass er die Frau belästigte.

»Nun beruhigen Sie sich doch«, beschwor er sie. »Die Leute starren uns schon an.«

Die Frau nickte, schniefte noch ein bisschen und wischte sich mit dem Handrücken über die Augen.

»Ich kann Sie nicht zu einem Tee einladen«, stammelte sie. »Ich habe nämlich kein Geld. Mein gesamtes Gepäck wurde gestohlen.« Ihre Unterlippe zitterte. »Zudem trinke ich lieber Kaffee.«

12

Das Railway Brewhouse lag gleich neben dem Bahnhof. Nelson lehnte sein kaputtes Fahrrad gegen den Lattenzaun und wies mit dem Kopf auf die Sitzecke im Schatten der mächtigen Eiche, die vor dem Lokal stand.

»Ich hole uns Kaffee, in Ordnung? Oder möchten Sie lieber ein Bier?«

»Kaffee wäre prima«, sagte die Fremde und schenkte ihm ein zaghaftes Lächeln.

Er humpelte ins Innere des Pubs und bestellte. Als die Bedienung ihm die Tassen über den Tresen auf einem Tablett servierte, legte er noch eine Packung Shortbread Fingers dazu. Zucker würde nach so einem Schreck bestimmt nicht schaden.

»So, Kaffee und Süßes«, sagte er, als er das Tablett auf eines der Eichenfässer stellte, die vor dem Lokal als Tische dienten.

»Vielen Dank, das ist sehr freundlich von Ihnen«, erwiderte die Frau und griff gleich einer Verdurstenden nach dem Kaffee. »Ich bin sonst nicht so nah am Wasser gebaut, aber der Tag hat es wirklich in sich.« Sie schüttelte den Kopf und packte das Gebäck aus. »Und die Fahrradreparatur bezahle ich Ihnen natürlich … nebst allen anderen Auslagen.«

Er winkte ab. »Nicht der Rede wert.«

Einen Moment blieben sie still, jeder mit seinem Kaffee beschäftigt.

Nelson hatte das untrügliche Gefühl, dass er etwas Wichtiges vergessen hatte, kam aber nicht darauf, was es war. Egal, ihn interessierte mehr diese wirklich attraktive Blondine ihm gegenüber. Ob sie ihm erzählte, weshalb der Tag dermaßen anstrengend für sie gewesen war? Sollte er direkt fragen, oder war das zu aufdringlich?

»Was …«

»Ich …«

Sie hatten gleichzeitig gesprochen und lachten.

»Sie zuerst«, sagte er. »Oder nein, ich möchte mich erst vorstellen. Nelson Travelian.« Er deutete eine Verbeugung an. »Sie verzeihen, wenn ich nicht aufstehe, ich hatte gerade einen kleinen Unfall.«

Die Fremde lachte. Ein warmes, dunkles Lachen, das ihm einen wohltuenden Schauer verursachte.

»Electra Green, angenehm. Und ich bin fürs Duzen, einverstanden?«

Er nickte erfreut. »Electra Green«, wiederholte er schmunzelnd. »Das klingt ja wie der Name eines Bond Girls.«

Sie lachte wieder. »Für ein Bond-Girl bin ich zu alt.«

»Das kann ich mir nicht vorstellen!«, entgegnete er spontan. »Zudem spielte Monica Bellucci in *Spectre* Bonds Gespielin … und da war sie immerhin schon fünfzig.«

»Gutes Argument. Also ja, Electra ist reichlich ungewöhnlich, das höre ich nicht zum ersten Mal.«

Nelson hatte gehofft, dass sie ihm jetzt ihr Alter verraten würde, aber sie schwieg und sah einen Moment in die Ferne, als müsste sie über etwas nachdenken.

»Dir ist also dein Gepäck gestohlen worden?«, griff er den Faden wieder auf.

Sie atmete tief durch und nickte. »Ja, im Zug. Pass, Geld, Kleider, alles weg!« Sie holte ein Smartphone aus ihrer Hosentasche und hielt es in die Höhe. »Der klägliche Rest meiner Besitztümer. Dumm nur, dass der Akku leer ist.« Sie schnalzte mit der Zunge. »Darum bin ich auch so kopflos über die Straße gerannt – ich wollte in den Handyladen.«

»Verstehe.« Er nippte an seinem Kaffee.

»Und zur Polizei muss ich auch noch, um den Diebstahl anzuzeigen.« Sie seufzte tief. »Du hast nicht zufällig ein Ladekabel dabei? Ich will meine Freundin anrufen, damit sie mir Geld schickt.«

»Sicher, in meinem Büro …« Er brach ab und stieß entsetzt die Luft aus.

Electra hob die Augenbrauen. »Ja?«

Nelson hatte den Interessenten für den Mietvertrag vergessen! Er sah auf die Uhr. Viertel vor drei. Der Mann hatte bestimmt nicht so lange auf ihn gewartet. Mist aber auch!

»Was ist denn?«, fragte sie.

»Ach, nichts«, entgegnete Nelson. »Das kriege ich wieder hin.«

* * *

»Mir geht's gut, Kate, keine Sorge.«

Electra warf Nelson einen schnellen Blick zu. Er wühlte auf dem Schreibtisch in seinem Büro herum, als würde er etwas suchen. Schließlich hielt er triumphierend einen Zettel mit einer Telefonnummer in die Höhe.

»Was?« Sie konzentrierte sich wieder auf Kate.

»Wie viel ich dir schicken soll, habe ich gefragt. Geht's dir auch wirklich gut?«

»Ja, sag ich doch. Dreihundert Pfund? Ist das zu viel? Ich muss ja erst eine neue Kreditkarte erhalten.«

»In Ordnung. Hast du die alte sofort sperren lassen?«

»Ja, Mama, habe ich. Gerade eben und gleich die Ersatzkarte bestellt. In vierundzwanzig Stunden soll sie abholbereit sein. Und anschließend gehe ich direkt zur Polizei und zeige den Diebstahl an. Ich brauche ja auch einen neuen Pass.«

»Braves Mädchen. Ich veranlasse sofort das Nötige für den Geldtransfer. Wo soll ich den Zaster hinschicken?«

Electra wandte sich an Nelson. »Nelson, gibt es in Newton Abbot einen Western-Union-Schalter?«

»In der Courtenay Street. Die haben bis halb sechs Uhr geöffnet.«

»Hast du mitgehört, Kate?«

»Nelson?«, fragte ihre Freundin erheitert. »Ist das der Ritter in schimmernder Rüstung?«

Electra errötete. Sie würde sich kaum jetzt mit Kate über Nelson unterhalten, wenn er alles mithörte. »Jepp«, sagte sie daher nur.

»Sieht er gut aus? Knackiger Po und so?«

»Kate!«

»Ist ja gut«, erwiderte ihre Freundin lachend. »Dann mache ich mich mal auf den Weg. Du hättest übrigens bei deiner Kreditkartenfirma auch eine Notbargeld-Auszahlung verlangen können. Haben sie dich nicht darauf hingewiesen?« Als Electra verneinte, schnaubte Kate ärgerlich. »Was für Pfeifen, du solltest die Kreditkartenfirma wechseln! Egal jetzt. Da du im Moment ohne Pass herumläufst, werde ich wohl die Testfragefunktion benutzen müssen, damit du an das Geld kommst. Die Überweisung kostet zwar etwas, aber was tut man nicht alles für seine beste Freundin.«

»Himmel, Kate, du kennst dich ja aus damit! Arbeitest du heimlich in dieser Branche?«

»Ich kriege im Pub so einiges mit. Was denkst du, wie viele mir schon ihr Leid geklagt haben, wenn sie bestohlen wurden oder ihre Kreditkarte verloren haben? Wir telefonieren also später wieder, okay? Ich will unbedingt alles über diesen Nelson erfahren.«

»Ist ja gut. Tschüss. Und tausend Dank!«

Electra beendete das Gespräch und stieß erleichtert die Luft aus.

»Alles geregelt?«, fragte Nelson.

Er lehnte am Schreibtisch, den Zettel in der einen, sein Handy in der anderen Hand.

»Ja, Gott sei Dank. Auf Kate ist Verlass.« Sie sah auf ihr Smartphone. Es hing noch am Ladekabel, war aber bereits wieder zu achtzig Prozent aufgeladen. »Ich mache mich dann mal auf den Weg in die Courtenay Street. So ein Transfer geht ja ratzfatz.« Sie stöpselte ihr Handy aus. »Nochmals herzlichen Dank für alles. Du hast mir quasi das Leben gerettet.«

Er winkte ab. »Das würde jeder britische Gentleman tun.«

»Sag das mal demjenigen, der mein Gepäck geklaut hat.«

Er grinste.

Einen Moment sahen sie sich schweigend an, dann räusperte sich Electra. »Also dann. Meine Adresse hast du ja. Schick mir die Rechnung für die Reparatur. Und du solltest unbedingt die Schürfwunde am Arm desinfizieren.«

Er nickte. Kurz sah es aus, als wolle er noch etwas hinzufügen, doch er blieb stumm und Electra wandte sich enttäuscht ab. Schade, sie fand ihn sympathisch. Sie mochte seine dunklen Augen, die Lachfältchen darum herum und seine braunen Locken. Er wirkte auf den ersten Blick sympathisch. Zu dumm, dass sie in Oxford nie so einem Mann begegnete.

Sie griff nach der Türklinke.

»Electra?« Seine Stimme hielt sie zurück. »Möchtest du vielleicht, dass ich dir den Weg in die Courtenay Street zeige?«

13

»Das Ganze könnte besser laufen.« Nelson fuhr sich mit der Hand durch die Haare, was er häufig tat, wie Electra bemerkt hatte. »Na ja«, er lachte. »Ich komme schon klar. Und was treibst du so in Oxford? Ich nehme an, du ruderst den ganzen Tag auf der Themse oder lauschst den tausend Glocken.«

Er grinste spöttisch.

Sie schlenderten durch die Fußgängerzone von Newton Abbot. Nachdem Electra die dreihundert Pfund abgeholt hatte, befanden sie sich jetzt auf dem Weg zur Polizeistation. Zuvor hatten sie in einer Apotheke Pflaster und Wunddesinfektionsmittel für Nelsons derangierten Ellbogen gekauft. Seine kaputte Hose kommentierte er locker als Zugeständnis an die gängige Mode, und tatsächlich sahen sie auf ihrem Weg vereinzelte Jugendliche, die ihre zerrissenen Jeans mit Stolz trugen.

»Höre ich da etwa Spott heraus?«, fragte sie. »Oxford ist bei Weitem die schönste Stadt in ganz Großbritannien! Und nein, ich rudere nicht, sondern arbeite als Assistentin für die Eule.« Sie amüsierte sich köstlich über Nelsons verwirrten Gesichtsausdruck. »Eigentlich heißt er Professor Barrington Flowerday«, erklärte sie. »Ihm obliegen die Finanzen der Uni. Aber jeder nennt ihn bloß die Eule, weil er genau so aussieht. Vor allem, wenn ihm etwas nicht passt.«

»Schon wieder so ein ungewöhnlicher Name. Ist das eine Oxforder Spezialität?«

»Sag jetzt aber nicht, das klingt wie der Bösewicht aus einem James-Bond-Film.«

Nelson lachte. »Nein, eher wie aus einem Jane-Austen-Roman.« Er räusperte sich. »Der stattliche Barrington Flowerday kam nicht umhin, die entzückende Rosamund Dunstanville aufs Höchste reizvoll und als überaus angenehme Person mit untadeligen Manieren zu empfinden.«

Electra kicherte. »An dir ist ein Dichter verloren gegangen.«

Er warf sich in Pose. »Na ja, sollte ich Konkurs anmelden müssen, kann ich es ja immer noch mit der Belletristik versuchen.«

Nachdem der Tag so unerfreulich begonnen hatte, fühlte sich Electra in Nelsons Begleitung jetzt mehr als wohl. Sie verstanden sich blendend, hatten den gleichen Humor, und zudem fand sie ihn immer attraktiver. Schade, dass sie die Polizeistation schon bald erreicht hatten. Er hatte ihr erklärt, sie läge nur knapp zehn Minuten entfernt. Danach würde er sich bestimmt verabschieden. Er wollte sich nämlich später noch mit einem Mann treffen, der sich für seine Büroräume interessierte. Sie konnte also nicht darauf hoffen, dass Nelson ihr noch mehr seiner Zeit schenkte. Zudem hatte sie selbst viel zu tun. Sie musste sich eine Unterkunft für die Nacht suchen, ein paar Kleider und Toilettenartikel einkaufen und morgen mit dem Taxi nach Dartmeet fahren. Immerhin war sie in Devon auf einer Mission.

»Warum lächelst du?«, fragte Nelson.

»Nichts, ich habe nur gerade einen Vergleich zu 007 gezogen.«

»Was?«

Sie winkte lachend ab. »Was ist das denn für ein cooler Turm?«

Sie beschirmte ihre Augen und sah an dem sandfarbenen Gebäude mit der großen Uhr hoch.

»Das ist der Saint Leonard's Tower«, erklärte Nelson. »Er ist das letzte Überbleibsel einer Kapelle aus dem Jahr 1220. Man nennt ihn hier schlicht Clock Tower. Du errätst bestimmt, weshalb.« Er zwinkerte ihr zu.

»Gerade so«, antwortete Electra verschmitzt. »Ein schönes Städtchen hast du dir ausgesucht.« Sie drehte sich im Kreis. »Ich mag diese renovierten Fassaden«, meinte sie und wies auf die reich verzierten Häuserfronten entlang der Fußgängerzone.

»Die Stadtverwaltung gibt sich wirklich Mühe, die viktorianischen Bauten zu erhalten. Newton Abbot war früher ja mal als *die* Eisenbahnstadt bekannt. Hier wurden Dampflokomotiven gewartet. Zuvor galt der Ort als wichtiger Umschlagplatz für Wolle und Leder. Und als der Markt dafür zusammenbrach, setzte man auf Tourismus.« Er betrachtete die vielen Menschen um sie herum. »Mit Erfolg, wie man sieht«, fügte er schmunzelnd hinzu.

Electra musterte sein Profil. Vielleicht sollte sie ihm erzählen, weshalb sie nach Devon gekommen war. Zwar kam er aus Exeter, wie er ihr erzählt hatte, lebte aber schon drei Jahre hier. Er würde ihr womöglich bei ihrer Recherche helfen können. Nein, das war Unsinn! Er hatte zu arbeiten und zudem wollte sie ihn nicht mit ihrer Familiengeschichte langweilen.

»Wir sind da«, unterbrach er ihre Gedanken und wies auf einen weißen Neubau, vor dem zwei Polizeifahrzeuge mit ihrer schrillen neongelb und blau karierten Lackierung standen.

»Schon?«, entfuhr es ihr und sie biss sich auf die Lippen. Sie wollte ihm nicht so offenkundig zeigen, dass sie seine Gesellschaft genoss. Er hatte bestimmt eine Freundin, vielleicht war er sogar verheiratet, und hatte ihr nur aus Höflichkeit seine Hilfe angeboten.

»Tja, sehr groß ist Newton Abbot eben nicht.«

Er schaute sie einen Moment nachdenklich an und streckte ihr dann die Hand entgegen. »Electra Green, es war mir eine Freude, mich von Ihnen aufs Pflaster legen zu lassen.«

Sie grinste und schüttelte seine Hand. »Die Freude war ganz meinerseits, Mr Travelian. Ich lasse es Sie wissen, wenn mir wieder danach sein sollte.«

Er riss in gespieltem Entsetzen die Augen auf, lachte dann aber und wandte sich um.

Sie sah ihm nach, wie er Richtung Innenstadt davonging.

»Wenn er sich nochmals umdreht, sehen wir uns wieder«, beschwor sie murmelnd das Schicksal. Doch es sah nicht danach aus, als ob ihr Wunsch in Erfüllung gehen würde. Als ein vorbeifahrender Kleinbus ihr die Sicht auf Nelson nahm, wandte sie sich enttäuscht ab.

»Electra!«

Sie wirbelte herum.

Nelson stand an der Hausecke, formte die Hände vor seinem Mund zum Trichter und rief: »Viel Spaß in Devon!«

14

»Wie schnell könnten Sie denn ausziehen?« Der untersetzte Mann in den Fünfzigern mit dem lichten Haarwuchs strich seine Krawatte glatt und sah Nelson fragend an.

»Jederzeit«, antwortete er und wagte kaum zu glauben, dass der Interessent tatsächlich den Mietvertrag übernehmen wollte.

Dieser holte sein Handy hervor, knipste ein paar Bilder vom Büro und nickte. »Fein, dann würde ich gern nächste Woche einziehen.« Er kniff die Augen zusammen, sah mal hier und dorthin, als würde er bereits im Kopf die Einrichtung planen.

Nelson atmete innerlich auf. Das lief ja wunderbar!

»Und Sie sagen, es gibt keine Probleme wegen des Mieterwechsels?«, fragte der Mann.

Nelson schüttelte den Kopf. »Überhaupt nicht. Das habe ich im Vorfeld bereits abgeklärt. Würden Sie denn auch die Möbel übernehmen?«

»Ist das eine Bedingung?«

Nelson überlegte nur eine Sekunde. Der Herr schien ernsthaft interessiert zu sein, also setzte er ein Pokerface auf und nickte.

Der Interessent knurrte. »Na gut, aber viel kann ich Ihnen dafür nicht zahlen.« Er warf einen abschätzigen Blick auf die Sitzecke. »Wir werden uns jedoch sicher einig.« Er griff in sein

Sakko und holte eine Visitenkarte hervor. »Melden Sie sich bei meiner Sekretärin, sie wird Ihnen ein Angebot unterbreiten.«

Paul Samson, Real Estate Finance stand darauf, nebst einer Handynummer und einer E-Mail-Adresse.

Ob der Immobilienmakler ihm eventuell Aufträge zuschanzen konnte? Nelson musste jede sich bietende Gelegenheit nutzen. Er wollte jetzt nicht gleich mit der Tür ins Haus fallen, behielt die Idee jedoch im Hinterkopf.

»Alles klar, Mr Samson.« Nelson streckte die Hand aus. »Es freut mich, dass wir uns so schnell einig geworden sind.«

Nelson stand mit seiner Kaffeemaschine auf dem Arm an der Bushaltestelle. Er würde das geliebte Teil jetzt erst mal ins Lager bringen, danach den Lieferwagen holen und den Rest seiner Habseligkeiten aus dem Büro abtransportieren.

Der späte Nachmittag glänzte mit warmen Temperaturen. Er atmete tief durch. Noch heute Morgen hatte alles grau und düster ausgesehen; langsam zeigte sich jedoch ein Silberstreifen am Horizont. Wenn er jetzt noch einen lukrativen Auftrag ergatterte, würde er seinen Betrieb aufrechterhalten können.

Er dachte an Electra Green zurück. Mittlerweile hatte sie die Diebstahlsanzeige bestimmt aufgegeben. Vielleicht sollte er sie anrufen, sich danach erkundigen und sie gleich zum Dinner einladen. Sie kannte hier doch niemanden und wäre möglicherweise froh, den Abend nicht allein verbringen zu müssen. Er fand sie wirklich äußerst attraktiv, und wenn sie lachte, verspürte er ein angenehmes Flattern in der Magengegend. Er hatte sie nicht nach ihren Plänen in Devon gefragt und sie hatte von sich aus nichts erzählt. Vielleicht hätte sie aber Lust, sich von ihm ein paar hübsche Plätze zeigen zu lassen. Oder war das zu plump, sich als Reiseführer anzubieten?

Er verlagerte die Kaffeemaschine. Das Teil war schwerer, als er gedacht hatte. Hoffentlich kam der Bus bald.

Vielleicht traf sich Electra hier ja mit jemandem. Ihrem Freund zum Beispiel, und sie würde Nelson auslachen, wenn er sie jetzt anrief. Egal, dachte er, stellte die Kaffeemaschine auf den Boden und holte sein Handy heraus.

* * *

»Zahnbürste, Zahnpasta, Feuchtigkeitscreme, Duschgel, Shampoo, Kamm, Schlafanzug, Jeans zum Wechseln, T-Shirt, Ladekabel …« Electra murmelte die im Kopf gemachte Einkaufsliste vor sich hin. »Slips!«, rief sie dann und sah sich in der Fußgängerzone nach einem entsprechenden Geschäft um.

Ihre Barschaft schwand schneller als erwartet. Da sie in Devon noch keine fixe Wohnadresse besaß, hatte ihr die Kreditkartenfirma zum Glück versprochen, ihr bis morgen eine Ersatzkarte an eine hiesige Bank zu schicken. Bis dahin sollte sie wohl mit Kates Geld ein bisschen besser haushalten. Ein feudales Abendessen war also nicht mehr drin, schließlich musste Electra auch noch eine Unterkunft suchen. Aber für Fish and Chips reichte es allemal.

Sie setzte sich auf eine Bank und streckte stöhnend die müden Füße aus. Die vielen Tüten stellte sie zwischen ihre Beine. Nicht, dass man ihr die auch noch klaute.

Die Beamten auf der Polizeistation waren sehr freundlich gewesen und hatten es bedauert, dass ihre Reise nach Devon so unerfreulich begann. Sie hatten ihr jedoch ebenfalls gesagt, dass vermutlich keine Chance bestand, die gestohlenen Dinge wieder zurückzubekommen. Diebstähle würden leider immer mehr zunehmen; ein Ärgernis, dem sie machtlos gegenüberstanden. Sie hatten sie online ein Formular ausfüllen lassen, mit dem sie einen neuen Pass beantragen konnte und das gleichzeitig als Identitätsersatz diente. Zudem benötigte ihre Versicherung die polizeiliche Referenznummer der Anzeige.

Mit vielen guten Ratschlägen für ihre Weiterreise hatte man sie darauf verabschiedet.

Electra hielt ihr Gesicht in die nachmittägliche Sonne und dachte an Nelson. Was er jetzt wohl tat? Sich um einen neuen Auftrag bemühen? Sie fand sein Umweltengagement süß und zugleich war sie davon beeindruckt. Wenn er davon erzählte, leuchteten seine Augen vor Begeisterung. Hatte der Interessent für seine Büroräume vielleicht angebissen? Sollte sie Nelson anrufen und sich danach erkundigen? Oder wäre das zu indiskret? Er hatte sie nicht gefragt, was sie in Devon vorhatte. Vermutlich interessierte es ihn nicht. Sie musste sich den attraktiven Bauunternehmer aus dem Kopf schlagen, immerhin hatte sie ganz andere Sorgen. Manchmal lief man eben jemandem über den Weg, bei dem die Schmetterlinge zu flattern begannen, doch das Schicksal hatte seine eigenen Regeln. Zudem lebte Nelson Travelian in Devon und sie in Oxford. Das würde höchstens auf eine kurze Romanze hinauslaufen, ohne Zukunft. Nein, es war schon besser, wenn sie sich nicht mehr sahen.

Sie atmete tief durch. Bisweilen entpuppte sich der Verstand leider als gemeiner Spielverderber.

»Also dann!« Sie klopfte sich auf die Schenkel und wollte aufstehen, als ihr Handy klingelte. Das war bestimmt Kate. Doch als Electra das Smartphone aus der Jeans klaubte, lief ein Lächeln über ihr Gesicht. Nelson!

»Ja?«, meldete sie sich und konnte nicht verhindern, dass sich ihr Herzschlag verdoppelte.

»Hier spricht Bond, James Bond.«

Sie lachte. »Und, hast du dein Büro losbekommen?«

»Ja, und die Möbel gleich mit dazu. Das muss gefeiert werden! Darf ich dich zum Dinner einladen?«

Ihr Magen vollführte einen Hopser. Er wollte sie wiedersehen!

»Das wäre nett. Wann und wo wollen wir uns treffen?«

»Sagen wir um halb sieben beim Clock Tower?«

Sie sah auf die Uhr. Ihr blieb genug Zeit, ein Zimmer zu finden und sich frisch zu machen.

»Perfekt!«, erwiderte sie.

»Also bis später. Ich freue mich.«

Sie hörte an seinem Tonfall, dass er dabei lächelte.

»Ich mich auch.«

15

Das Premier Inn lag zwanzig Minuten von der Fußgängerzone entfernt, war jedoch das einzige Hotel, das günstige Übernachtungen anbot. Alle näher an der Innenstadt gelegenen Quartiere kosteten über achtzig Pfund die Nacht.

Electra stand zweifelnd vor der Unterkunft, die in einem wenig einladenden Industriegebiet lag. Egal, sie wollte ja bloß eine Nacht bleiben.

Die Zimmer waren einfach möbliert, jedoch einwandfrei sauber und – dem Herrn sei Dank! – mit kostenfreiem WLAN ausgestattet.

Während sich Electra aus den verschwitzten Kleidern schälte, rief sie Kate an und berichtete ihr, was sich seit dem Nachmittag ereignet hatte.

»Du triffst dich also mit Nelson«, witzelte ihre Freundin am anderen Ende der Leitung. Im Hintergrund dudelte spanische Musik, unterbrochen von Olé-Rufen. Kates süffisanter Ton ärgerte Electra.

»Was du wieder denkst!«, gab sie harsch zurück. »Da läuft nichts. Er will nur nett sein.«

»Natürlich«, erwiderte Kate, aber ihr feixender Ton strafte ihre Antwort Lügen. Sie hätte genauso gut offen sagen können: »Schnapp dir den Kerl!«

»Im Ernst, Kate. Ich kenne ihn doch gar nicht und er mich ebenso wenig. Wir …«

»Electra!«, unterbrach sie Kate lachend. »Ich will dich bloß aufziehen. Ist doch toll, wenn du nicht den ganzen Abend allein herumhocken musst.«

Etwas besänftigt berichtete ihr Electra anschließend, was sie morgen vorhatte und dass sie sich aus Dartmeet wieder bei ihr melden würde.

»Vorausgesetzt natürlich, ich habe dort Handyempfang«, schloss sie.

Sie verabschiedete sich von Kate, nicht ohne zu versprechen, ihr ein Selfie mit dem ominösen Nelson zu schicken. Ihre Freundin interessierte sich brennend für sein Aussehen.

Electra sprang unter die Dusche und wusch sich genüsslich die Müdigkeit und den Schmutz des Tages von der Haut. Danach schlüpfte sie in ihre neu gekauften Kleider, auch wenn sie bedauerte, sie vorher nicht hatte waschen zu können. Selbst schuld, dachte sie, weshalb lässt du dir dein Gepäck stehlen?

Kurz vor dem vereinbarten Termin kam Electra beim Clock Tower an. Nelson war schon da. Er lehnte an der Mauer des Turms, dessen Spitze in den letzten Sonnenstrahlen aufleuchtete, als hätte ein Maler ihn mit Kupferfarbe überpinselt.

Electra blieb einen Moment stehen und betrachtete ihren Retter. Er musste ebenfalls geduscht haben, denn seine Locken schimmerten feucht, zudem hatte er sich umgezogen. Er tippte konzentriert auf seinem Handy herum. Mit wem er wohl kommunizierte? Seiner Freundin?

Der Gedanke, dass er womöglich gebunden war, versetzte Electra einen kleinen Stich. Vielleicht sollte sie ihn direkt danach fragen. Nicht, dass plötzlich eine eifersüchtige Frau mit einem Messer hereinstürmte und Electra morgen in der

Boulevardpresse als Opfer eines blutigen Beziehungsdramas auftauchte.

Als hätte Nelson ihren Blick gespürt, hob er in diesem Moment den Kopf, und als er sie bemerkte, fing er an zu strahlen und winkte.

Electra rang die wild flatternden Schmetterlinge in ihrem Bauch mit einem tiefen Atemzug nieder und winkte zurück.

* * *

»Bist du eigentlich Vegetarierin?«, fragte Nelson, als sie durch Newton Abbot zu dem Lokal gingen, das er ausgesucht hatte.

»Nein, wie kommst du darauf?«

»Ich dachte, es wäre besser, wenn ich es vorher weiß. Nicht, dass ich dich in ein Steak-House schleife und du dann nur an den Beilagen knabberst.«

Electra ließ ihr warmes, dunkles Lachen erklingen. »Sehr aufmerksam von dir, mich vorher zu fragen. Aber ich esse ab und zu Fleisch. Nur nicht so oft. Gibt es denn hier etwas, das ich unbedingt kosten muss?«

»Ja, natürlich! Nebst allem, was das Meer hergibt, das Gower Salt Marsh Lamb. Die frei herumlaufenden Lämmer fressen ausschließlich Gräser und Kräuter, die an der Küste wachsen. Meerfenchel, Sauerampfer, Halligflieder, Grasnelken und so weiter. Das verleiht ihrem Fleisch einen unverwechselbaren Geschmack. Eine wahre Delikatesse!«

»Lamm?« Electra verzog entsetzt den Mund. »Lieber nicht, die sind doch so süß.«

»Okay, also nichts, was süß ist«, erwiderte er amüsiert.

»Das findest du albern, nicht?«

»Ach was!«, sagte Nelson. »Du wirfst nur alle meine schönen Pläne über den Haufen.«

»Echt?«

Er lachte. »Das war ein Scherz. Dort, wo wir hingehen, gibt es auch andere Köstlichkeiten auf der Speisekarte. Und die sind bestimmt weniger ›süß‹. Außer es handelt sich um Nachtisch.«

Er zwinkerte und sie wirkte erleichtert.

»Ich bin ja leider mehr so der Fish-and-Chips-Typ«, gab sie zu.

»Leider?«

Mit Zeigefinger und Daumen kniff sie sich in die Seite. Eine winzige Speckrolle kam zum Vorschein. »Deshalb.«

Nelson verdrehte die Augen. »Frauen und ihre Figur!«, stieß er seufzend hervor. »Ich vermeine ja beinahe, meine Mutter zu hören. Oder Ms Tuttle!«

»Wer ist Ms Tuttle?«

»Meine Zimmerwirtin. Ich glaube, sie ist schon ohne Taille auf die Welt gekommen. Genau wie ihr Hund. Du könntest nicht sagen, wer von beiden fülliger ist.«

Wieder lachte Electra. »Wie gemein!«

»Wieso, wenn es doch so ist?«

Mittlerweile hatten sie das Teign Cellars erreicht. Nelson kam oft in diesen Pub, weil der Inhaber besonderen Wert auf eine reiche Auswahl an Biersorten legte. Hier konnte man zudem gut essen, die Bedienung war freundlich und die Preise waren angemessen.

»Willkommen in meinem Stammlokal«, wandte er sich an Electra.

»Und, waren die Makkaroni mit Käse ›sauer‹ genug?«

Electra grinste. »Sie waren köstlich!« Sie nahm einen Schluck Cider. »Und ich habe noch keinen besseren Apfelwein getrunken als diesen hier!« Sie versuchte, einen Rülpser zu unterdrücken. »Er ist nur ein bisschen stark, ich muss mich langsam zurückhalten, sonst fange ich an, auf dem Tisch zu tanzen.«

»Du wärst nicht die Erste«, erwiderte Nelson. »Ab und zu geht es hier hoch her.«

Das Lokal war gut besucht. Nebst Einheimischen lockten die ausgezeichneten Bewertungen im Internet mittlerweile auch viele Touristen an.

Während des Essens hatten er und Electra sich prächtig unterhalten. Sie neckten sich gegenseitig und fanden es beide spannend, über Filme und Bücher zu reden. Und ihm kam es vor, als würde er die hübsche Oxforderin schon lange kennen, obwohl es doch nur wenige Stunden her war, seit sie sich getroffen hatten. Persönliche Angelegenheiten anzusprechen, vermieden sie jedoch. Er wusste immer noch nicht, ob sie einen Freund hatte und was sie nach Newton Abbot geführt hatte.

»Nachtisch?«, fragte er und trank sein Bier aus.

»Danke, aber ich bringe nichts mehr runter.« Electra strich sich stöhnend über den Bauch.

»Alles klar. Kaffee?«

»Unbedingt!«

Nelson winkte der Bedienung und bestellte. Einen Moment blieb es still zwischen ihnen. Electra betrachtete die zahlreichen Alkoholika, die hinter der Bar kopfüber an der Wand hingen.

Sollte er jetzt einen Vorstoß wagen? Vielleicht mit etwas Unverfänglichem?

»Hast du eigentlich Geschwister?«, fragte er. Das war nicht zu direkt und führte bestimmt zum Ziel.

Sie verschluckte sich am Cider und fing an zu husten.

* * *

Electra winkte ab, als Nelson ihr seine Serviette reichen wollte.

»Es geht schon«, krächzte sie und wischte sich über die tränenden Augen. Sie räusperte sich mehrmals. »Ich habe mich nur verschluckt.«

»Zweifellos«, erwiderte er schmunzelnd. »Willst du ein Glas Wasser?«

Sie nickte und er stand auf und ging zur Bar hinüber.

Sie sah ihm nach. Er humpelte noch leicht, was ihr ein schlechtes Gewissen bereitete.

Seine Frage hatte sie kalt erwischt. Er konnte ja nicht wissen, was gerade in ihrem Leben los war, und normalerweise waren Erkundigungen nach der Familie ja auch recht problemlos zu beantworten. Sollte sie Undine erwähnen? Jetzt wäre der passende Moment, denn schon morgen trennten sich ihre Wege wieder. Und manchmal war es einfacher, einem Fremden etwas Persönliches zu erzählen. Obwohl, Nelson fühlte sich für sie nicht wie ein Fremder an. Vielleicht hatte sie aber auch nur zu viel Cider getrunken.

»Hier, bitte.« Er stellte ein Glas Wasser vor sie hin und setzte sich wieder.

»Danke. Wie es aussieht, bist du stets zur Stelle, wenn es um Leib und Leben geht.«

Er strahlte sie an. »Jederzeit.«

Sie lächelte, nahm einen großen Schluck Wasser und traf eine Entscheidung.

»Ja«, sagte sie schließlich, »ich habe eine Schwester.« Sie atmete tief ein und fuhr fort: »Ihr Name ist Undine. Und ich vermute, dass sie in Devon lebt. Sicher bin ich jedoch nicht, denn ich habe sie noch nie gesehen.«

* * *

Nelson starrte sie perplex an. »Du hast sie noch nie gesehen? Wie ist das möglich?«

»Bis vor kurzer Zeit dachte ich immer, dass ich ein Einzelkind bin«, sagte Electra.

Er beugte sich nach vorne. »Und jetzt nicht mehr?«

»Es ist ein bisschen kompliziert.« Sie brach ab und schwieg.

Er hatte das Gefühl, dass er ihr Zeit lassen musste. Und tatsächlich fuhr sie nach einer Weile von selbst fort.

»Es ist so, meine Eltern starben bei einem Verkehrsunfall, da war ich vierzehn.«

»Das tut mir leid.«

Sie nickte flüchtig. »Danach habe ich bei meiner Großtante gelebt, bis ich volljährig war. Wir haben uns nicht besonders verstanden. Ich … sie. Ach, egal.« Electra nahm einen weiteren Schluck Wasser. »Auch sie ist kürzlich gestorben, und bei der Testamentsverlesung erfuhr ich dann, dass ich eine ältere Schwester habe.« Electra wirkte verlegen. »Schräge Geschichte, was?«

Sie lachte verhalten, doch es klang eher traurig.

Nelson wusste nicht, was er darauf antworten sollte. Electra schien nicht die Person zu sein, die so etwas erfand, um sich wichtigzumachen. Doch konnte das tatsächlich stimmen?

»Ich sehe schon, du glaubst mir nicht.« Sie hob die Schultern. »Kann ich verstehen, ich würde es auch nicht glauben, wenn ich Undines Geburtsurkunde nicht gesehen hätte. In Canterbury. Ich bin extra hingefahren. Meine Eltern haben bei meiner Geburt nämlich dort gelebt.«

»Du hast eine Kopie ihrer Geburtsurkunde?«

»Hatte«, erwiderte Electra seufzend. »Sie war in meiner Handtasche.«

»Undine«, sagte Nelson nachdenklich. »Deine Eltern hatten einen ausgefallenen Namensgeschmack.«

»Offensichtlich.« Electra drehte das leere Wasserglas in den Händen. Dann straffte sie die Schultern und reckte das Kinn. »Im Grunde ist es ja egal, ob du mir glaubst, ich wollte …« Sie stockte. »Keine Ahnung, was ich eigentlich wollte.«

Nelson griff über den Tisch nach ihrer Hand. »Hey, ich bezichtige dich nicht der Lüge. Ich bin nur … etwas verwirrt und frage mich, weshalb man dir nicht gesagt hat, dass du eine Schwester hast.«

Er hatte befürchtet, dass sich Electra sofort seiner Berührung entzog, doch zu seiner Erleichterung tat sie es nicht. Es war ein seltsames Gefühl, die Hand einer Frau zu halten. Das hatte er schon lange nicht mehr getan, und es fühlte sich großartig an.

»Das, Mr Bond, ist die Tausend-Pfund-Frage!« Electra lächelte tapfer. »Ich frage mich das ständig. Aber wer sollte es mir erklären? Es sind ja alle tot.« Sie seufzte. »Wenn ich Undine finde, kann sie sich auf ein paar unangenehme Fragen gefasst machen.«

Plötzlich glänzten Electras Augen verräterisch.

»Was ist?« Nelson streichelte mit dem Daumen ihren Handrücken.

»Vielleicht wollte sie einfach nie Kontakt zu mir … aus was für Gründen auch immer.«

»Blödsinn!«, ereiferte er sich. »Es gibt bestimmt eine logische Erklärung dafür.«

Electra lächelte ihn dankbar an.

Zwar war sich Nelson nicht sicher, ob es für so ein Verhalten tatsächlich eine schlüssige Erklärung gab, aber das würde er ihr kaum auf die Nase binden.

»Und wo in Devon lebt deine Schwester? Etwa in Newton Abbot?« Er überlegte kurz, ob er in den drei vergangenen Jahren eine Undine kennengelernt hatte, konnte sich aber nicht erinnern. So einen ungewöhnlichen Namen hätte er bestimmt nicht vergessen.

»Dartmeet«, sagte Electra.

»Was ist mit Dartmeet?«

»Ich vermute, dass sie dort lebt.«

Er lachte. »Im Ernst? Dann bist du mit deinen Nachforschungen aber schnell durch. Das Dorf besteht lediglich aus ein paar Häusern.«

»Ich weiß.« Electra wirkte erleichtert. Sie sah auf die Uhr. »Es ist schon spät, Nelson. Ich sollte zurück ins Hotel. Der Tag hatte es in sich und ich will morgen früh nach Dartmeet aufbrechen.«

Er verspürte einen Stich der Enttäuschung. Wenn sie sich jetzt trennten, würden sie sich bestimmt nie wiedersehen. Ein Gedanke, der ihm zutiefst zuwider war.

»Ja, natürlich.« Er hob die Hand und winkte der Bedienung für die Rechnung.

Electra holte ein paar Geldscheine aus ihrer Jeans hervor, doch er schüttelte den Kopf.

»Das geht auf mich«, sagte er bestimmt, und als sie widersprechen wollte, erwiderte er: »Ich bestehe darauf!«

»Na gut, danke schön.«

Sie lehnte sich zurück und entzog ihm ihre Hand.

Nelson überlegte krampfhaft, wie er den Moment des Abschieds hinauszögern konnte. Sollte er ihr vorschlagen, sie zum Hotel zu begleiten? Plötzlich fiel ihm etwas ein.

»Wie kommst du eigentlich morgen nach Dartmeet? Der Bus fährt doch nur mittwochs.«

Sie lachte ihr wunderschönes Lachen. »Ja, ich weiß. Und den habe ich ja heute verpasst.« Sie zwinkerte ihm zu. »Also werde ich mir morgen ein Taxi leisten.«

»Ein Taxi? Kommt gar nicht infrage! Ich fahre dich selbstverständlich hin. James Bond lässt eine Lady in Nöten nie im Stich.«

16

Als Electra am Donnerstagmorgen die Vorhänge aufzog, hingen schwere, bleigraue Wolken am Himmel. War das ein schlechtes Omen? Zum Glück regnete es aber nicht.

Nelson hatte sie gestern Abend bis vors Hotel begleitet. Und als er sich von ihr verabschiedete, hatte es beinahe so ausgesehen, als wolle er sie küssen. Sie hätte nichts dagegen gehabt. Doch nach einem Moment der offensichtlichen Versuchung hatte er sich mit einem Räuspern verabschiedet. Es war ja auch übertrieben, jemanden zu küssen, dem man Schürfwunden und ein kaputtes Fahrrad verdankte.

Electra schmunzelte. Natürlich knisterte es zwischen ihnen, das hatte sie sofort gespürt. Und sie freute sich, trotz der Vorahnung, dass sie in Dartmeet vielleicht keine Antworten fand, auf den heutigen Tag und über Nelsons Begleitung.

Sie hatten sich für acht Uhr in der Hotellobby verabredet, also beeilte sie sich mit der Morgentoilette, damit sie noch ausgiebig frühstücken konnte. Hunger hatte sie zwar nach dem reichhaltigen Abendessen nicht, aber sie lechzte nach mindestens zwei Tassen Kaffee.

Punkt acht Uhr betrat sie die Lobby. Nelson stand an der Rezeption und schäkerte mit der Empfangsdame. Electra hörte, wie die Frau über etwas kicherte, was er gesagt hatte.

Der kommt beim weiblichen Geschlecht aber gut an, schoss es Electra durch den Kopf, und ihre gute Laune sank. Sie hatten gestern nicht die Zeit gefunden, über Nelsons Beziehungsstatus zu reden. Doch da er mit keinem Wort eine Freundin oder gar Frau erwähnt hatte, war sie automatisch davon ausgegangen, dass es weder das eine noch das andere gab. Aber als sie jetzt seine Charme-Attacke gegenüber der Empfangsdame beobachtete, kam ihr der Verdacht, dass er womöglich wechselnde Liebschaften pflegte. Hatte er ihr deshalb angeboten, sie nach Dartmeet zu fahren? Denn wer tat so etwas Uneigennütziges schon für eine Fremde? Und dazu noch für eine, wegen der man einen Unfall erlitten hatte! Suchte Nelson vielleicht ein schnelles Abenteuer und sie schien ihm ein lohnendes Ziel zu sein?

Hör auf, immer an das Schlimmste zu denken!, erklang Kates Stimme in Electras Kopf.

Ihre Freundin hatte recht. Sie sollte dieser kleinen Unterhaltung nicht zu viel Bedeutung beimessen. Also atmete Electra tief durch und steuerte auf die Empfangstheke zu.

Nelson drehte sich um und strahlte sie an. »Pünktlich auch noch?«, rief er gut gelaunt. »Gibt es überhaupt einen Fehler an dir?«

Ja, ich bin zuweilen eine überaus pessimistische, eifersüchtige und dazu komplett romantische Nuss, hätte sie eigentlich sagen müssen. Doch sie erwiderte mit einem schiefen Lächeln: »Find's raus.«

Sie fuhren mit Nelsons Lieferwagen – auf dem mit oranger Farbe der Schriftzug *Travelians ökologisches Bauunternehmen* über einer stilisierten Backsteinmauer mit einer Blume prangte – auf der Ashburton Road Richtung Westen. Im Wagen roch es nach Mörtel und Zement. Electra erinnerte der Geruch an ihren Vater, der in seiner Freizeit gern an der Gartenmauer herumgeflickt hatte. Trotz seines Berufs als Vermessungsingenieur war er im Handwerklichen jedoch nicht sehr begabt gewesen und hatte jedes Frühjahr wieder von vorne beginnen müssen, da die Winterkälte seine Baubemühungen zerstört hatte.

Electra lächelte. Wie seltsam, dass ihr solche unwichtigen Dinge im Gedächtnis geblieben waren, sie sich aber kaum noch an Timothy Greens Stimme erinnern konnte. Doch Nelsons Lieferwagen und das Industriegebiet, durch das sie gerade fuhren, hatten wohl ein Zeitfenster geöffnet.

Sobald sie Newton Abbot verließen, bestimmte Natur die Aussicht. Links und rechts der Fahrbahn wuchsen hohe Hecken, die kaum einen Blick auf die Landschaft dahinter gewährten. Sie kam sich wie in einem grünen Tunnel vor.

»Das bist du von Oxfordshire nicht gewohnt, was?«, kommentierte Nelson ihre gerunzelte Stirn.

»Die Hecken schon, aber bei uns werden sie immerhin gestutzt, damit man drübersehen kann.«

Er lachte. »Sobald wir ins Dartmoor kommen, erwartet dich ein meilenweites Panorama, glaub mir.«

Die Straße wurde schmaler, und wenn ihnen ein Auto entgegenkam, musste eins der beiden rückwärts eine Ausweichstelle anfahren, damit sie aneinander vorbeikonnten.

»Wie bist du eigentlich darauf gekommen, dass deine Schwester in Dartmeet wohnt?«, fragte Nelson. »Ich meine, stand das im Testament?«

Electra schüttelte den Kopf. »Ich habe in den persönlichen Dingen meiner Großtante eine Postkarte von meiner Mutter gefunden. Darauf waren eine Steinbrücke, ein Fluss und ein Haus abgebildet, und darüber prangte der Schriftzug ›Badger's Holt, Dartmeet‹.«

»Interessant. Hast du die Karte dabei?«

Electra seufzte. »Die war ebenfalls in meiner Handtasche.«

»Mist!«

»Aber«, sie holte ihr Handy hervor, »ich habe die Vorder- und Rückseite abfotografiert.«

»Eben doch ein Bond-Girl!«

Electra grinste, rief auf ihrem Smartphone den Ordner mit den Fotos auf und zeigte Nelson die Bilder. Er konnte während der Fahrt nur kurz einen Blick darauf werfen.

»Und was steht auf der Rückseite?« Sie las ihm den Text vor. »Das klingt tatsächlich, als ob deine Eltern mit dir goldigem Kind dort gewohnt haben. Aber wieso? Glaub mir, Dartmeet ist nicht gerade der Nabel der Welt. Was hat dein Vater gearbeitet?«

»Er war Vermessungsingenieur.«

Nelson warf ihr einen raschen Blick zu. »Also wenn du jetzt Bauer oder Schafhirte gesagt hättest, wäre Dartmeet halbwegs logisch gewesen. Vielleicht noch Wirt … doch ein Vermessungsingenieur? Nein, das ergibt absolut keinen Sinn.«

Electra seufzte. »Ich weiß, ich habe Dartmeet natürlich gegoogelt und im Umkreis von fünfzig Meilen keine Firma gefunden, die jemanden brauchen könnte, der ein Tachymeter bedienen kann.«

»Und was soll das PS *Wir geben nicht auf!* bedeuten?«, fragte Nelson weiter und stoppte wieder an einer Ausweichstelle, weil ihnen ein Traktor entgegenkam.

»Ich habe nicht den leisesten Schimmer.«

»Na, das ist ja ein ganzes Füllhorn an Ideen!«

Electra lachte. »Keine Eingebung, Mr Bond?«

»Leider nein. Vielleicht sollte ich Miss Moneypenny anrufen, damit sie mir einen Tipp gibt.«

»Ihr Männer braucht auch immer eine Frau, die euch sagt, wo's langgeht.«

Er stieß einen entrüsteten Laut aus.

Electra lächelte. Es war so angenehm, dass Nelson ihren Humor verstand und nicht gleich einschnappte, wenn sie ihn auf die Schippe nahm.

Sie sah aus dem Fenster. Die hohen Hecken waren mittlerweile tatsächlich verschwunden, und vom erhöhten Sitz des Lieferwagens aus sah sie jetzt über hügelige grüne Felder, gespickt mit weißen Schafen. Nelson hatte recht gehabt, sie konnte bis zum dunstigen Horizont sehen. An einem besonders schönen Aussichtspunkt hielt er vor einem hölzernen Gatter an.

»Komm, lass uns aussteigen und ein wenig die Aussicht genießen«, schlug er vor.

Electra nickte und kletterte aus dem Lieferwagen. Die graue Wolkendecke riss langsam auf. Blauer Himmel und Sonnenschein blitzten zwischen den Lücken hervor. Es roch nach trockenem Gras und Schafmist.

»Schön hier«, sagte sie. »Nicht so lieblich wie bei uns natürlich, aber auch recht nett.« Sie zwinkerte ihm zu. »Und wann kommen wir ins Dartmoor?«

»Wir sind schon seit einer Weile drin.«

»Tatsächlich?« Sie sah sich um. »Ich hatte es mir … düsterer vorgestellt.«

»Nur Geduld. Es gibt schon ein paar finstere Ecken. Und wenn's regnet oder der Nebel aufzieht, sieht es auch nicht gerade gastlich aus.«

Sie nickte verstehend. »Ich habe gelesen, dass man im Nationalpark sogar wild campen darf, stimmt das?«

»So ist es. Natürlich muss man ein paar Regeln befolgen, aber vermutlich ist das hier der letzte Fleck in Großbritannien, wo das noch erlaubt ist.«

Er wies auf ein Schild in einiger Entfernung, auf dem ein weißes Pony auf grünem Grund abgebildet war.

»Das ist das Zeichen des Dartmoor National Parks. Er wurde 1951 gegründet, um die Ursprünglichkeit des Gebiets zu erhalten. Es gibt hier ja einige archäologische Überreste.« Er zählte auf: »Die verschiedenen Steinkreise, die Megalithen von Merrivale, The Graveyard und Grimspound. Diese und die

Pflanzen und Tiere müssen unbedingt geschützt werden. Ich bin übrigens Mitglied der Dartmoor Preservation Association. Wir engagieren uns für den freien öffentlichen Zugang und für gute Beziehungen zu den privaten Landbesitzern. Du siehst ja, dass es hier überall Gehöfte gibt.« Er wies mit der ausgestreckten Hand auf einen Bauernhof in einer Senke. »Das Land gehört aber zu großen Teilen dem Herzog von Cornwall, also momentan Prinz Charles. Und ihm ist die Erhaltung der Tier- und Pflanzenarten ebenso wichtig. Ich habe ihm bei einem Besuch hier sogar mal die Hand geschüttelt.«

Electra sah Nelson von der Seite an. Begeisterung stand in seinem Gesicht. Offensichtlich war der Naturschutz ihm wirklich ein Anliegen, und sie bewunderte sein Engagement. Sie selbst hatte sich nie groß Gedanken um die Umwelt gemacht. Natürlich recycelte sie Hausmüll und versuchte, ihre Ökobilanz im grünen Bereich zu halten, mehr aber auch nicht.

Eine jähe Sympathie für den Mann an ihrer Seite wallte in ihr auf, die so stark war, dass sie sich zurückhalten musste, um ihn nicht zu umarmen. Wo kamen diese Gefühle nur so plötzlich her? Hatte sie sich etwa in Nelson verguckt? Doch wie war das möglich? Sie kannte ihn ja erst einen Tag!

»Wollen wir weiter?«

»Wie?«

»Wollen wir weiterfahren?« Nelson musterte sie mit gerunzelter Stirn. »Alles in Ordnung?«

»Aber ja, alles bestens!«

Sie drehte sich um und stieg eilig in den Wagen.

17

Seit ihrem kurzen Stopp wirkte Electra abwesend, und Nelson fragte sich, was sie wohl bedrückte. Er scheute sich jedoch davor, sie direkt danach zu fragen. Vielleicht dachte sie an ihre verstorbenen Eltern. Oder an ihre Schwester, die offenbar nie etwas mit ihr hatte zu tun haben wollen.

Er begriff so ein Verhalten nicht. Seine älteren Brüder hänselten ihn zwar gern, hätten aber jederzeit ihren linken Arm für ihn gegeben. Jeder in seiner Familie wäre bereit, für den anderen große Opfer zu bringen. Bis jetzt war das Nelson stets als vollkommen normal erschienen, doch offenbar gab es auch Familien, in denen das weniger oder gar nicht der Fall war. Zusätzlich trieb ihn die Frage um, wie es sein musste, als Waise aufzuwachsen. Er konnte sich das kaum vorstellen. Bei ihm zu Hause war stets so ein Trubel, dass man oft Kopfschmerzen davon bekam. Familie, Freunde und Bekannte gingen ein und aus, als befände man sich bei den Travelians auf dem Hauptbahnhof. Und Electra hatte als Teenager zu ihren ältlichen Verwandten ziehen müssen und war möglicherweise dort sehr einsam gewesen. Er verspürte unvermittelt heftiges Mitleid mit ihr.

Weshalb nur hatte Undine ihre Schwester verleugnet? Wusste sie vielleicht nicht, dass Electra existierte? Er rechnete kurz nach. Undine musste fünf Jahre alt gewesen sein, als die Greens in Dartmeet gelebt hatten. Eine Fünfjährige vergaß bestimmt nicht, dass sie eine Schwester hatte! Oder doch? Nein, das konnte nicht sein. Nelson hielt es für viel wahrscheinlicher, dass Undine nicht mehr lebte. Vielleicht hatte sie als Kind einen Unfall gehabt und war gestorben. Und aus Schmerz darüber waren Electras Eltern wieder nach Oxford zurückgekehrt. Möglicherweise wollten sie ihrer jüngeren Tochter von dem Unglück erst erzählen, wenn sie erwachsen geworden war, waren aber selbst gestorben, bevor es dazu kam. Doch selbst wenn – Electras letzte lebende Verwandte hätte ihr doch sagen müssen, dass sie eine ältere Schwester gehabt hatte. Electra hatte recht, das war alles mehr als seltsam.

Da sie auf seine Fragen nur noch einsilbig antwortete, stellte er das Radio an. Vielleicht brachte Musik sie auf andere Gedanken. Ed Sheeran sang gerade von einem irischen Mädchen, und Nelson summte leise mit. Er mochte das Lied. Und die Stimmung passte wunderbar zu der grünen Landschaft, durch die sie gerade fuhren.

Nach einer halben Stunde erreichten sie das Tal des River Webburn, passierten Ponsworthy und gelangten schließlich nach Dartmeet, das an der Mündung der Nebenflüsse des River Dart lag.

Er setzte den Blinker vor der gemauerten Steinbrücke, die auch auf der Postkarte abgebildet war, und fuhr rechts auf den großen Parkplatz. Normalerweise stand hier eine Unzahl Fahrzeuge, weil man aus dieser Perspektive die malerische Brücke und die mächtigen Steine im Flussbett am besten fotografieren konnte. Doch an diesem Donnerstagmorgen parkte nur ein einsamer Van mit beschlagenen Scheiben in der hintersten Ecke.

»Sind wir da?« Electra sah sich neugierig um.

Er nickte. »Wir lassen den Wagen hier.« Er wies mit dem Kopf auf eine Holzkonstruktion, an der mehrere Schilder hingen. »Schau!«

Electra kniff die Augen zusammen. »Cream Tea? Danke, aber ich habe eben erst gefrühstückt.«

Er lachte. »Nein, die ovale Tafel darüber.«

»Badger's Holt!«, rief sie elektrisiert. »Mums Postkarte!«

»Ja, genau.« Er schaltete den Motor aus. »Von hier aus geht's nur noch zu Fuß weiter.«

Er kletterte aus dem Lieferwagen. Electra blieb sitzen und starrte auf das Schild mit den beiden Dachsen darauf.

»Ist was?«

Sie sah ihn an und schluckte leer. »Und wenn Undine mich nicht sehen will?«

»Blödsinn, rede dir nichts ein!« Er räusperte sich. »Ich denke … also, es kann doch sein, dass sie gar nicht mehr hier lebt.«

Electra nickte. »Ja, du hast recht. Das könnte durchaus sein.« Sie atmete tief durch. »Also los!«

Der Fußweg führte weg von der Steinbrücke am Fluss entlang, der für seine mächtigen Findlinge im Bachbett so berühmt war. Ein Vogelkonzert begleitete ihre Schritte. Die Luft war frisch und roch nach Moos und feuchtem Gras.

Nelson genoss die friedliche Stimmung und die Anwesenheit der wunderschönen Frau an seiner Seite, auch wenn diese recht still geworden war. Er hätte gern ihre Hand gehalten, weil er ihr Trost spenden wollte, traute sich jedoch nicht.

Er hielt sich nicht für schüchtern und der Umgang mit dem weiblichen Geschlecht fiel ihm normalerweise leicht. Doch in Electras Nähe ergriff ihn ein Zaudern, das er so von sich nicht kannte. Gestern Abend zum Beispiel hätte er sie zum Abschied gern geküsst, und sein Bauchgefühl hatte ihm vermittelt, dass sie ihn nicht abweisen würde. Doch aus irgendeinem Grund hatte er sich davor gescheut, den ersten Schritt zu tun. War das nun dämlich oder sensibel gewesen?

Viel zu schnell erreichten sie das Restaurant Badger's Holt, bevor er sich durchringen konnte, doch noch ihre Hand zu nehmen. Das rustikale Holzhaus mit spitzem Schieferdach und Souvenirladen warb mit allerlei Anschlägen um die Gunst der Besucher. Die berühmten Cream Teas, Fish and Chips und Übernachtungen im Bed and Breakfast des Restaurants wurden angepriesen. Am Wochenende herrschte hier ein stetiges Kommen und Gehen. Touristen, Einheimische und Tagesausflügler gaben sich die Klinke in die Hand, um ihre Picknickkörbe mit den nötigen Leckereien zu füllen. Doch jetzt, mitten in der Woche, waren die Tische vor dem Lokal verwaist.

Electra blieb vor der offenen Tür des Restaurants stehen und runzelte die Stirn. »Hier soll Undine leben?«, fragte sie. Nelson hatte den Eindruck, als würde sie nur mit sich selbst sprechen.

»Nein, das kann ich mir nicht vorstellen«, erwiderte er dennoch. »Ich kenne den Wirt. Weder seine Frau noch seine Töchter heißen Undine.«

»Sie hätte sich einen anderen Namen zulegen können.«

»Stimmt, aber nicht ein anderes Alter.« Er lächelte. »Mary Baker geht auf die fünfzig zu. Aber vielleicht kennen die Bakers Undine. Das würde uns ersparen, von Haus zu Haus zu gehen und Klinken zu putzen.«

Electra nickte flüchtig. Sie war blass geworden. Offenbar verließ sie gerade der Mut.

»Möchtest du zuerst etwas trinken, bevor wir die Wirtsleute befragen?«

»Ja, bitte. Ich …« Sie brach ab. »Ich habe plötzlich Schiss.« Sie verzog den Mund. »Blöd, nicht?«

Er winkte ab. »Nicht doch. Kaffee?«

»Eine riesige Tasse voll!«

Er lachte und wies mit dem Kopf auf die Holztische vor dem Lokal. »Hier ist Selbstbedienung. Mach's dir gemütlich und ich hole uns eine Stärkung.«

* * *

Electra setzte sich an einen der Picknicktische und beobachtete die seltsamen weißen Gänse, die frei zwischen den Tischen herumliefen. Sie kannte sich in der Ornithologie nicht aus, es konnten daher auch Enten sein. Dazwischen stand ein Pfau mit schillerndem Federkleid und pickte konzentriert an etwas herum, das im Gras lag.

Sie zog ihr Handy aus der billigen Handtasche, die sie sich gestern im Supermarkt gekauft hatte. Electra fühlte sich plötzlich unsicher und nervös. Hatte sie auf einmal Angst vor der eigenen Courage bekommen? Wie dumm von ihr! Nach all dem Trubel sollte sie jetzt darauf gespannt sein, Näheres über Undine zu erfahren. Vielleicht bestand sogar die Möglichkeit, sie gleich zu treffen. Doch am liebsten wäre Electra wieder umgekehrt und schnurstracks nach Oxford zurückgefahren. Sie war so ein Angsthase!

»Na toll!«, stöhnte sie, als sie das Display ihres Handys betrachtete. Kein Netz. Sie hätte zu gern kurz mit Kate telefoniert, um sich bei ihr ein wenig Unterstützung abzuholen. Vielleicht wäre es sogar klüger gewesen, diesen Trip nach Devon mit ihrer Freundin zusammen zu unternehmen. Kate zauderte nie vor etwas. Aber nein, Electra hatte es ja kaum erwarten können, allein loszufahren, nur um … ja, um was? Jetzt kurz vor dem Ziel wie ein Feigling umzudrehen?

Sie atmete tief durch. Das war doch Blödsinn! Sie war erwachsen und konnte ihre Kämpfe selbst austragen. Und sie war ja gar nicht allein. Nelson, der sich vermutlich eher um seinen maroden Betrieb hätte kümmern sollen, hatte sie ganz uneigennützig hergefahren, um ihr beizustehen. Es war wirklich ein glücklicher Zufall, dass sie so einen netten Helfer gefunden hatte. Und als sie ihn jetzt betrachtete, wie er, ein Tablett mit zwei dampfenden Tassen balancierend, aus dem Lokal trat, lächelte sie. Es würde kommen, wie es kommen musste … und alles war besser als diese nagende Ungewissheit.

»Ich habe eine schlechte Nachricht«, sagte Nelson, als er das Tablett auf den Tisch stellte. »Die Bakers sind nicht da. Sie besuchen ihre Tochter in Cardiff, die hat nämlich ein Kind bekommen.«

Er setzte sich hin und sah Electra betrübt an.

»Ach«, war alles, was sie erwidern konnte. Sie wusste gerade nicht, ob sie enttäuscht oder erleichtert darüber sein sollte.

»Tja, schlechtes Timing, was?« Er stellte die Kaffeetassen auf den Tisch und schob das Tablett beiseite.

»Und wem verdankst du diese Information?« Sie nippte an dem heißen Gebräu, das erstaunlich gut schmeckte.

Er wies mit dem Kopf auf das Lokal. »Ein jüngerer Mann führt das Restaurant während ihrer Abwesenheit. Dylan Irgendwas.«

»Verstehe. Ich nehme an, du hast ihm bereits alles über mich und Undine erzählt.« Ihre Stimme hatte einen scharfen Ton angenommen. Sie ärgerte sich plötzlich über Nelson, der offenbar das Ganze an sich riss, als würde es sich um seine Familie handeln.

»Nein, habe ich nicht!«, erwiderte er und sah sie entrüstet an. »Ich weiß ja nicht, wie es in Oxfordshire zugeht, aber in Devon kommt man mit Fremden leicht ins Gespräch. Aber natürlich habe ich nicht deine Familiengeschichte vor ihm ausgebreitet.« Er runzelte die Stirn, und Electra fühlte sich schuldig.

»Tut mir leid«, sagte sie, »ich bin wohl gerade etwas … dünnhäutig.«

Er winkte ab. »Kein Thema.«

Doch trotz seines Einlenkens herrschte plötzlich eine gedrückte Stimmung. Beide starrten in ihre Kaffeetassen und schwiegen. Die Vögel zwitscherten, der Fluss murmelte leise und durch das grüne Blätterdach strahlte die Sonne, aber Electra konnte sich an der wunderschönen Natur nicht erfreuen. Eine seltsame Melancholie hatte sie ergriffen, die ihr einen Druck auf der Brust verursachte, als bekäme sie zu wenig Luft.

»Electra, wenn dir das alles zu viel wird, können wir auch wieder zurückfahren«, sagte Nelson unvermittelt.

Sie hob den Kopf und lächelte. »Danke. Aber nun bin ich schon mal hier, und es wäre doch reichlich albern, die Gelegenheit nicht zu ergreifen. Ich würde es mir nie verzeihen.« Sie holte tief Luft. »Auf geht's, Mr Bond, lassen Sie uns das Rätsel lösen!«

Electra stellte das Tablett mit den leeren Tassen in den dafür vorgesehenen Abräumwagen. Das Innere von Badger's Holt war unterteilt in Essbereich und Souvenirshop. Auf der einen Seite standen klobige Holztische mit Stühlen in den unterschiedlichsten Formen und Farben und eine Essecke mit gepolsterten Bänken, und daneben konnte man lokale Spezialitäten, T-Shirts, Postkarten und einheimisches Kunsthandwerk kaufen. Ein derangiertes Schaukelpferd mit abgerissener Mähne wartete geduldig auf kleine Besucher mit klebrigen Fingern. Hinter dem Tresen, der zugleich als Kasse und Ausgabe für Essen und Getränke fungierte, stand ein Mann Mitte dreißig, der in einer Sportzeitschrift blätterte. Als er sie bemerkte, nickte er Nelson kurz zu und lächelte Electra an.

»Doch noch Hunger bekommen?«, fragte er und verstaute die Zeitschrift unter dem Tresen. »Die Scones sind noch warm, ich habe sie eben erst aus dem Ofen geholt.«

Electra schüttelte den Kopf. »Nein danke. Wir, ich …« Sie brach ab und knetete ihre Hände. »Ich möchte Sie gern etwas fragen.«

Sie warf Nelson einen Hilfe suchenden Blick zu.

»Es geht um eine Familie Green«, sprang er ein und nickte ihr aufmunternd zu.

»Genau«, fuhr sie fort. »Meine Familie wohnte vermutlich in den Jahren 1991 bis 1994 in Dartmeet. Helen und Timothy Green. Sie hatten zwei Töchter, mich, Electra, und meine Schwester Undine. Kommen Ihnen die Namen bekannt vor?«

Electras Herz klopfte wild in ihrer Brust. Es hing so viel von der Antwort dieses Dylan ab, dass ihr beinahe schlecht wurde.

Dylan runzelte kurz die Stirn. »Tut mir leid, diese Namen sagen mir nichts. Sie sind außergewöhnlich und ich würde mich bestimmt daran erinnern, auch wenn ich damals noch ein Kind gewesen bin. Ich habe zu der Zeit allerdings auch nicht in Dartmeet, sondern in St Ives in Cornwall gewohnt. Ich bin nur während der Schulferien hergekommen. Unsere Familie ist erst wieder nach Devon gezogen, als es meinem Großvater zu schlecht ging, um den Bauernhof allein zu unterhalten.«

Er zuckte entschuldigend mit den Schultern.

Electra nickte tapfer. Es wäre ja auch zu schön gewesen, wenn sie bereits beim ersten Einheimischen etwas über Undine erfahren hätten.

»Verstehe«, sagte sie leise.

»Blöd, dass die Bakers gerade nicht da sind, was?« Dylan schnalzte mit der Zunge. »Die kennen hier Gott und die Welt.«

Electra nickte. »Ja, blöd.« Sie schluckte schwer. »Wann kommen sie denn zurück?«

»In zwei Wochen.«

Offenbar war ihr die Enttäuschung über diese Auskunft anzusehen, denn er hob einen Finger und holte sein Handy aus der Hosentasche. »Ich kann Ihnen ihre Nummer geben. Wäre das hilfreich?«

Ihr Herz machte einen kleinen Satz. »Ja, danke, das wäre sehr freundlich.«

Dylan kritzelte eine Telefonnummer auf einen Zettel und Electra verstaute ihn sorgfältig in ihrer Handtasche. Sobald sie wieder ein Netz hatte, würde sie die Bakers anrufen.

Sie wandte sich an Nelson. »Also, Haus zu Haus?«

»Die harte Tour, ja.«

Sie verabschiedeten sich von Dylan und steuerten auf den Ausgang zu. Rechter Hand befand sich ein Gestell mit Postkarten. Electra blieb davor stehen. Die Ansichtskarten zeigten das Dartmoor, Steinkreise und seltsam geformte Hügelkuppen und natürlich die Steinbrücke von Dartmeet einschließlich des Flusses mit seinen moosbewachsenen Findlingen.

Sie wandte sich zu Nelson um. »Die sehen fast genauso aus wie die Karte, die meine Mum geschrieben hat.«

Er drehte den Ständer. »Ja, womöglich hat sie sie sogar hier gekauft.« Er runzelte die Stirn. »Zu dumm, dass die Bakers gerade in Cardiff sind.«

Electra seufzte zustimmend. Hoffentlich hatten sie mit der Haus-zu-Haus-Befragung mehr Glück.

»Suchst du mir bitte mal das Foto der Postkarte auf deinem Handy heraus?«

Electra schaute ihn verwirrt an. »Wieso?«

»Nur so eine Eingebung«, erklärte er, nahm ihr Mobiltelefon entgegen und marschierte damit zu Dylan zurück.

»Sorry, wenn ich Sie nochmals störe. Könnte es sein, dass diese Postkarte von hier stammt?«

Dylan nahm das Gerät in die Hand und betrachtete das Foto. »Gut möglich«, sagte er nach einer Weile. »Man hat in

Dartmeet früher viel mehr Ansichtskarten verkauft. Das war, als das Sanatorium noch geöffnet hatte. Damals hatte das Dorf beinahe doppelt so viele Einwohner.« Er gab Nelson das Mobiltelefon zurück. »Jetzt kommen nur noch Touristen her. Die kaufen dafür aber mehr als die Angehörigen der Kranken.«

Er lachte und zog die Sportzeitschrift wieder hervor.

18

»Es kommen ja immer mehr!«

Electra stieß frustriert die Luft aus, als sie den Kleinbus betrachtete, der vor Badger's Holt eine Gruppe älterer Personen ausspuckte.

»Das Geschäft geht eben vor«, sagte Nelson. »Wir warten einfach.«

Nachdem Dylan ein Sanatorium erwähnt hatte, waren sie hellhörig geworden, konnten von ihm aber leider nicht mehr darüber erfahren, weil in dem Moment eine Gruppe Wanderer ins Lokal trat. Er hatte ihnen jedoch versprochen, sich nach der Abfertigung der Besucher zu ihnen zu gesellen, um ihre Fragen zu beantworten. Sie hatten sich also wieder nach draußen an einen der Picknicktische gesetzt, die sich langsam zu füllen begannen. Der Strom an Ausflüglern riss einfach nicht ab. Und wenn die Mittagszeit kam, würden es vermutlich noch mehr werden.

»So ein Mist! Ich kriege einfach kein Netz«, empörte sich Electra weiter. »Wir können nicht mal im Internet darüber recherchieren.«

Nelson lachte. »Willkommen im Dartmoor! Aber du hast recht, es wäre interessant, mehr über dieses Sanatorium zu erfahren. Meinst du, dass deine Eltern deswegen hier gelebt haben? Waren sie krank? Oder Undine?«

Electra hob die Schultern. »Nicht, dass ich wüsste. Aber mir hat man ja nie etwas erzählt!«

Sie wirkte verärgert, und Nelson konnte sie verstehen. Es kamen immer mehr sonderbare Details aus ihrer Familie ans Licht; sie musste sich furchtbar fühlen. Ohne nachzudenken griff er über den Tisch nach ihrer Hand.

»Nur Geduld, wir haben ja Zeit.«

Sie verschlang ihre Finger mit den seinen, was ihm ein angenehmes Kribbeln im Magen bescherte.

»Du hast recht«, sagte sie und versuchte zu lächeln. »Ich bin nur gerade so neugierig … und Geduld war leider noch nie meine Stärke.«

Es fühlte sich gut an, Electra zu berühren, und für einen Außenstehenden musste es so aussehen, als wären sie ein verliebtes Pärchen, das Händchen haltend einen Ausflug unternahm. Diese Vorstellung gefiel ihm, doch als hätte Electra seine Gedanken gelesen, löste sie die körperliche Verbindung, um etwas in ihrer Handtasche zu suchen. Er betrachtete seine einsame Hand auf dem Holztisch und zog sie hastig zurück.

Sei kein Dummkopf!, schoss es ihm durch den Kopf. Das war keine Liebeserklärung, sondern lediglich eine spontane Reaktion gewesen.

»Ich habe noch nie etwas von einem Sanatorium gehört«, sagte er. »Vermutlich ist es schon lange geschlossen.«

Electra zog ein kleines Notizbuch hervor und schlug es auf. »Möglich, ja«, erwiderte sie zerstreut.

Als sie Nelsons fragenden Blick bemerkte, erklärte sie: »Ich notiere mir hier drin alles, was ich erfahre.«

Er sah zu, wie sie die Telefonnummer der Bakers von Dylans Zettel in das Büchlein übertrug.

»Nebst Ungeduld habe ich leider auch ein schlechtes Gedächtnis. Nicht so wie meine Mitbewohnerin Kate. Die hört, sieht oder liest etwas und hat es für alle Ewigkeiten im Kopf gespeichert. Die Glückliche.«

Nelson lachte und linste dabei auf die wenigen Einträge. Stand da vielleicht auch etwas über ihn drin?

Als hätte sie einen sechsten Sinn, hielt Electra ihm das Büchlein vor die Nase. Und wirklich, hinter seinem Namen hatte sie seine Handynummer notiert.

»Mein altes Notizbuch wurde mir ja leider gestohlen«, knurrte sie. »Deshalb alles auf Anfang.«

»Was stand da denn drin?«

»Ach, nichts Weltbewegendes. Undines Geburtsdatum, wann meine Eltern wieder nach Oxford zurückgezogen sind. Solche Sachen.«

Nelson erhaschte einen Blick auf das Sterbedatum von Helen und Timothy Green. Electra hatte ihm nur erzählt, dass sie bei einem Autounfall ums Leben gekommen waren, mehr hatte sie über das Unglück nicht preisgeben wollen. Und er hielt sich zurück, sie weiter darüber auszufragen. Das war offenbar ein schmerzhaftes Thema für sie.

Sie betrachtete mit gerunzelter Stirn die wenigen Einträge. »Viel ist es ja nicht«, seufzte sie und ließ das Büchlein wieder in ihre Handtasche gleiten.

»Abwarten, wir knacken das Geheimnis schon«, verkündete er großspurig, obwohl er sich nicht sicher war, dass sie wirklich etwas Handfestes herausbekommen würden. Doch der dankbare Blick, den Electra ihm für seinen Optimismus schenkte, war es wert, sich vielleicht zu weit aus dem Fenster gelehnt zu haben.

In dem Moment sah er über ihre Schulter hinweg Dylan auf sie zustürmen.

»Sorry, Leute, aber das mit dem Plauderstündchen wird wohl nichts werden.« Er stützte sich schwer atmend auf den Holztisch. »Das schöne Wetter lockt heute offenbar ganz Devon nach Dartmeet.«

»Aber …«, stotterte Electra.

Dylan wischte sich mit dem Handrücken über die Stirn. »Ich weiß eh nicht viel über das Sanatorium. Das ist schon lange geschlossen. Fragt doch mal Pater Hopwood danach. Er ist zwar pensioniert, war aber sein ganzes Leben in dieser Gegend tätig. Möglicherweise kann er helfen.«

Dylan hatte sie jetzt ganz selbstverständlich geduzt, und Nelson hatte nichts dagegen.

»Bedienung! Hallo?«

Dylan drehte sich um. Ein korpulenter älterer Mann stand in der offenen Tür zum Lokal und winkte hektisch.

»Sofort, Sir!«, rief Dylan, wandte sich wieder an Electra und Nelson und verdrehte die Augen.

»Fahrt einfach über die Brücke, dann Richtung Hexworthy, und kurz nach der St Raphael's Church, auf der rechten Seite, steht das Cottage des Paters. Ist nicht zu übersehen.«

Er kicherte und lief zurück ins Lokal.

Auf der engen Straße Richtung Hexworthy betete Nelson insgeheim darum, dass ihnen kein Fahrzeug entgegenkam. Ausweichstellen gab es hier praktisch keine, und sein Lieferwagen füllte den mit hohen Hecken flankierten Weg nahezu komplett aus. Meilenweit erstreckten sich links und rechts der Straße Gestrüpp, Farnkraut und Gehölz. Nur selten sah man ein morsches Gatter, hinter dem ein Stück grünes Weideland aufblitzte, nur um Sekunden später von der wild wuchernden Vegetation wieder verschluckt zu werden.

»Sind wir hier denn richtig?«, sprach Electra Nelsons aufkommende Zweifel aus.

Vielleicht hatte er irgendwo eine Abzweigung verpasst. Ein Navigationsgerät besaß sein alter Lieferwagen leider nicht.

»Ich weiß nicht …«, begann er zögernd, als linkerhand unvermittelt eine winzige Kapelle mit einem gemauerten, flechtenbewachsenen Außenkamin und einem grauen Schieferdach auftauchte.

»Das wird wohl diese St Raphael's Church sein«, kommentierte er das kleine Bauwerk erleichtert. »Offenbar übertreibt man hier gern mal ein wenig. Kirche ist meiner Meinung nach ein großes Wort für diesen Schuppen.«

Er zwinkerte Electra zu und sie schmunzelte.

»Fahr mal etwas langsamer«, verlangte sie. »Nicht, dass wir das Cottage dieses Priesters noch verpassen. Dylan meinte ja, es kommt gleich nach der Kirche. Hoffentlich ist der Mann zu Hause.«

Nelson trat auf die Bremse, und im Schritttempo tuckerten sie an der Kapelle vorbei.

»Sonntags wird hier sogar die Messe abgehalten«, sagte Electra und wies auf ein blaues Schild vor dem Eingang.

»Der Priester und zwei Gläubige?« Nelson grinste. »Mehr haben in dem Ding vermutlich nicht Platz.«

»Immerhin ist es schön kuschelig. Es kann sich ja nicht jeder eine Kathedrale wie Canterbury leisten.«

Sie sah wieder auf die Straße, und mit ihrem Gesichtsausdruck geschah etwas Merkwürdiges. Ihre amüsierte Miene war plötzlich wie weggeblasen, ihre Augen wurden kugelrund und ihr Mund stand leicht offen. Dazu entwich ihr ein verblüffter Laut.

Nelson folgte ihrem Blick und trat dann so abrupt auf die Bremse, dass sie beide unsanft in die Sicherheitsgurte geschleudert wurden. Der Motor des Lieferwagens erstarb mit einem Röcheln.

Electra und er sahen sich fassungslos an. Dann brachen beide gleichzeitig in lautes Gelächter aus.

19

»Es ist so schönes Wetter, wollen wir uns zum Tee nach draußen setzen?«

Pater Hopwood, ein gut genährter Mann in den Siebzigern mit Doppelkinn, schlohweißem Haar und gemustertem Tweedanzug, sah seine Besucher fragend an.

»Unbedingt«, erwiderte Electra und versuchte, nicht wieder in haltloses Gekicher auszubrechen.

Als sie vorhin Pater Hopwoods Cottage erreichten, hatten sie den Anblick zuerst nicht fassen können. Vor dem durchaus hübschen Steincottage mit dem typischen grauen Schieferdach befand sich die größte Ansammlung von kitschigen Gartenzwergen, die Electra jemals gesehen hatte. Groß, klein, dick, dünn, mit Werkzeugen und Laternen bestückt, okkupierten die farbigen Gnome dicht aneinandergereiht den gesamten Garten vor dem Häuschen.

Electra griff nach dem Teetablett und trug es nach draußen. Nelson und der Geistliche folgten ihr. Neben der Eingangstür stand ein schmuckloser Metalltisch mit vier Stühlen. Der Pater setzte sich mit einem leisen Stöhnen.

»Arthrose«, kommentierte er sein schmerzverzerrtes Gesicht und rieb sich dabei das Knie. Dann ließ er seinen Blick über die

Gartenzwerge schweifen und lächelte. »Sie halten mich für verrückt, nicht?« Er wies mit dem Kinn auf die Wichtel.

»Nicht doch!«, erwiderte Electra schnell.

»Auf keinen Fall!«, sagte Nelson, konnte aber nicht verhindern, dass seine Mundwinkel dabei zuckten.

Pater Hopwood schmunzelte. »Als junger Mann habe ich eine Weile in Deutschland gelebt«, erklärte er. »Das war eine schöne Zeit.« Er nickte sinnierend. »Seit damals bin ich ein Anhänger des *Nanus hortorum vulgaris.*« Als er Electras und Nelsons verwirrtes Gesicht bemerkte, lachte er. »Scherzhaft für den gemeinen Gartenzwerg.«

Er schenkte ihnen Tee ein und nötigte sie, die Haferkekse zu probieren.

»Aber Sie sind bestimmt nicht wegen meiner kleinen Freunde hergekommen, oder?«

Electra knabberte an dem Keks, schüttelte den Kopf und Nelson ergriff das Wort.

»Wir interessieren uns für das Sanatorium.«

Hopwood hob erstaunt die Augenbrauen. »Hollowhill? Ach herrje, das ist doch schon lange geschlossen. Weshalb fragen Sie danach?«

Electra schluckte den trockenen Bissen hinunter. »Meine Familie lebte eine Zeit lang in dieser Gegend, und ich dachte mir, vielleicht wurden meine Eltern oder meine Schwester dort behandelt.«

»Ah, verstehe. Nun ja, ich bin damals öfter in der Klinik gewesen. Kranke brauchen ja ab und zu etwas seelischen Beistand. Wie heißen Ihre Eltern denn?«

»Helen und Timothy Green. Sie sind leider bereits verstorben.«

»Mein herzliches Beileid.«

»Danke. Kommen Ihnen die Namen bekannt vor?«

Der Geistliche dachte einen Moment nach. »Tut mir leid, nein.«

Electra biss sich auf die Lippen. »Sagt Ihnen der Name Undine vielleicht etwas?«

»Die Nixe?«

»So heißt meine Schwester.«

Wieder dachte er einen Moment nach und schüttelte den Kopf. »Nein, auch nicht. An so einen ungewöhnlichen Vornamen würde ich mich sicher erinnern. Ich habe immer noch ein vortreffliches Namensgedächtnis, selbst wenn die Knochen nichts mehr taugen.«

Electra konnte ihre Enttäuschung nicht verbergen. Wieder eine Sackgasse. Sie kamen einfach nicht voran.

»Was war das denn eigentlich für ein Sanatorium?«, fragte Nelson, streckte die Hand nach einem weiteren Keks aus, überlegte es sich anders und griff nach der Teetasse.

»Es wurde 1905 eröffnet. Damals starb jeder vierte Engländer an Tuberkulose, und nur der Aufenthalt in der Natur versprach Heilung. Nach dem Ersten und Zweiten Weltkrieg diente Hollowhill eine Weile als Militärhospital, danach wurde es jedoch immer unrentabler. Der Vorstand hatte dann plötzlich die Idee, Bäderkuren für zahlkräftige Kundschaft anzubieten. Aber das war eine Fehlinvestition. Die vornehmen Leute wollten mit ihren Zipperlein nicht ins Dartmoor fahren, sondern lieber in ein mondänes Seebad. Die Londoner gehen eh alle nach Brighton, und die hiesige Kundschaft bevorzugte immer Salcombe. Irgendwann waren die Verluste so hoch, dass sie Hollowhill schließen mussten.« Er zuckte mit den Schultern. »Das ist jetzt aber bestimmt schon dreißig Jahre her.« Er rieb sich wieder das Knie. »Ein Riesenkasten«, fuhr er dann fort. »Keine Ahnung, was sich die Investoren dabei gedacht haben.« Er schüttelte den Kopf. »Vermutlich das Falsche. Eine richtige Schnapsidee war das.«

Nelson sah Electra frustriert an.

Plötzlich kam ihr eine Idee.

»Pater Hopwood, wissen Sie eventuell, wo man die Patientenakten einsehen kann? Es muss doch noch Unterlagen aus jener Zeit geben.«

Er sah sie zweifelnd an. »Damals gab es keine Computer, Miss Green. Man schrieb oder tippte alles auf Papier, in Akten … doch wo die sind? Das weiß ich leider nicht. Vielleicht vernichtet. Möglicherweise befinden sie sich aber immer noch im Sanatorium.«

Electra horchte auf. »Das Gebäude steht noch?«

»So ist es. Ich vermute, selbst für den Abriss blieb nicht genug Geld übrig.« Er wies mit der Hand nach Norden. »Es liegt auf einer Anhöhe in einem bewaldeten Gebiet in der Nähe von Lustleigh.«

Electra schaute Nelson auffordernd an, doch er schüttelte den Kopf.

»Das müssen wir auf morgen verschieben, tut mir leid. Ich habe um fünf Uhr einen Kundentermin.«

Sie seufzte. »Ich wollte heute eigentlich auch wieder nach Oxford zurück.« Sie überlegte einen Moment. »Okay, dann bleibe ich noch eine Nacht und wir fahren morgen hin.«

Plötzlich fiel ihr ein, dass sie nicht einfach so über Nelson verfügen konnte. Immerhin besaß er ein Bauunternehmen und hatte bestimmt viel um die Ohren.

»Natürlich nur, wenn du Zeit hast«, fügte sie unsicher hinzu.

»Das lasse ich mir auf keinen Fall entgehen!«, entgegnete er grinsend und sie schenkte ihm ein dankbares Lächeln.

»Seien Sie aber nicht zu sehr enttäuscht, wenn Sie dort nichts mehr finden«, warf Pater Hopwood ein. »Wie ich meine Landsleute kenne, haben sie sich womöglich an dem alten Kasten bedient und das, was zu gebrauchen war, abtransportiert.«

»Das Risiko gehen wir ein, nicht wahr, Nelson?«, rief Electra aufgekratzt. Endlich hatten sie wieder ein Ziel vor Augen. Und möglicherweise hatte Fortuna ein Einsehen und es gab dort tatsächlich noch Patientenunterlagen.

»Aber sicher«, entgegnete er. »Etwas Spannung gibt dem Ganzen doch erst die richtige Würze. Gehen Sie mit mir konform, geschätztes Bond-Girl?«

Der Geistliche sah sie irritiert an, lächelte dann aber. »Diese Jugend«, murmelte er und griff nach einem weiteren Plätzchen.

Eine Weile schwiegen sie und nur das Gezwitscher der Vögel war zu hören. Es ist so friedlich hier, dachte Electra, wenn nur diese schrecklichen Gartenzwerge nicht wären. Sie drehte ihr Gesicht in die Sonne, atmete tief durch und schloss genüsslich die Augen. Ja, viel besser!

Auch wenn sie im Sanatorium morgen nichts finden würden, hätten sie doch immerhin ihr Bestes versucht. Und sollte sich Undines Spur hier verlieren, könnte Electra es immer noch mit einem Aufruf bei einer Tageszeitung versuchen. Die Option mit dem Privatdetektiv würde sie ebenfalls im Hinterkopf behalten. Vielleicht gewann sie ja mal in der Lotterie, um einen bezahlen zu können. Und manchmal schickte das Schicksal auch Bruder Zufall ins Rennen. Möglicherweise hatte Undine durch irgendeine Quelle erfahren, dass Tante Jo gestorben war, hatte mit Ellies Luther Kontakt aufgenommen und stand jetzt womöglich in Oxford vor Electras Haustür.

Doch da war der Wunsch vermutlich größer als die Wahrscheinlichkeit.

»Sie sagen, dass Ihre Schwester in Hollowhill behandelt wurde?«, fragte Pater Hopwood und holte Electra aus ihren Gedanken.

Sie öffnete die Augen. »Das könnte sein, ja. Sie muss damals fünf Jahre alt gewesen sein.«

Der Geistliche nickte gedankenverloren. »Wissen Sie, woran sie litt?«

Electra schüttelte den Kopf. »Nein, leider nicht. Ich war ja noch ein Baby und …« Sie brach ab und presste die Lippen aufeinander. »Ehrlich gesagt wusste ich bis vor Kurzem gar nicht, dass ich eine Schwester habe.«

Der Pater sah sie erstaunt an. »Nicht?«

»Nein.«

»Sie hat es bei einer Testamentseröffnung erfahren«, mischte Nelson sich ein. »Verrückt, nicht?«

»In der Tat«, erwiderte Pater Hopwood nachdenklich. »In der Tat.«

Er bedachte Electra mit einem prüfenden Blick und furchte dabei die Stirn. Sie fühlte sich plötzlich unwohl und eine Gänsehaut lief über ihren Rücken. Was hatte dieser taxierende Blick zu bedeuten?

»Und Sie fühlen sich nicht krank?«, fragte der Geistliche weiter.

»Nicht im Mindesten«, erwiderte sie verdattert. Worauf wollte Hopwood hinaus?

»Sie müssen mich für einen neugierigen alten Zausel halten, nicht?«, sagte er und lachte. Dabei wackelte sein Doppelkinn.

Electra errötete. »Nicht doch!«, erwiderte sie schnell und betrachtete eingehend ihre Fingernägel. Vermutlich konnten Priester im Ruhestand Lügen immer noch auf eine Meile riechen.

Hopwood räusperte sich und sie hob den Blick. »Es ist nur so, Miss Green. Es gab in Hollowhill eine spezielle Abteilung. Nur für Kinder.«

Electra wurde blass.

Nelson beugte sich interessiert vor. »Und Sie waren der Seelsorger dieser Kinder?«

Hopwood schüttelte den Kopf. »Nein, ich habe nie auch nur einen Fuß in diese Abteilung gesetzt. Sie war gesperrt.«

»Gesperrt?«, echote Electra.

Ihr wurde eiskalt. War Undine vielleicht wahnsinnig gewesen und musste weggesperrt werden? Bilder von festgeschnallten schreienden Kindern auf schmalen Pritschen poppten in Electras Kopf auf. Und sofort dachte sie wieder an diese grauenvollen Traumbilder, die sie dazu bewogen hatten, überhaupt nach Devon zu fahren: dunkle Gänge, düstere Treppenhäuser, seltsame Geräusche und furchtbare Schreie. Waren das Erinnerungen an dieses Sanatorium? War sie als Kleinkind vielleicht mal dort gewesen? Sie schüttelte sich, um die grauenhaften Bilder loszuwerden.

»Ja, niemand durfte in diesen speziellen Flügel«, erklärte der Priester.

Electra zwang sich, der Unterhaltung wieder zu folgen.

»Nicht mal Ärzte und Krankenschwestern?«, fragte Nelson.

Hopwood verdrehte die Augen. »Die natürlich schon. Und die Eltern dieser Kinder auch. Aber sonst niemand.«

Electra warf Nelson einen alarmierten Blick zu. Dass Undine eine Patientin dieses abgesperrten Krankenhausflügels gewesen war, schien ihr immer wahrscheinlicher. Doch wohin hatte man sie gebracht, als Hollowhill seine Tore schloss? Electra konnte es jetzt kaum erwarten, die Klinik aufzusuchen.

»Wissen Sie«, sagte Pater Hopwood, »es gab Geflüster, was in diesem Flügel geschah und an welcher Krankheit diese Kinder litten.« Mit nachdenklichem Gesicht fuhr er fort: »Ich habe einmal meine Hilfe angeboten, denn selbst junge Menschen haben ein Anrecht auf Gottes Wort, auch wenn sie es vielleicht noch nicht verstehen.« Er lächelte sanft, und Electra folgerte, dass er früher bei seinen Schäfchen bestimmt sehr beliebt gewesen war. »Aber man versicherte mir, dass das nicht nötig sei.«

Er zuckte mit den Schultern, als müsse er sich dafür entschuldigen. »Wie dem auch sei. Ich hatte während meiner Amtszeit ein weitläufiges Gebiet zu betreuen und war nicht unglücklich darüber, nicht ständig nach Hollowhill fahren zu müssen. Es ist ja recht abgelegen. Zudem beschäftigte das Krankenhaus schließlich einen eigenen Seelsorger.«

Der letzte Satz klang wie eine Rechtfertigung.

»Das verstehen wir natürlich«, fühlte Electra sich bemüßigt zu sagen. Sie wollte dem alten Mann kein schlechtes Gewissen einreden. Er hatte ihnen mit seinen Auskünften immerhin eine neue Spur aufgetan.

Sie warf Nelson einen auffordernden Blick zu und wies mit dem Kopf Richtung Straße. Er begriff sofort.

»Dann wollen wir uns mal wieder auf den Heimweg machen«, sagte er, klopfte sich auf die Schenkel und erhob sich.

Electra stand ebenfalls auf. »Herzlichen Dank für die Auskünfte, den Tee und die Kekse, Pater. Das war sehr freundlich. Soll ich Ihnen das Tablett noch in die Küche tragen?«, fragte sie.

Hopwood winkte ab. »Das schaffe ich schon … und nichts zu danken. Es war mir eine Freude. Hoffentlich finden Sie Ihre Schwester.«

Sie nickte und reichte ihm die Hand, Nelson tat es ihr gleich, dann suchten sie sich einen Weg durch die Gartenzwerge Richtung Straße.

»Ach, Miss Green!«, rief Hopwood ihnen nach.

Sie drehten sich um.

»Mondscheinkinder.«

»Ich verstehe nicht.«

»Die Kinder im gesperrten Flügel. Man hat sie Mondscheinkinder genannt. Ich fand das immer eine hübsche Bezeichnung.«

20

Von Hexworthy aus gab es einen direkten Weg Richtung Newton Abbot, Nelson musste also nicht nach Dartmeet zurückfahren. Doch auch diese Strecke gestaltete sich für seinen Lieferwagen als Herausforderung. Das schleifende Geräusch, wenn die Hecken an beiden Seiten des Wagens kratzten, ging ihm durch Mark und Bein. Zwar war der Transporter nicht mehr neu, aber weitere Kratzer verschönerten ihn auch nicht gerade.

Electra hatte ihre Hände im Schoß gefaltet und den Blick gesenkt. Sie schien tief in Gedanken. Plötzlich hob sie jedoch den Kopf.

»Mondscheinkinder«, murmelte sie nachdenklich. »Irgendwo habe ich das schon mal gehört … Wenn ich nur wüsste, in welchem Zusammenhang?« Sie strich sich eine Strähne aus dem Gesicht. »Sagt dir die Bezeichnung etwas?«

»Nein, gar nichts, tut mir leid.«

Sie nickte. »Ich werde danach googeln, wenn wir wieder in Newton Abbot sind.« Sie sah aus dem Fenster.

Der blaue Himmel hatte sich mit Wolken überzogen und kündigte Regen an. Das späte Nachmittagslicht wirkte auf einmal unheilvoll, als würde es Electras Stimmung widerspiegeln.

Nelson straffte die Schultern, um diesen merkwürdigen Gedanken abzuschütteln.

»Soll ich dich wieder zum Premier Inn zurückfahren?«

Sie betrachtete die wenigen Habseligkeiten, die sie bis jetzt gekauft hatte und die im Fußraum des Lieferwagens lagen.

»Ja, natürlich«, erwiderte sie lustlos. »Die werden mich zwar für verrückt halten, wenn ich nach dem heutigen Auschecken erneut antanze, aber die Zimmer sind ganz okay.« Sie wirkte wenig begeistert, eine weitere Nacht in dem Hotel verbringen zu müssen, und aus einer Laune heraus sagte Nelson: »Warum übernachtest du nicht in meiner Pension? Es sind noch Zimmer frei und die Aussicht ist wirklich hübsch.«

Electra runzelte die Stirn. »Dort, wo *du* wohnst?«

»Ja, warum nicht? Ms Tuttle ist zwar ein regelrechter Drachen, aber der Preis ist günstig, das Frühstück klasse und ...« Er brach ab und grinste. »Ein drittes Argument fällt mir leider nicht ein.«

Electra lächelte. »Und das macht dir nichts aus?«

»Nein, im Gegenteil. Wenn wir morgen wieder zusammen unterwegs sind, ist das doch überaus praktisch.«

Natürlich war das ein triftiges Motiv, aber im Grunde gefiel es ihm, Electra in seiner Nähe zu wissen; unter demselben Dach, vielleicht nur eine Wand von ihm getrennt. Bei dem Gedanken kribbelte es angenehm in seinem Magen.

»Zudem müssen wir doch noch ein paar Dinge recherchieren, nicht? Also, was sagst du?«

Sie dachte einen Moment nach. »Okay, abgemacht«, erwiderte sie schließlich, und das Kribbeln in Nelsons Magen mutierte zu einem schäumenden Prickeln.

»Ms Tuttle? Wo sind Sie? Ich habe Kundschaft mitgebracht.«

Aus der Küche hörten sie ein Scheppern und gleich darauf stürmte Cookie kläffend in die Diele. Da er für seine Größe viel zu dick war, sah es zwar mehr wie ein Hin- und Herschwingen aus, aber nichtsdestoweniger wirkte er so angriffslustig wie der Hund von Baskerville persönlich.

Nelson hatte befürchtet, dass sich Electra eventuell vor dem kleinen Biest fürchten würde, doch zu seiner Verwunderung ging sie in die Hocke und streckte die Hand aus.

»Was bist du denn für ein ärgerliches Hündchen?«, fragte sie mit schmeichelnder Stimme, und Cookie wirkte für einen Moment irritiert.

»Na, komm her!« Sie nickte dem Pinscher aufmunternd zu. Er näherte sich vorsichtig und beschnüffelte ihre Fingerspitzen.

»Ja, guter Hund«, sagte sie und streichelte Cookies Kopf.

Dieser ließ sich wie ein Pfund Mehl auf den Boden fallen, drehte sich auf den Rücken und präsentierte ihr seine Unterseite. Electra lachte und kraulte ihm den dicken Bauch.

»Also das nehme ich jetzt persönlich«, knurrte Nelson. »Ich wohne hier immerhin schon drei Jahre, und bei mir hat er das noch nie gemacht. Funktioniert das auch bei Menschen? Denn wenn ja: Könntest du das mal mit Ms Tuttle versuchen?«

»Wer soll was mit mir versuchen?«

Nelsons Zimmerwirtin trat durch die Haustür. An ihrer Schürze klebte frische Erde. Sie zog sich gerade ein Paar geblümte Gartenhandschuhe aus und wischte sich mit dem Handrücken über die Stirn.

»Nichts, nichts«, beeilte sich Nelson zu versichern und wurde ein bisschen rot bei der Lüge. Er räusperte sich. »Ms Tuttle, dies ist Electra Green, sie sucht ein Zimmer für die Nacht.«

»Haben Sie die Polizeistation gefunden?«, fragte Ms Tuttle, und Nelson stutzte.

»Sie kennen sich?«

»Deine Zimmerwirtin hat mir gestern freundlicherweise den Weg zur Polizeistation gezeigt«, erklärte Electra. »Und ja, danke, ich konnte alles regeln.«

»Fein.« Ms Tuttle zog die schmutzige Schürze aus und legte sie auf die Türschwelle. »Für eine Nacht sagen Sie?« Sie musterte Electra neugierig. »Normalerweise vermiete ich ja nicht bloß für eine Nacht. Aber wenn Mr Travelian Sie empfiehlt, mache ich gern eine Ausnahme.«

»Das ist sehr nett, danke.« Electra dachte einen Moment nach. »Vielleicht bleibe ich sogar bis zum Wochenende. Je nachdem, wie sich die Dinge hier entwickeln.«

Nelson strahlte, und Ms Tuttle sah ihn verblüfft an. Dann huschte ein wissendes Lächeln über ihr Gesicht, das aber sogleich wieder von einem dauerhaft mürrischen Ausdruck abgelöst wurde.

Sie räusperte sich. »In Ordnung. Ich bitte Sie nur, die Gepflogenheiten in meiner Pension zu berücksichtigen.«

Electra wirkte verwirrt, und Nelson beeilte sich zu erklären: »Natürlich, ich werde Ms Green genau darüber in Kenntnis setzen.«

Die Zimmerwirtin nickte zufrieden und legte den Block mit den Anmeldeformularen auf das brusthohe Regal, das als Rezeption diente. »Wenn Sie bitte so freundlich wären, sich hier einzutragen.«

* * *

Electras Zimmer befand sich unter dem Dach. Dunkel gebeizte Sichtbalken strukturierten die weiß getünchte Decke. Ein blank geschrubbter Parkettboden, auf dem ein grob gewebter Wollteppich lag, verbreitete Gemütlichkeit. Das kleine Fenster mit den geblümten Gardinen gewährte einen Blick auf Ms Tuttles wunderschönen Garten, in dem es blühte wie in einem

Gewächshaus. Nelson hatte recht gehabt, die Aussicht war hier um Längen besser.

Electra ließ sich aufatmend auf das große Doppelbett fallen. Die Zimmerwirtin schien eine Liebhaberin von Plüschteddys zu sein, denn auf dem silbrig bemalten Nachttisch wie auch auf dem Sessel neben dem Fenster saßen zwei Exemplare und sahen Electra aus ihren Knopfaugen neugierig an.

»Na, ihr … und jetzt?«

Doch die Teddys schwiegen vornehm.

Electra strampelte die Schuhe von den Füßen.

Nelson hatte sich im ersten Stock von ihr verabschiedet. Er musste sich beeilen, um den Termin mit einem potenziellen Kunden einhalten zu können, sie hatten sich aber für später verabredet. Damit hatte sie also ein bisschen freie Zeit. Sie wollte duschen und vielleicht ein kleines Nickerchen halten, danach würde sie sich mit Nelson im Garten treffen, um auf seinem Laptop über die Mondscheinkinder zu recherchieren. Oder sollte sie das gleich jetzt tun?

Sie holte ihr Handy aus der Hosentasche. Mist, wieder kein Netz! Lebte man in Devon denn hinter dem Mond? Sie seufzte. Kate konnte sie auch nicht anrufen, und auf einmal bereute Electra ihren Entschluss, nicht wieder im Premier Inn eingecheckt zu haben. Dort hätte sie wenigstens Handyempfang gehabt.

Also zuerst duschen!

21

»Electra?« Es klopfte an der Zimmertür. »Bist du da?«

Sie schreckte hoch. Einen Moment sah sie sich verwirrt um. Sie lag nackt in einem großen Bett, dessen gestärkte Bettwäsche nach Lavendel duftete. Durch ein kleines Fenster drang Dämmerlicht ins Zimmer.

Wieder klopfte es. »Hallo?«

Newton Abbot. Ms Tuttle. Nelson.

»Moment, ich komme!«

Electra rappelte sich auf und lief zur Tür, als ihr mit Schrecken bewusst wurde, dass sie immer noch nackt war. Nach dem Duschen hatte sie sich einen Moment hingelegt und war einfach eingeschlafen. Sie riss kurzerhand die Decke vom Bett und wickelte sich darin ein. Vor der Tür stand Nelson, einen Laptop unter dem Arm, und errötete, als er ihren Aufzug bemerkte.

»Entschuldige, soll ich später wiederkommen?«

»Ich bin eingeschlafen«, nuschelte sie und unterdrückte ein Gähnen. Ihre Haare waren nach der Dusche immer noch feucht und standen bestimmt in alle Himmelsrichtungen ab.

»Kein Problem. Ich warte draußen. Einfach die Treppe runter und den Gang entlang zur Rückseite des Cottages.«

Zehn Minuten später betrat Electra den Garten. Einen Moment lang blieb sie stehen und genoss das Farbenspiel der Pflanzen, das sich ihr trotz des verblassenden Lichts bot. Sie erkannte Geranien, verschiedenfarbige Rosen und Klematis, Margeriten und Fingerhut und viele blühende Sträucher und Blumen, deren Namen sie nicht kannte. Wie prächtig musste der Garten erst bei Tageslicht sein!

Nelson saß an einem roh gezimmerten Tisch unter einer Pergola. Die Arme hatte er vor der Brust verschränkt und die Augen geschlossen. Vor ihm lag sein Laptop.

Electra betrachtete ihn lächelnd. Obwohl sie sich erst zwei Tage kannten, kam es ihr vor, als hätte er schon immer zu ihrem Leben gehört. Und sie bedauerte es, dass sie bald abreisen musste. Doch am Montag erwartete die Eule sie im Büro, ob sie Undine nun gefunden hatte oder nicht.

Sie räusperte sich vernehmlich und Nelson schreckte hoch.

»Ich habe nur gedöst«, entschuldigte er sich und rutschte auf der Bank zur Seite, sodass sie sich neben ihn setzen konnte.

»Natürlich«, erwiderte sie schmunzelnd.

Er klappte den Laptop auf.

»Wieso hast du eigentlich Netz und ich nicht?«, beschwerte sie sich.

Er lachte. »Vielleicht solltest du den Anbieter wechseln.«

»Vergiss es, das liegt an eurer schlechten Netzabdeckung. Und jetzt los, ich platze vor Neugier.«

Er rief eine Suchmaschine auf. »Sanatorium oder Mondscheinkinder?«

»Zuerst das Sanatorium«, schlug sie vor. »Vielleicht steht da gleich etwas zu diesem Begriff.«

Er tippte die Wörter ›Sanatorium‹ und ›Dartmeet‹ ein. Eine Reihe Einträge erschien, von denen er wahllos einen anklickte.

»Das Sanatorium Hollowhill«, begann er vorzulesen, »wurde im Jahr 1905 gebaut …«

Der Artikel gab in etwa das wieder, was ihnen bereits Pater Hopwood über die Klinik erzählt hatte.

»Huch!«, rief Nelson. »Hör dir das an: Mit der Schließung in den Neunzigerjahren zogen die Gruselgeschichten in das Sanatorium Hollowhill ein. Ein Arzt soll dämonische Experimente an Patienten durchgeführt haben und jetzt zur Strafe durch die leeren Zimmer geistern. Verschiedene Besucher des alten Gemäuers berichten von lautem Heulen, weinenden Menschen und eiskalten Luftzügen, was auf paranormale Aktivitäten schließen lässt.« Er sah Electra grinsend an. »Cool, was?«

Sie schnaubte abfällig. »So ein Quatsch! Es gibt keine Geister. Und übrigens sprichst du über den Ort, an dem vielleicht meine Schwester behandelt wurde.«

»Ja, stimmt, entschuldige.« Er scrollte durch den ganzen Artikel. »Von Mondscheinkindern steht hier leider nichts. Ich hoffe ja mal, dass dieser Arzt nicht …« Er brach ab und presste die Lippen aufeinander. »Sorry.«

»Lass mich mal die Fotos sehen.«

Nelson klickte auf den Suchmaschinenreiter mit den Bildern. »Nicht gerade sehr einladend, was?«, kommentierte er das Resultat.

Sie nickte. Auf den Fotos sah man einen Riesenkasten, der langsam von der Natur wieder in Besitz genommen wurde. Efeu und Unkraut rankten sich an den Wänden mit der abblätternden Farbe hoch. Einige Fenster waren mit Brettern vernagelt, bei anderen die Scheiben eingeschlagen. Sie wirkten dadurch wie leere Augenhöhlen. Electra schauderte. Sie starrte auf die Fotos und horchte in sich hinein, ob sie das Gebäude wiedererkannte. Doch kein Gefühl des Erkennens stellte sich ein. War sie wirklich noch nie dort gewesen und der Albtraum lediglich eine Ausgeburt ihrer Fantasie? Sollte sie Nelson davon erzählen? Oder hielt er sie dann für verrückt? Offenbar war er ganz fasziniert von dem alten Kasten. Das lag vermutlich an seinem Beruf. Es juckte ihn bestimmt schon in den Fingern, mit der Renovierung anzufangen.

Eine ganze Menge Fotos von dem alten Sanatorium standen im Internet. Offensichtlich gab es auch hier so etwas wie einen Lost-Places-Tourismus: Die Leute suchten verlassene Gebäude auf, um den Verfall zu dokumentieren und mit der Welt zu teilen. Nelson fand sogar diverse Facebook-Gruppen, deren Mitglieder sich einzig und allein diesem Hobby widmeten und über die lohnendsten Objekte diskutierten. Auf was für Ideen manche Leute kamen … Electra schüttelte den Kopf. Trotzdem musste sie einräumen, dass einige Aufnahmen des Sanatoriums durchaus ästhetisch anmuteten: die Schönheit des Verfalls.

»Wie?«

»Ich habe gefragt«, sagte Nelson, »ob wir es jetzt mit den Mondscheinkindern versuchen wollen.«

Electra nickte, und er gab den Begriff in das Suchmaschinenfeld ein. Der erste Artikel war ein Wikipedia-Eintrag. Er klickte darauf und folgte dem Link, der auf eine Bezeichnung namens ‚Xeroderma pigmentosum' verwies. Die Bilder, die ihnen daraufhin angezeigt wurden, ließen beide entsetzt keuchen.

Auf einem knorrigen Apfelbaum, nicht weit von der Pergola entfernt, begrüßte ein Vogel die hereinbrechende Nacht, ansonsten war kein Laut zu hören. Electra hatte das Gefühl, dass sich die alltäglichen Geräusche aus Schreck vor diesen Fotos zurückgezogen hatten und nur noch dieser einsame Vogel den Mut besaß, die Stille zu durchbrechen. Dann kläffte plötzlich Ms Tuttles Pinscher im Haus und der Bann war gebrochen.

Nelson fand als Erster die Sprache wieder. »Herr im Himmel!«, stieß er bestürzt hervor.

Electra spürte, dass er sie ansah, doch sie schaffte es nicht, seinen Blick zu erwidern. Sie starrte auf den Apfelbaum in der

Hoffnung, den einsamen Sänger zu erspähen. Welcher Vogel zwitscherte denn so spät noch sein Lied? Eine Drossel? Eine Nachtigall?

»Electra?« Sie fühlte Nelsons Hand auf ihrem Arm. »Alles in Ordnung?«

Sie versuchte zu antworten, doch es kam kein Ton aus ihrer Kehle, also nickte sie flüchtig.

Bei Xeroderma pigmentosum, so stand es in dem Eintrag, handelte es sich um eine seltene, von beiden Eltern vererbte Krankheit. Die Haut der Betroffenen reagierte überempfindlich auf UV-Licht, weshalb sie Sonnenlicht unter allen Umständen meiden mussten. Mondlicht verursachte jedoch keine Probleme, weshalb die Patienten nur nachts nach draußen konnten. Daher auch der Name ›Mondscheinkinder‹. Meist traten die Symptome bereits in der Kindheit auf. Jeder Kontakt mit Sonnenlicht führte zu schweren Hautverbrennungen, und dann kam es zu Hautwucherungen und bösartigen Tumoren. Viele starben bereits als Kinder daran, und die Mondscheinkrankheit galt bis jetzt als unheilbar.

»Denkst du …«, er brach ab und räusperte sich. »Meinst du, dass deine Schwester an dieser Krankheit litt?«

Endlich war es Electra möglich, ihn anzusehen. Mittlerweile war es beinahe dunkel geworden, doch sie konnte seinen mitfühlenden Gesichtsausdruck immer noch erkennen. Und plötzlich ärgerte sie sich darüber. Brauchte sie wirklich sein Mitleid?

»Woher soll ich das denn wissen?!«, blaffte sie ihn an und er zuckte erschrocken zusammen. »Vielleicht, vielleicht auch nicht!«

Sie atmete keuchend aus. In ihr tobten die verschiedensten Gefühle: Entsetzen bei dem Gedanken, dass ihre Schwester an dieser Krankheit gelitten haben könnte und dann vermutlich auch daran gestorben war; Wut, weil niemand es für nötig gehalten hatte, sie darüber aufzuklären; und Schmerz, dass sie Undine in diesem Fall vermutlich nie kennenlernen würde.

Wir geben nicht auf! Das hatte auf Mums Postkarte gestanden. Das hatte sich bestimmt auf Undine bezogen. Und auf diese schreckliche Krankheit. Alles fügte sich wie ein Puzzle zusammen und ein furchtbarer Gedanke formte sich unvermittelt in Electras Kopf: Was, wenn sie selbst an dieser Mondscheinkrankheit litt? Hatte Tante Jo sie deshalb so überfürsorglich behandelt und sie ständig zum Arzt geschleppt? Brach diese Krankheit bei manchen Menschen vielleicht erst im Erwachsenenalter aus?

Ihr wurde auf einmal übel. Sie musste unbedingt mehr über Xeroderma pigmentosum erfahren. Doch sie wollte Nelson nicht damit belästigen, und Kate noch weniger. Das war eine Familiensache. Und da Electra die Letzte ihrer Familie war, würde sie das mit sich selbst ausmachen.

»Entschuldige«, sagte sie zu Nelson. »Ich bin gerade nur etwas aufgewühlt. Erst diese Bilder von dem verfallenen Sanatorium und jetzt diese verunstalteten Kinder.« Sie schluckte schwer.

»Natürlich«, entgegnete er und klappte den Laptop zu. »Lass uns einen Spaziergang machen, okay?« Er stand auf und streckte ihr die Hand hin.

Obwohl Electra im Grunde lieber allein gewesen wäre, um darüber nachzudenken, was Undines mögliche Krankheit für sie bedeutete, wollte sie ihn auch nicht vor den Kopf stoßen. Er gab sich solche Mühe, ihr zu helfen.

»Du hast recht«, sagte sie schließlich, ergriff seine Hand und stand ebenfalls auf. »Etwas Bewegung hat noch keinem geschadet.«

22

Während sie durch das nächtliche Newton Abbot schlenderten – Cookie an der Leine, weil Ms Tuttle sie dazu genötigt hatte, den Pinscher auf ihren Spaziergang mitzunehmen –, dachte Nelson über diese Hautkrankheit nach. Die Bilder, die er in dem Wikipedia-Eintrag gesehen hatte, waren wirklich entsetzlich – bläulich verbrannte und vernarbte Haut, Wucherungen, blinde Augen, leidende Gesichter … Wenn Electras Schwester eines dieser Mondscheinkinder gewesen war, lebte sie vermutlich nicht mehr. Möglicherweise hatte die Medizin in den vergangenen Jahren in der Richtung Fortschritte erzielt, aber damals hatte es wohl keine Rettung gegeben. Er würde später weiter im Internet recherchieren, wenn Electra nicht dabei war. Er wollte sie nicht damit belasten.

Wie schrecklich musste es für Electras Eltern gewesen sein, ihr Kind so sterben zu sehen und ihm nicht helfen zu können. Er unterdrückte ein Schaudern. Er war in seinem Leben noch nie mit dem Tod konfrontiert worden, außer, als ihre Katze Pebbles gestorben war. Damals war Nelson fünfzehn gewesen. Zwar hatte ihn Pebbles' Tod geschmerzt, doch in dem Alter hatte er sich mehr für die Mädchen in seiner Klasse interessiert. Natürlich waren auch Menschen in seinem Umfeld gestorben, aber nie jemand aus seinem näheren Bekanntenkreis oder gar ein Familienangehöriger. Sogar seine Großeltern erfreuten sich noch immer bester Gesundheit, und er merkte erst jetzt, wie viel Glück er in dieser Hinsicht gehabt hatte.

Er warf Electra einen schnellen Blick zu. Sie hatte die Hände in den Hosentaschen ihrer Jeans vergraben und schien weder darauf erpicht zu sein, ein Gespräch zu führen, noch sich tröstend umarmen zu lassen. Nicht zum ersten Mal verspürte er heftiges Mitleid mit ihr. Vielleicht hatte sie sich vorgestellt, die verschollene Schwester in Devon zu finden, doch alles, was sie hier gefunden hatte, war eine schmerzhafte Enttäuschung.

Andererseits: Vielleicht war Undine gar keins dieser Mondscheinkinder gewesen. Die Chance bestand immerhin. Sie sollten diese Möglichkeit in Betracht ziehen und weiter nach Patientenakten suchen. Doch ob Electra dazu noch bereit war?

Sie erreichten die alte Steinbrücke über den River Teign und blieben stehen. Electra starrte ins dunkle Wasser. Bis jetzt hatten sie nicht mehr als zehn Wörter miteinander gewechselt. Was ihr wohl gerade durch den Kopf ging? Cookie schnüffelte an den moosbewachsenen Steinquadern, hob das Bein und schaute danach vorwurfsvoll zu Nelson hoch. Offenbar hatte er bereits genug von der körperlichen Betätigung.

»Möchtest du morgen trotzdem zum Sanatorium fahren?«, brach Nelson endlich das Schweigen.

Sie hob lustlos die Schultern. »Wozu?«

Er lehnte sich an die Brüstung. »Wir wissen doch gar nicht, ob deine Schwester eins dieser Mondscheinkinder gewesen ist.«

Electra schnaubte missbilligend. »Und der Weihnachtsmann füllt die Strümpfe am Kamin mit Süßigkeiten, nicht wahr?«

»Electra.«

Sie atmete tief durch. »Tut mir leid, du kannst ja nichts dafür. Aber ich denke, es hat keinen Zweck, sich etwas vorzumachen. Meine Schwester ist offensichtlich an dieser

Hautkrankheit gestorben, und meine Familie hielt es nicht für nötig, mir das mitzuteilen.«

Ihre Stimme zitterte und sie fuhr sich mit dem Handrücken über die Augen.

Nelsons Herz krampfte sich zusammen. Er ließ Cookies Leine fallen und stellte den Fuß darauf, damit der Pinscher nicht auf die Straße lief. Dann nahm er Electra in die Arme.

Sie versteifte sich einen Moment, schmiegte dann aber ihre Wange an seine Brust und weinte lautlos. Ihre Schultern zuckten und er strich ihr sanft über den Rücken.

»Na, na«, sagte er leise, hauchte ihr einen Kuss auf die Schläfe und hielt sie weiter fest.

»Es … sie …«, stammelte sie. »Es ist so unfair!«

»Ich weiß«, antwortete er. Er spürte, dass jetzt nicht der Moment für Argumente war.

Sie hob den Kopf. Tränen glitzerten in ihren Augen. In diesen wunderschönen blauen Augen, die in der Dunkelheit schwarz wirkten. Keiner sagte ein Wort. Sie sahen sich nur an.

Dann beugte sich Nelson zu Electra hinunter und küsste sie. Erst sanft, weil er nicht wusste, wie sie reagieren würde, doch als sich ihre Lippen öffneten, gab es kein Halten mehr. Mit einem Stöhnen umschlang er ihre Taille und presste sie an seinen Körper. Er wollte sie ganz nahe spüren. Es sollte nichts Trennendes zwischen ihnen geben.

Ihr Kuss wurde leidenschaftlicher. Electra entfuhr ein Seufzer, was ihn noch mehr erregte. Wenn das weiter so ging, würden die Einwohner von Newton Abbot den Zyklopen bald in einer verfänglichen Situation erwischen.

Das Gekläff von Cookie riss Nelson aus seinem Rausch. Dem Pinscher schien es gar nicht zu gefallen, dass sich niemand für ihn interessierte. Electra löste sich aus der Umarmung.

»Lass uns woanders hingehen«, schlug sie vor, und Nelson nickte stumm.

»Gute Nacht, Ms Tuttle.«

Nelson wartete einen Moment, bis sich die Wohnzimmertür hinter Cookie und seiner Zimmerwirtin geschlossen hatte, und stürmte dann nach oben in sein Zimmer, riss die Nachttischschublade auf und suchte darin hastig nach der Schachtel Kondome. Leise schloss er seine Zimmertür wieder und blieb auf dem Treppenabsatz stehen. Würde Electra vielleicht zu ihm kommen? Oder sollte er, wie er angenommen hatte, zu ihr hochgehen? Plötzlich war er sich nicht mehr sicher, ob er ihre Signale richtig gedeutet hatte. Auf dem Heimweg hatten sie Händchen gehalten und sich immer wieder mal angelächelt, aber war das wirklich eine Einladung gewesen? Was, wenn er an ihre Zimmertür klopfte und sie ihn auslachte?

»Himmel, sei nicht so eine Memme!«, sprach er sich selbst Mut zu. Er führte sich ja gerade wie ein Pubertierender auf.

Er atmete tief durch und schlich vorsichtig die Treppe in den zweiten Stock hinauf. Obwohl sie mit Teppich belegt war, knarrten einige Stufen, und er hatte nicht vor, sich von Ms Tuttle die Leviten wegen ungehörigen Verhaltens lesen zu lassen.

Vor Electras Zimmertür verharrte er einen Moment. Sein Herz klopfte wild, sein Mund wurde trocken, und zu allem Übel knurrte sein Magen gerade vernehmlich. Wie peinlich! Vor lauter unerwarteten Ereignissen hatten sie doch prompt das Abendessen vergessen. Egal, wenn ihn das erwartete, was er sich erhoffte, würde das ein ausgefallenes Dinner bei Weitem aufwiegen. Und wenn er sich in ein paar Sekunden zum Affen machte, weil er alles falsch gedeutet hatte, konnte er irgendwo etwas essen gehen … sofern er dann noch Appetit hatte.

Er klopfte leise und horchte mit angehaltenem Atem. Beinahe augenblicklich öffnete Electra die Tür, warf einen Blick über seine Schulter und zog ihn schnell in ihr Zimmer.

»Du weißt, dass uns Ms Tuttle umgehend vor die Tür setzt, wenn sie uns erwischt?«, flüsterte sie. Ihre Mundwinkel zuckten.

»Das ist es wert«, raunte Nelson.

»Das weißt du doch gar nicht.« Sie sah ihn herausfordernd an.

»Dann lass es mich herausfinden.«

Electras Zimmer ähnelte seinem. Mit den Teddys, den geblümten Vorhängen und der farbigen Tagesdecke auf dem Bett wirkte es jedoch eher wie ein Mädchenzimmer. Es roch nach Lavendel und Electras Parfüm. Einen Moment lang standen sie beide verlegen im Raum, bis sie die Hand ausstreckte und seinen Arm berührte. Sanft strich sie mit den Fingern daran entlang bis zu seinem Oberarm und prüfte seinen Bizeps.

Nelson lachte. »Alles okay?«

»Beeindruckend, doch. Schon seit du an mir vorbeigeflogen bist, wollte ich das tun«, erwiderte sie mit Schalk in der Stimme. »Ich finde knackige Oberarme erotisch. Und deine haben mir sofort gefallen.«

Das Kompliment freute ihn. Er griff nach ihrer Hand und drückte einen Kuss auf die Handfläche.

»Ich habe dich bei meiner akrobatischen Einlage zwar nicht bemerkt, aber als ich meine Augen aufschlug, dachte ich, einem Engel ins Gesicht zu schauen.«

Electra kicherte. »Komm schon, nicht so abgedroschen. Das kannst du doch besser.«

Sie zog ihn rückwärts zum Bett.

Er runzelte die Stirn, als würde er scharf nachdenken, und setzte sich neben Electra.

»Also gut.« Er griff nach einer ihrer blonden Strähnen und zwirbelte sie zwischen den Fingern. »Dein Haar erinnert an gesponnenes Gold, das eine Elfe ins klare Wasser des White-Lady-Wasserfalls tunkt.« Als sie kicherte und den Mund öffnete, vermutlich um zu fragen, wo sich dieser Wasserfall befand, hob er einen Finger. »Moment, ich bin noch nicht fertig. Du wolltest das gesamte Programm, du kriegst das gesamte Programm!«

Er räusperte sich theatralisch.

»Wenn ich in deine Augen blicke, versinke ich im Blau des Himmels, bevor die ersten Sonnenstrahlen über dem Horizont erscheinen am Morgen der Tagundnachtgleiche beim Sharp Tor. Dein Lachen klingt wie das sanfte Raunen des Ostwindes, wenn er sich auf seiner einsamen Suche nach Gesellschaft in die Blüten des gelben Ginsters, des violetten Heidekrauts und der blauen Glockenblumen schmiegt, gleich einem Liebhaber in die Arme seiner Angebeteten. Und jetzt zu deiner Haut …«

Electra prustete los. »Okay, okay, ich habe verstanden. Bravo! An dir ist wirklich ein Poet verloren gegangen.« Sie strich ihm eine Strähne aus der Stirn. »Küss mich.«

Das ließ er sich nicht zweimal sagen. In einer heftigen Umarmung fielen sie rücklings aufs Bett.

Electras Mund schmeckte süß, genau so, wie er ihn sich ausgemalt hatte. Erregung überflutete ihn und fiebrig suchten seine Hände den Weg unter ihr T-Shirt. Er musste unbedingt ihre Haut berühren, um zu begreifen, dass das hier alles wirklich geschah. Als er ihren BH behutsam zur Seite schob und ihre perfekten Brüste streichelte, entfuhr Electra ein lustvolles Stöhnen. Sie griff mit beiden Händen in seine Locken und zog ihn noch näher, erkundete mit ihrer Zunge seinen Mund, bis er meinte, er würde es vor Lust keinen Moment länger aushalten. Er löste sich schwer atmend von ihr, was ihr einen Laut des Unmuts entlockte.

Nelson lachte verhalten. »Wir müssen leise sein«, raunte er. »Ms Tuttle hat Ohren wie ein Luchs, und wenn sie uns nicht hört, dann sicher Cookie. Der hat's sowieso auf mich abgesehen.«

Electra wischte seine Bedenken mit einer Handbewegung beiseite, hangelte jedoch ihr Handy vom Nachttisch und tippte auf ihre Playlist. Und während Lady Gaga und Bradley Cooper ihren Oscar-Hit »Shallow« sangen, küsste sie Nelson erneut voller Verlangen.

* * *

Nelsons Körper war perfekt. Electra hatte ihn schon in seinen Klamotten sexy gefunden, doch als er jetzt sein Oberteil auszog, bewunderte sie seine gut definierten Muskeln. Als Ein-Mann-Baufirma musste er bestimmt das meiste selbst erledigen: schwere Zementsäcke schleppen, Steine, Holz und das ganze andere Zeug stemmen. Ein tägliches Gratis-Work-out sozusagen. Sie dagegen drückte sich stets, wenn Kate vorschlug, sich sportlich zu betätigen. Außer Radfahren vermied Electra schweißtreibende Aktivitäten. Mit Ausnahme, wenn sie in der Horizontalen stattfanden. Und auf die, die ihr jetzt bevorstand, war sie mehr als neugierig.

Es war schon eine Weile her, dass sie mit einem Mann intim gewesen war, und das hatte sich als Fiasko entpuppt. Humphrey, ein Gastdozent an der Uni, hatte sich dermaßen auf ihr abgestrampelt, dass sie jetzt immerhin wusste, wie sich ein Hometrainer fühlen musste. Doch trotz Humphreys redlichen Bemühungen war der Sex für sie nicht erfüllend gewesen. Ihre Gedanken waren bei seiner Hampelei irgendwann abgeschweift, und sie war froh gewesen, als er endlich zum Abschluss kam. Sie hatten es dann noch ein paar Mal versucht, aber besser war es nicht geworden, und kurz darauf hatten sie sich getrennt. Selbstverständlich bedeutete die körperliche Liebe in einer Beziehung nicht alles, doch ohne sexuelle Befriedigung fehlte eben ein wichtiger Teil.

Electra erschrak bei dem Wort »Beziehung« in ihren Gedanken. Natürlich würde sie mit Nelson keine Beziehung führen, auch wenn sie das bedauerte. Aber sie lebten in unterschiedlichen Welten und zudem einige Fahrstunden voneinander entfernt. Und eine Fernbeziehung kam für sie nicht infrage. Also nein, das hier würde eine hoffentlich angenehme Episode in ihrem Leben werden und bleiben. Sie brauchte nach den schrecklichen Nachrichten heute einfach eine Ablenkung. Und Sex eignete sich perfekt dafür.

»Du bist so in Gedanken«, sagte Nelson und stützte den Kopf in die Hand. »Ist etwas nicht in Ordnung? Möchtest du aufhören?«

Er schien auf einmal unsicher, was sie süß fand. Offenbar wusste er nicht, wie er auf die holde Weiblichkeit wirkte.

Sie schüttelte lächelnd den Kopf und berührte dabei seine Wange. Seine Bartstoppeln fühlten sich angenehm unter ihren Fingerspitzen an, nicht so kratzig wie üblich. Nelson Travelian schien wirklich ein ganz spezieller Mann zu sein. Und ob diese Vermutung stimmte, wollte sie jetzt unbedingt herausfinden.

* * *

Electra zog ihr T-Shirt samt ihrem BH aus, was Nelson bedauerte. Er hätte sie gern langsam aus ihren Kleidern geschält, um die Spannung zu erhöhen. Konnte sie es etwa nicht erwarten, die Sache so schnell wie möglich hinter sich zu bringen? Der Gedanke verpasste ihm einen Dämpfer. Obwohl sein Herzschlag sich vor Erregung verdoppelte, wollte er das Kommende genießen und möglichst lange auskosten.

Offenbar hatte sie sein Zögern bemerkt, denn sie sah ihn mit gerunzelter Stirn an.

»Was ist?«, fragte sie und strich dabei sanft über seine Brust. »Gefällt dir nicht, was du siehst?«

Er schüttelte den Kopf. »Du bist wunderschön«, sagte er und betrachtete ihre cremeweißen Brüste mit den rosafarbenen Spitzen.

»Aber?«

Er atmete tief durch. »Nichts aber.«

Er würde sich hüten, jetzt eine Diskussion über seine persönlichen Erwartungen anzufangen. Das erste Mal Sex mit einem neuen Partner war eben ein Spießrutenlaufen, weil man noch nicht wusste, was der andere wollte und wünschte. Er sollte sein Gehirn besser abschalten und sich von seinen Empfindungen treiben lassen.

Die kleine Nachttischlampe verbreitete warmes Licht und warf ein gesprenkeltes Schattenmuster an die weiß getünchte Wand. Vor dem Haus stritten sich lautstark zwei Katzen, und aus Electras Handy verkündete Ed Sheeran, wie perfekt seine Freundin heute aussah. Das erschien Nelson wie ein Zeichen.

Er beugte sich über Electras Brüste und umschmeichelte die Spitzen mit der Zunge. Ihr entfuhr ein kehliges Stöhnen und seine kritischen Gedanken lösten sich in einem Strudel aus Verlangen auf.

* * *

Als Nelson ihre Brüste mit beiden Händen umfasste und sein Mund ihre Spitzen eroberte, warf Electra den Kopf in den Nacken und stöhnte. Sie mochte seine Berührungen: Sie lagen genau richtig zwischen zupackend und sanft. Ein wunderbares Ziehen breitete sich in ihrem Unterleib aus, und sie schloss genüsslich die Augen.

Ihr Körper reagierte auf Nelsons Zärtlichkeiten mit einer Vehemenz, die sie überraschte. Normalerweise hatte sie eher Mühe damit, sich ihren Empfindungen hinzugeben, vor allem mit einem neuen Partner. Doch wie Nelson ihr bereits als Mensch ungewöhnlich vertraut geworden war, so vertraut schienen ihr seine Berührungen, als würde er ihre erogenen Zonen schon immer kennen. Wie faszinierend! Sie konnte es kaum abwarten, den letzten Schritt zu tun, und bewegte sich unruhig unter seinen Händen. Seit wann war sie denn so ungeduldig?

»Du lächelst?«, hörte sie ihn raunen. »Darf ich davon ausgehen, dass es dir gefällt?«

Sie öffnete die Augen und begegnete seinem Blick. Um seine Iris herum bemerkte sie erst jetzt die goldenen Sprenkel, als hätte die Natur ihr einen Ring aus Bernsteinsplittern geschenkt.

»Es ist wundervoll«, murmelte sie, »hör ja nicht auf!«

Er lachte leise, rutschte tiefer und öffnete den Knopf ihrer Jeans. »Das werde ich bestimmt nicht.«

Sie hob ihre Hüfte, damit er ihr das hinderliche Kleidungsstück ausziehen konnte. Zum Glück hatte sie, neben einigen ausgesprochen unerotischen billigen Schlüpfern, beim Shoppen auch noch eine Garnitur einfache weiße Unterwäsche gefunden und sie, bevor Nelson an ihre Tür geklopft hatte, hastig angezogen. Es wäre ihr peinlich gewesen, wenn er sie in der Unterhose mit den aufgedruckten Kirschen gesehen hätte. Sie mochte schöne Unterwäsche, doch auf die Schnelle hatte sie in Newton Abbot keine gefunden. Und sie hatte ja auch nicht vermutet, dass ihr hier eine Liebesnacht bevorstand.

Nelson betrachtete einen Moment ihren Körper, und ein prickelnder Schauer lief über ihre Haut. Sie hatte kein Problem damit, sich jemandem nackt zu zeigen, denn sie mochte ihren Körper mit all seiner Schönheit und den Makeln. Trotzdem wurde sie unsicher, als Nelson sie wie ein exotisches Insekt von oben bis unten musterte. Doch bevor sie etwas fragen konnte, atmete er tief durch, sah ihr ins Gesicht und lächelte.

»Du bist wunderschön«, meinte er. »Ich kann mich gar nicht an dir sattsehen.«

»Dein Body ist aber auch nicht zu verachten«, erwiderte sie schelmisch und griff nach seiner Gürtelschnalle. »Lass mich noch den Rest sehen!«

Er grinste und ließ sich von ihr die Jeans ausziehen. Sie hatte sich nicht zu viel erhofft, auch alles Weitere von Nelson gefiel ihr ausnehmend gut. Man sah ihm an, dass er sich oft draußen aufhielt, körperliche Arbeit verrichtete und Sport trieb.

Seine Hände fühlten sich rau auf ihrer Haut an, aber das Gefühl war nicht unangenehm. Im Gegenteil, sie genoss es sehr. Im Gegensatz zu Humphreys weichen, feuchten Fingern waren Nelsons Berührungen deutlich erotischer. Daran könnte sie sich gewöhnen. Doch sogleich schlug sie sich diesen Gedanken wieder aus dem Kopf. Nelson würde kaum sein Leben hier aufgeben und nach Oxford ziehen. Er hatte sich zu sehr über ihr Zuhause mokiert, als dass er extra wegen ihr alles in Devon aufgab. Und sie selbst hatte keine Lust, nach Newton Abbot umzuziehen. Obwohl sie die Eule oft auf den Mond schießen wollte, mochte sie ihren Job. Und Oxford war einfach ihre Heimat. Ein Umzug der Liebe wegen schien ihr doch zu übertrieben romantisch.

Sie rief sich zur Ordnung. Liebe? Quatsch, hier ging es nicht um Liebe, sondern lediglich um Sex! Das fehlte gerade noch, dass sie sich in Nelson verliebte. Sie hatte genug am Hals und wollte sich nicht noch weitere Probleme aufhalsen.

»Du scheinst mir nicht recht bei der Sache«, sagte Nelson und sah sie unsicher an.

»Doch, sicher, es ist nur …« Sie brach ab. Sie wollte ihn nicht belügen, jedoch auch nicht erwähnen, was ihr gerade durch den Kopf gegangen war.

Er nickte, wirkte aber gekränkt.

Sie nahm sein Gesicht in beide Hände und küsste ihn leidenschaftlich, bis er keuchte.

»Du hast jetzt meine volle Aufmerksamkeit«, stieß sie atemlos hervor.

* * *

Nachdem Electra zwischendurch so gewirkt hatte, als wäre sie mit ihren Gedanken ganz woanders und eher mäßig an dem interessiert, was Nelson anstellte, gab es jetzt eine Hundertachtziggradwendung.

Sie drückte ihn aufs Bett, strich mit ihren Händen über seine Brust, seinen Bauch und fand, was sich ihr so erwartungsvoll entgegenstreckte. Als sich ihre Finger um seinen Schaft schlossen, keuchte Nelson auf und wollte sich aufsetzen, doch sie lachte leise und gebot ihm, liegen zu bleiben. Gern ergab er sich ihrer Folter. Aber als sie ihre Lippen zur Unterstützung benutzte, konnte er nicht länger ruhig verharren.

»Electra«, bat er, »wenn du auch etwas davon haben willst, musst du jetzt damit aufhören.«

Wieder ließ sie ihr dunkles Lachen erklingen, was ihn beinahe die Beherrschung kostete. Er zog sie zu sich hoch und hielt sie einen Moment fest in den Armen, bis er sich ein wenig beruhigt hatte. Dann drehte er sich mit ihr zusammen, sodass sie jetzt unter seinem Körper gefangen war. In ihren Augen spiegelte sich die gleiche Lust, die auch ihn erfasst hatte. Und während er nach einem Kondom griff, schoss ihm kurz durch den Kopf, dass er sich vielleicht gerade in diese Frau, die sich so wunderbar unter ihm anfühlte, verliebte.

23

Mitten in der Nacht schreckte Electra hoch. Sie hatte wieder diesen furchtbaren Traum gehabt. Ihr Puls raste. Einen Moment blieb sie reglos liegen und versuchte, sich zu beruhigen. Fahler Mondschein fiel durch ein kleines Fenster. Das war nicht ihr Zimmer in Oxford. Wo zum Teufel befand sie sich? Und weshalb war sie nackt?

Neben ihr regte sich jemand.

Nelson! Ja, natürlich, sie hatten sich geliebt und waren offenbar danach beide eingeschlafen.

Electra fror. Kein Wunder, ihr Bettpartner hatte sich die Decke gekrallt und wie eine Mumie darin eingewickelt. Sie zog vorsichtig an einer Ecke, doch Nelson reagierte nicht darauf.

»So nicht, Freundchen!«, murmelte sie genervt und kitzelte ihn im Nacken.

Er knurrte im Schlaf und schlug mit der Hand nach dem imaginären Insekt. Sie grinste, beugte sich zu seinem Ohr hinunter und ahmte eine sirrende Mücke nach. Er zuckte zusammen und hampelte sich aus der Bettdecke. Sie unterdrückte ein Kichern.

»Ich friere«, murrte sie und schnappte sich die Decke.

Nelson starrte sie einen Moment lang verdutzt an, bis ihm vermutlich einfiel, womit sie sich vor ein paar Stunden vergnügt hatten. Sie sah, wie seine Zähne schemenhaft aufblitzten.

»Dagegen habe ich ein Mittel«, erwiderte er und zog sie in seine Arme.

Electra mochte seinen Eigenduft. Eine Mischung aus Rasierwasser, schlafwarmem Mann und Lust. Sie befeuchtete sich mit der Zunge die Lippen. Sie hatte Durst, war jedoch zu müde, um aufzustehen. Der Akku ihres Handys war offenbar leer, denn die Musik war verstummt. Es war völlig still, nur ab und zu ächzte es im Gebälk des alten Cottages.

Sie kuschelte sich in Nelsons Armbeuge, strich über die feinen Härchen auf seiner Brust und umkreiste seine Brustwarzen, bis er amüsiert schnaubte. Unter ihren Fingerspitzen konnte sie seinen Herzschlag spüren: gleichmäßig und ruhig.

Der Sex mit ihm war erfüllend gewesen. Nelson hatte auf beinahe magische Weise gewusst, was ihr gefiel und was nicht, und sie nach allen Regeln der Kunst verwöhnt. Sie war sehr schnell zum Orgasmus gekommen. Sogar zwei Mal, was an sich schon außergewöhnlich war. Ob sie Humphrey davon erzählen sollte? Vielleicht gab ihm Nelson ja ein paar gute Tipps.

Sie rieb ihre Nase an Nelsons warmer Haut und sog tief seinen Duft ein. Alles fühlte sich so wundervoll und friedlich an, als würde sie nach einer langen Reise endlich zu Hause ankommen. Ihre Augen wurden unvermittelt feucht. Na toll, jetzt fing sie auch noch an zu heulen! Nelson musste sie ja für verrückt halten. Sie schluckte ein paar Mal trocken, um den dicken Kloß im Hals wieder wegzubekommen.

»Weißt du …«, sagte er mit schlaftrunkener Stimme und streichelte dabei mit dem Daumen ihren Oberarm. Doch was sie wissen sollte, erklärte er nicht. Er schwieg und atmete lediglich tief durch.

Sie hob den Kopf. »Was denn?«

Er drückte ihr einen Kuss auf den Scheitel. »Ach nichts. Hast du Durst?«

Sie wollte zuerst nachhaken, entschied sich aber dagegen. Nach dem Sex wandelte man oft auf gefährlichem Terrain, weil die Hormone Tango tanzten und man Dinge sagte, die man nicht so meinte. Oder die einem danach peinlich waren.

»Ich verdurste gleich«, erwiderte sie daher nur. »Irgendwo neben der Tür steht eine Flasche Mineralwasser.«

Er löste sich aus der Umarmung und stand auf. Im Mondlicht sah sein nackter Körper wie eine Geistererscheinung aus. Beim Betrachten seines knackigen Geisterhinterns regte sich jedoch wieder Verlangen in ihr. Sie unterdrückte ein Seufzen.

Nelson krachte gegen den Sessel und sog zischend die Luft ein. »Bloody hell!«

»Was denn?«

»Ich habe mir vermutlich gerade den Zeh gebrochen.«

Sie lachte. »Dann bleibt dir wenigstens etwas in schöner Erinnerung.«

Er humpelte zurück zum Bett, drückte ihr die Flasche in die Hand und legte sich wieder hin.

»Sehr mitfühlend, danke!« Er beugte sich über sie. »Aber mir bleibt weit Schöneres in Erinnerung«, raunte er, schlüpfte unter die Decke und suchte mit seinem Mund ihre intimste Stelle.

Electra keuchte auf, ließ die Flasche aufs Bett fallen und krallte ihre Finger in Nelsons Locken.

Beim zweiten Aufwachen schien bereits die Sonne ins Zimmer. Electra blinzelte und rieb sich die Augen. Sie hatte selten so gut geschlafen. Obwohl, geschlafen hatten sie eigentlich sehr wenig. Sie betrachtete Nelson, der an ihrer Seite noch träumte. Im Tageslicht bemerkte sie, dass sein Rücken gebräunt, sein süßer Hintern jedoch weiß wie ein Schluck Milch war. Es juckte ihr regelrecht in den Fingern, ihm einen Klaps darauf zu geben, doch sie hielt sich zurück.

Er wollte, nachdem sie sich mitten in der Nacht nochmals geliebt hatten, in sein Zimmer zurückgehen, aber sie hatte ihn gebeten, zu bleiben. Sie mochte es, morgens nicht allein aufzuwachen. Ein Luxus, der ihr seit Humphreys Abgang verwehrt geblieben war.

Ihr Magen knurrte. Wann hatte sie eigentlich das letzte Mal etwas gegessen? Sie griff nach ihrem Handy auf dem Nachttisch. Wie vermutet, war der Akku fast leer, doch die Uhrzeit konnte sie noch ablesen: 6 Uhr. Mist, vor halb acht gab es bei Ms Tuttle kein Frühstück.

Electra stöpselte ihr Handy ans Ladekabel und verschränkte die Hände hinter dem Kopf. Sie könnte kurz unter die Dusche springen. Aber es war gerade so gemütlich mit dem schlafenden Nelson an ihrer Seite. Also blieb sie liegen und betrachtete ihn.

Er wirkte jünger, wenn er schlief, trotz der dunklen Bartstoppeln. Wieso hatte so ein gut aussehender, sympathischer, humorvoller Mann eigentlich keine Freundin? Waren seine Ansprüche zu hoch? Oder hatte er einen Knacks, von dem sie noch nichts bemerkt hatte? Vielleicht ging er normalerweise mit einem Ganzkörperpyjama ins Bett. Oder er duschte nur einmal pro Woche. Nein, das hätte sie sofort bemerkt respektive gerochen. Ungepflegte Personen waren ihr ein Gräuel. Sie überlegte. Was für Gründe konnte es noch geben, dass er nicht gebunden war? Mochte er vielleicht lieber Männer? Nein, Quatsch, das glaubte sie nach der letzten Nacht nicht. Auch wuchsen ihm keine Haare aus den Ohren. Sie gluckste. Weshalb also lief Nelson Travelian als Single durchs Leben?

»Ich hoffe doch, dass ich nicht der Grund deiner Heiterkeit bin.« Er öffnete die Augen und grinste. »Gut geschlafen?«

»Wunderbar. Und selbst?«

Er streifte ihre Wange mit einem Kuss und streckte die Arme über den Kopf. »Bestens, nur etwas wenig … und das nächste Mal brauchen wir zwei Decken!« Er schaute vorwurfsvoll auf ihren eingemummten Körper.

Electras Lächeln bröckelte. Das nächste Mal? Wie meinte er das? Sie hatte eigentlich vorgehabt, heute nach Oxford zurückzufahren. Dachte er eventuell, dass sie ihren Aufenthalt in Devon wegen ihm verlängerte?

Er rieb sich mit beiden Händen übers Gesicht und bemerkte ihre verwirrte Miene nicht.

»Himmel, habe ich einen Kohldampf!«, rief er. »Wie spät ist es?«

»Erst sechs Uhr.«

Er riss die Augen auf. »Das kann nicht sein! Bis es Frühstück gibt, werde ich tot sein.«

»Musst du eigentlich nicht arbeiten?«

Er verzog den Mund. »Würde ich ja gern, aber leider habe ich im Moment keinen Auftrag. Der Kunde gestern konnte sich wieder mal nicht entscheiden.« Er seufzte und warf ihr einen schnellen Blick zu. »Wollen wir heute zum Sanatorium fahren? Oder lieber nicht?«

Sie zuckte mit den Schultern. »Große Lust dazu verspüre ich nicht gerade. Aber offensichtlich möchtest *du* gern hin.«

»Berufliches Interesse. Doch ich kann auch allein hinfahren, wenn …« Er brach ab. »Also, wenn du wieder in Oxford bist«, fügte er leise hinzu.

Sie warf ihm einen prüfenden Blick zu. Offenbar war er nicht so unrealistisch, wie sie vermutet hatte, und wusste, dass sie wieder abreisen würde. Gut, ein Problem weniger. Auf emotionale Grundsatzdiskussionen konnte sie verzichten. Aber weshalb fühlte sie dann einen Stich der Enttäuschung? Hatte sie sich doch mehr erhofft? Vielleicht, dass er sie bat, noch zu bleiben?

Sei nicht albern, schimpfte sie in Gedanken mit sich selbst, das Leben ist kein Wunschkonzert!

»Na gut«, lenkte sie schließlich ein, »fahren wir halt hin, wenn es dich glücklich macht.«

Er strahlte sie an und sie musste ebenfalls lächeln. Selten hatte sie einen Mann getroffen, der dermaßen gute Laune verbreitete. Sie musste aufpassen, dass sie sich gefühlsmäßig nicht zu sehr auf Nelson einließ.

24

Bis Lustleigh benötigten sie knapp dreißig Minuten. Am Himmel standen ein paar weiße Schönwetterwolken, ansonsten strahlte er in einem tiefen Blau. Ein sonniger Tag kündigte sich an. Vielleicht nicht schlecht, dachte Nelson. Er stellte es sich bedrückend vor, ein altes Sanatorium bei Regen und Nebel zu besichtigen. Es würde auch ohne Wolkenbruch düster genug werden. Im Lieferwagen roch es nach Kaffee und frischem Backwerk. Da sie nicht warten wollten, bis Ms Tuttle das Frühstück servierte, hatten sie bei einer Bäckerei angehalten und sich mit dem nötigen Reiseproviant eingedeckt.

Electra summte ein Lied im Radio mit und tippte auf Nelsons Handy herum, da sie auf ihrem wieder kein Netz bekam.

»Warum heißt diese Straße denn Mönchsweg?«, fragte sie und strich sich eine Strähne hinters Ohr.

»Im ganzen Dartmoor gibt es mittelalterliche Pilgerwege«, erklärte Nelson, setzte den Blinker und überholte einen Radfahrer. »Der bekannteste ist sicher der Abbots Way zwischen der Buckfast-Abtei und der Abtei in Tavistock. Es ranken sich allerlei Legenden um diese Pilgerwege. Die Wallfahrer kamen wohl oftmals vom Weg ab und verschwanden im Moor; deshalb hat man überall Steinkreuze aufgestellt, die als Wegmarken dienten.«

Electra hörte ihm aufmerksam zu. »Was für Legenden denn? *Der Hund von Baskerville* etwa?«

Er lachte. »Nein, der nicht.«

»Dann klär mich bitte auf.«

Er überlegte einen Moment. »Also, man erzählt sich zum Beispiel, dass vor vielen Jahren einmal vier Mönche lebten, die die strengen Regeln ihres Abtes nicht befolgen wollten. Nachdem der Abt eines Tages nach Italien aufbrach, um an einem Konzil teilzunehmen, beschlossen die vier, eine Sause zu machen, wofür sie natürlich Geld brauchten. Weil sie keins hatten, töteten und beraubten sie einen wohlhabenden Händler. Am selben Abend wurden die Mönche ins nahe gelegene Moor gerufen, das damals mit Schnee und Eis bedeckt war, um einem Sterbenden die Sakramente zu spenden. Als sie am abgemachten Ort ankamen, wartete dort jedoch der Geist des ermordeten Mannes auf sie. Die Spukgestalt machte die vier willenlos, und sie wanderten in den Sumpf hinein, fielen durch das Eis und versanken im Moor. Als der Abt von seiner Reise zurückkam, erzählten ihm seine Ordensbrüder von der Freveltat an dem reichen Mann, und dass vier Mönche seitdem als verschollen galten. Deshalb ordnete der Abt an, dass überall Steinkreuze aufgestellt werden sollten, um die Wege von einem Kloster zum anderen zu markieren und die Pilger gleichzeitig an diese schändliche Tat zu erinnern.«

Electra sah ihn mit hochgezogenen Augenbrauen an. »Und wir fahren jetzt also gerade diese Strecke lang?«

Nelson lachte. »Eher unwahrscheinlich. Wie gesagt, es ist nur eine Legende.«

»Doch in Legenden steckt auch immer ein Körnchen Wahrheit.«

Er warf ihr einen schnellen Blick zu. »Bist du abergläubisch?«

»Ein wenig«, gab sie zu.

»Du gehst also nie unter einer Leiter hindurch, bekommst ein ungutes Gefühl, wenn du Salz verschüttest, und kreuzt die Finger, sobald dir eine schwarze Katze über den Weg läuft?«

Ihre Augen verengten sich zu schmalen Schlitzen. »Und wenn dem so wäre?«, entgegnete sie angriffslustig.

Er biss sich auf die Lippen. »Also ja?«

»Ja«, gab sie kleinlaut zu. »Aber nur, wenn die Katze von links nach rechts läuft.«

Er prustete los, und sie zog eine Schnute.

Nelson griff nach ihrer Hand und drückte einen Kuss darauf. »Du bist echt süß«, sagte er und konzentrierte sich wieder auf die schmale Straße.

»Super Kompliment für eine erwachsene Frau!« Sie schüttelte den Kopf. »Süß«, murmelte sie mit einem Schnauben.

Er grinste. Die Stimmung zwischen ihnen hätte nicht besser sein können. Vielleicht startete er nach der Besichtigung des Sanatoriums einen Versuch, Electra zu überreden, bis zum Wochenende zu bleiben. Er hätte gern noch mehr Zeit mit ihr verbracht, um sie näher kennenzulernen. Es gab so wundervolle Plätze in Devon, die er ihr zeigen wollte. Das historische Dörfchen Branscombe Village zum Beispiel. Oder Clovelly, das malerische Fischerdorf in den Dünen. Vielleicht auch Greenway House, Agatha Christies Sommerhaus, in dem sie ihre weltbekannten Krimis geschrieben hatte. Und Knightshayes Court, ein regelrechtes Märchenschloss, erbaut im viktorianischen Stil von dem Industriebaron John Heathcoat. Der Park dort galt als einer der schönsten in ganz Devon. Oder sie könnten ans Meer fahren. Es gab wunderschöne Strände und Buchten, sowohl an der Nord- wie auch an der Südküste, die als die »Englische Riviera« galt. Der Norden war zwar nicht ganz so lieblich, wurde er doch von der raueren keltischen See beeinflusst, aber die hellen Strände dort beeindruckten durch ihre naturbelassene Kulisse und die Steilklippen. Welche Küste würde Electra wohl bevorzugen? Da sie in Oxford lebte, war sie aber möglicherweise mehr an historischen Bauten interessiert, wie der Kathedrale St Peter in Exeter. Sie könnten sie besichtigen und danach bei Mum und Dad zum Tee vorbeischauen. Seine Eltern würden Electra bestimmt mögen, denn …

»Erde an Mr Bond!«

»Bitte?«

»Wo bist du nur mit deinen Gedanken? Ich habe gefragt, wieso du dir in Newton Abbot nicht ein Haus oder eine Wohnung gemietet hast.«

»Nun ja, eigentlich war das Zimmer bei Ms Tuttle nur als Übergangslösung gedacht. Aber irgendwie habe ich mich an den alten Drachen gewöhnt. Und …« Er zuckte mit den Schultern. »Vielleicht ist es ganz praktisch, dass ich in näherer Zukunft keinen Haushalt auflösen muss.«

»Ja, verstehe. Aber das wird schon. Ich bin sicher, dass bald ein immens großer Auftrag auf dich zukommt. Das erste Hochhaus von Devon zum Beispiel.«

Sie zwinkerte und er lächelte. »Dein Wort in Gottes Ohr.«

Vor ihnen tauchte das Ortsschild von Lustleigh auf. Es dauerte aber noch eine ganze Weile, bis sie den Ortskern mit der typischen turmartigen Kirche aus grauem Granit erreichten.

Nelson war noch nie hier gewesen, obwohl sich die Ortschaft als »das schönste Dorf im Dartmoor« bezeichnete. Und wirklich, die Mischung aus strohgedeckten Häusern, schmalen Gassen und üppigem, grünem Wald ringsum strahlte einen regelrechten Zauber aus. Lustleigh war in den letzten Jahren zu einem beliebten Hotspot für Wanderer geworden – und für diejenigen, die ein typisch britisches *Village* suchten. Vielleicht hatten die Betreiber des Sanatoriums einfach den falschen Zeitpunkt gewählt, um ihre Bäderkuren anzubieten.

»Das sieht wie in einer Puppenstube aus!«, rief Electra entzückt. »Schau nur, diese hübschen Cottages.« Sie wies auf ein wirklich zauberhaftes Häuschen mit Strohdach und üppigen Blumenkästen vor den Fenstern. »Können wir uns das Dorf später noch ansehen?«

»Klar.« Er wies mit dem Kinn auf ein hellgelbes, reetgedecktes Gebäude. »Im Primrose soll es die besten Cream Teas der Gegend geben. Nach dem Sanatorium kehren wir dort ein und schlagen uns den Bauch voll, okay? Ich kann schließlich nicht nur von Luft und Liebe leben.«

Sie errötete, was er wiederum sehr süß fand. Er hütete sich jedoch, das Wort erneut in den Mund zu nehmen. Offenbar galt ›süß‹ für die Frauen heutzutage nicht mehr als Kompliment wie noch zu seiner Teenagerzeit.

»Irgendwo hier sollte die Abzweigung zum Sanatorium sein. Ich habe die Strecke auf meinem Handy gespeichert, kannst du mal nachsehen?«

Electra rief seine Navigations-App auf. »Hinter der Kirche die erste Straße links.« Sie drehte das Smartphone. »Dann eine kurvige Strecke …« Sie schürzte die Lippen. »Diesen Hügel hoch, nehme ich an.« Sie wies mit dem ausgestreckten Arm auf einen bewaldeten Hügelkamm.

»Alles klar.«

Nelson sah in den Rückspiegel und bog in die Mapston Hill Road ein. Die Straße wurde von grünen Hecken und Steinmauern begrenzt und war so schmal, dass er wiederum hoffte, keinem entgegenkommenden Fahrzeug zu begegnen. Doch kaum hatte er die erste Steigung genommen, tauchte hinter einer Kurve ein anderer Lieferwagen auf. Nelson musste bis zu einer Ausweichstelle zurücksetzen, damit dieser passieren konnte.

»Echt bescheuert, ein Sanatorium in so einer abgelegenen, schlecht zugänglichen Gegend zu bauen«, knurrte er. »Was haben die sich bloß dabei gedacht?«

»Nicht viel«, erwiderte Electra, »darum ging der Schuppen ja auch ein.«

Er schnaubte zustimmend, legte den ersten Gang ein und fuhr weiter. Sie kamen an liebevoll restaurierten Cottages vorbei, vor denen Luxuskarossen parkten. Offenbar hatte Lustleigh wohlhabende Einwohner, und Nelson überlegte, sein Baugeschäft hierher zu verlegen. Doch so viel Dorfidylle würde ihn sicher bald langweilen. Als die Hecken an einer Stelle zurückwichen, sah man weit über hügeliges Land mit saftigen Wiesen. Schön war es ja in diesem Teil von Devon, aber auch recht abgeschieden. Als Single musste man sich hier ja wie ein Eremit fühlen. Da brauchte man schon eine liebende Ehefrau und eine Horde Kinder, damit das Leben nicht eintönig wurde.

»Was grinst du denn?«, fragte Electra und holte ihn aus seinen Träumen.

»Ich grinse doch nicht.«

»Klar. Und jetzt wirst du auch noch rot.«

»Blödsinn!«

Sie lachte. »Woran hast du denn gedacht?«

Nelson fühlte sich ertappt. »An nichts. Sag mal, müssten wir nicht schon längst beim Sanatorium sein?«

Sie beugte sich über das Handy. »Keine Ahnung.« Sie hielt es ihm vor die Nase. »Ich war leider nie bei den Pfadfindern.«

Nelson stoppte auf dem Hügelkamm, weil die Straße auf der anderen Seite wieder hinunterführte. Offenbar hatten sie eine Kreuzung verpasst.

»Gib mir mal dieses Ding!«, knurrte er, studierte die Karte auf dem Handy und seufzte. »Wir hätten schon viel früher abbiegen müssen.« Er tippte mit dem Finger auf das Display. »Hier.«

»Ach, sorry.« Electra unterdrückte ein Lachen und er schüttelte genervt den Kopf. Offensichtlich war es ihr vollkommen egal, ob sie Hollowhill erreichten oder nicht.

Er schaute über die Schulter. Wenden konnte er hier vergessen. Entweder er fuhr weiter und suchte eine geeignete Stelle, oder er fuhr alles im Rückwärtsgang. Das erschien ihm jedoch zu unsicher, also zuckelte er den Hügel auf der Suche nach einer Wendemöglichkeit hinunter. Bei einer Weggabelung konnte er den Lieferwagen schließlich wenden.

Er hatte sich die Stelle, an der sie abbiegen mussten, gemerkt. Ein zerfallener Schafstall befand sich dort gleich neben der Straße. Tatsächlich bemerkte er, als sie wieder daran vorbeikamen, eine asphaltierte, aber zugewucherte Straße auf der gegenüberliegenden Seite. Einen Wegweiser gab es nicht, oder man hatte ihn bei der Schließung von Hollowhill entfernt.

Die Straße führte durch einen lichten Nadelwald bergan und war glücklicherweise besser in Schuss, als er auf den ersten Blick befürchtet hatte. Nur ab und zu musste er einem Schlagloch ausweichen, was sich bei der Enge des Weges jedes Mal als Drahtseilakt für den Lieferwagen erwies.

Electra hatte ihre Munterkeit verloren. Angestrengt starrte sie geradeaus, blieb aber stumm. Zwischendurch runzelte sie die Stirn, als müsste sie intensiv über etwas nachdenken.

»Alles okay?«, fragte er und sie zuckte zusammen.

»Ich bin mir nicht sicher«, erwiderte sie, »aber ich habe gerade das Gefühl, als sei ich hier schon mal entlanggefahren.«

»Echt?«

Sie nickte. »Irgendwie gruselig.«

25

Electra rieb sich fröstelnd die Arme. Obwohl sie Nelson von ihrer Befürchtung, schon mal im Sanatorium gewesen zu sein, nicht hatte erzählen wollen, war es ihr jetzt doch herausgerutscht. Sie bedauerte es, denn er sah sie seitdem dauernd verstohlen an, als müsse er kontrollieren, ob sie womöglich gleich ausflippte. Deshalb schaute sie demonstrativ zum Seitenfenster hinaus.

Der Nadelwald wich undurchdringlichem Gehölz und wild wuchernden Hecken. Man sah deutlich, dass hier seit Jahren kein regelmäßiger Durchgangsverkehr mehr herrschte. Das unheimliche Déjà-vu-Gefühl verlor sich ein wenig. Vielleicht hatte sie es sich auch bloß eingebildet. Solche Waldwege gab es in ganz Britannien. Die glichen sich bestimmt wie ein Ei dem anderen.

Obwohl es Electra egal gewesen wäre, wenn sie Hollowhill gar nicht erst gefunden hätten, war sie jetzt doch neugierig, wie das Sanatorium in der Realität aussah. Auf den Fotos hatte es ja recht gespenstisch gewirkt. So schlimm würde es hoffentlich nicht werden. Zudem war Nelson bei ihr. Er konnte sie beschützen … vor was auch immer.

Urplötzlich hörten Wald und Dickicht auf, und sie fuhren jetzt auf einem Hochplateau mit naturbelassenen Wiesen.

Vereinzelte baufällige Steinmauern trennten diese in uneinheitliche Rechtecke. Offensichtlich gehörte dieses Land bereits zum Sanatorium, denn die Weiden, die sie bei der Herfahrt gesehen hatten, sahen ganz anders aus. Auf denen grasten Schafe oder Kühe, hier entdeckte man jedoch keine Nutztiere.

Die asphaltierte Straße mündete in eine verbreiterte Kiesauffahrt, die von hoch stehendem Gras beinahe überwuchert wurde. Nach einer lang gezogenen Kurve um einen gewaltigen Findling herum lag das Sanatorium unvermittelt vor ihnen.

Electra starrte es an, ohne einen klaren Gedanken fassen zu können. Sie fühlte, dass sie plötzlich in ein tiefes dunkles Loch gezogen wurde. Ihr Herzschlag verlangsamte sich, als hätte ihr Körper die Handbremse angezogen, ihr Mund wurde staubtrocken und in ihren Beinen kribbelte es, als würde Strom hindurchfließen.

»Holy shit!«, hörte sie Nelson rufen. »Was für ein Kasten!«

Seine Stimme klang, als wäre er weit weg und würde durch ein Rohr mit ihr kommunizieren. Sie drehte den Kopf, doch diese Bewegung kostete sie solche Kraft, dass sie es kaum schaffte. Nelsons Gesicht war auf die Größe eines Stecknadelkopfs geschrumpft. Das sah dermaßen komisch aus, dass sie zu lachen anfing. Dann plötzlich erfasste sie ein Schwindel wie auf einer Achterbahn und es wurde dunkel.

»Electra? Hallo?«

Sie spürte, wie ihr jemand die Wange tätschelte. Electra öffnete die Lider. Nelsons schreckgeweitete Augen starrten auf sie herab. Sie lag mit dem Kopf auf seinem Schoß, immer noch im Lieferwagen.

»Was ist?«, fragte sie verwirrt.

»Du bist ohnmächtig geworden«, erklärte er und stützte sie, als sie sich aufsetzte.

»Ohnmächtig?« Sie blinzelte ein paarmal. »Echt?«

»Das nehme ich zumindest an«, sagte er und musterte sie besorgt. »Ich habe leider keine große Erfahrung mit so was.«

Sie strich sich die Haare zurück. »Wie seltsam, das ist mir noch nie passiert.«

Nelson hatte offensichtlich ihren Sicherheitsgurt gelöst und das Seitenfenster hinuntergekurbelt. Sie atmete tief durch. Der Schwindel klang langsam ab. Vielleicht hatte sie etwas Falsches gegessen.

»Geht's wieder?«

»Mein Körper hat plötzlich verrückt gespielt«, erklärte sie mit einem schiefen Lächeln. »Vielleicht der Blutdruck?«

»Hast du denn Probleme damit?«

»Eigentlich nicht, nein.«

»Dann halten wir es einfach wie Jane Austen und sprechen von einer zeitweiligen Unpässlichkeit.«

Er zwinkerte ihr zu und sie nickte. Doch trotz seines Scherzes war ihr die Lust, das alte Sanatorium zu erkunden, vergangen. Obwohl die Sonne am strahlend blauen Himmel stand, schien ein Schatten über Hollowhill zu liegen. Und sie war sich nicht sicher, ob sie in diesen eintauchen wollte.

Nelson räusperte sich. »Möchtest du lieber hier warten? Ich kann mich auch allein umsehen. Ich meine, wenn …«

»Nein, schon gut.« Sie winkte ab und öffnete entschlossen die Autotür. »Ich bin nicht so weit gefahren, um jetzt einfach wieder umzukehren. Komm, schauen wir uns den alten Kasten an!«

Sie standen ein paar Meter vor dem großen Eingangstor des Sanatoriums entfernt. Offenbar hatte Nelson den Lieferwagen abrupt gestoppt, als sie ohnmächtig geworden war.

Electra atmete nochmals tief durch und ärgerte sich über sich selbst. Es war nur ein altes Gebäude und nichts sonst. Es hatte vermutlich früher recht imposant gewirkt, mit seinen gelb bemalten Mauern, den aufwendigen schmiedeeisernen Balkonen und den mit Schieferplatten belegten Gehwegen. Doch jetzt war das Gebäude nur noch eine bröckelnde, mit obszönen Graffiti vollgesprühte Ruine, die stetig weiter zerfiel und vermutlich bald von der sich ausbreitenden Vegetation geschluckt werden würde.

Nelson trat an ihre Seite und beschirmte die Augen mit der Hand. »Meine Güte, da hat sich der Architekt aber mächtig ausgetobt!«

In seiner Stimme klang Bewunderung mit.

»Na ja, wenn man einen Hang zum Protz hat. Ich muss dabei eher an das Overlook Hotel aus Stephen Kings Roman *Shining* denken.«

Nelson warf ihr einen schnellen Blick zu. »Du magst Stephen King?«

»Ich liebe ihn!«

Er strahlte. »Ich auch!« Dann schüttelte er den Kopf.

»Was?«

»Na ja, ich dachte halt, da du in Oxford lebst und an der Uni arbeitest, wären dir solche Romane …«

»Zu trivial?«

Er zuckte mit den Schultern.

»So ein Quatsch!«, entgegnete sie lachend. »Man kann ohne Weiteres Shakespeare mögen und gleichzeitig Horrorstorys. Das eine schließt das andere doch nicht aus.«

»Du hast recht«, gab er zu. »Es lebe das Vorurteil, was?« Er schaute wieder an der Fassade hoch. »Dann hoffen wir mal, dass uns der kleine Danny mit seinem Dreirad nicht begegnet.«

Electra verzog den Mund. »Vielleicht nicht gerade der ideale Zeitpunkt, den Film zu erwähnen. Übrigens fand ich die Zwillinge um einiges gruseliger. Ich konnte danach stundenlang nicht einschlafen.«

Während sie auf die Terrasse des Erdgeschosses zugingen, diskutierten sie darüber, ob das Buch oder der Film ihnen besser gefallen hatte.

Über dem Eingangsportal spannte sich eine verrostete Eisenkonstruktion, die früher vermutlich mal mit farbigem Glas ausgestattet gewesen war. Jetzt wirkte der Aufbau jedoch bloß noch wie das Gerippe eines prähistorischen Sauriers. Die Eingangstür und die mächtigen, bodentiefen Fenster mit den Rundbögen waren mit Brettern vernagelt. Um dort hineinzukommen, hätten sie eine Brechstange benötigt. Und auch wenn das Sanatorium leer stand, galt ein Eindringen bestimmt als Hausfriedensbruch. Die Fenster im ersten Stock waren mehrheitlich eingeschlagen. Trübe spiegelte sich das Sonnenlicht in den verbliebenen, vor Schmutz starrenden Scheiben.

Nelson musterte nachdenklich ein verrostetes Regenwasser-Fallrohr.

»Vergiss es!«, rief Electra, als sie seinem Blick folgte. »Da klettere ich ganz bestimmt nicht hoch.«

»Es sieht aber noch recht stabil aus«, meinte er und rüttelte daran. Mit einem Knirschen löste sich ein beträchtliches Stück des Rohrs, und er betrachtete es stirnrunzelnd. »Oder auch nicht.« Er legte es auf den Boden. »Lass uns mal um das Gebäude herumgehen. Vielleicht finden wir einen offenen Nebeneingang.«

Auf der Rückseite befand sich ein ehemals überdachter Eingang, vor dem allerlei Gerümpel lag. Aus Backsteinen und einem Metallgitter hatte jemand einen provisorischen Grill gebastelt. Daneben lagen leere Bierflaschen, zerquetschte Aludosen, zerknüllte Chipstüten und Fetzen von Zeitungspapier.

»Nett«, meinte Electra. »Ich kann mir keinen hübscheren Platz für ein Picknick vorstellen.«

Nelson grinste. »Oder für ein Schäferstündchen.« Er wies mit dem Kopf auf eine leere Kondompackung.

Sie sah ihn entsetzt an. »Pfui Teufel! Wer fährt denn zu so einem Ort, um Sex zu haben?«

»Gothics?«

Sie kicherte. »Da kannst du dich ja gleich auf einem Friedhof vergnügen.«

Nelson schlang die Arme um sie und küsste ihren Hals. »Kommen bei Ihnen denn in dieser Umgebung keine leidenschaftlichen Gefühle auf, wertes Bond-Girl?«, raunte er.

Sie lachte und wand sich aus seiner Umarmung. »In tausend Jahren nicht!«

Er seufzte übertrieben. »Diese Jugend von heute. Kein Sinn für Romantik mehr.«

Sie umrundeten das ganze Sanatorium. Es wurde von zwei kleineren, fest verbarrikadierten Gebäuden flankiert. Offensichtlich war der Schutz aus Brettern nötig, denn vor denen türmte sich ebenfalls der Müll. Electra rümpfte die Nase. Es stank nach Urin und verrottendem Abfall. Am Boden vor einer der verrammelten Türen befand sich ein Kreis aus einem weißen, kristallinen Material. Salz? Vielleicht hatte jemand hier ein okkultes Ritual abgehalten. Sie unterdrückte ein Schaudern. Als sie auch hier keinen Einstieg ins Sanatorium fanden, kehrten sie zum Hauptgebäude zurück.

»Tja, das war's dann wohl«, meinte Electra und konnte nicht vermeiden, dass Erleichterung in ihren Worten mitschwang. Bei ihrem Rundgang hatte sich wieder dieses seltsame Déjà-vu-Gefühl eingestellt, das sie nicht unbedingt vertiefen wollte.

»Wenn ich den Lieferwagen unter einem Fenster mit Balkon parke, kann ich vom Dach aus vielleicht hinaufklettern.«

Sie zeigte ihm stumm den Vogel und er lachte.

»Oder wir holen eine Leiter. Zu dumm, dass ich heute alle Arbeitssachen aus dem Lieferwagen geräumt habe.« Er schnalzte frustriert mit der Zunge.

»Oder wir fahren zurück und machen uns einen schönen restlichen Tag«, schlug sie vor. Sie dachte dabei an einen faulen Nachmittag auf einer sonnenbeschienenen Bank, gefolgt von ein paar netten Stunden im bequemen Bett von Ms Tuttles Pension.

Doch Nelson ging nicht auf ihren lockeren Vorschlag ein, sondern furchte die Stirn.

»Ich bin mir sicher, dass man reinkommt«, murmelte er. »Im oberen Stock habe ich nämlich weitere Graffiti an den Wänden gesehen. Die Sprayer sind bestimmt nicht da raufgeflogen. Also, wie sind die reingekommen?«

Electra stieß frustriert die Luft aus. Der Mann war ja regelrecht besessen!

»Kellertür?«, schlug sie lustlos vor.

Nelson schnippte mit den Fingern. »Sie sind wirklich klug, Miss Green! Durch den Keller, ja, das wäre möglich.« Er sah sich um. »Lass uns noch mal auf die Rückseite gehen. Ich erinnere mich an eine Bodenklappe. Sie sah aus, als würde sie zu einem Kohlenkeller führen.«

26

»Kohlen?« Electra sah Nelson frustriert an. »Noch mehr Dreck also.«

Nelson nickte grinsend. Er fand die Ruine von Hollowhill faszinierend. Allein schon die Arkaden im Liberty-Stil ließen sein Herz höherschlagen. Es war eine Schande, dieses Prachtstück verfallen zu lassen. Wenn er doch bloß ein paar Millionen auf seinem Konto hätte, dann könnte er … Plötzlich kam ihm seine Wanderung zum Black Tor in den Sinn. Hatte Harry Madrigal eventuell vom Sanatorium gesprochen, als er ein abgelegenes Gebäude in desolatem Zustand erwähnte? Das war durchaus möglich.

»Ich habe Hunger«, unterbrach Electra seine Gedanken.

Sie war stehen geblieben, die Hände in die Hüften gestemmt, und es sah nicht danach aus, als wolle sie die Ruine weiter erkunden.

»Wir haben noch ein paar Kekse im Lieferwagen«, begann er, doch sie schüttelte den Kopf.

»Lass uns zu dem Pub mit den köstlichen Kuchen fahren.«

»Und die Patientenakten?«

Sie zuckte mit den Schultern. »Wie du gesagt hast: Bestimmt war schon jemand vor uns da drin. Und wenn diese Leute die Papierakten gefunden haben, dann haben sie die bestimmt als

Anzünder für ihre Grillfeste benutzt.« Ihr Blick huschte über die Fassade und sie rieb sich die Arme. »Ich fühle mich hier nicht wohl«, gestand sie leise. »Es ist, als hätte mich jemand in einen Mantel aus Traurigkeit gehüllt.« Sie scharrte verlegen mit den Füßen im Bauschutt, der rund um das Sanatorium herumlag.

Nelson nickte verständnisvoll, trotzdem fühlte er einen Stich der Enttäuschung. Er hätte sich wirklich gern das Innere angesehen. Aber es ging schließlich um Electras Familie, daher war es ihre Entscheidung. Hollowhill lief ihm nicht weg, er könnte zu einem anderen Zeitpunkt wieder herkommen.

»Ja, okay, kein Problem« Er streckte die Hand aus und lächelte, als Electra ihre Finger mit den seinen verschlang. Sie waren eiskalt. »Auf zu Scones und Cream Tea!«

Sie wirkte erleichtert. »Danke.«

Auf dem Rückweg zum Lieferwagen schien sich ihre Laune stetig zu verbessern. Sie zählte auf, was sie gedachte zu bestellen, und er lachte, als die Liste immer länger wurde.

Vielleicht war es Absicht oder auch nicht, aber er hatte automatisch den Weg eingeschlagen, der sie an der von ihm vorhin gesehenen Falltür vorbeiführte. Als sie sie erreichten, blieb er stehen und betrachtete die verrottete Konstruktion, an der eine Kette mit einem Schloss hing. Es war aufgebrochen, als hätte es jemand mit einem Bolzenschneider durchgetrennt.

Er sah Electra bittend an und sie stieß genervt die Luft aus.

»Das war doch geplant!«, knurrte sie. Er hob entschuldigend die Schultern und grinste. »Na gut, aber nur kurz.«

Er küsste sie stürmisch. »Versprochen!«

Nelson entfernte das aufgebrochene Schloss und die Eisenkette, die nur noch behelfsmäßig die beiden Türgriffe miteinander verband. Offensichtlich hatte derjenige, der ins Sanatorium eingedrungen war, den Anschein erwecken wollen, dass der Eingang zum Keller fest verschlossen war.

Er zog an einem der Metallgriffe, doch nichts passierte. Er versuchte es erneut. Die Tür hob sich lediglich um ein paar Zentimeter, und nach einem Moment musste er sie wieder fallen lassen, weil seine Muskeln zu brennen anfingen. Das Ding war schwerer, als er gedacht hatte. Mit dem Handrücken wischte er sich den Schweiß von der Stirn.

»Nun, Mr Bond«, feixte Electra, »kein Gadget im Anzugsärmel?«

Er warf ihr einen genervten Blick zu und sie kicherte.

»Warte, ich helfe dir.«

Sie stellte sich an seine Seite und gemeinsam umfassten sie den Metallgriff.

»Auf drei?«

Er nickte und stemmte einen Fuß gegen den steinernen Sockel. »Eins, zwei, drei!«

Tatsächlich hob die Falltür sich langsam. Electra keuchte, ließ aber nicht nach, und mit einem grässlichen Quietschen sprang die Tür unvermittelt auf, sodass sie beide rücklings auf dem Allerwertesten landeten.

»Au!«, rief Electra und rappelte sich hoch. Sie wischte sich den Dreck vom Hosenboden und starrte in die Öffnung. »Sieht sehr einladend aus.«

Nelson hatte sich ebenfalls erhoben und betrachtete die einfache Steintreppe, die ins Dunkel hinabführte. Feuchter Modergeruch schlug ihm entgegen.

»Und da willst du runter?« Sie verzog den Mund.

»Du kannst hier warten«, bot er ihr an, zückte sein Handy und schaltete die Taschenlampenfunktion ein.

»Ganz allein? Auf gar keinen Fall!«

»Wie du möchtest. Ich gehe voraus. Bleib dicht hinter mir.«

»Ich habe auch nicht vor, dich aus den Augen zu lassen«, erwiderte sie scharf. »Am Ende passiert dir noch was, und wie soll ich dann in die Zivilisation zurückfinden?«

Er verbiss sich ein Lachen. »Ich passe schon auf. Los geht's!«

Nelson leuchtete mit dem Handy ins Dunkel. Die Treppe führte steil nach unten, schien intakt und nicht brüchig. Er trat auf die erste Stufe, drehte sich um und half Electra beim Einstieg.

»Hier riecht's wie in einem Grab«, flüsterte sie.

»Sprichst du aus Erfahrung?«

»Witzbold! So stelle ich mir eben Grabesgeruch vor.«

Er lachte leise. »Das nächste Mal bringe ich eine Dose Raumspray mit, okay?«

Sie schlug ihm auf den Rücken.

»Hey, womit habe ich das jetzt verdient?«

»Keine dummen Scherze!«, zischte sie. »Schau besser, wo du hintrittst.«

Nach etwa zwanzig Stufen erreichten sie einen breiten Gang, dessen Boden mit losem Mörtel und Backsteinen übersät war. An seinem Ende schimmerte es hell.

»Da vorne gibt es eine Lichtquelle«, sagte Nelson und deutete mit dem Arm in die Richtung. »Vermutlich ein Treppenhaus.«

Electra nickte und zusammen kletterten sie über den Schutt. Nelson leuchtete die Decke ab, die seltsamerweise intakt schien. Wo kam das Geröll bloß her? Doch er konnte nicht weiter darüber nachdenken, denn gerade erreichten sie einen rechteckigen Raum, der sich, wie er vermutet hatte, als Treppenhaus entpuppte. In der Mitte der Breitseite bemerkten sie eine viereckige Metallkonstruktion, die mit Gittern abgesperrt war. Im Innern hingen dicke, verrostete Metallseile.

»Ein Aufzug!« Electra linste durch das Drahtgitter nach oben. »Da geht's ja ganz schön hoch. Schade, dass er nicht mehr funktioniert.«

»Du würdest da reinsteigen?«

»Wohl eher nicht.« Sie hörten ein seltsames Ächzen und sie quiekte vor Schreck. »Was war das?«

»Der Wind, nehme ich an.« Nelson schaltete die Taschenlampe seines Handys aus und knipste ein paar Bilder. »Du hältst mich bestimmt für verrückt«, sagte er, »aber ich finde das alles hier äußerst reizvoll.«

»Ja!«

»Ja was?«

»Ich halte dich für verrückt.« Electra presste missbilligend die Lippen zusammen.

»Gehen wir rauf?«

Sie nickte zögerlich und er hauchte ihr einen Kuss auf die Wange.

Auch auf den Stufen des Treppenhauses lagen Mörtel, Dreck und noch andere seltsame Substanzen, die vielleicht Tierexkremente sein konnten. Das schmiedeeiserne Geländer mit dem hölzernen Handlauf wirkte baufällig, deshalb schlug Nelson vor, entlang des Mauerwerks hochzusteigen. Sie erreichten wiederum einen langen Korridor, an dessen Wänden die Tapete in Fetzen herabhing, als schäle sich nach einem Sonnenbrand die Haut vom Körper. Sie spürten einen Luftzug. Es fühlte sich an, als würde das Sanatorium atmen. Der Gedanke war gruselig, doch er erklärte die unheimlichen Geräusche. Immerhin roch es hier besser als im Keller.

Electra griff nach Nelsons Hand, und beinahe hätte er vor Schreck aufgeschrien. Offenbar erfasste ihn ebenfalls eine düstere Stimmung in diesem alten Gemäuer. Er wollte sich jedoch keine Blöße geben und räusperte sich.

»Alles klar?«, fragte er.

»Nein, ich möchte lieber wieder gehen. Ich finde es hier gespenstisch.«

»Ja, ein bisschen unheimlich ist es tatsächlich«, gab er zu. »Aber doch auch aufregend, nicht?«

Sie wirkte nicht überzeugt, bat ihn jedoch auch nicht mehr, sofort von hier zu verschwinden, was er ihr hoch anrechnete.

»Wir schauen uns nur noch ein bisschen um, und dann spendiere ich dir das größte Stück Kuchen, das Devon anzubieten hat, einverstanden?«

»Okay. Und wohin jetzt?«

Er sah sich um. Am Ende des Ganges befand sich vermutlich die Eingangshalle, dort würden sie bestimmt keine Unterlagen finden. Die oberen Stockwerke schienen ihm erfolgversprechender.

»Lass uns weiter nach oben gehen.«

Sie stiegen eine Etage höher. Wieder erreichten sie einen langen Korridor, von dem links und rechts identische Türen abgingen. Die meisten standen offen, die Zimmer waren leer. In einigen befanden sich Waschbecken an den Wänden. Manche zerschlagen, andere noch intakt, aber alle mit fingerdickem Staub und Dreck überzogen. Altertümliche Heizkörper stapelten sich im Korridor, als würden sie auf ihren Abtransport warten. In der Ecke eines Zimmers lagen verschlissene Decken am Boden, davor ein rußgeschwärzter, zerbeulter Eimer, daneben eine leere Streichholzschachtel. Jemand hatte zwei Initialen und ein Herz darum an die Wand gesprayt.

Am Ende des Ganges wies Electra ihn auf ein kaum noch lesbares Schild neben einer Tür hin. *Behandlungsraum II* stand dort. Hier fehlte die Zimmertür gänzlich.

Als sie in den Raum spähten, musste sogar Nelson schlucken. Eine seltsame Konstruktion befand sich in der Mitte des Zimmers. Ein bisschen sah sie wie ein Zahnarztstuhl aus, jedoch baumelten auf jeder Seite Lederriemen bis fast auf den Boden hinab, und darüber hing eine immense runde Lampe, die wie ein gläserner Sonnenschirm aussah.

»Grundgütiger!«, stieß Electra hervor. »Was haben sie hier bloß mit den Leuten angestellt?« Sie sah Nelson aus schreckgeweiteten Augen an. »Elektroschocks? Lobotomie?«

Er musste an den Artikel über Hollowhill denken, den sie zusammen gelesen hatten und in dem die Rede von dem Arzt mit den dämonischen Experimenten gewesen war. Ob das tatsächlich stimmte? Eine Gänsehaut überzog seine Arme.

»Keine Ahnung«, erwiderte er. »Ich bin nur froh, dass ich heute lebe und nicht zu der Zeit, als das Sanatorium noch geöffnet gewesen ist.«

Er schloss für einen Moment die Augen. Verdammt, das war nicht gerade sensibel gewesen! Denn möglicherweise war Undine hier behandelt worden, wenn auch hoffentlich nicht in diesem Ungetüm. Doch Electra reagierte nicht auf seine Aussage. Zum Glück. Er nahm sich vor, von jetzt an sorgsamer auf seine Worte zu achten.

»Auf dieser Etage gibt's keine Unterlagen«, sagte sie. »Eine Chance gebe ich dir noch, dann bin ich weg. Mit dir oder ohne dich!«

Sie drehte sich um und ging eilig den Korridor zurück. Nelson schaute ihr nach. Im Grunde hätte er jetzt schon einen Abflug machen können. Nach diesem Behandlungsstuhl war auch ihm die Lust auf weitere Entdeckungen vergangen.

Doch wenn ihr Mut für eine weitere Etage ausreichte, würde er nicht derjenige sein, der aufgab. Immerhin waren sie wegen ihm in diesem Gebäude, da konnte er jetzt nicht zuerst das Handtuch werfen.

27

Electra hastete an den leeren Zimmern vorbei, ohne sie eines weiteren Blickes zu würdigen. Dieses Sanatorium entpuppte sich als regelrechter Albtraum!

Tränen stiegen ihr in die Augen, als sie sich vorstellte, wie ihre Schwester hier möglicherweise behandelt worden war. Wie musste sie sich zwischen diesen Folterwerkzeugen gefühlt haben? Ob die Mediziner damals wirklich wussten, was sie taten? Oder sah sie die Dinge zu dramatisch, und bei diesem Konstrukt, das sie entdeckt hatten, handelte es sich lediglich um einen normalen Behandlungsstuhl? Aber weshalb dann die Lederriemen? Sie schüttelte sich.

Sie hörte Schritte hinter sich und blieb schwer atmend im Treppenhaus stehen, um auf Nelson zu warten. Als sie sich umdrehte, erschien ihr seine Gesichtsfarbe etwas wächsern. Offensichtlich hatte ihn das Gesehene ebenfalls erschüttert.

»Harter Tobak, was?«, sagte er, und sie nickte stumm. »Wir können auch gehen. Ich meine, wenn du …«

»Nein, das Ding dort hinten muss nicht zwangsläufig etwas mit Undine zu tun haben.« Ihre Stimme klang brüchig.

»Wie du meinst«, entgegnete er unsicher.

Langsam gingen sie die Treppe hinauf. Auch hier erwartete sie ein identischer Gang, der früher offensichtlich einmal rosa gestrichen gewesen war. Jetzt jedoch blätterte die Farbe samt Putz in großen Fetzen ab und gab den Blick auf das darunterliegende Mauerwerk frei. Der Korridor war wie alles hier mit Schutt, Dreck und Staub bedeckt. An seinem Ende befand sich ein rundes Fenster, das ein wenig wie das Bullauge eines Schiffes aussah.

Electra starrte es wie hypnotisiert an. Sie kannte dieses Fenster!

Ihr wurde schwindlig. Der Flur zog sich unvermittelt wie von Geisterhand in die Länge, das Bullauge jedoch kam in Windeseile auf sie zu. Übelkeit stieg in ihr hoch. Ihre Beine kribbelten wieder, alle anderen Gliedmaßen schienen jedoch taub zu sein. Sie taumelte, griff haltsuchend um sich, erwischte Nelsons Arm und krallte sich daran fest. Er rief etwas, aber sie konnte seine Worte nicht verstehen. Ihr Gesichtsfeld begann sich an den Rändern zu verdunkeln, und bevor sie zusammensackte, hörte sie eine Mädchenstimme: »Mama, es tut so weh!«

* * *

Nelson knipste gerade ein Foto von dem seltsamen Bullauge, als er aus den Augenwinkeln bemerkte, wie Electra schwankte. Beinahe gleichzeitig schlug sie schmerzhaft ihre Fingernägel in seinen Arm.

»Holy crab!«, rief er erschrocken. »Was ist denn?«

Doch sie antwortete nicht. Ihr Gesicht war kalkweiß, dann verdrehte sie die Augen und sackte zusammen. Er konnte sie gerade noch auffangen, bevor sie auf dem dreckigen Boden aufschlug. Durch die Wucht ihres Körpers knallten sie ans Treppengeländer, das bedrohlich knirschte. Hastig rutschte er mit Electra in den Armen zur Seite, nicht, dass sie noch gemeinsam in die Tiefe fielen. Dreck und Staub wirbelten auf und er musste husten.

»Electra?«, stammelte er.

Er fühlte sich völlig hilflos. Wie ging man mit einer ohnmächtigen Person um? Er versuchte krampfhaft, sich an den Erste-Hilfe-Kurs zu erinnern, den er vor ewigen Zeiten absolviert hatte. Da war doch etwas mit Erbrechen gewesen. Seitenlage! Ja, genau, das war's.

Er sah sich um. Der dreckige Boden schien ihm jedoch nicht der geeignete Untergrund, um Electra darauf zu betten, also hielt er sie weiter im Arm und strich ihr die Haare aus dem schneeweißen Gesicht. Doch da flatterten ihre Lider bereits und sie schlug die Augen auf.

»Da bist du ja wieder!«, stieß er erleichtert hervor. »Schon das zweite Mal, dass du mir eine Heidenangst einjagst.«

Sie sah ihn einen Moment verwirrt an, dann fiel ihr offenbar wieder ein, wo sie sich gerade befanden.

»Ich war schon mal hier«, stammelte sie mit erstickter Stimme. Sie drehte den Kopf, den Blick hielt sie jedoch gesenkt. »Das runde Fenster dort hinten. Ich habe mich daran erinnert.«

»Bist du dir sicher?«

Sie nickte und verbarg das Gesicht an seiner Brust. »Ich habe meine Schwester gehört«, flüsterte sie.

»Sorry, ich verstehe dich nicht.« Er fuhr ihr sachte übers Haar. »Wen hast du gehört?«

»Undine. Sie hat geweint. Und die Schreie …« Electra brach ab und schluckte schwer. »Diese schrecklichen Schreie. Die stammen von den kranken Kindern.«

Sie zitterte und Nelson spürte, wie ihre Schultern bebten.

»Nicht weinen«, tröstete er sie. »Komm, lass uns von hier verschwinden!«

Sie fuhr sich über die feuchten Augen. Dann standen sie auf, klopften sich den Dreck von den Jeans und gingen langsam die Treppe hinunter.

Electra hielt den Kopf gesenkt. Wahrscheinlich, um nicht nochmals einen Blick auf den rosafarbenen Korridor mit dem Bullauge werfen zu müssen.

Nelson legte stützend einen Arm um sie. Es wäre fatal, wenn sie auf der Treppe erneut einen Schwächeanfall erlitt. Über ihr Vorhaben, im Sanatorium nach Unterlagen über Undine zu suchen, verlor keiner mehr ein Wort. Electras Reaktion auf das ungewöhnliche Fenster hatte deutlich genug gezeigt, dass sie sich an diesen Ort erinnerte und offenkundig mit ihren Eltern hier gewesen war. Und dafür gab es nur einen triftigen Grund: Ihre Schwester war hier behandelt worden. Und was auch immer wahrscheinlicher wurde: Undine hatte Hollowhill nicht lebend verlassen. Vielleicht gab es sogar einen Friedhof auf dem Gelände. Oder hatte man die Verstorbenen des Sanatoriums in Lustleigh bestattet? Er würde Pater Hopwood danach fragen. Unter Umständen fanden sie so Undines Grab und Electra bekäme dadurch immerhin die Möglichkeit, sich von ihrer Schwester zu verabschieden.

Sie folgten dem verrosteten Fahrstuhlschacht wieder in die Tiefe und kletterten über den Schutt des dunklen Korridors. Plötzlich schoss Nelson ein erschreckender Gedanke durch den Kopf. Was, wenn die Falltür zugefallen war? Oder sie jemand in der Zwischenzeit verschlossen hatte: aus Unwissenheit oder ganz bewusst, damit sie hier gefangen blieben? Von der Treppe aus wäre es ihnen nicht möglich, das schwere Ding zu bewegen. Eine Gänsehaut überzog seinen Rücken und seine Schritte beschleunigten sich. Als sie ein paar Minuten später die offene Falltür erreichten, stieß er erleichtert die Luft aus. Hier bekam man ja Wahnvorstellungen!

Sie kletterten aus dem Keller. Sonnenlicht fiel schräg durch die Baumkronen und zauberte goldene Flecken auf die mit Graffiti vollgesprayten Mauern, Vögel zwitscherten, und ein leichter Wind ließ die Blätter der Büsche ringsum rascheln.

Alles mutete friedlich an, doch Electra schien nichts davon wahrzunehmen. Sie wirkte in sich gekehrt, als wäre sie mit ihren Gedanken weit weg. Vielleicht in ihrer frühen Kindheit?

Nelson wusste nicht, wie er reagieren sollte. Erwartete sie, dass er ihren Zusammenbruch noch einmal erwähnte? Oder war es besser zu warten, bis sie selbst darauf zu sprechen kam? Sollte er ihr sagen, dass das Sanatorium vielleicht einen eigenen Friedhof hatte? Nein, nicht mit dem Risiko, dass sie daraufhin wieder einen Ohnmachtsanfall bekam!

»Du sagst ja gar nichts«, unterbrach sie seine Gedanken, und er fuhr zusammen.

»Ich … tja.« Er brach ab und strich sich mit beiden Händen durch die Haare. »Ich bin mir ein wenig unsicher, wie ich darauf reagieren soll.«

»Verrückte Sache, nicht?« Sie suchte in ihrer Jeans nach einem Taschentuch und schnäuzte sich die Nase.

Er ließ die Falltür offen, weil er sich vornahm, an einem anderen Tag das Sanatorium nochmals genauer zu besichtigen.

»Schon, ja«, gab er zu.

»Sie ist hier gestorben, nicht wahr?« Electra sah ihn fragend an.

»Es ist zu befürchten.«

Sollte er jetzt doch den Friedhof erwähnen? Aber er schwieg. Es erschien ihm seltsam, dass Electras Eltern, wenn denn Undine tatsächlich hier gestorben war, ihre kleine Tochter nicht in Oxford bestattet hatten. Hatten die Greens einen bestimmten Grund dafür gehabt? Oder lag Undine vielleicht doch in Oxford, nur wusste Electra nichts davon?

Er beschloss, das Thema für den Moment fallen zu lassen. Electra brauchte eine Weile, um das alles zu verarbeiten. Später, wenn sich die Emotionen beruhigt hatten, blieb noch genug Zeit, um diese Fragen anzuschneiden.

»Wie wär's jetzt mit Kuchen?«, fragte er.

»Bist du mir böse, wenn ich dich bitte, mich direkt in die Pension zu fahren? Der Hunger ist mir vergangen.«

»Nein, natürlich nicht, das ist nur verständlich.«

Er zog sie in die Arme und küsste ihren Scheitel. Ihre Haare rochen nach Staub und Moder. Bei ihm war es vermutlich ähnlich. Auf einmal konnte es Nelson nicht schnell genug gehen, in die Pension zurückzufahren und sich unter eine heiße Dusche zu stellen.

28

Die Rückfahrt verlief schweigend. Sowohl Electra als auch Nelson hingen ihren Gedanken nach. Keiner hatte Lust, über das Geschehene zu sprechen. Zu tief saß bei Electra der Schock darüber, dass sie mit ihren Eltern in diesem Sanatorium gewesen war. Und Nelson? Er schien sich davor zu scheuen, das Thema erneut aufzugreifen, wofür sie ihm dankbar war. Sie musste das alles erst einmal verarbeiten.

Wie ungewöhnlich, dass sie sich überhaupt an das Sanatorium erinnerte, war sie damals doch noch so klein gewesen. Trotzdem hatte sich diese schreckliche Erfahrung in ihr Gedächtnis gebrannt, und dieses Bullauge hatte die Erinnerung wieder zutage gefördert.

Sie unterdrückte ein Schaudern und atmete tief durch. Im Grunde hatte sie ja schon seit einiger Zeit vermutet, dass Dartmeet und somit auch Hollowhill in ihrem Leben eine Rolle gespielt hatten. Eigentlich bereits, als sie die Postkarte entdeckt hatte. Diese Vermutung hatte sich durch die schrecklichen Träume verdichtet. Auch wenn Electra froh gewesen wäre, wenn sich das am Ende als falsche Spur herausgestellt hätte. Aber nun kannte sie die Wahrheit.

Trotzdem blieben noch so viele unbeantwortete Fragen zurück. War Undine in Hollowhill gestorben? Wenn ja, wo befand sich ihr Grab? Und wieso hatten ihre Eltern Electra später nie etwas über ihre kranke Schwester erzählt?

Der frühe Tod ihrer Eltern hatte Electra dazu veranlasst, sie auf ein Podest zu stellen. In ihren Erinnerungen waren Helen und Timothy Green zu wahren Heiligen mutiert. Doch das war bloß eine kindliche Reaktion gewesen, denn die zwei Menschen, die ihr eigentlich hätten am nächsten stehen müssen, hatten sie ihr Leben lang belogen. Etwas, das in Electras Augen unverzeihlich war.

Und Tante Jo und Charles Womack hatten es ihnen gleichgetan. Electras gesamtes Weltbild geriet gerade aus den Fugen. Wenn man seiner eigenen Familie nicht mehr trauen konnte, wem dann?

Mit einem Ruck stoppte der Lieferwagen und sie sah sich verwirrt um. Sie standen bereits wieder im Hof von Ms Tuttles Pension.

»Wir sind da«, sagte Nelson überflüssigerweise.

Er sah sie mit gerunzelter Stirn von der Seite an. Zu gern hätte Electra ihm etwas Aufmunterndes gesagt oder ihm wenigstens für seine uneigennützige Hilfe gedankt, doch sie fand einfach nicht die Kraft dazu. Sie fühlte sich vollkommen erschöpft und verspürte nur noch den Wunsch, sich in Ms Tuttles nach Lavendel duftende Bettwäsche zu verkriechen und nie mehr aufzustehen.

»Möchtest du …«, begann Nelson, doch Electra winkte ab.

»Nein danke. Ich muss mich mal eine Weile hinlegen.«

»Natürlich.« Er räusperte sich. »Vielleicht können wir später zusammen essen gehen?« Er sah sie fragend an.

»Sicher.«

Sie kletterte aus dem Lieferwagen. Vor dem Eingang der Pension lag Cookie und öffnete schläfrig ein Auge. Sein Schwanz klopfte rhythmisch auf den Türvorleger, als er sie erkannte, doch zu weiteren Aktivitäten konnte er sich offensichtlich nicht aufraffen. Electra verstand ihn nur zu gut.

»Nelson?«

»Ja?« Seine Stimme klang so hoffnungsvoll, dass es sie schmerzte.

»Darf ich mir deinen Laptop ausleihen? Ich muss … ein paar E-Mails schreiben.«

Er hatte offensichtlich eine andere Frage erwartet, denn die Enttäuschung stand ihm ins Gesicht geschrieben. Doch er fing sich schnell wieder.

»Klar, jederzeit! Soll ich ihn dir hochbringen?«

Erneut dieser Hoffnungsschimmer in seinen Augen.

»Kann ich ihn nicht gleich mitnehmen?«

»Natürlich.«

Er lachte unecht. Sie hatten die erste Etage erreicht, und Nelson verschwand in seinem Zimmer und holte den Laptop.

»Das Passwort ist …« Er hielt inne und errötete. »NidG88!«

»Das kann ich unmöglich behalten.«

Er biss sich auf die Lippen. »Es ist ein Satz, ganz leicht zu merken. Es sind die Anfangsbuchstaben von: Nelson ist der Größte. Dann mein Jahrgang und ein Ausrufezeichen.«

Electra verbiss sich ein Lachen. »Alles klar.«

Sie ging die Treppe in den zweiten Stock hinauf.

»Also bis später, okay?«

Sie drehte sich um. Nelson sah sie so zuversichtlich an, dass sie ihm einfach keine abschlägige Antwort geben konnte.

»Klar, bis später.«

Er strahlte und ihr wurde warm ums Herz. Er war so nett. Doch das änderte nichts an ihrer Entscheidung.

Nach dem Duschen schlang Electra ein Handtuch um den Kopf und schlüpfte ins Bett. Die dreckigen Klamotten, die nach Moder und Staub rochen, hatte sie in eine Plastiktüte gestopft.

Vielleicht sollte sie sie ganz wegwerfen. Zu Hause würde sie die hastig eingekauften Kleidungsstücke vermutlich sowieso nicht mehr anziehen.

Sie drapierte Nelsons Laptop auf den Knien und gab schmunzelnd sein Passwort ein. Sie hatte nicht vor, irgendwelche E-Mails zu schreiben. Sie wollte mehr über Undines Krankheit erfahren. Electra war auf der Heimfahrt nämlich erneut ein schrecklicher Gedanke gekommen: Was, wenn ihre Eltern ihr nichts von Undine erzählt hatten, weil sie befürchteten, dass ihre jüngste Tochter ebenfalls an diesem Gendefekt litt? Vielleicht hatten sie Electra als Baby sogar darauf testen lassen. Und womöglich manifestierte sich diese furchtbare Krankheit bei einigen Personen erst später.

Electra wollte sich bei der neuerlichen Recherche nicht von Nelson über die Schulter blicken lassen. Manche Dinge musste man mit sich selbst aushandeln, ohne dass jemand anderes seinen Senf dazugab. Obwohl er natürlich nie irgendetwas gesagt hatte, was sie verletzt hatte. Trotzdem wollte sie nicht, dass er sich genötigt fühlte, ihr sein Mitleid auszusprechen.

Sie googelte im Netz nach dem Begriff »Mondscheinkrankheit« und fand erneut eine Fülle von Informationen. Die meisten waren so kompliziert geschrieben, dass sie schon nach wenigen Zeilen das Handtuch warf. Gab es denn keine Einträge, die man auch ohne Medizinstudium kapierte?

Endlich entdeckte sie einen Artikel, den sie immerhin zum Teil verstand. Offenbar wurde Xeroderma pigmentosum in sieben Gruppen aufgeteilt, die mit den Buchstaben A bis G abgekürzt wurden. Zudem gab es eine zusätzliche Variante, die den Namen V trug. Personen in den Gruppen A bis G erkrankten meist vor dem zwanzigsten Lebensjahr, Personen in der Gruppe V zwischen zwanzig und dreißig.

Electra wurde in zwei Jahren dreißig Jahre alt. Die Krankheit könnte sie also immer noch ereilen, aber vermutlich hätte sie das bereits früher gespürt. Oder gar gesehen? Trotzdem würde sie sich nach ihrer Rückkehr in Oxford bei ihrem Hausarzt durchchecken lassen. Sie hatte nicht vor, die nächsten zwei Jahre in ständiger Angst zu leben. Besser, sie wusste klar, was sie erwartete … oder hoffentlich *nicht* erwartete.

Sie übersprang die Definition der Krankheit und die schrecklichen Fotos und klickte weiter zu den Ursachen. Ihr Blick huschte nervös über die Zeilen. Sie suchte einen ganz bestimmten Begriff … und fand ihn.

Sie schluckte schwer. Da stand er!

Sie vergrößerte den Text und las ihn nochmals durch: *Bei Xeroderma pigmentosum handelt es sich um eine autosomal-rezessive Krankheit, was so viel bedeutet, als dass nur Menschen erkranken, die den Gendefekt von beiden Eltern geerbt haben. Jedes Gen in der Erbsubstanz liegt in doppelter Ausführung vor: Eine Kopie stammt von der Mutter, eine vom Vater. Bei Xeroderma pigmentosum sind beide Genkopien im Erbgut der Erkrankten beschädigt. Ist der Gendefekt nur in einem Duplikat vorhanden, tritt die Mondscheinkrankheit nicht auf. Personen mit nur einer defekten Genkopie können die Veranlagung jedoch weitervererben.*

Electra starrte vor sich hin. Sie würde das beschädigte Gen an ihre Kinder weitergeben, ob sie selbst nun erkrankte oder nicht. Und wenn der potenzielle Vater es auch in sich trug, ihren Nachwuchs zum Tod verurteilen.

* * *

Gegen sieben Uhr hielt Nelson es nicht mehr aus. Sein Magen knurrte fordernd. Er musste unbedingt etwas essen und Electra hatte sich jetzt bestimmt genug ausgeruht. Also stieg er in den zweiten Stock hinauf, klopfte an ihre Zimmertür, erhielt jedoch keine Antwort. Ob sie schlief? Eine Weile stand er unschlüssig vor der geschlossenen Tür, klopfte dann aber noch einmal etwas lauter.

»Electra? Hallo? Hast du keinen Hunger?«

Er lauschte angestrengt, konnte jedoch kein Geräusch ausmachen. Offensichtlich schlief sie tatsächlich. Es war ja auch ein anstrengender Tag für sie gewesen. Für sie beide! Vielleicht sollte er ihr ein paar Stunden Ruhe gönnen. Morgen war Samstag, und laut Wetterbericht hielt das schöne Wetter übers Wochenende an. Sie könnten ans Meer fahren und zumindest baden gehen, wenn sie nicht zu zimperlich war, was die Wassertemperatur anbelangte.

Als er sich Electra in einem knappen Bikini vorstellte, wurde ihm heiß, und verlegen drehte er sich um. Er schämte sich für seine lüsternen Gedanken, immerhin hatte sie heute ein traumatisches Erlebnis gehabt, da war Sex bestimmt das Letzte, wonach ihr der Sinn stand.

Er ging langsam die Treppe hinunter, zog sein Handy aus der Gesäßtasche und schrieb ihr eine Kurznachricht.

> Hi, hatte Hunger und gehe in die Stadt was essen. Ruf mich an, wenn du noch etwas unternehmen willst, ansonsten sehen wir uns morgen beim Frühstück, okay?

Er überlegte einen Moment, fügte dann noch einen Kuss-Smiley hinzu und schickte die Nachricht ab. Kurz vermeinte er, ein Piepsen hinter Electras Zimmertür zu hören. Vielleicht antwortete sie ja gleich. Doch sein Handy blieb stumm.

29

Cookies Gekläff weckte Nelson am Samstagmorgen. Er rieb sich die Augen, griff nach seinem Handy auf dem Nachttisch und erschrak. Bereits neun Uhr! So lange hatte er nur selten geschlafen, er war eigentlich eher ein Morgenmensch.

Er checkte seine Kurzmitteilungen. Nichts. Enttäuscht legte er das Gerät zurück, schwang die Beine aus dem Bett und stellte sich unter die Dusche.

Während das heiße Wasser auf seine Schultern prasselte, überlegte er, ob Electra möglicherweise immer noch schlief. Das schien ihm die einzige Möglichkeit, weshalb sie auf seine Nachricht nicht reagiert hatte. Vielleicht sollte er ihr das Frühstück ans Bett bringen. Doch Ms Tuttle würde diese Geste bestimmt missverstehen. Nein, das war keine so gute Idee.

Der Himmel strahlte in einem wässerigen Blau durch das Badezimmerfenster. Super Wetter für einen Ausflug! Schnell rubbelte er sich die Haare trocken, putzte die Zähne und musterte kritisch seine Bartstoppeln. Egal, er würde sich morgen rasieren, jetzt wollte er sich lieber mit Electra treffen, um ihr ein paar Ausflugsziele vorzuschlagen.

Er riss den Kleiderschrank auf, suchte ein passendes Outfit und öffnete die Zimmertür. Er konnte gerade noch einen großen Schritt machen, bevor er auf seinen Laptop trat, der vor der Tür lag.

Nelson runzelte die Stirn und hob das Gerät auf. Electra war also schon wach. Vielleicht saß sie bereits beim Frühstück und fragte sich, wo er blieb. Er musste sich sputen.

Er legte den Laptop auf die Kommode neben der Tür und bemerkte erst jetzt, dass ein Stück Papier zwischen Deckel und Tastatur klemmte. Neugierig zog er es hervor:

Danke für alles. Mach's gut, Electra.

Ein paar Sekunden starrte er irritiert auf die Zeilen, bevor ihm bewusst wurde, was sie bedeuteten. Mit großen Schritten stürmte er die Treppe hinunter in den Frühstücksraum. Ms Tuttle räumte gerade benutztes Geschirr von einem Tisch, während Cookie kläffend um sie herumhüpfte, wohl in der Absicht, sich etwas Essbares zu ergattern.

»Ah, Mr Travelian. Heute sind Sie ja spät dran. Wie üblich Eier mit Speck und eine große Kanne Kaffee?«

»Ms Tuttle, eine Frage: Hat Electra Green schon gefrühstückt?«

Seine Zimmerwirtin lächelte ihn schelmisch an. »Sie haben wohl ein Auge auf sie geworfen, was? Sie ist ja auch ein hübsches Ding.«

Nelson hätte die ältere Frau am liebsten geschüttelt. Konnte sie nicht einfach antworten?

Er atmete tief durch. »War sie also schon da?«

Ms Tuttle nickte und stapelte Teller, Tassen und Besteck auf ein Geschirrtablett.

»Aber ja. Sie war heute Morgen die Erste. War etwas in Eile, die Gute. Gegessen hat sie nur wie ein Vögelchen.« Sie seufzte tief und sah an sich herunter. »Deshalb ist sie vermutlich ja auch so rank und schlank, nicht wahr?«

»In Eile?«, stammelte Nelson. »Hatte sie denn etwas vor?«

Es erschien ihm unverständlich, dass Electra ohne ihn die Pension verlassen hatte. Immerhin wusste sie doch, dass er mit ihr hatte frühstücken wollen.

Ms Tuttle zuckte die Schultern, griff nach dem Tablett und marschierte durch den Frühstücksraum. »Das nehme ich an«, sagte sie und öffnete mit ihrem Hintern die Schwingtür zur Küche. »Immerhin hat sie ausgecheckt.«

Er starrte seine Zimmerwirtin verdutzt an. »Sie ist abgereist?«

Ms Tuttle nickte.

»Und wohin?«

»Das, Mr Travelian, müssen Sie sie schon selbst fragen. Normalerweise erzählen mir meine Gäste nämlich nicht, wohin sie als Nächstes fahren.«

Kopfschüttelnd trat sie in die Küche, und Nelson starrte sprachlos auf die vor- und zurückschwingende Tür.

* * *

Electra hatte den Zug um 8.30 Uhr nach Oxford gerade noch erwischt. Sie hatte den Weg von der Pension zum Bahnhof unterschätzt und am Ende sogar rennen müssen. Jetzt, eine halbe Stunde später, hatte sich ihr Herzschlag beruhigt, und auch die Furcht, dass Nelson sie in letzter Minute noch abfangen könnte. Sie war sich nicht sicher, ob ihr Entschluss, so unhöflich das Weite zu suchen, nicht ins Wanken geraten wäre, wenn er plötzlich vor ihr gestanden hätte. Sie mochte ihn, sehr sogar, aber es ging einfach nicht!

»Er wird mich vergessen«, murmelte sie trotzig vor sich hin. Dass ihre Augen bei dieser lächerlichen Behauptung feucht wurden, wollte sie nicht bemerken.

Ihr Handy piepste. Zum Glück gab es in diesem Zug WLAN, auch wenn es recht langsam funktionierte. Sie hatte beim Verlassen von Newton Abbot gleich Kate darüber informiert, dass sie auf dem Rückweg war. Ihre Freundin kam heute Abend aus dem Urlaub zurück, und Electra freute sich, sie wiederzusehen. War das wirklich erst eine Woche her, dass sie sich das letzte Mal gesehen hatten? Ihr erschien es wie eine Ewigkeit.

Sie schaute auf das Display, doch es war nicht Kate, sondern Nelson, der ihr geschrieben hatte. Electra überlegte, die Nachricht ungelesen zu löschen, brachte es dann aber doch nicht übers Herz. Die Mitteilung bestand jedoch nur aus einem Fragezeichen.

Im ersten Moment wollte sie ihm zurückschreiben, sich dafür entschuldigen, dass sie ohne ein Wort verschwunden war, und sich für ihre Flucht rechtfertigen.

Doch sie hielt sich zurück. Er würde es nicht verstehen und letztendlich, nach einer Weile, bestimmt froh darüber sein, dass Electra Green genauso plötzlich aus seinem Leben verschwand, wie sie aufgetaucht war.

Noch bevor sie gestern die Artikel über die Mondscheinkrankheit im Internet recherchiert hatte, war sie zu dem Entschluss gekommen, heute nach Oxford zurückzufahren. Sie hatte in Nelsons Blick etwas gesehen, das sie erschreckt hatte: Er wollte mehr! Nicht nur ein Abenteuer oder eine kleine Urlaubsromanze. Er suchte etwas Festes, eine Frau, mit der er eine Familie gründen konnte. Das war nichts Verwerfliches. Im Gegenteil. Noch vor ein paar Tagen hatte sie in ähnlichen Bahnen gedacht. Vielleicht wäre Nelson Travelian sogar ein geeigneter Kandidat gewesen, denn sie passten gut zueinander. Aber vor ein paar Tagen hatte sie auch noch nichts über diese schreckliche Krankheit gewusst, die ihr Leben von nun an bestimmen würde.

Nelson wünschte sich Kinder, das hatte sie aus seinen Worten herausgehört. Doch sie war nicht diejenige, die sie ihm schenken konnte. Nicht heute, nicht morgen, niemals – weder ihm noch einem anderen Mann!

Natürlich war es, so hatte sie in diesen Internetartikeln gelesen, ein unglaublicher Zufall, wenn sich zwei Menschen mit demselben Gendefekt trafen. Statistisch gesehen eine Chance von eins zu einer Million. Doch es war möglich. Electras Eltern hatten sich ja auch getroffen, geheiratet und Kinder gezeugt. Und auch wenn Nelson kein Genträger war, würde Electra diesen Fluch an ihre Kinder vererben. Und die wiederum an ihre. Eine endlose Kette potenzieller Todeskandidaten. Nein, das wollte sie auf keinen Fall und konnte es auch Nelson nicht zumuten! Er verdiente es, eine gesunde Frau zu treffen, einen Stall kleiner, ebenfalls gesunder Travelians zu zeugen und glücklich und zufrieden zu leben.

Sie schluckte den dicken Kloß, der sich in ihrem Hals gebildet hatte, hinunter. Selbstmitleid half ihr jetzt auch nicht weiter. Sie musste sich einfach mit den Tatsachen abfinden, so schmerzlich sie auch waren. Sie könnte immer noch ein erfülltes Leben mit einem Partner führen, der keinen Nachwuchs wollte. Man konnte schließlich auch ohne Kinder glücklich sein. Oder welche adoptieren? Ja, wieso nicht! Es gab einen Haufen anderer Möglichkeiten.

Vielleicht war Nelson in diesem Moment sogar zu derselben Erkenntnis gelangt, denn ihr Handy blieb stumm.

Gut, das ersparte ihr eine Menge unliebsamer Diskussionen. Doch weshalb fühlte sie sich deswegen so enttäuscht? Sie schüttelte den Kopf. Eine Heldin zu sein, konnte manchmal echt wehtun.

»Geht es Ihnen gut?«

Sie schreckte auf. Der Reisende ihr gegenüber sah sie fragend an. Der Mann in den Sechzigern trug eine ausgeleierte Jeans und ein Hawaii-Hemd. Die Bügel seiner Brille waren für sein rundes Gesicht zu eng und schnitten ihm in die Hamsterbacken.

»Ja, alles in Ordnung. Ich … bin nur gegen Pollen allergisch«, flunkerte sie und wischte hastig die Tränen aus den Augen.

Er nickte verstehend. »Ein Übel, das ständig zunimmt. Wussten Sie, dass bereits jeder Dritte daran leidet?«

»Tatsächlich?«

»Ja, unser moderner Lebensstil ist schuld.« Er legte das Magazin, in dem er geblättert hatte, zur Seite und beugte sich nach vorne. »Umweltgifte, zu starke Hygiene und zu wenig Kontakt mit Tieren und Keimen. Die Menschheit verweichlicht.« Er betrachtete sie einen Moment. »Legen Sie sich eine Katze oder einen Hund zu, das stärkt das Immunsystem.« Er nahm sein Magazin wieder auf.

Sie starrte ihn an. Na super, jetzt bekam sie schon Lebenshilfe auf eine ausgedachte Allergie.

»Oder einen Vogel«, fügte er gedankenverloren hinzu.

30

»Ich brauche vermutlich einen ganzen Monat, bis ich meinen fehlenden Schlaf kompensiert habe!« Kate lachte und strich sich die Fransen aus der Stirn.

Obwohl sie nur eine Woche unter der südlichen Sonne verbracht hatte, war sie so braun geworden, dass Electra sie heftig beneidete. Sie bekam meist nur einen Sonnenbrand und wurde nie knackig braun.

»Und mit Rebecca? Alles gut gegangen?«, fragte sie.

Kate verdrehte die Augen. »Sie ist eine richtige Spaßbremse. Tanzen wollte sie nicht, shoppen wollte sie nicht; sie hat keinen Tropfen Alkohol getrunken und ständig rumgejammert, dass ihr die Matratze zu hart ist. Du kennst sie ja.«

»Und du selbst hattest keine Probleme damit?«

»Ehrlich gesagt habe ich nur selten drauf geschlafen.«

Electra blieb der Mund offen stehen und ihre Freundin kicherte.

»Das war ein Scherz!« Kate griff nach ihrer Handtasche und kramte darin herum. »Mehr als ein bisschen Knutschen mit dem süßen Kellner war nicht.« Sie hob den Kopf. »Anders als bei dir, du Flittchen!«

Electra errötete. Sie hatte Kate natürlich von Nelson erzählt, und leider war ihr auch herausgerutscht, dass es eine

Liebesnacht gegeben hatte. Das würde Kate ihr vermutlich eine ganze Weile vorhalten.

»Hier!« Kate hielt ihr ein in Seidenpapier gewickeltes Päckchen hin. »Als ich die auf dem Markt entdeckt habe, musste ich gleich an dich denken.«

Electra zog ein Paar filigran gearbeitete Silberohrringe aus dem Seidenpapier.

»Die sind wunderschön, vielen Dank!«

»Das Muster soll angeblich phönizisch sein«, kommentierte Kate die Schmuckstücke. »Oder auch nicht, du weißt ja, ich kann kein Spanisch.«

»Das hat den Kellner offenbar nicht gestört«, feixte Electra.

Kate grinste, griff nach der Teetasse und schnupperte daran. »Gott, unseren Tee habe ich so vermisst! Und jetzt erzähl … weshalb bist du schon wieder hier? Was ist mit Undine? Und was mich natürlich ebenfalls brennend interessiert: Wieso ist dieser Nelson nicht mitgekommen? Du warst doch so begeistert von dem Kerl. Ich hab gedacht, dass mich hier bereits eine Hochzeitseinladung erwartet.«

Eine halbe Stunde später hatte Electra ihre Freundin über die Mondscheinkrankheit aufgeklärt und ebenfalls über ihre Befürchtung, dass Undine in Hollowhill daran gestorben war.

Kates gute Ferienlaune war Betroffenheit gewichen. Electra fühlte sich deswegen schuldig. Sie hatte nicht vorgehabt, ihrer Freundin die letzten freien Tage zu verderben, aber Undines Geschichte verbreitete eben keine gute Laune.

»Das ist so tragisch«, sagte Kate leise. »Habt ihr das Grab gefunden?«

Electra schüttelte den Kopf. »Wir haben gar nicht danach gesucht. Vielleicht befindet es sich auf dem Sanatoriumsgelände oder möglicherweise auch in Oxford. Darum kümmere ich mich später. Nach meinem Zusammenbruch wollte ich erst mal nur noch weg von dort.«

»Verständlich.« Kate legte Electra ihre gebräunte Hand auf den Arm. »Das muss furchtbar für dich gewesen sein.«

Kates Mitgefühl trieb Electra die Tränen in die Augen. Sie stand schnell auf, griff nach der Teekanne und machte sich am Wasserkocher zu schaffen. Sie wollte jetzt nicht weinen, denn dann würde sie vermutlich gar nicht mehr aufhören können.

»Ja …«, sagte sie. »Es war das Seltsamste, was ich je erlebt habe. Ich wusste zu hundert Prozent, dass ich schon mal in diesem Sanatorium gewesen bin. Doch ich kann mich – außer an dieses bescheuerte Bullauge – an nichts anderes mehr erinnern.«

»Ist vielleicht besser so«, kommentierte Kate.

»Ja, vielleicht.«

Eine Weile blieben die Freundinnen still, jede mit ihren eigenen Gedanken beschäftigt. Erst als das Teewasser zu kochen anfing, fragte Kate: »Und was ist mit Nelson?«

Electra holte frische Milch aus dem Kühlschrank und unterdrückte ein Seufzen. »Was soll mit ihm sein?«

Kate erwiderte nichts darauf.

Electra drehte sich um und bemerkte die hochgezogenen Augenbrauen ihrer Freundin.

»Was?«, stieß sie unwillig hervor. »Es war ein Flirt, nichts sonst.«

»Ja, sicher.«

»Wirklich! Ein flüchtiges Abenteuer … so wie dein Kellner.«

»Aber ja doch.«

»Echt, Kate, manchmal kannst du ganz schön nerven!«

Kate grinste. »Wieso denn? Ich stimme dir doch in allem zu.«

Electra schnaubte. »Diesen Ton kenne ich nur zu gut. Du glaubst mir kein Wort.«

»Nicht im Mindesten, Süße. Ich denke, du bist bis über beide Ohren in diesen feschen Handwerker verliebt.«

Electra knallte die Zuckerdose auf den Tisch, sodass der Löffel heraussprang und zu Boden fiel.

»Selbst wenn«, erwiderte sie unwirsch. »Ich muss der Wahrheit ins Auge sehen.«

»Und die wäre?«

»Nelson braucht eine gesunde Frau.«

»Und das bist du nicht?«

»Herrgott noch mal, Kate! Ich habe dir doch vorhin lang und breit erklärt, was für eine schreckliche Krankheit Xeroderma pigmentosum ist und dass ich dieses defekte Gen ebenfalls in mir trage.«

»Aber Nelson nicht, oder?«

»Nein, unwahrscheinlich. Doch ich würde es unserem Nachwuchs vererben. Ich will kein Kind solch einem Risiko aussetzen. Und gegenüber Nelson wäre es auch nicht fair.«

»Hat er denn gesagt, dass er beabsichtigt, sofort Nachwuchs mit dir zu zeugen?«

»Sei nicht albern, Kate! Das hat er natürlich nicht, aber er hat ständig von Familie gesprochen und wie wichtig sie ihm ist. Und mit mir kann man eben keine Familie gründen.«

»Meinst du nicht, dass er dabei auch ein Wörtchen mitzureden hätte?«

Electra schüttelte den Kopf. »Wenn er erst darüber nachgedacht hat, was so ein defektes Gen bedeutet, wird er meine Entscheidung akzeptieren … und vielleicht sogar froh sein, dass er so leicht aus der Sache herausgekommen ist.«

Kate verdrehte die Augen. »Das heißt also, dass du mal so schnell über euer beider Zukunft entschieden hast, nicht wahr?«

Electra nickte widerwillig. »Das ist alles nur zu seinem Besten.«

»Ach, wirklich? Bist du denn seine Mummy, die für ihr Söhnchen entscheiden muss?«

»Du verstehst das nicht, Kate!«, erwiderte Electra gereizt.

»Da hast du verdammt noch mal recht!«, ereiferte sich Kate. »Ihr habt euch kennengelernt, es hat gefunkt, doch statt eurer Beziehung eine Chance zu geben, läufst du einfach weg, ohne Nelson die Möglichkeit zu geben, seinen Standpunkt zu vertreten.« Kate funkelte Electra ärgerlich an. »Du hast etwas ganz Schreckliches herausgefunden, was deine Zukunft womöglich einschränken wird. Aber das bedeutet doch nicht, dass du im Voraus alles abblocken musst, was einigermaßen Spaß macht. Schon gar nicht einen Mann, der dich offenbar genauso mag wie du ihn.«

Electra sah demonstrativ in die andere Richtung. Sie wusste gerade nicht, ob sie über Kates Worte wütend, gekränkt oder traurig sein sollte.

Als Electra keine Anstalten machte, die Diskussion fortzusetzen, stand Kate auf und gähnte hinter vorgehaltener Hand. »Ich muss ins Bett, bisschen Schlaf nachholen.«

Electra nickte stumm, und ihre Freundin zuckte seufzend mit den Schultern. Bevor sie das Wohnzimmer verließ, wandte sie sich jedoch nochmals um.

»Ruf ihn wenigstens an und erkläre ihm, weshalb du abgehauen bist. Zumindest das hat er verdient, meinst du nicht?«

* * *

Nelson zog zum wiederholten Mal sein Handy aus der Hosentasche und starrte nachdenklich auf das Display. Electra hatte auf seine Kurzmitteilungen nicht geantwortet.

Antwort genug?

Ärger und Enttäuschung kämpften miteinander. Einerseits musste er wohl akzeptieren, dass die Oxforderin sich aus dem

Staub gemacht und es anscheinend nicht für nötig gehalten hatte, sich wenigstens von ihm zu verabschieden, was ihn zutiefst schmerzte. Andererseits fühlte er sich in seinem Stolz gekränkt und ärgerte sich maßlos über sie. Das hatte er wirklich nicht verdient! Zumindest ein paar erklärende Worte wären schön gewesen. Doch nein, das Bond-Girl hatte sich feige aus der Affäre gezogen.

»Affäre«, murmelte er bitter vor sich hin, als er die Stufen zu seinem Büro hinaufging, um seinen Auszug vorzubereiten. Ja, mehr war es allem Anschein nach nicht gewesen. Er überlegte, sie anzurufen und auf eine Erklärung zu pochen. Doch sollte er sich wirklich so zum Affen machen? Er hatte es nicht nötig, Electra wie ein devoter Hund hinterherzudackeln. Nein, auf keinen Fall!

Er öffnete die Bürotür, riss alle Fenster auf, ließ frische Luft herein und sah sich um. Viel war es ja nicht, was abtransportiert werden musste. Die meisten Möbel würde der neue Mieter übernehmen, also widmete sich Nelson den Aktenordnern und dem Kleinkram.

Als sein Handy klingelte, zuckte er erschrocken zusammen und ließ das Gerät beinahe fallen. Electra!? Sein Herz klopfte schneller. Doch der Name auf dem Display entlockte ihm lediglich ein Seufzen.

»Hi, Mum, wie geht's euch?«

Und während er sich den neusten Klatsch von zu Hause anhörte, kam ihm eine Idee. Die würde ihm Electras Zuneigung zwar nicht zurückbringen, jedoch ganz bestimmt ihre Dankbarkeit. Und das war womöglich alles, was er erwarten durfte.

31

Am Sonntagmorgen stand Nelson früh auf. Das Blau des Himmels hatte sich verabschiedet; eine dicke, graue Wolkendecke hing über der Stadt, als er die Fensterläden öffnete. Egal, für das, was er heute vorhatte, spielte das Wetter keine wichtige Rolle. Er hoffte nur, dass es nicht zu regnen anfing.

Ms Tuttle werkelte bereits in der Küche herum, obwohl es erst kurz vor sieben war, und ließ sich sogar dazu herab, seiner Bitte nach einer Tasse Kaffee und einem Scone nachzukommen. Natürlich nicht, ohne ärgerlich brummend darauf hinzuweisen, dass sie auf das Einhalten der Frühstückszeiten den größten Wert legte. In einer spontanen Eingebung drückte ihr Nelson einen Kuss auf die rosarote Wange, was sie zum Kichern brachte und ihm mit dem Finger drohen ließ.

Schmunzelnd verließ er die Pension. Obwohl seine Zimmerwirtin immer so mürrisch tat, mochte er sie, und umgekehrt war es bestimmt ebenso.

Es herrschte kaum Verkehr. Die meisten Einwohner schliefen vermutlich noch ihren Samstagabend-Rausch aus oder saßen beim Familienfrühstück, um danach in die Kirche zu gehen.

Nelson warf einen Blick auf den Beifahrersitz. Dort lag die Ausrüstung, die er normalerweise zum Wandern mitnahm.

Obwohl er nicht glaubte, dass das, was er zu finden hoffte, sich in unwegsamem Gelände befand. Aber sicher war sicher. Die Chance, Undines Grab zu entdecken und damit Electras Dankbarkeit zu erringen, lag bei fünfzig Prozent. Entweder hatten die Greens ihre älteste Tochter auf dem Friedhof des Sanatoriums beerdigt – oder in Oxford. Alles andere erschien ihm unlogisch. Vielleicht hatte man die Verstorbenen des Sanatoriums aber auch in Lustleigh bestattet, denn in Dartmeet gab es keinen Friedhof. Wie auch immer, eine innere Stimme sagte Nelson, dass er sich auf der richtigen Fährte befand. Also würde er die Gräber von Hollowhill suchen und hoffentlich fündig werden. Die Vorstellung, Electra anrufen zu können, um ihr seine Entdeckung zu präsentieren, hob seine Laune und steigerte seine Motivation. Sie käme danach bestimmt sofort wieder nach Devon zurück, um sich das Grab ihrer Schwester anzusehen, was ihm die Gelegenheit gab, nochmals unter vier Augen mit ihr zu sprechen. Das würde sie ihm dann nicht abschlagen können. Eine kleine Belohnung hätte er sich dadurch auf alle Fälle verdient.

Er schaltete das Radio ein und trommelte den Takt irgendeines Popsongs auf dem Lenkrad mit. Er war sich absolut sicher, Undines Grab zu finden. Manchmal hatte man so etwas einfach im Gefühl.

* * *

»Wenn ich mir vorstelle, was mich morgen auf meinem Schreibtisch erwartet, wird mir schlecht.« Electra fuhr sich mit allen zehn Fingern durch ihre zerzausten Haare.

Kate sah nicht minder derangiert aus. Ihre Augen waren vom Schlaf noch ganz verquollen. Abwesend rührte sie in ihrem Tee und starrte dabei auf den qualmenden Toaster.

»Wir müssen einen neuen kaufen«, entschied sie und fummelte mit dem Messer die Brotscheiben aus dem Gerät. Mit Abscheu musterte sie eine der verkohlten Scheiben. »Ich vermisse mein Ibiza-Frühstück!«, rief sie theatralisch. »Frisch gepresster Orangensaft, Rühreier mit Schinken, Lachshäppchen mit Sekt.«

Sie seufzte tief und setzte sich an den Tisch. Mit dem Messer begann sie die verkohlten Stellen abzuschaben und strich dann Butter und Marmelade auf den Toast. Sie nahm einen Bissen und verzog den Mund.

»Hast du es dir überlegt?«, fragte sie dann.

»Was überlegt?« Electra nippte an ihrem Kaffee.

»Nelson anzurufen.«

Electra schüttelte den Kopf.

Kate verdrehte die Augen. »Hat dir schon mal jemand gesagt, dass du ganz schön störrisch bist?«

»Lass es gut sein, Kate. Ich werde ihn nicht anrufen. Ich …« Sie brach ab und zuckte mit den Schultern. »Er ist besser ohne mich dran. Zudem lebt er in Devon.«

»Ja, das liegt ja auch *so* weit weg, nicht?«

»Ich will nicht mehr darüber reden.«

Kate schüttelte den Kopf. »Die heldenhafte Electra, die immer alles ohne fremde Hilfe schafft!«

»Was soll das denn jetzt? Denkst du wirklich so von mir?«

»Ich nicht«, gab Kate zur Antwort, »aber du.«

»Soll heißen?«

»Du warst schon immer so, meine Liebe. Du nimmst ungern Hilfe von anderen an, als müsstest du der Welt beweisen, dass du mit allem alleine klarkommst. Und offensichtlich denkst du jetzt auch noch, du würdest diesem Mann einen Gefallen tun mit deiner Flucht. Tust du aber nicht. Du benimmst dich bloß reichlich egoistisch.«

Electra starrte ihre Freundin entgeistert an. So hatte Kate noch nie mit ihr geredet. Was war nur in sie gefahren? Stimmte das? Konnte Electra keine Hilfe annehmen? Nein, das war doch Blödsinn!

»Sehr freundlich, danke«, erwiderte sie spitz. »Ich wusste gar nicht, dass ich für meine Mitmenschen so eine Plage bin.«

»Das habe ich nicht gesagt.«

»Es klang aber so!«, entgegnete Electra barsch.

»Ich versuche nur, dir zu helfen.«

»Indem du mich beleidigst?« Electra schnaubte. »Schöne Hilfe. Habe ich nicht schon genug durchgemacht?«

Unvermittelt schossen ihr die Tränen in die Augen. Sie hätte von ihrer Freundin wirklich etwas mehr Mitgefühl erwartet, und nicht, dass sie ihr jetzt Vorhaltungen machte.

Kate atmete tief durch und legte ihre Hand auf Electras Arm.

»Ich will dich doch nicht kränken, Süße. Und du hast recht, du hast wirklich eine ganz schöne Last zu tragen. Ich kann nur vermuten, wie tragisch es sein muss, so früh seine Eltern zu verlieren … und jetzt die Sache mit Undine und diesem Xero-Dingsda. Doch offensichtlich hat dir das Schicksal einen Lichtblick in Form eines knackigen Bauarbeiters geschickt. Willst du dieses Geschenk denn nicht einfach annehmen und sehen, was sich daraus entwickelt? Vielleicht ist dieser Mann ja die Liebe deines Lebens! Ich würde diese Chance ergreifen. Wenn's nicht klappt, hast du es wenigstens versucht. Denk an die klugen Worte von Oscar Wilde: Der einzige Weg, eine Versuchung loszuwerden, ist, ihr nachzugeben.«

Electra schluckte. »Seit wann zitierst du denn Oscar Wilde?«, murmelte sie.

»Offenbar färbt dein Intellekt auf mich ab«, mutmaßte Kate grinsend.

Electra schniefte. »Es wurde aber auch langsam Zeit!«

»Also wirst du ihn anrufen?«

»Ich denke darüber nach.«

Kate strahlte. »Gut, mehr verlange ich gar nicht.« Sie warf den angekohlten Toast auf den Teller. »Unser letzter Urlaubstag. Was wollen wir unternehmen?«

32

Je weiter Nelson Richtung Sanatorium fuhr, desto diffuser wurde das Licht, und er linste besorgt durchs Fenster gen Himmel. Sollte er umkehren und es an einem anderen Tag versuchen? Er hatte Regenkleidung dabei, aber er konnte sich Schöneres vorstellen, als bei strömendem Regen auf der Suche nach einem Friedhof über das Gelände zu stapfen. Plötzlich schien ihm die Möglichkeit, dass Undine in Hollowhill ihre letzte Ruhe gefunden hatte, abwegig. Die Greens hatten ihre älteste Tochter bestimmt nicht im hintersten Winkel Devons bestattet, sondern sie in Oxford beerdigen lassen. Dort, wo sie nach Undines Tod wieder hingezogen waren, wo ihre Wurzeln lagen und wo sie die Möglichkeit gehabt hätten, an ihrem Grab zu trauern. Aber Electra hatte nichts von einem Grab in Oxford gewusst. Hätte man ihr das, nach dem Tod ihrer Eltern, nicht mitteilen müssen? Oder, wenn sie damals noch zu jung gewesen war, wenigstens nach dem Tod ihrer Großtante? Aber vielleicht hatte dieser Testamentsvollstrecker auch nichts von Undines Tod gewusst? Möglich, dass der betagte Anwalt, so wie Electra ihn beschrieben hatte, einfach nicht mehr in der Lage war, seinen Job richtig zu erledigen.

Nelson wusste nicht, wie das mit Grabstätten funktionierte und ob die irgendwann aufgehoben wurden, um neuen

Verstorbenen Platz zu machen. Kaufte man ein Grab? Oder wurde der Platz nur für eine gewisse Zeit vermietet? Engagierte man einen Gärtner, der alles in Schuss hielt? Wenn ja, hätte Electra als Erbin ihrer Großtante in den vergangenen Wochen bestimmt eine Rechnung erhalten. Nichts von alledem war jedoch geschehen. Also befand sich Undines Grab vielleicht doch auf dem Gelände des Sanatoriums.

»Jetzt bin ich eh schon fast da …«, murmelte Nelson vor sich hin, als er den zugewucherten Weg zum Sanatorium erspähte, »also kann ich auch kurz mal nachsehen.«

Er setzte den Blinker und bog in den Wald ein. Der wirkte heute irgendwie düsterer. Unter dem dichten Baldachin aus Blättern hatte er das Gefühl, als würde bald die Dämmerung hereinbrechen. Nelson atmete unbewusst auf, als er wieder freies Gelände erreichte, auch wenn jetzt die ersten Regentropfen auf die Windschutzscheibe klatschten.

»Was tut man nicht alles für die Liebe«, knurrte er – und stockte.

Liebe? War das so? Liebte er Electra denn?

Er schüttelte den Kopf. So schnell ging das mit der Liebe nicht. Er mochte das Bond-Girl, sehr sogar, und wenn sie mehr Zeit miteinander gehabt hätten, hätte er sich womöglich auch in sie verliebt. Zum jetzigen Zeitpunkt war es wohl eher eine Schwärmerei. Doch weshalb konnte er dann nicht einfach mit der Sache abschließen? So wie Electra sie mit ihrer Flucht für sich abgeschlossen hatte? Es war offenbar das Unerfüllte, das ihn so beschäftigte, und die Frage, was aus ihnen hätte werden können.

Er parkte den Lieferwagen hinter dem Sanatorium, blieb jedoch sitzen. Stirnrunzelnd starrte er auf den Sturzbach, der die Frontscheibe vom Staub der vergangenen Woche säuberte, und lauschte dem Ticken des sich abkühlenden Motors.

»Ich muss verrückt sein«, sagte er, griff nach dem Rucksack auf dem Nebensitz und holte seine Regenjacke hervor. »Vollkommen bekloppt!«

Er zwängte sich in der engen Fahrerkabine in die Jacke, stülpte die Kapuze über den Kopf und zog den Zündschlüssel ab.

* * *

Das Pförtnerhaus am Eingangstor des Holywell Cemetery war geschlossen.

»Montag bis Freitag von acht bis siebzehn Uhr geöffnet«, kommentierte Kate den Aushang an der Fensterscheibe.

Electra unterdrückte eine spitze Bemerkung, dass sie sehr wohl des Lesens mächtig sei, war sie doch vor allem froh darüber, dass ihre Freundin sie auf dem Rundgang über die Oxforder Friedhöfe begleitete. Und das waren nicht wenige, es gab fünf davon. Und da sie nicht wusste, wo Undine begraben sein könnte, hatte sie sich zuerst für denjenigen entschieden, auf dem das Grab ihrer Eltern und auch das von Tante Jo und ihrem Mann lagen.

Sie hatte sich vorher schon die Internetseite »Finde ein Grab« angesehen. Dort konnte man Namen und Vornamen eingeben und bekam angezeigt, wo derjenige bestattet war. Oft sogar mit einem Foto des Grabsteins. Aber wie sie Undine nicht im Internet gefunden hatte, so hatte sie auch dieses Mal kein Glück mit dem Namen ihrer Schwester gehabt. Also hatten Kate und sie beschlossen, den Pförtner des Friedhofs zu fragen. Der musste doch bestimmt irgendwelche Listen der Verstorbenen haben.

»Und jetzt?« Kate kaute geräuschvoll Kaugummi. Es war ihr anzusehen, dass sie sich langweilte, was Electras Laune nicht besserte.

»Wir gehen mal über den Teil mit den Kindergräbern.«

»Okay.« Kate fächelte sich Luft zu. »Man könnte meinen, dass mich die Woche Ibiza auf den englischen Sommer vorbereitet hätte, aber ich schwitze wie ein Schwein.«

»Die schwitzen nicht«, entgegnete Electra knapp und musterte den Friedhofsplan. »Wir müssen nach links.«

»Schweine schwitzen nicht?«

Electra schüttelte den Kopf. »Die haben praktisch keine Schweißdrüsen.«

»Echt? Und weshalb sagt man das dann?«

»Weiß nicht … vielleicht soll das gerade der Witz sein?«

Sie umrundeten die aus grauem Stein gebaute St Cross Church und folgten einem ausgetretenen Pfad zu den Kindergräbern, die etwas abseits lagen. Der Lärm der viel befahrenen Straße war hier, zwischen dem alten Baumbestand und den hohen Thuja-Hecken, gedämpft. Es war, als würde dieser Teil den Verstorbenen Respekt zollen. Vogelgezwitscher und das Summen von Insekten vervollständigten die friedliche Atmosphäre. Electras angespannte Nerven beruhigten sich ein wenig. Seit sie heute Morgen aufgestanden war, hatte eine seltsame Unruhe sie erfasst, und sie fand keine Erklärung dafür.

»Schön hier«, kommentierte Kate den Spaziergang. »Aber nachts ist es bestimmt gruselig.« Sie schüttelte sich und blieb vor einem verwitterten, mit weißen Flechten bewachsenen Keltenkreuz stehen. »Man kann den Namen gar nicht mehr entziffern.« Sie wies mit dem Kinn auf den abbröckelnden Stein. »Ist das nicht traurig?«

Electra nickte. »Am Ende bleibt eben bloß noch die Erinnerung in den Gedanken der Überlebenden. Und manchmal nicht mal die.«

Kate seufzte. »Wir klappern jetzt aber nicht den ganzen Sonntag alle Friedhöfe ab, oder? Ich kriege sonst eine Depression.«

»Nein, wir schauen uns hier um und gehen später in die Stadt, um etwas zu trinken. Okay?«

Kate wirkte erleichtert. »Abgemacht.«

Sie erreichten den Friedhofsteil, in dem die Kindergräber lagen. Auf den kleinen Grabsteinen prangten Engel und Teddybären, davor standen Grablichter.

Electra fröstelte trotz der Hitze. Es erschien ihr beinahe wie ein Frevel, durch diese Reihen zu gehen. Auf den meisten Gräbern befanden sich frische Blumen in Messingvasen, auf vielen lagen auch Stofftiere, und sie verspürte ein jähes Mitgefühl mit den Eltern dieser viel zu früh verstorbenen Kinder. Auch ihre eigenen Eltern hatten früh ein Kind verloren. War der Schmerz darüber so groß gewesen, dass sie ihrer jüngsten Tochter deshalb nichts von Undine erzählt hatten?

»Kann es sein, dass deine Schwester bei deinen Eltern bestattet wurde?«

Kates Frage holte Electra ins Jetzt zurück. Sie drehte sich um. »Wie meinst du das? Undine ist doch zuerst gestorben?«

»Na ja, vielleicht hat deine Großtante Undine ins Grab deiner Eltern umbetten lassen, damals, als …« Sie brach ab und zuckte mit den Schultern.

Electra runzelte die Stirn. »An diese Möglichkeit habe ich noch gar nicht gedacht. Denkbar wäre es.« Sie seufzte. »Bei meiner Familie erstaunt mich wirklich nichts mehr.«

Es hätte wie ein Scherz klingen sollen, doch keine von beiden lachte.

Nach einer knappen halben Stunde hatten sie alle Grabsteine nach Undines Namen abgesucht, ihn jedoch nicht gefunden. Als ein Paar mit versteinerten Mienen bei den Kindergräbern auftauchte, hielten es die Freundinnen für respektvoller, zu gehen.

»Und jetzt ein richtiges englisches Pint!« Kate spuckte den Kaugummi in die hohle Hand und warf ihn in einen Mülleimer.

»Nach diesem seltsamen spanischen Bier braucht mein Körper eine einheimische Spezialität.«

Sie hakte sich bei Electra ein und zog sie Richtung Innenstadt.

Obwohl sie Kates Bemerkung nicht witzig fand, zwang Electra sich zu einem halbherzigen Lächeln. Wo war nur ihre gute Laune geblieben? Und warum saß sie ständig wie auf heißen Kohlen? Hatte sie etwas vergessen? Etwas übersehen?

Sie atmete tief durch. Offenbar begann sie langsam durchzudrehen. Zeit, dass der normale Alltag wieder anfing.

33

Nelson hatte im Internet einen alten Geländeplan von Hollowhill gefunden und mit seinem Handy ein Foto davon geschossen. Er drehte es in die entsprechende Himmelsrichtung, um sich zu orientieren. Der Regen hatte kaum nachgelassen. Kalte Tropfen liefen über sein Gesicht und sickerten in seinen Kragen. Er schüttelte sich. Es roch intensiv nach nasser Vegetation und verrottendem Laub. Das muntere Vogelgezwitscher, das sie gestern noch auf dem Gelände rund ums Sanatorium empfangen hatte, war verstummt. Nur ab und zu knackte es im dichten Unterholz.

Er schulterte den Rucksack und folgte einem mit Unkraut überwucherten Pfad auf der Rückseite des Gebäudes. Links und rechts davon lag Bauschutt: Betonstücke, aus denen rostzerfressene Armierungsstäbe ragten, und zerbrochene Backsteine. Der Weg schlängelte sich einen flachen Hügel hinauf. Ab und zu konnte man erahnen, dass das Gelände früher bestimmt hübsch zurechtgemacht gewesen war. Jetzt jedoch hatte die Natur das ihr aufgezwungene Korsett gesprengt und sich ihren ursprünglichen Lebensraum zurückerobert.

Nach knapp zehn Minuten erreichte er eine Weggabelung. Linkerhand führte der Pfad wieder zum Sanatorium zurück, also entschied er sich für den rechten.

Kurz darauf stand er vor einem Gittertor, das schief in den Angeln hing und eine hüfthohe Mauer begrenzte. Er stieg über die Mauer, da ihm das alte Tor zu unsicher erschien. Er hatte nicht vor, sich an dem rostigen Ding zu verletzen.

Hinter dem Tor befand sich ein gemauertes Becken – möglicherweise ehemals ein Springbrunnen –, das mit totem Laub und Schlick gefüllt war. Auf der Frontseite prangte ein Steinmosaik, das den Namenszug des Sanatoriums und ein stilisiertes Kreuz zeigte. Er hatte den Friedhof gefunden.

* * *

Electra trommelte mit den Fingernägeln auf die Theke und sah sich im Pub um. Es war kurz vor Mittag, die Bedienung war gerade dabei, die Tische einzudecken, deshalb hatten sie sich an die Bar gesetzt.

»Hör auf, das nervt!«

»Was?«

»Dieses Getrommel.« Kate sah sie ungehalten an. »Was ist heute bloß los mit dir?«

»Nichts, wieso?« Electra wusste selbst, dass sie sich seltsam benahm, und dass es sogar schon ihrer Freundin auffiel, war bedenklich.

»Denkst du an Nelson?«

Electra schüttelte den Kopf.

Kate seufzte. »Du kannst es ruhig zugeben«, sagte sie und nahm eine Handvoll Erdnüsse aus einem Schälchen. »Vielleicht solltest du ihn jetzt einfach anrufen, dann hast du es hinter dir und kannst zur Tagesordnung übergehen.«

Nach dem Friedhofsbesuch hatten sie den Bus in die Stadt genommen, um sich ein kühles Bier am Flussufer zu gönnen. Leider waren draußen schon alle Tische besetzt und sie mussten mit dem Schankraum vorliebnehmen.

»Hör jetzt mal damit auf, mich ständig zu bedrängen!«, erwiderte Electra missmutig. »Das ist ja nicht zum Aushalten! Ich rufe ihn an, wenn ich so weit bin.« Und als ihre Freundin darauf etwas erwidern wollte, hob sie die Hand. »Ich meine es ernst, Kate, das ist meine Sache!«

»Ist ja gut«, maulte ihre Freundin. »Dann blas halt weiter Trübsal, nerv deine Mitmenschen mit deiner schlechten Laune und lass unser gutes englisches Ale schal werden.« Sie wies mit dem Kinn auf Electras volles Glas. Im Gegensatz dazu war ihres beinahe leer.

Electra seufzte. »Du hast ja recht«, gab sie zu. »Ich fühle mich schon seit dem Aufstehen so unruhig und gereizt, als würde ich etwas Wichtiges verpassen. Tut mir leid.«

Kate winkte ab. »Frauen ab einem gewissen Alter führen sich eben komisch auf. Das sagt mein Großvater auch immer.«

Electra lachte. »Freche Göre!« Dann wurde sie wieder ernst. »Vielleicht sollte ich Nelson doch kurz anrufen. Gut möglich, dass mich … diese Sache unbewusst so beschäftigt.«

»Unbewusst.« Kate verdrehte die Augen. »Na klar.«

Electra zog ihr Handy aus der Handtasche und betrachtete es einen Moment. Dann straffte sie die Schultern und wählte Nelsons Nummer.

Als es klingelte, klopfte ihr das Herz bis in den Hals. Würde er wütend sein? Traurig? Verletzt? Würde er gar nicht mit ihr sprechen wollen? Doch die Aufregung war umsonst, denn nach einem Moment sagte ihr eine automatische Stimme, dass der gewünschte Mobilteilnehmer nicht erreichbar sei. Sie atmete erleichtert auf.

»Und?« Kate sah sie fragend an.

»Nichts. Er ist nicht zu erreichen.«

»Dann probier es später noch mal.«

Electra nickte und legte ihr Mobiltelefon auf die Theke.

»Klar.« Sie griff nach ihrem Pint und nahm einen großen Schluck. Das Bier war mittlerweile warm geworden und sie verzog den Mund. »Er ist vermutlich auf einer Wanderung im Dartmoor, dort hat man keinen Empfang.«

* * *

Der Sanatoriumsfriedhof war überschaubar. Wenn sich Undines Grab hier befand, würde Nelson es finden. Der Regen hatte sich in ein stetes Nieseln verwandelt. Die Nässe verlieh den Grabsteinen eine dunkle Farbe und ließ die eingemeißelten Namen deutlicher hervortreten. Im Gegensatz zu anderen Friedhöfen in der Region gab es hier kaum verwitterte Steine, da das Sanatorium erst 1905 eröffnet worden war. Auf den vorderen Grabsteinen stand daher auch meist diese Jahreszahl. Vermutlich alles Tuberkulosekranke.

Obwohl Nelson wusste, dass Undine nicht in einem dieser Gräber liegen konnte, sie war später gestorben, besah er sich die Namen derjenigen, die dort ihre letzte Ruhe gefunden hatten. Ob sich jemand noch an diese Menschen erinnerte? Keines der Gräber wirkte so, als würde es regelmäßig besucht. Unkraut wucherte darauf, totes Laub und kleinere Äste lagen auf den flachen Grabhügeln, die von Mäuerchen begrenzt wurden. Hatte man die Verstorbenen hier einfach vergessen?

Nelson schluckte trocken. Die Endlichkeit des Lebens wurde ihm plötzlich schmerzhaft bewusst und er fragte sich, ob wohl irgendwann jemand an seinem Grab stehen würde oder ob er ebenfalls dem Vergessen anheimfiel, wie die Toten hier.

Er ließ den Blick über das Gelände schweifen. Der Friedhof stieg zum Waldrand hin an. Undines Ruhestätte lag bestimmt im hinteren Teil. Sie musste vermutlich 1994 gestorben sein, das Sanatorium hatte kurz darauf seine Pforten geschlossen, also würde ihr Grab eines der letzten sein.

Er ließ die alten Grabstätten hinter sich und marschierte auf dem ausgewaschenen Kiesweg Richtung Waldrand. Der Regen hatte den Kies auf dem abschüssigen Weg an die Ränder geschwemmt. Auch jetzt gluckerte ein steter Wasserlauf den Hügel herunter und verschwand irgendwo bei der Mauer im sumpfigen Terrain. Je näher Nelson dem Ende des Friedhofs kam, desto schiefer standen die Grabsteine, einige waren sogar umgefallen. Offenbar wusch das Regenwasser den Untergrund langsam weg. Er würde aufpassen müssen, dass er nicht irgendwo einbrach.

Er holte sein Handy aus der Gesäßtasche. Wie erwartet, hatte er keinen Empfang. Ein Grund mehr, sich vorzusehen. Er steckte das Gerät zurück, zurrte den Rucksack fester und hielt auf den Hügel zu.

34

Electra stand auf der Quaking Bridge und starrte aufs Wasser des Castle Mill Stream. Hinter ihr erhob sich die Ruine von Oxford Castle, der mittelalterlichen Burg, die im elften Jahrhundert von den Normannen erbaut worden war. Kate hatte sich verabschiedet, weil sie sich zum Lunch mit ihren Eltern treffen wollte.

Ein Pärchen auf Fahrrädern fuhr hinter Electra vorbei und sie drehte sich um. Die beiden lachten, wirkten unbeschwert und sehr verliebt.

Sie seufzte. Sie hatte vorhin nochmals versucht, Nelson zu erreichen. Wieder gelangte sie lediglich zur Mailbox. Vielleicht ein Zeichen, dass sie sich gar nicht mehr bei ihm melden sollte?

Obwohl das eigentlich in ihrem Sinne sein sollte, fühlte sie einen Stich der Enttäuschung. Und langsam schämte sie sich doch dafür, dass sie ihn so ohne jedes erklärende Wort verlassen hatte. Immerhin waren sie für eine Nacht ein Paar gewesen. Auch wenn das in der heutigen Zeit nichts mehr hieß, für Electra war sexuelle Intimität immer noch ein bedeutender Schritt.

Doch wozu machte sie sich Vorwürfe? Wenn Nelson wirklich etwas an ihr liegen würde, hätte er größere Anstrengungen unternommen, um sie zu kontaktieren, und ihr nicht bloß dieses blöde Fragezeichen geschickt. Sie ärgerte sich über ihn und wusste zugleich, dass der Fehler bei ihr lag. Sie hätte sich nicht so feige verdrücken dürfen.

»Es ist besser so«, murmelte sie trotzig, band ihren Pferdeschwanz neu und folgte dem Uferweg Richtung Lighthouse, um sich in dem Restaurant eine Portion Tapas zu gönnen. Später würde sie vielleicht noch in den Botanischen Garten gehen, und danach war ihr Urlaub auch schon vorbei. Eine seltsame Woche ging zu Ende, die unter anderem ein paar Antworten gebracht, jedoch beinahe noch mehr offene Fragen hinterlassen hatte.

Warum nur hatte man ihr Undines Existenz verschwiegen? Wie war ihre Schwester gestorben? Und wo lag ihre letzte Ruhestätte? Ob sie je Antworten auf diese Fragen fand? Oder musste sie hinnehmen, es nie zu erfahren?

* * *

Die hintersten Gräber waren wie kleine Reisterrassen in den Hügel gebaut. Zerfallene Steinstufen führten in der Mitte hinauf, von denen links und rechts sechs Grabreihen abgingen.

Unten oder oben anfangen? Nelson entschied sich für die unterste Reihe. Vielleicht hatte Petrus ein Einsehen und würde bis zur obersten den Wasserhahn zudrehen.

Nelson studierte die Namen auf den Gräbern, dann die Jahreszahlen. Alle aus den Neunzigerjahren. Das war schon mal gut. Hier waren die Grabstätten gemischt: Alte Menschen lagen neben früh verstorbenen, doch den Schriftzug »Undine Green« entdeckte er nirgends. Er ging zur Mitte zurück und nahm sich die rechte Hälfte vor. Ebenfalls nichts, also die zweite Reihe. Aber auch die sowie die dritte und die vierte Gräberreihe brachten keinen Erfolg.

Ob er sich etwas vormachte? Auf diesem Friedhof war seit Jahren niemand mehr gewesen. Hätte Electras Großtante nicht dafür gesorgt, dass das Grab ihrer Großnichte gepflegt wurde? Doch es gab noch zwei Reihen, die es zu erkunden galt, bis sie nahe dem Waldrand schließlich abrissen. Zur Zeit dieser letzten Gräber hatte man das Sanatorium geschlossen und es gab keine weiteren Toten zu bestatten.

Als er zur Treppe in der Mitte zurückgehen wollte, bemerkte er eine Bewegung im Augenwinkel. Er wandte den Kopf. Jenseits der Friedhofsmauer stand ein Reh, das ihn reglos anstarrte. Nelson wagte kaum zu atmen. Das Tier musterte ihn einen Moment lang, drehte sich dann um und sprang in großen Sätzen davon. Kurz darauf war sein weißes Hinterteil zwischen den Bäumen verschwunden.

Nelson lächelte. Es war einige Zeit her, dass er einem wild lebenden Reh so nahe gekommen war. Früher waren er und seine Brüder oft im Wald herumgestromert, hatten Baumhütten und Dämme gebaut und dabei immer wieder mal ein Tier entdeckt. Ob seine eigenen Kinder das auch tun würden? Oder würden sie lieber zu Hause vor dem Bildschirm sitzen und Videospiele spielen? Vielleicht konnte er sie ja für die Natur begeistern, so wie es sein Vater mit ihm und seinen Brüdern getan hatte.

Nelson erinnerte sich gern an seine Jugendzeit. An die gemeinsamen Angelausflüge, die Wanderungen entlang des South West Coast Path bis zur Küste und die Exkursionen in die prähistorischen Höhlen von Kents Cavern in der Nähe von Torquay. Vielleicht brauchten die Jugendlichen von heute einfach ein Vorbild, das …

Unvermittelt trat er mit einem Fuß ins Leere. Er schwankte, verlor das Gleichgewicht und stürzte zu Boden. Ein Ächzen erklang, als würde eine schwere Tür in rostigen Angeln geöffnet. Die Erde unter ihm bebte, dann fiel er in die Tiefe. Das Letzte, was er bewusst wahrnahm, war ein ungesundes Knirschen, gefolgt von einem höllischen Schmerz in seinem rechten Bein. Dann wurde es dunkel.

* * *

»Ich nehme die Tempura Prawns, dazu einen Tomatensalat mit Mozzarella und ein stilles Wasser.«

Electra gab dem Kellner die Speisekarte zurück und sah sich im Pub um. Die meisten Tische waren mit Pärchen besetzt, die sich lebhaft unterhielten. An Sonntagen war das Singleleben am schwersten zu ertragen, weil alle anderen Menschen ihn mit ihren Partnern oder Familien zu verbringen schienen. Sie hatte weder das eine noch das andere. Schlimmer waren nur noch die Feiertage, vor allem Weihnachten. Zum Glück gab es noch Kate und deren Verwandtschaft, die sie oft einluden, um das Fest mit ihnen zu verbringen. Doch obwohl Electra das zu schätzen wusste, sehnte sie sich immer stärker nach einer eigenen Familie. So wie Nelson. Ob das der Lauf der Natur war? In jungen Jahren hatte sie nie solche Gedanken gehegt, doch in letzter Zeit wurde dieser Wunsch stetig größer. Kates Mutter hatte einmal von »Nestgefühl« gesprochen. Offenbar wurde jeder irgendwann von dieser Sehnsucht eingeholt. Die einen früher, die anderen später.

Electra atmete tief durch. Es war, wie es war. Sie wollte jetzt nicht ins Grübeln verfallen; es war Sommer, die Sonne schien und …

Ein Schauer lief ihr über den Rücken. Sie rieb sich fröstelnd die Arme. Woher kam plötzlich dieser eisige Luftzug? Die Türen standen zwar offen, gewährten einen Blick auf die Terrasse mit weiteren voll besetzten Tischen und den dahinterliegenden Fluss, auf dem ab und zu ein Ruderboot vorbeizog, doch es war absolut windstill. Seltsam. *Als wäre jemand über mein Grab gelaufen.* Das hatte Tante Jo immer gesagt, wenn sie unvermittelt schauderte.

Electra schüttelte den Kopf. Zu viele Friedhöfe, zu viele Gräber. Es war Zeit, sich den Lebenden zuzuwenden. Sie schenkte dem herbeieilenden Kellner, der ihr das Mineralwasser brachte, ein strahlendes Lächeln und bedankte sich höflich.

* * *

Etwas Nasses fiel auf Nelsons Gesicht und er öffnete die Augen. Er wischte sich hastig über die Wange und starrte auf seine Hand. Dreck? Was zum Teufel …

Er sah sich um. Er lag in einer Grube, mitten in einer großen, matschigen Pfütze. Einige geborstene Holzbalken ragten aus dem Wasser. An den Wänden voller Pflanzenwurzeln und abbröckelndem Erdreich lief Sickerwasser herunter. Als er den Blick hob, gewahrte er den bleigrauen Himmel mindestens drei Meter über sich, aus dem es immer noch nieselte.

Er versuchte aufzustehen, schrie laut auf und fiel zurück in den Morast. Erst jetzt bemerkte er, dass sein Unterschenkel schief war.

Er stieß einen gequälten Laut aus.

Offensichtlich hatte er sich das Schienbein gebrochen. Das durfte doch nicht wahr sein?! Was war das hier? Ein Grab? Hektisch sah er sich um, ob er auf Menschenknochen gefallen war, doch Gott sei Dank konnte er nichts dergleichen entdecken. Entweder war das also bloß ein Loch, vielleicht einstmals sogar als Grab gedacht, oder aber das Regenwasser hatte eine unterirdische Grube ausgewaschen, die von oben nicht zu erkennen gewesen war. So oder so steckte er in ernsthaften Schwierigkeiten.

Er biss die Zähne zusammen und rutschte an den Rand der Grube, wo sich nicht ganz so viel Wasser gesammelt hatte.

Schmerzwellen fluteten durch seinen Körper und ihm wurde schlecht. Er atmete stoßweise, damit er nicht wieder bewusstlos wurde. Als er die Grubenwand erreichte, lehnte er sich erschöpft dagegen und schloss einen Moment die Augen. Als der Schmerz erträglicher wurde, fingerte er sein Handy aus der Gesäßtasche.

Tot!

Zwar war ihm schon einmal ein Mobiltelefon ins Waschbecken gefallen, da konnte er das Teil jedoch durch schnelles Eingreifen retten. Doch jetzt wusste er nicht, wie lange er bewusstlos im Matsch gelegen hatte. Vermutlich hatte er hier zwar keinen Empfang, aber er hätte immerhin versuchen können, einen Notruf abzusenden.

Nelson atmete tief durch. Er durfte jetzt nicht in Panik verfallen, und vor allem musste er sich vor Unterkühlung schützen. Sterben würde er nicht sofort. Wasser hatte er im Überfluss und in seinem Rucksack, den er immer noch am Rücken trug, hatte er sogar ein paar Powerriegel. Aber die Nässe und Kälte würden ihm am meisten zusetzen. Obwohl er niemandem gesagt hatte, wohin er heute gefahren war, hoffte er, dass Ms Tuttle seine Abwesenheit bemerken würde, wenn er am Abend nicht zurückkehrte. Sie würde hoffentlich die Polizei informieren. Aber ob die ihn rechtzeitig fand? Darauf konnte er sich nicht verlassen. Also musste er versuchen, sich selbst zu befreien.

Er sah nochmals zum Grubenrand hinauf. Ein Seil wäre jetzt hilfreich, doch so etwas hatte er nicht dabei. Wäre es vielleicht möglich, mit dem geborstenen Holz Stufen in die Grubenwand zu schlagen? Mit dem gebrochenen Schienbein war nichts zu machen, aber mit dem anderen konnte er versuchen, sich von Tritt zu Tritt zu hangeln.

Wenn doch nur endlich der Regen aufhören würde! Das ständig herabbröckelnde Erdreich schien ihm im Moment das Gefährlichste zu sein. Es konnte durchaus sein, dass die Wände des Lochs einstürzten und ihn unter sich begruben.

»Lieber Gott, wenn du mich hörst, dann hilf mir bitte.«

Nelson wusste, dass ihm Tränen nichts nützten, doch er konnte nicht verhindern, dass sie ihm in die Augen schossen.

Würde er hier sterben? Welche Ironie des Schicksals, dass er, auf der Suche nach einem Grab, womöglich in sein eigenes gefallen war.

Nelson schreckte hoch. Er war eingenickt. Die Schmerzen, die Nässe und Kälte forderten ihren Tribut. Immerhin hatte es zu regnen aufgehört, stellte er fest, als er nach oben sah. Von Sonne jedoch keine Spur. Immer noch hingen bleischwere Wolken am Himmel. Er dachte angestrengt nach, ob er vor seiner Abfahrt den Wetterbericht gegoogelt hatte, konnte sich aber nicht mehr erinnern.

Wie hoch stand die Chance, dass er hier rauskam? Wenn er seine Situation ehrlich beurteilte, dann tendierte sie gegen null. Das Sanatorium lag zu weit weg, als dass er hätte versuchen können, um Hilfe zu rufen oder sich mit der Trillerpfeife bemerkbar zu machen, sollten sich wieder ein paar Jugendliche zu einem Saufgelage dort treffen. Das würden sie vermutlich erst, wenn überhaupt, am nächsten Wochenende tun. Doch heute war Sonntag. Er würde kaum eine Woche in diesem Loch überleben.

Vielleicht kam zufällig ein Jäger vorbei. Offensichtlich gab es ja Wild in diesen Wäldern, wie das Reh vorher gezeigt hatte. Aber war denn in Devon jetzt Jagdzeit? Oder erst im Herbst? Er wusste es nicht. Möglicherweise kamen auch Wanderer am Friedhof vorbei oder ein Förster, irgendwer halt.

Wieder sah er zu dem Stückchen grauen Himmel hinauf. Er würde hier nicht untätig herumhocken und auf den Tod warten. Die Travelians waren Überlebenskünstler!

Nelson betrachtete seinen gebrochenen Unterschenkel und krempelte vorsichtig die nassen Jeans hoch. Als er dabei abrutschte und die Bruchstelle berührte, sog er zischend die Luft ein. Verdammt, das war der schlimmste Schmerz, den er je gefühlt hatte! Wieder rebellierte sein Magen und beinahe hätte er sich übergeben. Er hechelte, bis die Übelkeit abflaute. Er konnte es sich nicht leisten, seinen Mageninhalt zu verlieren, denn wer wusste, wie lange er mit seinen Powerriegeln auskommen musste.

Nach einer Weile fühlte er sich imstande, den Bruch genauer unter die Lupe zu nehmen. Er sah kein Blut, auch kein Knochen ragte aus der Haut. Das war schon mal gut. Er traute sich jedoch nicht, den Bruch zu richten. Dabei würde er bestimmt wieder das Bewusstsein verlieren und erneut in die braune Brühe in der Mitte des Loches fallen. Er musste unbedingt versuchen, seine Kleidung so trocken wie möglich zu halten.

Er öffnete den Rucksack. Der Kompass würde ihm nichts nützen, die Trillerpfeife nahm er jedoch heraus und hängte sie sich um den Hals. Drei Powerriegel fand er ebenfalls. Das war nicht gerade viel, aber besser als nichts. Zuunterst erspähte er sogar noch eine halb gefüllte Wasserflasche. Er würde zuerst dieses Wasser trinken, bevor er es mit der Brühe im Loch versuchte.

Wie lautete noch mal die Überlebensregel? Sein Vater hatte sie seinen Söhnen schon früh eingebläut: drei Minuten ohne Sauerstoff, drei Stunden in der Kälte, drei Tage ohne Wasser, drei Wochen ohne Nahrung.

»Aller guten Dinge sind eben drei«, murmelte Nelson und lachte gepresst.

Er würde es schaffen, er musste es schaffen! Die Alternative kam nicht infrage.

35

»Schönen Urlaub gehabt?«

Electra hob den Blick von der Tastatur. Professor Flowerday stand vor ihrem Schreibtisch und sah sie über seine Brille hinweg fragend an. Heute trug er trotz der warmen Temperaturen einen gemusterten Schal. Offenbar dachte er, dieses spießige Outfit würde seinem Eulengesicht den nötigen Respekt verschaffen.

»Wunderbar, danke«, erwiderte sie und zwang sich zu einem Lächeln.

Sie hatte miserabel geschlafen und war so müde, dass es sie Überwindung kostete, nicht einfach den Kopf auf die Tastatur zu legen, um ein Schläfchen zu halten.

»Fein, fein«, erwiderte Flowerday zerstreut, wandte sich um und verschwand in seinem Büro.

Electra gähnte ungeniert und widmete sich wieder den zahlreichen E-Mails, die sich während ihrer Abwesenheit angesammelt hatten.

Endlich waren alle abgearbeitet und sie streckte den Rücken durch. Der erste Tag nach einem Urlaub war immer der schlimmste, obwohl die Arbeitsroutine sich seltsamerweise schon nach einem halben Tag einstellte und es einem so vorkam, als wäre man nie weg gewesen.

Sie stand auf, sah durchs offene Fenster in den Innenhof hinaus und lockerte ihre Schultern. Die Sonne schien auf das satte Grün des penibel gestutzten Rasens. Es roch nach frisch gemähtem Gras – der Duft des Sommers.

Nachdem sie gestern Abend mit Kate zusammen einen Krimi geschaut hatte, war sie zu Bett gegangen. Doch Electra hatte lange wach gelegen. Diese seltsame Unruhe, die sie schon den ganzen Sonntag begleitet hatte, war nicht verschwunden. Und als sie endlich erschöpft in einen leichten Schlaf gefallen war, hatten sie verstörende Träume heimgesucht. Sie waren nicht so erschreckend gewesen wie die mit den Schreien, aber ebenso angsteinflößend. Schatten, Kälte und ein Gefühl von Hoffnungslosigkeit hatten sie daran gehindert, wieder einzuschlafen. Vielleicht sollte sie es einmal mit einem homöopathischen Schlafmittel versuchen. Diese unruhigen Nächte schlugen ihr langsam aufs Gemüt.

Sie drehte sich um und betrachtete ihr Handy auf dem Schreibtisch. Sie hatte trotz ihrer Entscheidung, es nicht mehr zu versuchen, Nelson gestern Abend noch zweimal angerufen – wieder ohne Erfolg. Das letzte Mal nach dem Krimi um zweiundzwanzig Uhr, weil sie annahm, dass er um diese Zeit bestimmt in der Pension sein würde. Doch auch dieses Mal hatte sie nur die digitale Frauenstimme erwischt, die ihr erneut seine Abwesenheit mitteilte. Wenn das so weiterging, würden sie noch beste Freundinnen werden.

Ob Nelson ihre Anrufe bewusst ignorierte? Aber um zu wissen, wer anrief, musste er das Gerät doch einschalten. Sollte sie es erneut probieren? Es war kurz vor zehn Uhr, er würde an einem Montag sicher arbeiten und für seine Kunden erreichbar sein.

Sie kaute nachdenklich auf ihrer Unterlippe, setzte sich an den Schreibtisch und griff nach dem Telefonhörer. Eine fremde

Nummer würde er höchstwahrscheinlich annehmen, außer er wusste die Oxforder Vorwahl auswendig.

Als es klingelte, stieß Electra nervös die Luft aus. Was sollte sie ihm eigentlich sagen? Kurz überlegte sie, einfach wieder aufzulegen. Doch die Entscheidung wurde ihr abgenommen, als sich erneut die Frauenstimme meldete und ihr übliches Sprüchlein herunterleierte.

»Zum Kuckuck!«, rief sie genervt. »Was ist bloß los mit dem Kerl?«

* * *

Als es endlich Tag wurde, atmete Nelson erleichtert auf. Die Nacht war ihm unerträglich lang erschienen. Da sein Handy nicht mehr funktionierte, wusste er nicht, wie viel Uhr es war. Doch im Grunde konnte ihm das egal sein. Er hatte schließlich kein Date, das er verpasste.

Er hatte noch nie so gefroren! Klappernd schlugen seine Zähne aufeinander, sein Magen knurrte, und für einen heißen Kaffee hätte er sein gebrochenes Bein verkauft.

Bis es zu dunkel wurde, hatte er gestern versucht, Sprossen in das Erdreich zu schlagen. Doch die Grubenwände waren einfach zu nass. Sobald er ein Stück Holz hineintrieb, fiel es entweder von selbst wieder heraus oder brach ab, sobald er versuchte, sein gesundes Bein daraufzustellen. Obwohl es gerade nicht regnete, sah der Himmel danach aus, als würde auch heute die Sonne Devon nicht mit ihrer Anwesenheit beglücken. Er konnte also nicht darauf hoffen, dass das Erdreich trocknete und dadurch besser zum Klettern taugte.

Er aß einen halben Riegel und trank ein paar Schlucke Wasser aus der Flasche. Kritisch betrachtete er den spärlichen Rest darin. Schon bald müsste er von dem Brackwasser trinken und bekäme davon bestimmt Durchfall, was seinen Körper zusätzlich schwächen würde.

Als es noch eine Spur heller wurde, begann er in die Trillerpfeife zu blasen. Dreimal kurz, dreimal lang: SOS, das internationale Hilfezeichen. Sollte zu dieser frühen Stunde ein Jäger in der Gegend unterwegs sein, müsste der ihn eigentlich hören. Aber selbst das Pfeifen schwächte ihn, also hörte er nach einer Weile damit auf, um sich auszuruhen. Immer wieder nickte er kurz ein, nur um danach mit klopfendem Herzen aufzuschrecken.

Was war das für ein Geräusch gewesen? Ein Auto? Doch nein, lediglich ein Flugzeug, das hoch über ihm vorbeiflog. Suchte man ihn schon? Hatte Ms Tuttle die Polizei alarmiert?

»Liebe, gute Ms Tuttle, schicken Sie doch Cookie ins Rennen, damit er mich aufspürt. Ich werde mich auch nie mehr über ihn lustig machen.«

Nelson rieb sich die Arme und vorsichtig die Oberschenkel. Ihm war so schrecklich kalt. Seine durchnässten Jeans klebten wie eine zweite Haut am Körper. Anstatt über Nacht zu trocknen, hatten sie sich mit noch mehr Wasser vollgesogen. Sein Oberkörper war durch die Regenjacke einigermaßen trocken, aber seine Füße spürte er schon fast nicht mehr. Hätte er bloß seine festen Wanderschuhe angezogen! Hätte er doch nie dieses vermaledeite Grab gesucht! Und hätte er doch nie Electra getroffen!

»Hätte, hätte, Fahrradkette.«

Er kicherte hysterisch. War das der Anfang vom Ende? Fing man an durchzudrehen, wenn man den sicheren Tod vor Augen hatte? Sollte er jetzt sein Testament schreiben? Aber er hatte nicht mal einen Kugelschreiber, geschweige denn ein Blatt Papier bei sich. Und viel zu vererben gab es ja auch nicht.

»Meinetwegen können sich meine Brüder um den Kram prügeln.«

Er sah sie im Geiste an seinem Grab stehen und wie sie die Augen verdrehten, weil ihr Brüderchen bei so einer bescheuerten Exkursion den Löffel abgegeben hatte. Typisch Nelson, würden sie sagen, und damit hätten sie verdammt noch mal recht!

Als es wieder zu regnen anfing, verlor er schließlich die Fassung. Er zog das gesunde Bein an, legte den Kopf auf das Knie und fing an zu schluchzen.

* * *

»Verdammt, Kate, wo ist mein Ladekabel denn jetzt schon wieder?«

Electra schnaubte erbost, als sie ihr Handy auf dem Tisch erblickte. Sie hatte es gestern Abend an der Steckdose neben dem Toaster zum Laden eingesteckt. Jetzt zeigte der Akku jedoch an, dass er nicht geladen war.

Kate kam mit verquollenen Augen aus dem Badezimmer. »Nicht so laut bitte«, murmelte sie verschlafen. »Es liegt irgendwo neben meinem Bett. Ich habe es gestern …«

Electra winkte genervt ab. »Kauf dir doch endlich mal ein eigenes! Herrgott noch mal, so teuer sind die Dinger doch nicht!«

Sie marschierte in Kates Zimmer und fand ihr Ladekabel neben deren Nachttisch. Als sie erneut in die Küche trat, saß ihre Freundin am Tisch und sah sie mit besorgter Miene an.

»Wieder diese Träume?«, fragte sie.

Electra nickte. Schon die zweite Nacht, in der sie praktisch nicht geschlafen hatte, und wenn doch, war sie erneut von verwirrenden Träumen geplagt worden, aus denen sie mit rasendem Puls erwachte.

»Ich gehe heute mal in die Apotheke«, erwiderte sie, stopfte Handy und Ladekabel in die Handtasche und griff nach dem Hausschlüssel. »Baldrianpillen oder so.«

»Vielleicht solltest du lieber gleich zum Arzt«, schlug Kate vor und gähnte hinter vorgehaltener Hand.

Electra schüttelte den Kopf. »Das wird schon wieder. Ich muss jetzt los. Gehst du einkaufen?«

»Klar, schönen Tag!«

Während der Sommerferien gehörte Oxford wieder den Einheimischen. Die vielen Studenten hatten sich für ein paar Wochen in alle Himmelsrichtungen verzogen, und Electra kam ohne halsbrecherische Slalomfahrten voran.

Sie hatte vorgehabt, vor dem Frühstück nochmals Nelson anzurufen. Doch der leere Akku machte ihr jetzt einen Strich durch die Rechnung. Also würde sie warten müssen, bis ihr Handy wieder aufgeladen war. Und da ihr altes Gerät dazu eine Ewigkeit benötigte, musste sie sich wohl bis zur Kaffeepause gedulden. Professor Flowerday schätzte es gar nicht, wenn seine Untergebenen private Telefonate über die Uni führten. Gestern hatte er es nicht bemerkt, aber sie wollte ihr Glück nicht herausfordern.

Beim *Covered Market* hielt sie kurz an, kaufte an einem Stand zwei süße Brötchen und radelte unter der *Bridge of Sighs*, Oxfords Seufzerbrücke, hindurch zur Universität.

Auch heute herrschte Bilderbuchwetter. Der Wetterdienst hatte für Oxfordshire eine Schönwetterperiode vorhergesagt, lediglich im Süden beherrschten graue Wolken die Wetterkarte. Nelson saß also im Regen.

Wieso dachte sie eigentlich ständig an ihn? Offenbar wollte er nicht mit ihr reden, auch wenn sie nicht kapierte, wie jemand, der sein Gerät ausgeschaltet hatte, sehen konnte, wer anrief. Gab es da einen Trick, den sie nicht kannte? Oder hatte er gleich die Nummer gewechselt? Nein, das erschien ihr doch zu übertrieben.

Sie schnaubte ärgerlich. Kein Wunder, dass sein Geschäft so schlecht lief, wenn die Kunden ihn nicht erreichen konnten. Doch was ging sie Nelsons Baubetrieb an? Und trotzdem dachte sie ununterbrochen an ihn, es war zum Verrücktwerden!

»Morgen, Simon, ich habe Ihnen etwas mitgebracht.« Sie legte eins der Brötchen auf die Theke der Pförtnerloge.

»Sie verwöhnen mich«, bedankte er sich und zwinkerte ihr zu. »Womit habe ich das nur verdient?«

»Indem Sie mich stets vor der Eule in Schutz nehmen«, erwiderte sie schmunzelnd.

Der ältere Mann lachte. »Lassen Sie ihn das bloß nicht hören, junge Dame.« Er sah schnell über seine Schulter. »Er ist nämlich schon da«, raunte er. »Also, husch, husch!«

Electra grinste und lief zu ihrem Schreibtisch.

Normalerweise verbrachte Electra ihre Kaffeepause entweder bei Simon in der Pförtnerloge, an ihrem Pult oder ab und zu in der Mensa. Doch die war während der Ferien geschlossen, und weil die Sonne vom azurblauen Himmel strahlte, setzte sie sich auf eine Bank in den Innenhof hinter ihrem Büro. Eine Schar Spatzen balgte sich auf dem kurz geschnittenen Rasen. Ihr übermütiges Tschilpen entlockte ihr ein Lächeln. Plötzlich flogen sie auf und verschwanden über die Mauer.

Sie nippte an ihrem Kaffee und ließ sich das süße Brötchen schmecken. Bei Sonnenschein und am helllichten Tag schienen ihr die verwirrenden Träume von letzter Nacht nicht mehr so bedrohlich. Offenbar versuchte ihr Unterbewusstsein lediglich, die vergangene Woche zu verarbeiten. Sozusagen eine heilsame Reinigung vom Erlebten. Vielleicht würde sie nach Feierabend noch einen der anderen Friedhöfe besuchen. Nur so, damit sie dieses Kapitel endlich abschließen konnte. Ob sie jetzt Undines Grab fand oder nicht, das war alles Vergangenheit und sie konnte daran sowieso nichts mehr ändern. Zudem wollte sie noch einen Termin mit ihrem Hausarzt vereinbaren, um herauszufinden, ob sie Trägerin dieses defekten Gens war. Bei der Gelegenheit würde sie ihn auch gleich um ein leichtes Schlafmittel bitten.

Ihr Handy piepste. Kate hatte ihr einen witzigen Videoclip von einem Kakadu geschickt, der unter Gekreische eine Reihe Bauklötze umwarf. Electra schickte ihr einen lachenden Smiley zurück und betrachtete dann sinnend das Display.

»Okay, Mr Travelian, ein letzter Versuch, danach ist Schluss!«

Sie wählte Nelsons Nummer. Nach zweimaligem Läuten schaltete sich wieder die Mailbox ein.

»Echt jetzt?« Sie presste ärgerlich die Lippen aufeinander. Da stimmte doch etwas nicht.

Hastig vertilgte sie den Rest des Brötchens, trank den Kaffee aus und eilte zurück in ihr Büro. Sie rief im Internet das digitale Telefonbuch auf, suchte die Pension von Ms Tuttle in Newton Abbot und tippte die Nummer ins Handy ein.

»Ms Tuttle? Hier spricht Electra Green. Sie erinnern sich an mich?«

»Ms Green, hallo, natürlich erinnere ich mich an Sie. Haben Sie etwas bei mir vergessen?«

»Nein, das ist nicht der Grund, weshalb ich anrufe. Ich …« Sie räusperte sich. »Ich versuche schon eine Weile, Nelson, also Mr Travelian, anzurufen, erreiche ihn jedoch nicht. Daher dachte ich, Sie könnten ihn vielleicht bitten, mich zurückzurufen.«

Am anderen Ende blieb es still.

»Ms Tuttle? Sind Sie noch da? Ich weiß, das ist recht ungewöhnlich, aber ich …«

»Er ist nicht da«, sagte Ms Tuttle.

»Nicht da?« Electra stutzte. »Ist er verreist?«

Sie hörte, wie die Zimmerwirtin hüstelte. »Ich dachte eigentlich, er ist mit Ihnen unterwegs.«

»Mit mir?«, fragte Electra verblüfft. »Wie kommen Sie denn darauf?«

Ms Tuttle kicherte. »Nun ja, ich habe natürlich bemerkt, wie er Sie angesehen hat. Auch wenn ich schon älter bin, blind bin ich nicht.« Sie kicherte erneut. »Und als Sie so überstürzt abgereist sind und ich es ihm erzählt habe, da wirkte er wie einer, dem jemand gerade den letzten Scone weggeschnappt hat. Deshalb dachte ich, er wäre Ihnen nachgefahren.«

»Aber das ist er nicht!«

»Nicht?«

»Nein.«

»Seltsam. Sein Lieferwagen steht nämlich seit Sonntag nicht mehr vor dem Haus. Und sein Bett ist unberührt. Nicht, dass ich meinen Gästen hinterherschnüffele, aber ich habe die Handtücher gewechselt und gesehen, dass er nicht hier geschlafen hat. Das ist wirklich ungewöhnlich.«

Electra atmete tief durch. »Wo könnte er denn sein? Ist er vielleicht zu seinen Eltern gefahren?«

»Möglich, ja. Aber normalerweise sagt er mir, wenn er ein paar Tage nicht da ist, weil ich …«

»Kennen Sie die Nummer seiner Eltern?«, unterbrach Electra sie ungeduldig.

»Die Nummer seiner Eltern? Nein, tut mir leid, die weiß ich nicht. Die wohnen in Exeter, das hat er mir einmal erzählt, doch …«

»Ms Tuttle, entschuldigen Sie, wenn ich Sie einfach so unterbreche, aber ist er womöglich zu einer Wanderung ins Dartmoor aufgebrochen?«

Wieder blieb es still.

»Ach du meine Güte!«, rief Ms Tuttle auf einmal, und Electra zuckte erschrocken zusammen. »Das wäre natürlich möglich. Hoffentlich ist ihm nichts passiert. Er sagt mir zwar jedes Mal, wohin er sich aufmacht, aber vielleicht hat er es dieses Mal vergessen. Jetzt mache ich mir doch ernsthaft Sorgen. Es hat ja die letzten Tage so geregnet.«

Electras Herz schlug ihr bis zum Hals. Sie sah Nelson im Geiste schon verletzt irgendwo im Dartmoor liegen.

»Warten Sie einen Moment!«

Electra hörte, wie Ms Tuttle den Telefonhörer ablegte, danach sich entfernende Schritte.

»Ich bräuchte mal die Zahlen der Bucherwerbungen des letzten halben Jahres.« Wie durch Zauberei war Professor Flowerday vor Electras Schreibtisch aufgetaucht.

»Wie?«

»Die neuen Bücher, Ms Green.« Der Professor sah sie mit hochgezogenen Augenbrauen an. »Und die Kaffeepause ist, wie mir scheint, seit zehn Minuten vorbei.«

Sie hielt eine Hand über das Handy. »Sofort, Professor. Ich … es handelt sich um einen Notfall«, versuchte sie sich zu rechtfertigen.

Flowerday verdrehte die Augen. »Ausnahmsweise. Die Zahlen also, und bitte rasch.«

»Natürlich. Kommt sofort.«

Der Professor verzog sich kopfschüttelnd in sein Büro.

»Ms Green?« Ms Tuttle schnaufte wie eine alte Lok.

»Ja, ich bin noch da.«

»Entwarnung. Die Wanderschuhe stehen in seinem Zimmer. Er ist also nicht im Dartmoor unterwegs. Er würde nie ohne festes Schuhwerk zu einer Wanderung aufbrechen.«

Electra atmete erleichtert aus.

»Trotzdem ist es seltsam, dass er mich nicht über sein Fortbleiben informiert hat.«

»Die Zahlen!«

»Wer schreit denn da?«, fragte Ms Tuttle.

»Mein Boss«, erklärte Electra. »Ich muss jetzt auflegen. Danke für die Auskunft. Wenn Nelson zurückkommt, soll er mich bitte sofort anrufen. Sagen Sie ihm das?«

»Ja, natürlich. Machen Sie sich keine Sorgen, Ms Green. Mr Travelian ist ein vorsichtiger Mann. Ihm ist schon nichts passiert.«

»Danke. Auf Wiederhören.«

Electra beendete den Anruf und starrte einen Moment vor sich hin. Auch wenn die Zimmerwirtin sie hatte beruhigen wollen, sie war sich nicht sicher, ob Nelson nicht doch in Schwierigkeiten steckte.

»Ich warte, Ms Green!«, tönte es aus Flowerdays Büro.

»Jaja«, knurrte sie leise, sprang auf und holte den Ordner mit den Neuerwerbungen.

36

Obwohl die Sonne nicht zu sehen war, schätzte Nelson, dass es kurz vor Mittag war. Sein Magen war der beste Zeitmesser und knurrte lauter als das Gezwitscher der Vögel. Doch er musste sparsam mit den Riegeln haushalten. Bilder von saftigen Steaks mit Ofenkartoffeln und Sauerrahm wechselten sich mit Welsh Cakes und Crumbles – mit Streuseln überbackene Früchte – ab. Wenn er hier rauskam, würde er sich zuallererst den Bauch vollschlagen!

Er entdeckte einen Tausendfüßler, der an der Grubenwand hochkrabbelte. Waren die essbar? In vielen Ländern zählten Insekten doch zur täglichen Nahrung. Vielleicht musste er einfach multikulturell denken. Es gab hier bestimmt Würmer und sonstiges Getier im Erdreich, das er essen konnte. Er schluckte schwer. Zuerst die Riegel, dann die Insekten.

Sein Unterschenkel pochte schmerzhaft. Er war mittlerweile stark angeschwollen und füllte die Jeans aus. Was passierte, wenn man einen Bruch nicht behandelte? Vergiftete er womöglich den Körper? Er sollte danach googeln.

Er lachte. Es klang erbärmlich, aber selbst seine eigene Stimme wirkte beruhigend. Er war jetzt seit zwei Tagen in diesem Loch und kam sich wie der letzte Mensch auf Erden vor. In diesem Teil Devons war er es vermutlich auch.

Plötzlich vernahm er Motorlärm. Hastig zog er die Trillerpfeife aus dem Ausschnitt und zog sich an den aus dem Erdreich herausragenden Wurzeln zum Stehen hoch. Er keuchte, als er mit dem gebrochenen Bein den Boden berührte. Kurz verdunkelte sich sein Gesichtsfeld.

»Nicht ohnmächtig werden!«, befahl er sich.

Der Motorlärm kam näher. Ein Motorrad! Vielleicht ein Jugendlicher, der sich im Cross-Country versuchte? Egal, Hauptsache, jemand hörte ihn.

Nelson blies in die Trillerpfeife, als würde sein Leben davon abhängen. Und genau das tat es ja auch. Das Geknatter schwoll an. Das Motorrad fuhr am Friedhof vorbei. Wurde es langsamer? Nelson hoffte es so sehr. Doch nein, der Lärm, den das Vehikel veranstaltete, entfernte sich wieder.

»Halt! Hilfe!«, schrie er. »Hallo! Ich bin hier!«

Aber vergebens. Das Motorgeräusch wurde leiser, bis es schließlich erstarb. Zurück blieben der Gestank nach Abgas und ein verzweifelter Nelson, der die Tränen der Verzweiflung nicht mehr zurückhalten konnte.

* * *

»Hast du keinen Hunger mehr?« Kate deutete auf das halb gegessene Roastbeef-Sandwich auf Electras Teller. Es war kurz nach zwölf und das Spotted Dog rappelvoll.

»Nicht wirklich.« Electra schob den Teller von sich. »Mir geht Nelsons Abwesenheit einfach nicht aus dem Kopf.«

Kate hob die Augenbrauen. »Ich dachte, das ist dir egal. Du hast den Jungen abserviert. Warum kümmert es dich, wo er jetzt seine Wunden leckt?«

»Ich habe ihn nicht abserviert.«

»Ach nein?« Kate stützte die Hände in die Hüften. »Du springst mit dem Kerl in die Kiste und verschwindest dann ohne ein Wort. Also meiner bescheidenen Meinung nach ist das echt übel. Schlimmer ist nur noch, per SMS Schluss zu machen.«

»Sprich bitte lauter«, fauchte Electra. »Mr Maddox am hintersten Tisch hat es, glaube ich, nicht mitbekommen.«

Kate räumte Electras Teller vom Tresen. »Ist doch wahr.« Sie bückte sich, holte einen Korb Geschirr aus der Spülmaschine und begann, die Gläser zu polieren. »Er sucht vermutlich einfach Abstand von … na ja, eurem Intermezzo.«

Electra knibbelte an dem Bierdeckel herum, auf dem ihr Glas mit dem alkoholfreien Cider stand. Er war lecker, doch der in Newton Abbot war …

Ach, verdammt! Warum ließ ihr das alles keine Ruhe? War sie deshalb so zappelig? Hatten die Träume etwas zu bedeuten? Brauchte Nelson eventuell ihre Hilfe und rief sie quasi durch diese Traumbilder zu sich? Bei den Träumen vom Sanatorium war es doch auch so gewesen: Sie hatte etwas geträumt, was sich dann als real herausgestellt hatte. Konnte es jetzt nicht genauso sein?

Electra schüttelte unwillig den Kopf. Aber das war doch Mumpitz!

Wenn sie nur die Namen seiner Eltern oder Brüder kennen würde, dann könnte sie dort anrufen und sich vergewissern, dass es ihm gut ging.

Sie linste zu Kate. Ihre Freundin zapfte gerade ein Bier und unterhielt sich mit einem Gast am anderen Ende des Tresens.

Electra zog ihr Handy aus der Handtasche und rief das Telefonbuch auf. Der Name Travelian war eher ungewöhnlich; es würde in Exeter hoffentlich nicht viele Einträge geben. Sie könnte sie der Reihe nach anrufen und …

»Wen rufst du an?«

Electra zuckte zusammen und versteckte ihr Handy hinter dem Rücken wie ein Kind, das man beim Stehlen ertappt hatte.

»Niemanden.« Sie errötete.

»Du bist so eine schlechte Lügnerin! Ich nehme an, es ist wieder Nelson, nicht?«

»Nein.«

Kate sah sie mit geneigtem Kopf an.

»Ich schwöre!«, sagte Electra und grinste dabei. »Aber seine Eltern.«

Ihrer Freundin blieb der Mund offen stehen. »Bist du jetzt komplett durchgedreht? Du willst seine Eltern anrufen?«

Electra nickte.

»Und was willst du sie fragen? Entschuldigen Sie, aber ist Ihr Söhnchen vielleicht flennend zu Ihnen gerannt, weil ich ihm das Herz gebrochen habe?« Sie schüttelte den Kopf. »Das ist oberpeinlich.«

Electra zuckte mit den Schultern. »Mir doch egal. Wenn er da ist, ist alles gut, und das reicht mir.«

»Und wenn nicht?«

»Keine Ahnung.« Sie sah einen Moment aus dem Fenster auf die sonnenbeschienene Cornmarket Street hinaus und reckte dann das Kinn. »Wenn er nicht bei seinen Eltern ist, fahre ich wieder nach Devon und suche ihn.«

* * *

Die Wasserflasche war leer. Nelson betrachtete kritisch das stehende Wasser in der Mitte der Grube. Wenn er sich nicht bewegte, sanken die Sedimente auf den Grund, aber sobald Erde von den Wänden rieselte, verwandelte sich das Brackwasser sofort in eine braune Brühe. Da er sich auf einem Friedhof befand, konnte es durchaus sein, dass in dieser Suppe sogar Partikel von Verstorbenen schwammen.

»Die feine Knochensuppe ist angerichtet, werter Herr. Wohl bekomm's!«

Er hob die leere Flasche, als ob er jemandem zuprosten wollte. War das jetzt Galgenhumor? Oder anders gesagt: Leichenhumor?

Als er vorhin zu weinen begonnen hatte, hatte er sich danach geschämt. Er war schließlich ein erwachsener Mann und sollte sich so benehmen. Aber er war hier mutterseelenallein und musste für niemanden den Helden spielen. Trotzdem nahm er sich vor, sich zusammenzureißen. Er wollte sich seinem Schicksal noch nicht ergeben. Immerhin hatte es schon seit einer geraumen Weile nicht mehr geregnet. Wenn die Grubenwände abtrockneten, konnte er es nochmals mit den Sprossen versuchen, solange er noch Kraft hatte. Er schwitzte und fror abwechselnd. Vermutlich hatte er Fieber. Und bevor er durch Hunger und Durst so geschwächt war, dass er sich wie ein alter Elefant zum Sterben hinlegte, musste er wenigstens noch einmal versuchen, sich zu befreien.

Das größte Problem waren nach wie vor die vom Regenwasser instabilen Grubenwände. Das Erdreich ringsum sog sich bei jedem Schauer wie ein Schwamm voll. Welcher Idiot hatte den Friedhof nur auf diesem Gelände gebaut? Irgendwann würde vermutlich der ganze Hügel abrutschen und die Gebeine freilegen. Man sollte diesen Kerl verklagen! Aber ob der noch lebte? Vielleicht lag er ja selbst hier … auf dem Acker seines Versagens.

Nelson lachte wieder. Er war so müde. Der Wunsch, ein bisschen zu schlafen, wurde übermächtig. Aber was, wenn der Motorradfahrer zurückkam? Dann würde er ihn verpassen. Nelson befürchtete, dass er, wenn er einschlief, von seiner einigermaßen trockenen Ecke in die Grubenmitte abrutschen würde. Dann wäre er vollkommen durchnässt und würde keine weitere Nacht überstehen. Aber wollte er denn eine weitere Nacht überstehen? Sollte er sich nicht lieber mit dem Unvermeidlichen abfinden – nämlich, dass diese Grube sein

Grab werden würde? Immerhin befand er sich ja schon auf einem Friedhof. Das hatte er wirklich fein hinbekommen.

Er lachte erneut. Offenbar mutierte man am Ende seines Lebens zu einem richtigen Witzbold. Nicht das Schlechteste, in dieser Weise dem Tod zu begegnen. Er dachte an Electra und dass er dem Bond-Girl jetzt nicht mehr sagen konnte, wie tief sie ihn beeindruckt hatte. Wie er sie bewunderte, dass sie mit ihrem schweren Schicksal so tapfer umging. Immerhin hatte er kurz vor seinem Tod noch eine tolle Nacht mit ihr verbracht. Hoffentlich wären die Erinnerungen an ihre weiche Haut, ihr Stöhnen und wie gut sie sich in seinen Armen angefühlt hatte die letzten Bilder, die ihm durch den Kopf gingen, bevor der Vorhang fiel.

Tat Sterben eigentlich weh? Oder würde er einfach einschlafen und nicht mehr erwachen? Wenn er die Wahl hätte, bevorzugte er die zweite Möglichkeit.

Er brachte sein gebrochenes Bein in eine Position, die nicht ganz so schmerzhaft war, zog die Kapuze über den Kopf und schloss die Augen.

37

»Was soll das heißen, Sie gehen jetzt wieder?« Die Eule starrte Electra verdutzt an. »Sie hatten doch gerade erst Urlaub?!«

Sie stand vor dem Schreibtisch des Professors und knetete ihre Hände.

»Ich weiß, und es tut mir auch furchtbar leid, aber es handelt sich um … eine dringende Familienangelegenheit, die keinen Aufschub duldet.«

Flowerday nahm seine Brille ab und steckte einen Bügel in den Mund. Sie konnte kaum hinsehen, weil sie das immer so eklig fand.

»Ohne Ihnen jetzt zu nahe treten zu wollen«, nuschelte er, »aber ich habe gedacht, dass Sie – verzeihen Sie meine Offenheit – keine Familie mehr hätten.«

Mist! Damit hatte er natürlich recht.

»Es … ich …« Sie brach ab. Sie konnte ihm jetzt etwas vorschwindeln und würde vermutlich nach ihrer Rückkehr aus Devon keinen Job mehr haben. Oder sie sagte ihm die Wahrheit und hoffte auf seine Nachsicht.

Flowerday wartete auf ihre Antwort.

Sie räusperte sich. »Ein guter Freund wird seit Sonntag vermisst. Deshalb muss ich unbedingt nach Devon. Genauer gesagt ins Dartmoor.«

Der Professor kniff die Augen zusammen und setzte seine Brille wieder auf. »Und wann gedenken Sie zurückzukommen?«

Sie zuckte mit den Schultern. »Wenn ich … man ihn gefunden hat.« Es klang mehr wie eine Frage als eine Antwort.

Flowerday stieß einen abfälligen Laut aus, er mochte solche offenen Zeitfenster nicht. Dann atmete er tief durch.

»Nun gut, Ms Green, wenn es denn so dringend ist.« Er musterte den Kalender an der gegenüberliegenden Wand, der Zeichnungen von Oxforder Wahrzeichen aus früheren Jahrhunderten zeigte.

»Heute ist Dienstag. Bis Sie in Devon sind, brauchen Sie ein paar Stunden. Also Mittwoch und Donnerstag.« Er wiegte den Kopf hin und her, als müsste er eine mathematische Gleichung aufstellen. »Am Freitag sitzen Sie wieder an Ihrem Schreibtisch. Kann ich mich darauf verlassen?«

Electra fiel ein Stein vom Herzen.

»Natürlich, Professor! Vielen Dank, das werde ich Ihnen nie vergessen.«

Flowerday brummte etwas Unverständliches und verscheuchte sie mit einer ungeduldigen Handbewegung. Beim Hinausgehen drehte sie sich nochmals um und bemerkte, wie die Eule verhalten lächelte.

Der Zug fuhr mit einem Ruck an. Electra entspannte sich ein wenig. Sie war Hals über Kopf von der Uni nach Hause gehetzt, hatte ein paar Klamotten und Toilettenartikel in Kates Reisetasche geschmissen und war zum Bahnhof gerannt. Sie fühlte, dass sie keine Zeit verlieren durfte; weshalb, wusste sie jedoch nicht.

Nachdem sie drei Travelians in Exeter gefunden hatte, hatte sie die Nummern nacheinander angerufen. Bei der ersten nahm eine schwerhörige Dame den Anruf entgegen, die Electras Gestammel, sie suche Nelson Travelian, einen ehemaligen Schulkameraden, den sie zu einem Klassentreffen einladen wolle, weder verstanden noch begriffen hatte. Nach ermüdendem zehnminütigen Frage- und Antwortspiel hatte Electra einfach aufgelegt und die nächste Nummer gewählt. Bei der hatte niemand abgehoben, also hatte sie es mit der letzten Telefonnummer versucht und Glück gehabt. Eine tiefe Männerstimme hatte sich gemeldet und bejaht, einen Sohn namens Nelson zu haben. Offenkundig handelte es sich bei dem Mann also um Nelsons Vater. Dieser hatte zwar gestutzt, als sie ihr Sprüchlein von dem bevorstehenden Klassentreffen aufgesagt hatte, ihr aber daraufhin Nelsons Handynummer gegeben und berichtet, sein Sohn würde mittlerweile in Newton Abbot wohnen und sei bestimmt erreichbar. Auf ihre Frage hin, ob er nicht zufällig gerade in Exeter weile, hatte der Mann verneint.

Electras Nerven lagen seitdem blank. Etwas war ganz und gar nicht in Ordnung, wenn nicht mal Nelsons Eltern wussten, wo sich ihr Sohn zurzeit aufhielt. Doch sie hatte sich davor gescheut, seinem Vater von ihren Befürchtungen zu berichten. Was, wenn sich das Ganze lediglich als kleine Auszeit herausstellte? Kate hatte mit ihrer Vermutung, dass Nelson sich irgendwo die Wunden leckte, vielleicht recht. Wenn das so wäre, würde Electra es sich nie verzeihen, seinen Eltern einen so großen Schrecken eingejagt zu haben. Zudem würde sie selbst reichlich blöd dastehen. Doch trotz all dieser logischen Überlegungen war sie sich beinahe sicher, dass ihm etwas passiert war. Nur was?

Sie starrte zum Zugfenster hinaus, ohne die vorbeiziehende Landschaft bewusst wahrzunehmen. Wohin war Nelson verschwunden? Laut Ms Tuttles Vermutung war er nicht im Moor unterwegs. Der Lieferwagen stand jedoch seit zwei Tagen nicht mehr vor der Pension. Wo zum Henker steckte der Kerl?

Das Sanatorium!

Electra keuchte auf. Natürlich! Er war von dem Kasten doch dermaßen begeistert gewesen. Hatte er nicht sogar erwähnt, dass er sich noch mal dort umsehen wollte?

»Das hätte mir auch früher einfallen können!«

Sie griff in ihre Handtasche, schrieb Kate eine SMS, dass sie sich ihre Reisetasche geborgt hatte, unterwegs nach Devon war und sich später bei ihr melden würde.

Ihre Freundin würde sie für komplett verrückt halten, und vielleicht stimmte das sogar, doch es war fast wie ein innerer Zwang, der Electra wieder in den Süden zog.

Wenn Nelson tatsächlich noch mal nach Hollowhill gefahren war, konnte es sein, dass ihm auf dem verfallenen Gelände etwas passiert war und er dringend Hilfe benötigte. Vielleicht war eine Mauer eingestürzt und hatte ihn unter sich begraben. Er könnte unglücklich gestürzt sein. Oder … Es gab eine ganze Reihe Schreckensszenarien, die sich vor ihrem geistigen Auge aufbauten. Sie musste sich beeilen!

Als Electra kurz vor achtzehn Uhr in Newton Abbot ankam, regnete es und dunkle Wolken hingen über der Stadt. Es war auch um einiges kälter als im sonnigen Oxford. Sie fröstelte in ihrer dünnen Jeansjacke auf dem zugigen Bahnsteig.

Wohin jetzt? Zuerst zu Ms Tuttle in die Pension? Oder gleich zum Sanatorium? Aber wie kam sie nach Hollowhill? Und war es eine gute Idee, so kurz vor Einbruch der Dämmerung dorthin aufzubrechen?

Electra überlegte nur einen Moment und hastete zu dem einzigen Taxi vor dem Bahnhof. Sie klopfte an die Fensterscheibe auf der Beifahrerseite.

»Können Sie mich zum alten Sanatorium Hollowhill fahren?«

Der Taxifahrer, ein Mann in den Fünfzigern mit schütterem Haar und einer Nickelbrille, blinzelte.

»Wohin?«

»Hollowhill, das alte Sanatorium.« Sie überlegte. »In der Nähe von Lustleigh.«

»Noch nie davon gehört, Lady.«

»Ich zeige Ihnen den Weg«, sagte sie und wollte einsteigen.

»Tut mir leid, aber ich habe Feierabend.« Er wies mit dem Daumen nach oben, und sie bemerkte erst jetzt, dass das Taxischild auf dem Wagendach nicht leuchtete. »Ich muss nur noch den Papierkram erledigen, dann bin ich weg.« Er sah auf die Uhr auf der Konsole. »Meine Ablösung sollte eigentlich schon hier sein.« Er sah über die Schulter die Straße hinunter. »Kommt sicher gleich.«

Electra stieß ärgerlich die Luft aus. »Na gut.« Sie fror und war so nervös wie ein Windhund vor dem Rennen. »Ich warte dort drüben.«

Sie zeigte mit der Hand auf das mickrige Vordach des Bahnhofs. Der Fahrer nickte, und surrend schloss sich das Autofenster wieder.

»Offenbar hat es der Kerl nicht nötig«, murrte sie, lief unters Vordach, stellte die Reisetasche auf den Boden und rieb sich fröstelnd die Arme. Als es irgendwo sechs Uhr schlug, fuhr das Taxi weg, ohne dass ein anderes auftauchte.

»Na toll!« Sie trat ungeduldig von einem Fuß auf den anderen. Hoffentlich kam die Ablösung gleich. Um diese Jahreszeit wurde es zwar erst gegen halb zehn richtig dunkel, doch die schweren Wolken ließen kaum noch Tageslicht durch. Wäre es nicht klüger, morgen mit der entsprechenden Ausrüstung nach Hollowhill zu fahren? Der Gedanke jedoch, eine zusätzliche Nacht mit Warten und weiteren Albträumen zu verbringen, schreckte sie ab.

Als nach einer halben Stunde immer noch kein Taxi aufgetaucht war, kamen Electra beinahe die Tränen. Was sollte sie denn jetzt tun? Ob Ms Tuttle einen Wagen besaß? Sie hatte keinen gesehen und bei der Pension befand sich weder eine Garage noch ein Autounterstand. Nein, die ältliche Zimmerwirtin wäre ihr keine Hilfe. Sollte Electra die Polizei einschalten? Aber die würden nicht einfach so auf ihre Bitte hin ausschwärmen, um einen gesunden jungen Mann zu suchen. Musste man nicht eine gewisse Zeit warten, bis man jemanden als vermisst melden konnte?

Verdammt, sie hatte sich bei ihrem überstürzten Aufbruch viel zu wenig Gedanken gemacht!

Sie sah sich suchend um und entdeckte eine Autovermietung schräg gegenüber dem Bahnhof. Ob sie selbst fahren sollte? Ein Schauer lief ihr über den Rücken. Es war Jahre her, dass sie das letzte Mal hinter dem Steuer gesessen hatte. Konnte sie überhaupt noch fahren?

Tante Jo war ein großer Fan des Schauspielers John Wayne gewesen und hatte den Westernhelden gern und oft zitiert. Einer seiner Sprüche, vielleicht sogar aus einem Film, hatte gelautet: *Mut ist, wenn man Todesangst hat, sich aber trotzdem in den Sattel schwingt.*

Electra nickte entschlossen. Was für einen Cowboy galt, galt für ein Bond-Girl erst recht.

»Verdammt, Nelson!«, stieß sie unwirsch hervor, als sie die Straße überquerte und die Autovermietung ansteuerte. »Wenn du irgendwo mit einer neuen Bekanntschaft bei einem trauten Tête-à-Tête sitzt und ich mich hier wegen dir zum Affen mache, kannst du aber was erleben!«

38

Vor einer Stunde hatte Nelson zum ersten Mal von dem Brackwasser getrunken. Er hatte sich vorgenommen, damit zu warten, aber allein der Gedanke, weiter zu warten, machte ihn immer durstiger, bis er es schließlich nicht mehr aushielt. Es hatte nicht so scheußlich geschmeckt, wie er gedacht hatte, aber er ekelte sich davor und hatte das Gefühl, dass sein Magen seitdem seltsame Geräusche von sich gab. Doch das konnte auch der Hunger sein. Die Riegel waren aufgegessen. Ab jetzt musste er entweder mit Wurzeln und Insekten vorliebnehmen oder hungern.

Wieder begann es zu regnen. Er hatte aber auch gar kein Glück! Aus den zerbrochenen Holzlatten, die er eigentlich für die Sprossen hatte verwenden wollen, bastelte er sich ein kleines Podest, damit er nicht ständig auf der feuchten Erde sitzen musste. Mittlerweile war der Schmerz in seinem gebrochenen Bein zu einem reißenden Wolf mutiert, der ihm bei der winzigsten Bewegung die Fangzähne ins Fleisch schlug.

Nelson lauschte dem Plätschern des Wassers, den spärlichen Vogelgeräuschen und fühlte sich seltsam entrückt, als wäre ein Teil seiner selbst bereits an einem anderen Ort. Starb man in Raten? Wenn ja, wäre das im Grunde gar nicht mal so übel. Er würde einfach entschwinden, wie der Morgennebel über dem Dartmoor. Er dachte an seine Wanderungen durch die wilde Landschaft Devons. Hatte er diese Stunden ausreichend genossen, oder hatte er sie zu sehr als Selbstverständlichkeit hingenommen? Er wusste es nicht mehr. Vermutlich das zweite. Denn wer dachte mit einunddreißig auch schon daran, dass er bald sterben würde?

»Hört zu, meine Kinder, die ich nie haben werde. Genießt jeden Tag, als wäre es der letzte, denn es könnte verdammt noch mal wirklich euer letzter sein!«

Er lachte. »Weisheiten eines Dahinschwindenden. Ihr dürft diesen Titel gerne benutzen, obwohl meine Biografie außer dem ungewöhnlichen Ende kaum etwas Spektakuläres enthält. Erfindet halt etwas dazu, heutzutage verkauft sich ja jeder Mist. Einfach genug ins Marketing investieren, Kinderchen.«

Nelson verstummte. Er drehte wirklich langsam durch. War es das Fieber? Die Schmerzen? Die Kälte? Hunger und Durst? Vermutlich ein Mix aus allem.

Irgendwo in der Nähe blökte plötzlich ein Schaf. Er spitzte die Ohren. Er hatte auf der Herfahrt keine Tiere bemerkt. Vielleicht war eins ausgerissen und der Besitzer suchte jetzt nach ihm. Ein Fünkchen Hoffnung begann sich in Nelson zu regen. Sollte er die Trillerpfeife benutzen? Doch möglicherweise verschreckte er dadurch das Tier nur, und es sollte doch in seiner Nähe bleiben.

Baa, baa, black sheep, have you any wool? Yes, sir, yes, sir, three bags full; one for the master, and one for the dame, and one for the little boy who lives down the lane.

Das alte Kinderlied kam ihm unvermittelt in den Sinn, und er sang es dreimal hintereinander, als könne er damit das Schaf auf den Friedhof locken. Als Pointe veränderte er die letzte Zeile. Im Original lautete sie: Eine Tasche voll Wolle für den kleinen Jungen, der unten in der Gasse wohnt. Nelson sang lieber: *none for the little boy in the grave* – keine für den kleinen Jungen im

Grab. Das erschien ihm passender. Der unbekannte Verfasser aus dem achtzehnten Jahrhundert sähe es ihm bestimmt nach. Vielleicht würde er ihn ja bald treffen, dann könnten sie darüber diskutieren.

Nelson lauschte angestrengt, doch er hörte kein weiteres Blöken. Unter Umständen hatte er es sich ja auch bloß eingebildet. Eine Fata Morgana der Ohren!

Er fühlte sich erschöpft und beschloss, ein Nickerchen zu machen. Wenn er schlief, hatte er weniger Schmerzen, Hunger und Durst. Er verschränkte die Arme vor der Brust und lehnte sich an die Grubenwand.

* * *

Ein melodisches Bimmeln erklang, als Electra die Autovermietung betrat. In dem Raum roch es nach Motoröl und Lufterfrischer mit Tannenbaumaroma. Hinter einem Schreibtisch saß ein älterer Mann mit Glatze und einem gestreiften Sakko, das an den Schultern spannte. Mit konzentrierter Miene tippte er auf einem Taschenrechner herum. Als sich Electra räusperte, hob er den Kopf.

»Guten Abend, was kann ich für Sie tun?« Er stand auf und kam auf sie zu, während er vergeblich versuchte, den Knopf an seinem Jackett zu schließen.

»Ich möchte einen Wagen mieten«, sagte Electra mit fester Stimme, auch wenn sie sich dabei fühlte, als würde sie um einen Sitzplatz auf dem elektrischen Stuhl bitten. »Mit Automatikgetriebe!«

Der Mann schnalzte mit der Zunge. »Tja«, er fuhr sich mit einer Hand über die Glatze. »Ich kriege erst am Donnerstag den Automatischen zurück, tut mir leid.« Er musterte Electra von oben bis unten. »Um ehrlich zu sein, habe ich momentan nur noch ein Fahrzeug hier.« Er deutete mit dem Kopf auf eine Tür im Hintergrund. »Wollen Sie es sich ansehen?«

In dem dunkelblauen Mini Cooper roch es ebenfalls nach Tannennadeln. Electra saß, die Hände am Lenkrad festgekrallt, in dem kleinen Auto und schaffte es einfach nicht, den Anlasser zu betätigen.

Nachdem die Formalitäten für die Vermietung erledigt waren, verzog sich der Autovermieter wieder in sein Büro, ohne darauf zu warten, dass sie den Parkplatz hinter dem Gebäude verließ. Zum Glück! Hätte er sie beim Wegfahren beobachtet, wäre sie womöglich in Panik verfallen.

»Ich kann das!«, sprach sie sich Mut zu. Doch die Autosuggestion funktionierte nicht, also wandte sie sich dem Navigationsgerät zu, tippte Lustleigh ein und wartete, bis die Strecke angezeigt wurde. Das Sanatorium suchte sie vergeblich, doch sie hoffte darauf, den Weg vom Dorf aus nach Hollowhill wiederzufinden.

Der Regen strömte über die Windschutzscheibe und langsam beschlug das Glas.

Electra atmete tief durch und drehte den Zündschlüssel halb, bis die Instrumentenlichter aufleuchteten. Sie zuckte zusammen, als aus dem Radio Rockmusik dröhnte, und schaltete das Gerät hastig aus. Sie fummelte an der Belüftung herum, bis die Frontscheibe aufklarte. Dann suchte sie den Hebel für die Scheibenwischer und lauschte dem monotonen Quietschen. Es wirkte beruhigend.

»Ich bin schon gefahren, ich kann es wieder tun«, murmelte sie, wischte sich die feuchten Handflächen an den Jeans ab, drückte die Kupplung durch und legte den ersten Gang ein. Trotzdem zögerte sie, den Zündschlüssel zu betätigen. Ihr Herz raste, ihre Knie zitterten und der kalte Schweiß brach ihr aus.

»Verdammt noch mal!«, rief sie ärgerlich und schlug mit beiden Händen aufs Lenkrad. »Reiß dich zusammen, Electra! Denk an Nelson, er braucht dich!«

Sie stieß mehrmals die Luft aus, als müsste sie sich auf eine Wehe vorbereiten, und drehte den Zündschlüssel bis zum Anschlag. Der Motor erwachte zum Leben. Electra spürte ein leichtes Vibrieren unter ihrem Hintern, als könnte es der Wagen kaum erwarten, loszufahren. Langsam ließ sie die Kupplung los und gab Gas. Der Mini machte einen Bocksprung nach vorne und der Motor erstarb.

Sie lachte gepresst. »Durchgefallen, Miss, kommen Sie in vier Wochen wieder. Bis dahin bitte üben.«

Wie hatte sie eigentlich die praktische Führerscheinprüfung geschafft? Sie konnte sich nicht mehr daran erinnern. Womöglich hatte der Prüfer einfach Mitleid mit ihr gehabt.

Sie wartete einen Moment, bis sich ihr Herzschlag beruhigte, und begann von vorne. Dabei kommentierte sie jeden Handgriff: »Kupplung, erster Gang … bereits drin; Zündschlüssel drehen, Kupplung langsam loslassen, vorsichtig Gas geben …«

Erneut ruckte der Mini, doch diesmal drückte sie die Kupplung durch, damit der Motor nicht wieder erstarb, und im Schneckentempo zuckelte sie Richtung Straße. Hastig schaute sie von rechts nach links. Sie hatte Glück, weit und breit war kein Fahrzeug auszumachen, also musste sie nicht anhalten und schwenkte in die Princess Street ein. Als ihr das Heulen des Motors auffiel, legte sie den zweiten Gang ein. Es knirschte zwar im Getriebe, aber sie fuhr!

Sie blies sich die feuchten Stirnfransen aus dem Gesicht, weil sie sich nicht traute, eine Hand vom Steuerrad zu nehmen.

»Geht doch«, stieß sie hervor, froh darüber, dass kaum Verkehr herrschte. Mit jedem Meter, den sie zurücklegte, wurde sie ein bisschen sicherer. Sie traute sich sogar, den dritten Gang einzulegen. Als jedoch ein Wagen hinter ihr auftauchte, der ihr mit Lichthupe zu verstehen gab, dass sie schneller fahren sollte, überflutete sie Panik.

»Überhol doch, du Arschgeige!«, rief sie wütend.

Offenbar hatte der Fahrer sie gehört, denn praktisch zeitgleich preschte er rechts an ihr vorbei. Aus dem Augenwinkel bemerkte sie, dass er ihr zum Abschied den Stinkefinger zeigte.

Das Navigationssystem lotste sie ohne größere Zwischenfälle aus Newton Abbot heraus. Bei einer Baustelle hätte sie zwar beinahe eine Absperrung gestreift, aber das Glück blieb ihr hold und eine rote Ampel schaltete beim Näherkommen freundlicherweise auf Grün. Als sie die A382 erreichte, versuchte sie sich zu entspannen. Ihr Nacken schmerzte bereits durch die starre Haltung. Und sie vergaß immer wieder zu blinzeln, daher fühlten sich ihre Augen an, als hätte ihr jemand Sand hineingestreut. Die Lüftung war ebenfalls zu warm eingestellt, was sie zusätzlich zum Schwitzen brachte, sie traute sich jedoch nicht, beim Fahren daran herumzufingern. Daher betätigte sie einfach den Fensterheber und ließ frische Luft ins Auto.

Durch die Regenschleier erkannte sie nur wenig von der vorüberziehenden Landschaft, doch sie sah ab und zu etwas, was ihr bekannt vorkam. Das Wetter war vor ein paar Tagen, als sie mit Nelson zum Sanatorium fuhr, so viel besser gewesen, und jetzt schüttete es wie aus Kübeln. Ein schlechtes Omen? Sie gab mehr Gas.

39

Nelsons Kopf schien gleich platzen zu wollen. Er schmerzte beinahe mehr als sein Bein. Offensichtlich war das Fieber weiter gestiegen. Er lechzte nach Wasser und schluckte schwer. Seine Zunge fühlte sich an, als wäre ein Pelztier darauf verendet. Er versuchte zwar, so wenig wie möglich von dem verschmutzten Brackwasser zu trinken, aber im Grunde war das eigentlich egal, denn ob er jetzt an Dünnpfiff oder Fieber starb: Tot war tot!

Mühsam hob er den Blick zum Himmel. Eine weitere Nacht brach herein. Die wievielte? Er konnte sich nicht erinnern. Nachdenken war ebenfalls äußerst schmerzhaft. Zudem traute er seinem Gehirn nicht mehr. Es gaukelte ihm immer öfter seltsame Dinge vor. Einmal war ihm, als würde er sich an der Sandy Bay nahe Exmouth befinden. Er fühlte den warmen Sommerwind auf der Haut, hörte fröhliches Kindergeschrei und roch Sonnenmilch, nur um gleich danach das Gefühl zu haben, mit seinen Eltern dem Gottesdienst in der Kathedrale St Peter in Exeter beizuwohnen. Die harte Holzbank unter seinem Allerwertesten war so real, genau wie der himmlische Kirchenchor und die angenehme Kühle der mächtigen Mauern. Das Raunen der Betenden um ihn herum fühlte sich tröstlich an, als würde er davon in einen bequemen Kokon gehüllt.

Vielleicht sollte er es selbst mit Beten versuchen. Er war nie der große Kirchgänger gewesen, hatte es aber stets genossen, Gotteshäuser zu besuchen. Allein schon wegen deren Baukunst und der erhabenen Stimmung in den Sakralbauten. Doch er erinnerte sich an kein Gebet. Seine Mutter hatte mit ihm vor dem Einschlafen gebetet, als er ein kleiner Junge gewesen war. Später, im Teenageralter, hatte er alles von sich gewiesen, was mit dem Glauben zu tun hatte, denn in dieser Phase waren Glaubensfragen absolut uncool und forderten nur den Spott der Gleichaltrigen heraus. Wurde er jetzt deswegen bestraft? Hieß es nicht irgendwo, dass Gott ein zorniger Gott sei … oder etwas in der Art?

Wenn das Nachdenken nur nicht so wehtäte!

Nelson stöhnte. Woran hatte er vorhin gerade gedacht? Vermutlich ans Essen. Ja, genau, er hatte übers Essen nachgedacht. Oder war es ums Wasser gegangen? Die Kälte? Irgendetwas mit einem Schaf war auch noch gewesen. Gower Salt Marsh Lamb! Sein Magen zog sich bei der Vorstellung an den köstlichen Lammbraten schmerzhaft zusammen. Electra mochte kein Lamm, das wusste er. Wie gut ihr Haar geduftet hatte. Und ihre Haut war so samtig wie ein Pfirsich gewesen. Himmel, ein Pfirsich! Er konnte die Süße beinahe auf der Zunge schmecken.

Erde bröckelte auf Nelsons Kopf. Er hatte keine Kraft mehr, sie wegzuwischen. Es war sowieso ein Wunder, dass die Grube noch nicht eingestürzt war. Immerhin müsste man ihn aber nicht begraben, sollte es passieren.

Erweisen Sie der Gesellschaft einen Dienst und legen Sie sich gleich selbst in die Grube!

Das war doch mal eine unentdeckte Marktlücke. Mit so etwas hätte er bestimmt größeren Erfolg als mit seinem maroden Bauunternehmen. Nur schade, dass er diese Geschäftsidee nicht mehr umsetzen konnte. Er kicherte.

* * *

Auf diesen schmalen Straßen zu wenden, verursachte Electra regelrechte Magenkrämpfe. Sie war offenbar schon zweimal an der Abzweigung nach Hollowhill vorbeigefahren und verzweifelte langsam. Wie bei ihrer Exkursion mit Nelson merkte sie es erst, als sie den Hügel schon wieder hinunterfuhr und beim Zurückfahren plötzlich erneut die Häuser von Lustleigh auftauchten. Glücklicherweise befand sie sich allein auf der Strecke und musste nicht auch noch mit Gegenverkehr kämpfen.

Sie hielt an und betrachtete die Anzeige auf dem Display des Navigationsgeräts. Sie fuhr eindeutig auf der Mapston Hill Road, das war schon mal gut. Doch die Mauern und Hecken auf beiden Seiten sahen überall gleich aus und nirgends hatte sie die gewünschte Weggabelung oder eine Lücke entdeckt. Es mutete beinahe an, als ob sich Hollowhill vor ihr verbergen wollte.

Sie lachte leise. Jetzt drehte sie wohl langsam durch. Das alte Sanatorium besaß bestimmt keine magischen Kräfte.

Der Regen hatte zum Glück nachgelassen, trotzdem entpuppte sich die Fahrt für sie als regelrechter Kraftakt. Electra war müde, fühlte sich überfordert und ausgelaugt. Nach diesem Trip bräuchte sie mindestens eine Woche Urlaub! Wieder kicherte sie. Das ganze Unterfangen erschien ihr plötzlich komplett verrückt. Hatte sie sich nur etwas eingeredet? Was, wenn Nelson nicht zum Sanatorium gefahren war? Dann würde sich dieses bescheuerte Vorhaben als total sinnlos erweisen. Sollte sie nicht besser umkehren? Die Aussicht, irgendwo in einem warmen Pub zu sitzen, etwas zu trinken und zu essen, wurde immer verlockender. Was konnte sie schon tun, wenn Nelson wirklich verletzt wäre? Sie war keine Krankenschwester und würde ihn, sollte er nicht mehr imstande sein zu gehen, unmöglich bewegen können. In ihrer naiven Vorstellung, dass er ihre Hilfe benötigte, hatte sie jede Logik über Bord geworfen. Trotzdem, sie könnte allenfalls Hilfe organisieren.

Als es an der Fensterscheibe klopfte, schrie sie erschrocken auf. Neben dem Mini stand eine Gestalt. Electra betätigte den Fensterheber und blickte in das zerfurchte Gesicht eines älteren Mannes. Er trug eine speckige Wachsjacke mit Kapuze. In der einen Hand hielt er eine Hundeleine, an deren Ende sich ein Jagdhund befand, die andere umfasste einen Spazierstock.

»Haben Sie sich verfahren?« Seine Stimme klang heiser und leichter Bierdunst schlug ihr entgegen.

»Ja«, gab sie zu. »Ich suche die Einfahrt nach Hollowhill, dem alten Sanatorium.«

Der Mann sah sie verblüfft an. »Was wollen Sie denn dort?«

»Ich …« Sie zögerte. Sollte sie ihm erzählen, was sie zum Sanatorium trieb? Doch er würde sie bestimmt für verrückt halten, und wirklich kräftig sah er auch nicht aus. Er wäre ihr keine Hilfe.

»Ich habe dort letzte Woche etwas verloren. Bei einer Wanderung. Jetzt will ich es suchen.«

Die Ausrede klang mehr als dürftig, doch offenbar genügte sie dem Mann.

»Es ist schon recht dunkel, Miss«, erwiderte er. »Fahren Sie lieber morgen noch mal rauf. Das Wetter soll besser werden.«

»Das sollte ich wohl tun«, sagte sie. »Aber jetzt bin ich schon mal hier und kann mich doch schnell umsehen. Vielleicht finde ich das … Ding ja gleich.«

Der Mann verzog missbilligend den Mund und der Hund neben ihm nieste, als würde er seinem Herrchen zustimmen wollen.

»Dann achten Sie auf den verlotterten Schafstall auf der rechten Seite«, gab er Auskunft und deutete in die Gegenrichtung. »Gleich gegenüber befindet sich die Straße zum Sanatorium. Sie ist beinahe zugewachsen, man übersieht sie leicht.«

Er tippte an einen imaginären Hut und verabschiedete sich. Als er davonging, drehte er sich noch einmal um und schüttelte den Kopf, als würde er Electras Vorhaben ganz und gar nicht gutheißen. Sie konnte es ihm nicht verdenken.

Sie startete den Mini, brauchte gefühlte dreißig Minuten, bis sie ihn auf der schmalen Fahrbahn gewendet hatte, und fuhr im Schritttempo, bis sie rechter Hand einen zerfallenen Schuppen entdeckte. Und wirklich, gegenüber fiel ihr jetzt die Weggabelung ins Auge. Sie blinkte, obwohl weit und breit kein anderes Fahrzeug in Sicht war, und schwenkte in den finsteren Waldweg ein.

* * *

»Nelson, iss deinen Brokkoli!« Lydia Travelian sah ihren jüngsten Sohn auffordernd an.

»Ach Mum«, maulte er und stützte den Kopf in die Hand. »Der schmeckt so komisch.«

»Komisch?«

»So fusselig.«

Sie lachte. »Du möchtest doch mit deinem Dad und deinen Brüdern zum Angeln, nicht wahr?«

Nelson nickte eifrig.

»Fein, dann iss deinen Brokkoli.«

»Das ist Erpressung, Mum!« Er schnaubte entrüstet.

Lydia schmunzelte. »So ist es, mein Junge. Aber Eltern gehen in der Beziehung straffrei aus. Das ist das Gute am Elternsein.«

Nelson schreckte hoch. Er fuhr sich übers Gesicht. Es war nass. Regen oder Tränen? Wen juckte das schon? Die Begebenheit mit dem verschmähten Brokkoli war Ewigkeiten her. Er war damals neun oder zehn gewesen. Wieso dachte er jetzt daran? Stimmte das Gerücht, dass am Ende das ganze Leben noch einmal an einem vorbeizog? Kaum, es waren wohl eher gewisse

Sequenzen, die sich aus einem undefinierbaren Grund ins Gedächtnis gegraben hatten. Und wieso zum Henker hatte er eigentlich Brokkoli früher nicht essen wollen? Jetzt würde er für einen Teller davon einen Mord begehen.

Er wurde immer schwächer, das fühlte er. Obwohl er gedacht hatte, stark und bei bester Gesundheit zu sein, forderten der Beinbruch, die Kälte und das Fieber langsam ihren Preis. Alles tat ihm weh und er fand keine Position mehr, die ihm etwas Erleichterung verschaffte. Das nagende Hungergefühl im Magen war dagegen beinahe eine Lappalie.

Wie lange konnte er noch durchhalten? Anders gefragt: Weshalb sollte er durchhalten? Natürlich würde seine Familie ihn vermissen … aber sonst? Er war jetzt einunddreißig und hatte immer gedacht, dass er in diesem Alter bereits selbst eine Familie haben würde. Doch er hatte es ja nicht einmal geschafft, einen eigenen Betrieb aufzubauen. Im Grunde war er ein totaler Versager.

Er lachte humorlos. »Bisschen Selbstmitleid am Schluss? Du bist so erbärmlich, Travelian! Natürlich fällst du Trottel in eine Grube.«

Er rieb die eiskalten Hände aneinander. »Häschen in der Grube saß und schlief …«, sang er halblaut.

Wie ging das Lied weiter? War das Karnickel nicht krank geworden? Er erinnerte sich nicht mehr, also summte er nur die Melodie, die ihn trotz des vergessenen Textes etwas tröstete.

Der Regen ließ langsam nach, doch es tropfte immer noch stetig von den herausragenden Wurzeln ins Brackwasser. Nelson tippte mit dem Zeigefinger in die Grubenwand. Er versank bis zur Mitte darin. Die Sprossen konnte er vergessen. Vielleicht, wenn er morgen aufwachte, könnte er es nochmals versuchen. Aber ob er bei Tagesanbruch noch die Kraft haben würde, daran hinaufzuklettern?

Er nahm noch einen Schluck Wasser. Dass es anders schmeckte als das, was er normalerweise trank, fiel ihm schon gar nicht mehr auf. Egal, was für Bazillen sich darin tummelten, wenigstens füllte es den Magen. Doch er hätte nicht an seinen leeren Magen denken sollen, denn der meldete sich sogleich wieder zu Wort.

Nelson wandte den Blick und griff nach einer daumendicken Wurzel neben seinem Kopf. Vorsichtig, damit sich nicht noch mehr durchweichtes Erdreich löste, pulte er sie aus der Grubenwand. Im schwindenden Tageslicht konnte sie, mit viel Fantasie, als dreckige Karotte durchgehen. Er schwenkte sie etwas im Brackwasser, damit sie wenigstens den Anschein von Sauberkeit bekam.

Gab es in Devon giftige Wurzeln? Er kannte nur Wasserschierling, den hatte ihm sein Vater schon früh bei einem Angelausflug gezeigt. Aber der wuchs meist nur an stehenden Gewässern. Selbst wenn die Grube bald zu einem solchen wurde, schien ihm die Gefahr, Schierling in den Händen zu halten, doch sehr gering. Und wenn doch, würden seine Qualen bald vorbei sein.

Er schnupperte an der Wurzel. Oder sagte man dazu Knolle? Sie roch leicht nach Sellerie und Knoblauch. Sofort setzte bei Nelson der Speichelfluss ein und er biss ein Stück ab. Es knirschte zwar beim Kauen, und richtiger Sellerie schmeckte anders, aber das Teil war nicht übel.

»In der Not frisst der Teufel eben Wurzelgemüse.«

Offenbar verblödete er langsam und fand immer dümmere Redewendungen, um der Wahrheit nicht ins Auge sehen zu müssen. Doch es fühlte sich an wie damals als kleiner Junge, als er gedacht hatte, was man nicht laut aussprach, konnte nicht passieren. Also würde er sich hüten, laut über den Tod zu reden. Denken ja, aussprechen nein! Dann lieber noch ein paar dumme Kinderlieder oder Nelson-gerechte Weisheiten.

Er drehte den Kopf von links nach rechts, konnte aber keine ähnliche Wurzel mehr entdecken. Schade, er war gerade auf den Geschmack gekommen. Morgen würde er sich an die Insekten wagen.

»Morgen, morgen, nur nicht heute, werden Würmer meine Beute!«

Er nickte grinsend, der war gar nicht schlecht. Und dann hörte er ein Motorgeräusch.

40

»Autsch!«

Electra knallte mit dem Kopf gegen das Wagendach und sog zischend die Luft ein. Das Schlagloch musste mindestens so groß wie der St.-Andreas-Graben gewesen sein! Sie hätte sich gern die schmerzende Stelle gerieben, traute sich jedoch nicht, einhändig weiterzufahren. Sie hatte sich zwar erinnert, dass der Weg nach Hollowhill nicht gerade wie der Trafalgar Square aussah, aber dass er so schlecht in Schuss war, hatte sie nicht bemerkt. Unter dem dichten Blätterdach waren die Schlaglöcher kaum auszumachen.

»Wo, verdammt noch mal, ist denn das Licht an dieser Karre?«

Ihre Blicke huschten über die Armaturen. Sie hätte den Autovermieter in Newton Abbot danach fragen sollen, hatte sich aber nicht als so unwissend outen wollen. Das rächte sich jetzt. Es gab so viele Knöpfe in dem Wagen, da wurde man ja ganz konfus! Sie fummelte an verschiedenen Schaltern herum und fand den gesuchten schließlich neben ihrem rechten Bein.

»Heureka!«

Jetzt konnte sie die Fahrbahn besser erkennen und den vermaledeiten Schlaglöchern ausweichen. Endlich hatte sie auch das Waldstück hinter sich und gelangte auf das Hochplateau.

Nicht mehr lange und die Auffahrt zum Sanatorium käme in Sicht. Ihre Hände wurden feucht. Da, der Findling und die letzte Kurve … und obwohl sie wusste, dass Hollowhill gleich dahinterlag, zuckte sie leicht zusammen, als es schließlich vor ihr auftauchte.

»Geschafft!«

Sie fuhr um das Gebäude herum und stieß erleichtert die Luft aus, als sie Nelsons Lieferwagen vor dem Hintereingang entdeckte. Ihre Vermutung hatte sich also als richtig erwiesen. Sie trat fest auf die Bremse, schaltete den Motor aus und sprang aus dem Wagen.

»Nelson!« Keine Antwort. »Nelson, bist du hier?«

Sie hörte vereinzelte Vogelstimmen und irgendwo tropfte eine lecke Regenrinne, ansonsten war kein Laut zu hören. Der Regen hatte aufgehört.

Electra holte ihr Handy hervor und schaltete die Taschenlampenfunktion ein.

»Dann halt auf die harte Tour«, sagte sie entschlossen und machte sich auf zur Falltür.

* * *

Nelson wusste nicht, ob er sich das Motorgeräusch nur eingebildet hatte oder ob es tatsächlich zu hören gewesen war. Vielleicht hatte ihm sein Kopf wieder einen Streich gespielt. Aber er musste jede Chance ergreifen, also suchte er hektisch nach der Trillerpfeife. Seine Hände tasteten fieberhaft auf seiner Brust herum. Er trug das verdammte Ding doch um den Hals! Wo steckte es nur? Endlich ertasteten seine Finger die Schnur und er zog sie mit einem Ruck aus dem Jackenausschnitt. Großer Fehler! Durch seine heftige Bewegung riss die dünne Kordel und die Pfeife flog in hohem Bogen Richtung Grubenmitte, wo sie im Brackwasser versank.

»Nein, nein!«

Er starrte entsetzt auf die trübe Brühe. Das durfte doch nicht wahr sein?! Er musste die Pfeife unbedingt wiederfinden, sie war die einzige Möglichkeit, sich bemerkbar zu machen.

Mit zusammengebissenen Zähnen robbte er das kurze Stück bis zum stehenden Wasser, zog die Jackenärmel über die Ellenbogen und tastete den schlammigen Untergrund ab.

»Bitte, bitte …«, flehte er.

Er ertastete Zweige, Kiesel, Wurzelwerk und zersplittertes Holz. Nichts, das im Entferntesten der Form einer Trillerpfeife glich. Seine Bewegungen wurden hektischer, was zur Folge hatte, dass nur noch mehr Schlamm und Sedimente aufgewühlt wurden, bis das Wasser einer Jauchegrube ähnelte. Vor Enttäuschung keuchte er laut auf. Irgendwo musste das verfluchte Ding doch sein!

Er hielt einen Moment schwer atmend inne und lauschte. Das Motorgeräusch war verstummt. Hatte es tatsächlich existiert?

»Hallo!«, rief er nochmals. »Hilfe! Ich bin hier!«

Seine Stimme überschlug sich. Nichts. Keine Antwort. Die Erkenntnis, dass dieses Motorgeräusch nur ein Hirngespinst gewesen war, ließ ihn verzweifeln. Er würde sterben, in einem verfickten Loch auf einem verdammten Friedhof!

* * *

Der Weg hinunter in die Eingeweide des Sanatoriums erschien Electra bedrückender als vor ein paar Tagen. Zum einen fürchtete sie sich davor, Nelson blutüberströmt am Fuß der Treppe zu finden, und zum anderen wusste sie jetzt, dass sie als kleines Kind schon mal hier gewesen war, um ihre kranke Schwester zu besuchen. Eine Erinnerung, die ihr Gedächtnis ganz tief vergraben hatte. Gab es einen bestimmten Grund dafür? Hatte sie Undine vielleicht nicht mehr lebend angetroffen? Oder das Gegenteil, war sie ihr begegnet und über ihr Aussehen dermaßen erschrocken gewesen, dass sich ihr kindliches Gemüt vor diesem schrecklichen Anblick mit Vergessen geschützt hatte? Beides erschien ihr denkbar, vor allem, seit sie die Fotos der an Xeroderma pigmentosum erkrankten Menschen im Internet gesehen hatte. Ein Kleinkind würde diese Erfahrung entweder im Reich der Albträume vergraben oder zu vergessen suchen.

Electra kletterte über die Schutthaufen und das Geröll und erreichte wohlbehalten das Treppenhaus mit dem Fahrstuhlgerippe. Hier war das Licht, das durch die verschmutzten Scheiben fiel, immer noch ausreichend, um etwas zu erkennen. Also schaltete sie das Handy aus, um Akku zu sparen.

»Nelson? Bist du hier?«

Ihre Worte schienen wie Nebelschwaden durch das leere Gebäude zu wabern und kamen als leises Echo zurück. Ein Schauer lief ihr über den Rücken. Sie hätte nicht alleine hierherkommen sollen, das war eine bescheuerte Idee gewesen. »Typisch Electra!«, würde Kate sagen und dabei die Augen verdrehen.

»Nelson? Hallo? Hörst du mich? Kannst du mir ein Zeichen geben?«

Keine Reaktion. Sie hörte wieder gurgelndes Wasser. Vermutlich alte Rohre, die das Regenwasser ableiteten; dann ein Rascheln in der Ecke. Mäuse? Ratten? Sie schüttelte sich. Ab und zu ächzte es irgendwo, als würde Hollowhill Atem holen. Sie schluckte schwer.

»Sei nicht so ein Angsthase!«, sprach sie sich Mut zu und stieg die Treppe hinauf. Sie wollte zuerst die Teile des Gebäudes absuchen, in denen sie mit Nelson gewesen war, und erst, wenn sie ihn dort nicht fand, die restlichen Räume überprüfen. Wobei sie nicht annahm, dass sie die alle an einem einzigen Abend schaffte. Das Sanatorium war riesig! Und das Tageslicht schwand. Im Dunkeln würde sie ganz bestimmt nicht hier herumgeistern.

Sie kicherte nervös, als ihr bewusst wurde, was sie gerade gedacht hatte. Nein, nachts sollten Hollowhills eigene Geister durch die Gänge wandeln. Sie würde entweder nach Lustleigh zurückfahren und sich dort ein Zimmer nehmen oder im Auto schlafen. Vielleicht auch im Lieferwagen, der sah bequemer aus und war bestimmt, wie üblich bei Nelson, nicht abgeschlossen.

Sie stockte. Der Transporter! Sie hatte gar nicht nachgesehen, ob Nelson darin lag. Möglicherweise hatte er sich noch bis zu seinem Auto schleppen können, bevor er …

Sie blieb stehen und sah abwechselnd die Treppe hoch und wieder hinunter. Zurück oder nach oben? Sie entschloss sich, das restliche Tageslicht auszunutzen und erst die ihr bekannten Räume abzusuchen. Hätte es Nelson in den Lieferwagen geschafft, hätte er doch bestimmt Hilfe organisiert. Oder hatte er hier oben ebenfalls keinen Empfang? Sie erinnerte sich nicht mehr. Was sie aber wusste, und das seltsamerweise ganz instinktiv, war, dass sie sich beeilen musste!

41

Nelson starrte auf das aufgewühlte Brackwasser. Panik wallte in ihm auf, doch er musste jetzt ruhig bleiben. Die Trillerpfeife konnte nicht verschwunden sein, es gab keinen Abfluss, sie war vermutlich durch sein hektisches Herumwühlen einfach nur in den Schlamm gedrückt worden.

Er tauchte die Hände wieder in das kalte Wasser. Systematisch arbeitete er sich von den Rändern in die Mitte vor, und plötzlich ertasteten seine Finger einen kleinen metallenen Gegenstand. Vor Erleichterung schluchzte er auf und entriss die Trillerpfeife ihrem schlammigen Gefängnis.

»Schön, dich wiederzusehen«, sagte er, wusch den Schlick aus der Öffnung und schüttelte die restliche Feuchtigkeit heraus.

Dann pustete er hinein.

Zuerst klang die Pfeife heiser, als hätte sie sich verkühlt, doch kurz darauf tat sie ihre Pflicht, als wäre nie etwas passiert. Nach einer Weile gab er seine Bemühungen jedoch auf. Es hatte keinen Zweck, niemand war hier. Es war kein Auto gekommen, er hatte sich getäuscht.

Er robbte zur Grubenwand zurück. Die Schmerzen in seinem Bein waren so abartig, dass er fast in Ohnmacht fiel. Sein Unterschenkel war dermaßen angeschwollen, dass er beinahe die Jeans sprengte. Schwer atmend lehnte er sich ans nasse

Erdreich und schloss die Augen. Er musste sich ausruhen, um Kräfte zu sparen. Vielleicht könnte er sogar etwas schlafen.

* * *

Electra erreichte den rosafarbenen Korridor und wappnete sich. Gleich würde das Bullauge vor ihr auftauchen. Auf ihrer Stirn sammelte sich kalter Schweiß.

»Ich schaffe das!«, sprach sie sich Mut zu. »Ich war schon mal hier, es war schrecklich, aber jetzt weiß ich, was mich erwartet.«

Trotzdem fing sie an zu zittern, als sie am Ende des Ganges das Bullauge erblickte. Obschon das Licht diffus geworden war, konnte sie es immer noch deutlich erkennen. Sie stützte sich einen Moment an der Wand ab, fühlte den bröckelnden Verputz unter der Handfläche und atmete tief ein und aus. Heute gab es keinen Nelson, der sie auffing, wenn sie ohnmächtig würde.

»Reiß dich gefälligst zusammen!«, stieß sie ärgerlich hervor. Nelson brauchte sie jetzt mehr als sie ihn.

Nach einer Weile hörte das Zittern auf und ihr Herzschlag beruhigte sich. Sie hob entschlossen den Blick und starrte das Bullauge am Ende des Korridors an, als könnte sie es dadurch hypnotisieren. Es war nichts weiter als ein blödes Fenster! Trotzdem überzog eine Gänsehaut ihre Arme. Sie sammelte sich noch einen Moment und schritt dann entschlossen den Korridor ab, sah in jedes Zimmer, immer darauf gefasst, Nelson blutüberströmt aufzufinden. Doch sie entdeckte ihn nicht.

Sie erreichte das Ende des Ganges und stand jetzt direkt vor dem Bullauge. Aus der Nähe war nichts Furchteinflößendes an dem Ding. Die Scheiben waren teilweise eingeschlagen und die, die sich noch im Rahmen befanden, starrten vor Schmutz. Hinter dem Fenster konnte sie die Baumkronen des umliegenden Waldes erkennen. Am Himmel hingen noch die Regenwolken, doch am Horizont zeigte sich ein heller Schimmer, der leider immer schwächer wurde. Bald würde es stockdunkel sein.

Sie wollte sich schon abwenden, als draußen etwas aufblitzte. Sie kniff die Augen zusammen. Da, wieder ein kurzes Aufblitzen, als ob sich etwas im letzten Sonnenlicht spiegelte. Was konnte das sein?

Electra trat näher an das Bullauge heran und wischte mit der Handfläche den Schmutz von der Fensterscheibe. In einiger Entfernung konnte sie einen Hügel erkennen, von dem die Spiegelung offenbar herkam. Was konnte dort sein? Noch ein Nebengebäude, das sie bei ihrem ersten Besuch nicht bemerkt hatten? War Nelson vielleicht dort?

Nochmals blitzte es kurz auf, bevor der Lichtschimmer am Horizont endgültig erlosch. Ein Kreuz? Electra stutzte. Sie hatte in dem winzigen Moment eindeutig die Umrisse eines Kreuzes erkannt. War das vielleicht ein Zeichen von Gott, dass Nelson tot war? Sie schauderte und versuchte, den Gedanken abzuschütteln. Das war doch Blödsinn! In dieser Gegend standen eine ganze Menge Metallkreuze herum, die an irgendetwas erinnerten. Das war kein himmlisches Zeichen gewesen.

Sie wandte sich ab und lief zum Treppenhaus zurück. Es war Zeit, das Sanatorium seinen Geistern zu überlassen. Morgen, bei Tageslicht, wollte sie den Rest des Gebäudes durchsuchen.

Sie schaltete wieder die Taschenlampenfunktion ihres Handys ein und stieg vorsichtig die Treppe hinunter, durchquerte den Korridor mit dem Schutt und atmete erleichtert auf, als sie ins Freie gelangte. Tief sog sie die frische Luft ein. Dann lief sie zum Lieferwagen und riss die Tür auf: leer. Auch als sie die Schiebetür öffnete, erwartete sie lediglich ein Sammelsurium an Werkzeugen und sonstigem Kram.

»Nelson!«, rief sie noch einmal und drehte sich im Kreis. Außer einem aufgeschreckten Vogel, der sich wild schimpfend aus dem Unterholz neben ihr in die Lüfte erhob, bekam sie keine Antwort. »Wo steckst du bloß?«, murmelte sie frustriert.

Sie lehnte sich mit verschränkten Armen an den Lieferwagen. Irgendetwas übersah sie. Aber was? Er musste hier doch irgendwo sein! Sie warf dem Sanatorium einen nachdenklichen Blick zu. Natürlich konnte er in dem riesigen Gebäude sein, vielleicht durch herabstürzendes Mauerwerk so schwer verletzt, dass er nicht antworten konnte. Aber Nelson kannte sich mit Bauwerken aus. Er würde kein Risiko eingehen. War er wirklich in dem Kasten? Oder ...

»Das Kreuz!«, rief sie elektrisiert. »Das muss der Friedhof sein!«

Natürlich, Nelson war zurückgekommen, um den Friedhof des Sanatoriums zu suchen und nach Undines Grab Ausschau zu halten. Er hatte zwar nie darüber gesprochen, aber er war schließlich nicht dumm. Und sie selbst hatte Kate gegenüber diese Möglichkeit ja ebenfalls erwähnt.

»Mann, bist du dämlich, Electra!«

Sie schüttelte den Kopf. Was jetzt? Es war schon beinahe dunkel, aber sie konnte nicht bis morgen warten. Wenn Nelson sich seit Sonntag auf dem Gelände befand, zählte jede Minute.

Sie öffnete wieder die Schiebetür und durchwühlte die Werkzeuge. Bingo, eine Taschenlampe! Sie schaltete sie ein. Fehlanzeige.

»Verdammt!« Sie wühlte weiter in den Gerätschaften herum und entdeckte zu ihrer Erleichterung einen Satz neuer Batterien. Hastig wechselte sie sie, und jetzt funktionierte die Lampe einwandfrei. Ein kräftiger Lichtstrahl beleuchtete das Dickicht ihr gegenüber.

Wo lag dieser blöde Friedhof? Bestimmt an einem Ort, der gut zu Fuß zu erreichen war. Sie versuchte sich zu orientieren. Das Bullauge zeigte ... Sie sah am Sanatorium hoch. War das Westen? Osten? Sie hatte keine Ahnung. Auf alle Fälle lag der

Hügel in der Nähe des Waldes. Es musste ein Weg dorthin führen. Doch nirgendwo entdeckte sie einen. Eine grüne, vor Nässe glänzende Wand erhob sich in der Richtung. Sie hatte sich noch nie gut orientieren können. Lag sie mit ihrer Vermutung vielleicht falsch und der Friedhof befand sich irgendwo vor dem Sanatorium? Aber das erschien ihr dann doch zu makaber. Wer wollte schon auf dem Weg in eine Klinik, in der er sich Heilung erhoffte, an einem Friedhof vorüberfahren? Nein, der Gottesacker lag bestimmt in der Richtung, die sie vermutete.

Electra steuerte auf das Buschwerk zu und leuchtete den Boden ab. Nichts. Sie wandte sich nach links und schritt bis zu einem Haufen Bauschutt, der aus unterschiedlich großen Betonbruchstücken bestand. War das dahinter ein Weg? Unkraut wucherte auf dem Stück, das die Taschenlampe beleuchtete.

»Probieren wir's!«, sagte sie und marschierte los, vorsichtig darauf bedacht, sich nicht an den rostigen Eisenstäben, die aus dem Schutt ragten, zu verletzen. Sie kam durch ein kleines Wäldchen und gewahrte, dass sie sich eindeutig auf einem Weg befand. Kurz darauf gelangte sie auf freies Gelände. Jetzt ging es leicht bergan. Ob sie hier wirklich zu dem Hügel kam?

Unvermittelt ertönte ein animalischer Schrei und sie zuckte erschrocken zusammen. Die Taschenlampe fiel zu Boden und flackerte.

»Nein, nein«, stieß sie hervor, »lass mich jetzt nicht im Stich!«

Sie bückte sich, hob die Lampe auf, schlug leicht auf den hinteren Teil mit den Batterien. Das Flackern hörte auf und sie stöhnte erleichtert. Nur ein Wackelkontakt, Gott sei Dank.

Vor ihr huschte etwas über den Weg und vor Schreck hätte sie die Lampe beinahe wieder fallen lassen. Als sie mit dem Lichtstrahl dem Schatten folgte, drehte der sich plötzlich um und zwei irisierende Pupillen starrten sie an.

Ein Fuchs. Sie stieß erleichtert die Luft aus.

»Du hast mich zu Tode erschreckt«, rief sie dem Tier zu, das sich blitzschnell umdrehte und im hohen Gras verschwand.

Gab es Wölfe in Devon? Vermutlich nicht. Die vielen Schafzüchter hätten bestimmt etwas dagegen. Trotzdem begann sie zu pfeifen, weil sie einmal gelesen hatte, dass Wölfe Menschen normalerweise mieden. Ab und zu rief sie nach Nelson, aber die Hoffnung, eine Antwort zu bekommen, schwand mit jedem Schritt. Falls er sich auf dem Gelände befand, hätte er sich bestimmt schon bemerkbar gemacht, wenn er bei Bewusstsein gewesen wäre. Sie wollte sich gar nicht vorstellen, aus welchem Grund er das vielleicht nicht war.

Plötzlich teilte sich der Weg. Auf der linken Seite führte er wieder den Hügel hinunter, rechts ging es geradeaus. Sie entschied sich für diese Richtung. Hoffentlich hatte sie damit Glück und verplemperte nicht sinnlos Zeit.

Als sie kurz darauf auf ein schiefes Gittertor stieß, wähnte sie sich am Ziel. Das rostige Ding sah genau wie ein altes Friedhofstor aus, und tatsächlich konnte sie, als sie mit der Taschenlampe hindurchleuchtete, schemenhaft Grabsteine erkennen. Sie versuchte, das Gittertor aufzustoßen, doch es bewegte sich keinen Zentimeter. Daneben erhob sich eine halbhohe Mauer. Sie steckte die Lampe in die Gesäßtasche und kletterte darüber. Geschafft!

Als Teenager hatten Kate und sie einmal ihren Mut erproben wollen und sich vorgenommen, die Geisterstunde auf einem Friedhof zu verbringen. Sie hatten sich aber letztendlich beide nicht getraut. Nun denn, für alles gab es schließlich ein erstes Mal.

Electra betrachtete die Grabsteine und malte sich aus, dass darunter Gebeine lagen, die eventuell gar nicht entzückt darüber waren, dass man ihre Ruhe störte.

»Ich tue euch nichts, wenn ihr mir nichts tut«, murmelte sie halblaut.

Sie versuchte, sich ein Bild des Friedhofs zu machen. Sie erkannte ein paar Meter entfernt eine Art Treppe, die das ansteigende Gelände in zwei Gräberreihen teilte. Wie weit diese Stufen führten, lag außerhalb des Lichtkegels.

»Nelson!«, rief sie, »bist du hier?«

Sie lauschte, erhielt jedoch keine Antwort. Es wäre ja auch zu schön gewesen.

42

»Nelson, komm jetzt endlich, wir wollen los!«

»Aber Dad, es ist noch nicht mal achtzehn Uhr. Können wir nicht ...«

Sein Vater schüttelte den Kopf. »Wir waren den ganzen Tag hier und du hast dir einen ordentlichen Sonnenbrand eingefangen. Deine Mutter wird sowieso schon mit mir schimpfen. Also pack deine Sachen zusammen und lass uns nach Hause fahren.«

Nelson linste in den Plastikeimer neben seinen Füßen. Darin schwammen drei mickrige Makrelen. Die würden nicht mal zum Abendessen reichen, und er hatte seiner Mutter doch heute Morgen so großspurig erklärt, dass er einen ganzen Eimer davon mitbringen würde. Nelson seufzte und fügte sich dem väterlichen Befehl. Auch wenn die heutige Ausbeute höchstens für ein Fischbrötchen reichte, der Tag mit seinem Vater an der Seaton Bay war schön gewesen. Nelsons ältere Brüder waren auf Klassenfahrt und würden erst morgen zurückkommen, was ihm diesen Zwei-Mann-Angelausflug mit seinem Vater beschert hatte. Er hatte ihn einmal ganz für sich allein gehabt, auch wenn sie nicht viel geredet hatten. »Beim Angeln muss man die Schnauze halten«, hatte Dad gesagt, und daran hatten sie sich gehalten.

»Nelson!«

»Ich komme ja.«

Nelson öffnete mühsam die Augen. Doch statt auf das sonnenbeschienene Meer zu blicken, sah er rabenschwarze Dunkelheit, und langsam sickerte die Erkenntnis in seinen Verstand, dass er wieder nur geträumt hatte. Aber welch schöne Erinnerung ihm sein Hirn geschenkt hatte! Er sehnte sich augenblicklich in diesen Traum zurück, wollte den wundervollen Tag mit seinem Dad noch mal erleben, ohne Schmerzen, ohne diesen schrecklichen Hunger und fern der Einsicht, dass er bald sterben würde.

Er schloss die Augen und driftete langsam wieder weg.

»Nelson, bist du hier?!«

Er runzelte die Stirn. Seit wann klang die Stimme seines Dads denn wie die eines Mädchens? Und wenn nicht sein Vater aus dem Traum gerufen hatte, wer rief dann nach ihm? Ms Tuttle? Aber seine Zimmerwirtin wusste doch gar nicht, dass er nach Hollowhill gefahren war!

Mit fahrigen Bewegungen suchte er nach der Trillerpfeife. Im ersten Moment fand er sie nicht und geriet in Panik. Er hatte sie extra in der Jackentasche mit dem Reißverschluss verstaut, weil die Kordel gerissen war. Endlich ertasteten seine Finger das Metallteil.

»Jetzt nur nicht fallen lassen«, murmelte er gepresst.

* * *

Electra stand auf der obersten Treppenstufe. Es befand sich keine Menschenseele auf dem Friedhof. Tja, Pech gehabt!

Sie hatte bei den ersten zwei Gräberreihen jedes Grab einzeln ausgeleuchtet, es dann aber ab der dritten dabei belassen, diese lediglich von der Treppe aus mit dem Lichtstrahl abzusuchen. Die Reihen erstreckten sich beidseitig nicht weit, und von der Mitte aus konnte sie alles perfekt überblicken. Doch sie hatte nichts entdeckt. Keinen blutüberströmten oder bewusstlosen

Nelson. Hier war seit Jahren kein Mensch mehr gewesen. Sie würde also bei Tageslicht im Sanatorium weitersuchen.

Sie ging vorsichtig die Stufen hinunter. Sie waren nach dem Regen glitschig, einige waren zerbrochen oder fehlten ganz. Sie musste sich vorsehen, um nicht zu stolpern.

Sie war müde, hungrig und durstig und sehnte sich nach einem weichen Bett. Traute sie sich zu, nach Lustleigh zurückzufahren? Ihr graute davor, die Strecke in der Dunkelheit zurückzulegen. Besser, sie harrte bis zum Morgengrauen in Nelsons Lieferwagen aus. Vielleicht kam er ja unversehens von einer Wanderung zurück. Dann wäre er ziemlich erstaunt darüber, wer sich da in seinem Auto eingenistet hatte. Doch obwohl dies eine hübsche Vorstellung war, wusste Electra, dass sie sich etwas vormachte.

Sie blieb stehen. Ein letzter Versuch: »Nelson, bist du hier?!«

Außer ein paar Geräuschen, die von nachtaktiven Tieren stammten, hörte sie jedoch keinen Laut. Enttäuscht setzte sie ihren Weg fort, als ganz in der Nähe ein schrilles Pfeifen einsetzte. Vor Schreck stolperte sie und fiel unsanft auf die Knie.

»Verflucht!«

Sie rappelte sich hoch. Woher kam dieser infernale Ton? War das etwa eine Trillerpfeife? Die Erkenntnis ließ sie keuchen.

»Nelson!«, brüllte sie. »Wo bist du?«

Das Pfeifen hörte abrupt auf und sie lauschte angestrengt.

»Electra?!«, erklang seine Stimme von irgendwoher. »Ich bin hier unten. In der vierten Reihe!«

Gott sei Dank, er war am Leben! Doch wo zum Teufel steckte er? Sie leuchtete die vierte Gräberreihe ab, konnte ihn jedoch nicht entdecken.

»Ich sehe nichts!«

»Ich bin in einem Loch. Pass auf, der Boden ist nicht mehr stabil.«

Sie richtete den Lichtstrahl direkt auf den Boden und setzte vorsichtig einen Fuß vor den anderen.

Tatsächlich, hinter dem schiefen Grabstein einer Rose Flexmore, die 1954 verstorben war, tat sich ein dunkles Loch auf. Das Erdreich darum herum sah bröckelig aus, und sie traute sich kaum, näher zu treten. Zentimeter um Zentimeter tappte sie Richtung Abbruchkante und leuchtete in die Grube. Nelson saß, den Rücken an die Grubenwand gepresst, zuunterst in dem Loch. In der Mitte schwappte trübes Wasser.

Er hielt sich eine Hand vor die Augen, als der Lichtstrahl sein Gesicht traf, und blinzelte zu ihr hoch.

* * *

Als ihn ein Lichtstrahl blendete, konnte er im ersten Moment nur eine dunkle Silhouette dahinter ausmachen. War das wirklich Electra? Das konnte doch gar nicht sein! Doch als ihm ihr Parfüm in die Nase stieg, erlaubte er sich die Hoffnung, dass dies tatsächlich geschah und er es sich vorhin nicht eingebildet hatte. Und als sie kurz und heftig aufschluchzte, war er sich sicher, dass sie wahrhaftig dort oben stand.

»Verdammt, Nelson, wie konnte das passieren?« Sie legte die Taschenlampe auf den Boden und starrte in das Loch. »Und wieso bist du nicht herausgeklettert? So hoch ist es doch nicht.«

»Wäre ich ja gern«, knirschte er, »aber mein Unterschenkel ist gebrochen.«

»Was wolltest du denn bloß hier?«

Nelson wollte antworten, doch in diesem Moment wusste er es selbst nicht mehr. Erschöpfung und Erleichterung packten sein Hirn in Watte.

»Du hast Undines Grab gesucht, oder?«

Stimmt, das war es gewesen. »Ich hab's aber nicht gefunden. Ich bin eingebrochen, bevor ich alle Grabsteine abgesucht hatte.« Er schluckte. »Electra?«

»Ja?«

»Bist du wirklich hier, oder träume ich das nur? Und wieso bist du hier?«

»Für Erklärungen ist später noch Zeit«, sagte sie. »Jetzt müssen wir dich schleunigst zu einem Arzt bringen.«

Nelson war nicht unglücklich über diesen Vorschlag. Er wurde immer schwächer, vermutlich würde er bald wieder bewusstlos werden.

»Du musst Hilfe holen«, sagte er. »Fahr nach Lustleigh und alarmiere den Rettungsdienst der Feuerwehr.«

»Das dauert zu lange.« Sie stand auf und griff nach der Taschenlampe. »Ich werde lieber ein Seil holen. Ich habe eins in deinem Lieferwagen gesehen, dann ziehe ich dich hoch.«

»Nein, Electra, das kannst du nicht, ich bin zu schwer!«

Doch sie hatte sich schon umgedreht und der Lichtstrahl verschwand.

43

Electra rannte die Treppe hinab, hechtete über die Friedhofsmauer und schlug den Weg zum Sanatorium ein. Sie stolperte mehrmals, einmal knickte sie schmerzhaft ein, doch sie konnte jetzt nicht schlappmachen. Nelson war weiß wie ein Bettlaken gewesen, er musste unglaubliche Schmerzen haben. Wenn er seit Sonntag mit einem gebrochenen Bein in dieser Grube lag, war es ein Wunder, dass er überhaupt noch bei Bewusstsein war.

Der Zweig eines Busches schlug ihr ins Gesicht und hinterließ ein schmerzhaftes Brennen auf ihrer Wange, sie achtete nicht darauf und hetzte weiter. Endlich erreichte sie den rückwärtigen Teil des Sanatoriums, riss die Schiebetür des Lieferwagens auf und suchte hektisch nach dem Seil, das sie vorhin bemerkt hatte. Es war ein blaues geflochtenes Nylonseil, nicht sehr dick, sah aber durchaus stabil aus. Sie hängte es sich quer über die Schulter. Was brauchte sie noch?

»Eine Kanne heißen Tee, warme Decken und einen Sanitäter.«

Sie kicherte nervös. Würde sie es schaffen, den Achtzig-Kilo-Mann aus der Grube zu ziehen? Sie musste, es gab keine Alternative! Sie griff nach einem Paar Arbeitshandschuhen. Die würde sie brauchen, um das Seil festhalten zu können.

»Was noch? Was noch?«

Sie konnte keinen klaren Gedanken fassen. Vielleicht die Plastikplane dort? Wäre die nützlich? Sie zerrte daran, doch sie war zu schwer, also griff sie nach einer halben Rolle Baufolie. Sie drehte sich um und rannte zurück.

* * *

Nelson schreckte hoch. Er hatte geträumt, dass Electra ihn gefunden hatte. Sie war plötzlich aufgetaucht und er hatte sogar ihr Parfüm gerochen. Er lächelte. Nach den Kindheitserinnerungen jetzt noch das hübsche Bond-Girl? Er hätte es schlimmer treffen können. Und als wäre das nicht schon Belohnung genug, riss die Wolkendecke unvermittelt auf und er konnte den Sternenhimmel erkennen. Das bleiche Mondlicht spiegelte sich auf dem Brackwasser. Zwar kein Meer, aber doch immerhin ein schöner Anblick.

Nelsons Körper bestand nur noch aus Schmerz. Er wusste nicht, wo er begann und wo er aufhörte. Das Bein, der Kopf, die Kälte und Nässe hatten sich zu einer einzigen Woge der Qual vermählt. Er wollte, dass es endlich endete. Nichts mehr fühlen, nur schlafen, für immer.

»Ich werfe dir jetzt ein Seil runter, okay? Schling es um deine Taille, dann ziehe ich dich hoch.«

Mühsam öffnete er die Augen und starrte die Erscheinung an der Grubenkante an.

»Nelson«, sagte die Gestalt. »Hörst du? Nimm das Seil!«

Etwas flog auf ihn zu und traf ihn im Gesicht.

»Verdammt noch mal, Nelson, wach auf und nimm das Seil!«

War das Electra? Warum schrie sie denn so? War sie wütend auf ihn? Sie schluchzte. Hatte er sie geärgert?

»Bitte, Nelson, du musst mir schon helfen, sonst schaffe ich es nicht.«

Er presste die Augen zusammen und riss sie wieder auf. Tatsächlich, das dort oben war Electra Green. Er hatte das vorhin also nicht geträumt. Wie kam sie denn hierher? Hatte er sie angerufen?

Er tastete nach dem Ding, das ihn am Kopf getroffen hatte. Ein Seil … *sein* Seil! Wo hatte sie es her? Er versuchte, sich zu konzentrieren. Es hatte in seinem Lieferwagen gelegen. Electra musste es geholt haben.

»Bleib wach und knote dir das Ding endlich um!«

»Das wirst du nicht schaffen«, krächzte er. Sein Hals fühlte sich rau an, als würde er eine Erkältung bekommen. Er kicherte.

»Lachst du jetzt etwa?«

Sie klang wahrhaftig empört und er musste noch mehr kichern, was in einem Hustenanfall endete. Er versuchte, den Reiz zu unterdrücken, denn die Schmerzen, die ihm beim Husten durch den Körper schossen, waren mörderisch. Endlich flaute der Anfall ab. Er stöhnte.

»Nelson? Alles okay?« In ihren Worten schwang Panik mit.

»Ja, alles okay«, presste er hervor. Was sollte er auch sonst sagen? »Wir können es versuchen.«

Er tastete nach dem Seil, schlang es sich um die Taille und zog den Knoten fest, so gut es seine klammen Finger noch zuließen. Besser wäre gewesen, sie hätte das Seil zu einer Schlaufe geknotet, damit er sich hätte reinsetzen können. Aber natürlich hatte Electra keine Ahnung von solchen Dingen und er war zu schwach, um eine Bergungsschlinge zu knoten.

Von oben hörte er ein Rascheln und er hob den Blick.

»Ich habe hier eine Folie«, rief sie. »Womöglich hilft die, dass das Seil nicht zu fest ins Erdreich eindringt.«

Kluges Mädchen, aber das würde nichts nützen. Electra war nicht stark genug, um ihn hinaufzuziehen. Vielleicht gelänge es mit einem Flaschenzug oder wenn sie das Seil an dem Lieferwagen befestigen könnte. Doch dafür war es zu kurz. Sie sollte besser, wie er ihr vorgeschlagen hatte, nach Lustleigh fahren und Hilfe holen.

»Bist du bereit?« Sie leuchtete wieder in die Grube und er nickte. »Dann ziehe ich dich jetzt hoch.«

»Tu das, mein Herz«, murmelte er matt.

Kurz darauf spürte er einen Ruck an seiner Taille und hörte Electra keuchen.

»Warte einen Moment. Ich versuche aufzustehen.«

Er drehte sich auf die Seite seines intakten Beins und stemmte beide Hände auf den Boden. Seine Muskeln zitterten heftig, doch er schaffte es, das gesunde Knie anzuwinkeln. Dann krallte er seine Finger ins nasse Erdreich und zog sich Stück für Stück hoch. Keuchend blieb er stehen. Vor seinen Augen tanzten bunte Sterne. Er atmete stoßweise, um nicht wieder ohnmächtig zu werden.

»Nelson?«

»Moment, ich muss erst Luft holen.« Er tastete die Grubenwand nach etwas ab, an dem er sich festhalten konnte, doch da auf dem Friedhof keine Bäume wuchsen, gab es auch keine starken Wurzeln.

»Jetzt?«

»Ja, versuchen wir es.«

Wieder spürte er einen Ruck um die Taille, das Seil straffte sich, doch mehr passierte nicht. Und obwohl er nicht angenommen hatte, dass es Electra gelingen würde, ihn aus dem Loch zu ziehen, überfiel ihn eine tiefe Mutlosigkeit.

»Verfluchte Scheiße!«, hörte er sie fluchen. »Nelson? Ich schaff's nicht.«

Ihre Stimme kippte. Er wollte sie trösten, ihr sagen, dass es okay sei, doch als er sich bewegte, knickte er ein und trat mit seinem ganzen Gewicht auf das gebrochene Bein. Eine

Schmerzwelle raste durch seinen Körper und er fiel bewusstlos zu Boden.

* * *

Ein Ruck ging durch das Nylonseil und es entfiel Electras Händen.

»Nelson?«, rief sie alarmiert.

Sie warf sich flach auf den Boden, robbte auf der Plastikfolie zum Rand der Grube und leuchtete mit der Taschenlampe hinein. Er lag mit dem Gesicht im Dreck und bewegte sich nicht. Das Nylonseil hatte sich von seiner Taille gelöst. Vor Entsetzen entfuhr ihr ein Wimmern.

»Nelson!«, rief sie noch einmal, doch er antwortete nicht.

Bewusstlos? Tot? Ihr wurde eiskalt.

Nein, tot konnte er nicht sein, vorhin hatte er ja noch geantwortet. Aber er würde es bald sein, wenn er weiterhin mit dem Gesicht im Morast lag. Über kurz oder lang würde er ersticken.

Sie stand auf und sah sich hektisch um. Sollte sie selbst in die Grube hinabsteigen? Aber was dann? Sie war noch nie eine gute Kletterin gewesen und hatte sich während der Schulzeit stets wie ein Sack Kartoffeln am Klettergerüst aufgeführt. Zwar konnte sie, wenn sie hinabstieg, Nelson Erste Hilfe leisten, aber aus der Grube heraus kämen sie danach beide nicht.

»Denk nach!«, rief sie voller Panik.

Eine Leiter! Hatten Bauarbeiter nicht immer eine Leiter dabei? Sie sah in Oxford doch alle naselang einen Lieferwagen mit einer Leiter auf dem Dach. Oder waren das die Schornsteinfeger? Vor lauter Frustration liefen ihr die Tränen über die Wangen. Wäre sie bloß Nelsons Rat gefolgt und nach Lustleigh gefahren, um Hilfe zu holen. Sie hatte es bis hierher geschafft, da hätte sie auch den Rückweg überstanden. Aber nein, sie musste ja Wonder Woman spielen. Und jetzt blieb keine Zeit mehr, um ins Dorf zu fahren.

»Nelson!«, rief sie nochmals und warf einen Erdklumpen auf seinen Rücken. Vielleicht half das ja, ihn aufzuwecken.

»Mit einer Schaufel könnten Sie ihn viel schneller verbuddeln.«

Electra schrie auf und wirbelte herum. Hinter ihr stand der Mann mit der Wachsjacke und dem Hund.

»Dem Himmel sei Dank!«, stieß sie hervor. »Schnell, er erstickt. Können Sie mich in die Grube hinunterlassen, damit ich das Seil neu verknoten kann, und uns danach wieder herausziehen?«

Der ältere Mann sah sie perplex an. »Sehe ich etwa wie Herkules aus, Miss?« Er schüttelte den Kopf.

»Aber er ist verletzt und braucht Hilfe.« Ihr kamen schon wieder die Tränen und mit einer ärgerlichen Bewegung wischte sie sie aus dem Gesicht.

»Das sehe ich, Miss. Ich werde Hilfe holen.« Er stieß einen Pfiff aus und sogleich kam sein Setter angerannt, der sich brav an die Seite seines Herrchens setzte. »Ich habe mir vorhin nämlich gedacht, dass es seltsam ist, wenn eine junge Frau allein zum Sanatorium fährt.« Er warf ihr einen schnellen Blick zu und leinte den Hund an. »Deshalb sagte ich zu meinem Hündchen: Lass uns heute etwas weiter spazieren und nachsehen, was die Miss dort tut. Es gab hier nämlich …« Er räusperte sich. »Menschen, die freiwillig aus dem Leben … Sie wissen schon.«

Electra schluckte. »Aber nein, ich … egal. Wir müssen uns jetzt schnellstens um meinen Freund kümmern.«

Der Mann nickte. »Ihr Freund also, verstehe. Ich helfe Ihnen in die Grube und Sie kümmern sich um ihn. Dann fahre ich ins Dorf und hole die Jungs von der Feuerwehr. Geben Sie mir Ihre Autoschlüssel!«

Er streckte fordernd die Hand aus.

Electra zögerte. Sie kannte diesen Mann nicht. Was, wenn er mit dem Mietwagen verschwand, so wie der Dieb im Zug mit ihrem Gepäck?

Offenbar spürte der Fremde ihre Bedenken, denn er sagte: »Ich lasse Ihnen meinen Duke hier, dann können Sie sicher sein, dass ich wieder auftauche.«

»Tut mir leid, ich wollte Sie nicht kränken.«

Der Mann winkte ab. »Schon gut. Gesundes Misstrauen ist nie verkehrt.« Dann wandte er sich an den Setter: »Duke, Platz, bleib!« Das Tier folgte seinem Befehl anstandslos. »Guter Hund«, lobte sein Herrchen ihn und streichelte seinen Kopf.

Electra klaubte den Autoschlüssel aus der Jeans und reichte ihn dem Mann. Er steckte ihn in eine der vielen Taschen seiner Wachsjacke.

»Also, Miss, sind Sie bereit? Ich lasse Sie an beiden Händen runter, einverstanden? Das geht schneller als mit dem Seil.«

Sie nickte. Die Grube war nicht sehr tief und der Matsch würde sie abfedern.

»Ich bin übrigens Charlie«, nuschelte der Mann und setzte sich ächzend auf die Plastikfolie, dann rutschte er auf seinem Hosenboden bis zur Grubenkante. Der Setter winselte leise, blieb aber an seinem Platz.

»Electra Green«, sagte sie knapp und setzte sich an Charlies Seite.

»Angenehm, wenn auch unter schwierigen Bedingungen.« Er lächelte. »Also dann, Miss Electra. Am einfachsten wird sein, Sie drehen sich auf den Bauch. Ihre hübschen Kleider werden zwar etwas leiden, aber wenigstens kugeln Sie sich so nicht die Schultern aus.«

Sie tat wie geheißen und Charlie packte ihre Handgelenke.

»Bereit?«

»Bereit!«

Ihr Herz klopfte wild. Langsam rutschte sie mit der Hüfte über die Kante. Ihre Beine baumelten jetzt ohne Halt und einen Moment bekam sie Panik, dass Charlie sie fallen lassen würde. Doch sein Griff war erstaunlich sicher. Er ächzte zwar, als sie mit ihrem ganzen Gewicht an seinen Armen hing, aber offenbar war er stärker, als es den Anschein hatte.

»Können Sie schon den Boden spüren?«, fragte er und keuchte dabei.

»Noch nicht!«

Er beugte sich nach vorne und ließ sie noch ein Stück tiefer gleiten.

Endlich ertasteten ihre Fußspitzen Grund. »Ich bin fast unten. Sie können loslassen.«

Mit einem Hopser landete sie im Matsch.

»Oh boy!«, hörte sie Charlie stöhnen, doch sie achtete nicht mehr auf ihn, sondern sprang über die Pfütze in der Mitte der Grube und kniete sich neben Nelson.

»Nelson?«

Sie hob vorsichtig seinen Kopf aus dem Dreck. Sein Gesicht war komplett mit Matsch bedeckt. Hastig wischte sie ihn weg und achtete darauf, dass Mund und Nase freikamen.

»Lebt er?«, fragte Charlie von oben.

Sie tastete nach Nelsons Halsschlagader. Sie spürte ein regelmäßiges Pochen. Dem Himmel sei Dank!

»Puls hat er«, rief sie zurück. »Aber er ist bewusstlos.«

»Betten Sie ihn dort, wo es trocken ist, in eine stabile Seitenlage. Danach werfe ich Ihnen die Taschenlampe runter und mache mich auf ins Dorf. Das wird schon wieder, Miss Electra.«

44

»Halte durch!«, flüsterte Electra mit erstickter Stimme und strich Nelson sanft eine Haarsträhne aus dem Gesicht. »Hilfe ist unterwegs.«

Noch immer lag er bewusstlos in ihren Armen. Er glühte, und sie vermutete, dass sich der Bruch infiziert und er dadurch hohes Fieber bekommen hatte. Seine Kleider waren durchnässt, er musste zudem auch noch unterkühlt sein. Aber er war jung und kräftig, er würde das überstehen.

»Du trittst hier jetzt nicht einfach so ab, Travelian, hörst du? Ich lasse das nicht zu!«

Sie schluchzte auf und hörte ein Winseln. Charlies Hund! Den hatte sie komplett vergessen.

»Alles in Ordnung, Duke!«, rief sie nach oben, froh darüber, dass sie nicht ganz allein auf dem Friedhof ausharren musste. »Wir kriegen das wieder hin.«

Zur Zustimmung bellte der Setter einmal, und Electra nickte.

Wie lange würde es dauern, bis Charlie mit dem Rettungstrupp zurückkam? Sie konnte sich nicht erinnern, wie viel Zeit sie von Lustleigh bis zum Sanatorium gebraucht hatte. Eine Stunde würde er vermutlich mindestens brauchen.

Vielleicht mehr, wenn er erst die Retter aus ihren warmen Betten holen musste.

Durch Electras Jeans drang Feuchtigkeit und sie versuchte, mit Nelson im Arm etwas näher an die Grubenwand zu rutschen, wo der Boden einigermaßen trocken schien. Als sie Nelson bewegte, stöhnte er, schlug die Augen jedoch nicht auf.

»Tut mir leid«, keuchte sie.

Der Mann wog mehr, als sie gedacht hatte. Sie schaffte es kaum ein paar Zentimeter, also gab sie auf und versuchte, ihren nassen Hintern zu ignorieren. Immerhin regnete es gerade nicht. Doch auch sie kühlte auf dem feuchten Untergrund rasch aus. Wie musste es erst Nelson gehen? Sie versuchte weiter, ihn einigermaßen warm zu halten, kontrollierte seine Atmung und fühlte sich sonst so nutzlos wie ein Kropf.

Sie zog ihr Handy hervor, um die Zeit zu checken. Es waren kaum zwanzig Minuten vergangen, seit Charlie aufgebrochen war. Ihr erschien es wie zwei Stunden.

»Duke?«

Sie leuchtete mit der Taschenlampe den Grubenrand ab. Zuerst passierte nichts, dann rieselte etwas Erdreich herunter und der Kopf des Setters tauchte über der Kante auf.

»Braver Junge«, sagte sie und hielt den Lichtstrahl zur Seite, damit er den Hund nicht blendete.

»Wie geht's denn so, Duke?«

Der Setter starrte sie an und bellte verhalten.

»Sag, kommt Charlie bald zurück?«

Wieder ließ der Hund ein halblautes Bellen erklingen.

»Ja, mir ist auch kalt und ich müsste dringend auf die Toilette.«

Duke hielt den Kopf schräg, als ob er sie verstehen würde.

Electra fühlte sich erschöpft. Seit sie erfahren hatte, dass es Undine gab, glich ihr Leben einer Achterbahnfahrt, und beinahe bedauerte sie es, dass sie überhaupt von ihrer Schwester wusste. Doch ohne dieses Wissen hätte Electra Nelson nie kennengelernt. Dummerweise hatte sie ihm nur Unglück gebracht, und vermutlich würde er nach seiner Rettung nichts mehr mit ihr zu tun haben wollen. Sie konnte es ihm nicht verdenken. Er würde ihr bestimmt dankbar sein, dass sie ihn gefunden hatte, aber mehr auch nicht. Das war auch nur gerecht, immerhin schlummerte diese Krankheit in ihrem Blut.

»Es tut mir so leid«, flüsterte sie und küsste Nelsons Stirn.

Electra schreckte hoch und sah sich panisch um. Die Grube, natürlich, sie war offensichtlich kurz eingenickt. Dann erklang wieder Dukes Bellen und gleich darauf hörte sie ein Motorgeräusch. Endlich, Charlie kam zurück!

»Miss Electra?«

Sein Kopf erschien am Grubenrand. »Sind Sie in Ordnung?«

»Ja, alles gut.«

»Ich habe hier zwei Rettungsdecken.« Etwas fiel neben ihr auf den Boden. »Wickeln Sie sich und den Verletzten darin ein. Es wird noch eine Weile dauern, bis sie euch bergen können.«

Electra nickte, griff nach den beiden Paketen und riss die Plastikfolie auf.

»Die goldfarbene Seite nach außen und die silberne auf den Körper«, wies Charlie sie an.

Sie wickelte Nelson und sich in die Rettungsdecken, und beinahe augenblicklich wurde ihr wärmer. Kurz darauf erschien ein neues Gesicht am Grubenrand.

»'n Abend, Miss, mein Name ist Dave Brannan. Meine Jungs und ich sind vom Rettungsdienst. Geht es Ihnen und dem Verletzten einigermaßen gut?«

»Mir geht es gut, aber Nelson hat hohes Fieber und ein gebrochenes Bein.«

Dave Brannan nickte. »Wir befestigen jetzt die Grube, damit sie nicht einstürzt. Dann holen wir Sie und Ihren Freund heraus. Alles klar?«

Electra bejahte, dann hörte sie Stimmen und Dave Brannans Gesicht verschwand.

»Es ist eine gute Truppe«, sagte Charlie und streichelte dabei Dukes Kopf. »Die machen das mit links, keine Angst. Ein Krankenwagen ist ebenfalls auf dem Weg. Blöd nur, dass man hier mit dem Unimog-Kran nicht herankommt. Sie werden also die Schleifkorbtrage einsetzen. Aber das üben sie alle naselang, nicht wahr, Dave?«

Er wandte sich um und grinste, als er Daves Antwort hörte. Electra hatte kaum ein Wort verstanden, doch sie nickte dankbar.

Kurz darauf schob jemand vorsichtig ein Brett über den Grubenrand, ein weiteres auf der anderen Seite und so fort, bis das Loch auf allen vier Seiten mit Brettern eingerahmt war. Plötzlich flammten Scheinwerfer auf, die das Terrain in gleißendes Licht tauchten. Electra blinzelte.

»Einer meiner Jungs kommt jetzt zu Ihnen runter.« Wieder Brannans Stimme. »Dann sichern wir die Wände, damit wir einen Flaschenzug installieren können.«

In diesem Moment fing es erneut an zu regnen.

»Beeil dich, Russell! Warte nicht, bis wir die Leiter geholt haben. Das Erdreich gefällt mir gar nicht«, wandte sich Brannan an jemanden hinter den Scheinwerfern.

Electra sah einen Schatten, der neben ihr in die Grube hinabgelassen wurde. Er entpuppte sich als junger Mann im schwarzen Overall mit gelben Streifen und einem ebenfalls gelben Helm.

»Ma'am«, sagte er nur und begann mit schnellen Handgriffen Vierkanthölzer, die ihm von oben gereicht wurden, senkrecht in den Matsch zu stecken. Danach trieb ein weiterer Rettungshelfer die Hölzer von oben mit einem Vorschlaghammer in den Boden. Anschließend platzierten sie dahinter Wellblech, bis die ganze Grube einem Verschlag glich.

Mittlerweile regnete es Bindfäden und trotz der Rettungsdecke fror Electra jämmerlich.

»Fertig, Russell?«, fragte Brannan.

»Jepp«, rief der junge Rettungsmann zurück. »Versucht es jetzt mit dem Flaschenzug.«

Electra schaute hoch. Eine dicke Holzplatte wurde über die Grubenmitte geschoben. Ein zusätzlicher Rettungsmann befestigte gerade eine Art Stativ darauf, an dem eine Trage baumelte.

»Runterlassen!«, befahl Russell und wandte sich an Electra. »Ma'am, Sie zuerst.«

Sie schüttelte den Kopf. Und obwohl ihre Zähne mittlerweile vor Kälte aufeinanderschlugen, sagte sie: »Nein, zuerst Nelson.«

Der junge Mann zuckte mit den Schultern. »Wie Sie wollen.« Er löste die Gurte der Trage. »Ich übernehme dann jetzt.«

Sie wusste im ersten Moment nicht, was er damit meinte. Doch als er sanft ihre Arme von Nelsons Brust wegzog, begriff sie endlich. Zuerst fühlte sie sich, als hätte dieser Russell ihr gerade ein Kind entrissen, und sie starrte verblüfft auf ihre leeren Hände. Dann jedoch schaltete sich ihr Verstand wieder ein und sie rappelte sich hoch. Ihre Beine waren eingeschlafen und sie taumelte.

»Geht's, Ma'am?« Russell sah sie fragend an.

»Ja, alles bestens.« Sie massierte sich die verspannten Muskeln und beobachtete Russell, wie er Nelson gekonnt in die Tragbahre bugsierte, ihn behutsam festschnallte und seinen Kollegen mit einem Zeichen zu verstehen gab, sie sollten die Last hochziehen.

Stück um Stück schwebte die Trage mit Nelson in die Höhe. Als sie die Grubenkante erreichte, fing Duke an zu bellen. Charlie gebot ihm jedoch Ruhe, und mit Erleichterung registrierte Electra, dass zwei weitere Rettungsmänner die Trage und mit ihr Nelson in Empfang nahmen und über die breite Platte wegtrugen. Danach ließ man die Tragbahre wieder in die Grube herunter.

»Und jetzt Sie. Bitte hinlegen, wegen des Schwerpunkts.«

Electra nickte und legte sich mit gemischten Gefühlen in die Trage. Sie war nicht schwindelfrei. Hoffentlich wurde ihr nicht übel. Wie vorher Nelson schwebte sie langsam in die Höhe. Aus dem Augenwinkel bemerkte sie Russell, der die Grube über eine Leiter verließ, die jemand in der Zwischenzeit heruntergelassen hatte. Bei ihm ging das in Sekundenschnelle, doch sie hätte vermutlich keine Kraft mehr dafür gehabt.

Electra erreichte die Planke mit dem Flaschenzug, und zwei kräftige Hände halfen ihr aus der Trage und führten sie bis zum Grubenrand, wo Charlie und Duke sie in Empfang nahmen.

»Alles gut, Miss Electra?«, fragte der ältere Mann. Duke rieb sein Gesicht an ihrem Oberschenkel, wodurch die Rettungsdecke leise knisterte.

»Ja, alles gut. Wo ist Nelson?« Sie sah sich suchend um.

Charlie wies mit dem Kinn in Richtung des Friedhofstors, das jedoch wegen der starken Scheinwerfer nicht zu sehen war.

»Sie bringen ihn zum Sanatorium, damit man ihn dort den Sanitätern übergeben kann.« Charlie tätschelte vorsichtig Electras Arm. »Der wird schon wieder«, sagte er erneut, und langsam fing sie sogar an, daran zu glauben.

Der Regen prasselte jetzt unbarmherzig vom Himmel. Sie zog sich die Rettungsdecke über den Kopf und wandte sich der Treppe zu. In diesem Moment spürte sie ein Zittern unter ihren Füßen, als hätte der Boden die Luft angehalten, nur um sie jetzt endlich auszustoßen.

Duke gebärdete sich an Charlies Seite wie ein Gummiball, sprang immer wieder an seinem Herrchen hoch und stieß ein heiseres Winseln aus. Dann geschahen mehrere Dinge gleichzeitig.

Dave Brannan schrie: »Weg hier, das Gelände rutscht ab!«

Russell und seine Kollegen packten Charlie und Electra an den Armen und zerrten sie vorwärts. Duke setzte mit einem großen Sprung über die Friedhofsmauer und verschwand im Wald.

Electra hatte vor ein paar Jahren mal einen Snowboardkurs im Skigebiet Nevis Range in Schottland gebucht. Das unsichere Gefühl, als sie zum ersten Mal auf einem Snowboard stand und panisch versuchte, das Ding irgendwie zu steuern, ohne ständig umzufallen, stellte sich unvermittelt wieder ein. Und wie damals am Idiotenhügel des Ben Nevis versuchte sie das Gleichgewicht zu halten, als das Gelände unter ihr wegzurutschen begann. Die Treppenstufen in der Mitte der Grabreihen kippten auf die Seite, Grabsteine fielen um und hinter sich hörte sie, wie die Verschalung der Grube ächzte, und daraufhin zersplitterndes Holz.

»Schneller!«, schrie Russell.

Zusammen schwankten sie wie Betrunkene über das fließende Gelände. Wenn sie Glück hatten, würde der Boden auf dem flachen Stück vor dem Friedhofstor zur Ruhe kommen. Doch Electras Hoffnung löste sich auf, als sich vor ihr ein dunkles Etwas auftat, das gefährlich der Grube glich, in der sie sich gerade noch vor ein paar Minuten befunden hatte.

»Da rüber!«

Sie wandte den Kopf. Auf der linken Seite hinter der Friedhofsmauer erhob sich eine mächtige Tanne.

»Wir müssen dorthin!«, befahl Russell, ohne ihren Arm loszulassen. »Sofort!«

Als sie die Mauer schon fast erreicht hatten, stolperte sie. Zusammen fielen sie unsanft zu Boden. Electra schlug sich an einem umgefallenen Grabstein den Kopf an und kurz wurde ihr schwarz vor den Augen. Doch sie registrierte, wie die Helfer Charlie über die Mauer zogen. Noch bevor Russell und sie sich wieder aufgerappelt hatten, fiel ihr Blick auf den Grabstein, an dem sie sich den Kopf gestoßen hatte. Als sie registrierte, was darauf stand, schnappte sie nach Luft.

Hier liegt Undine Green, 1989–1994, unsere geliebte Mondscheintochter.

45

Fünf Monate später

Ein eisiger Wind fegte durch die zerzausten Büsche des Holywell-Friedhofs in Oxford und jagte Wolken über den stahlblauen Himmel. Electra bereute es zum wiederholten Mal, sich für den dunkelblauen Bleistiftrock entschieden zu haben. Zwar hielt ihr grauer Wintermantel die Novemberkälte einigermaßen in Schach, aber er reichte nur knapp bis zum Knie. Kate zu ihrer Linken schien die Kälte weniger auszumachen. Kein Wunder, sie trug Jeans, eine türkisfarbene wattierte Winterjacke, dicke Stiefel und eine Pudelmütze. Vielleicht nicht das angemessenste Outfit für eine Beerdigung, aber offensichtlich das wärmste unter allen Anwesenden. Auch der Priester sah ganz verfroren aus. Seine Segelohren leuchteten ampelrot, der Talar flatterte um seinen hageren Körper wie eine Flagge, und er redete so schnell, dass man seinen Worten kaum folgen konnte. Offenbar sehnte er sich nach seiner warmen Stube und einer heißen Tasse Tee und wollte das Ganze zügig hinter sich bringen.

Electra bemerkte eine Bewegung aus dem Augenwinkel. Als sie den Kopf wandte, sah sie, dass Nelson, der neben ihr stand, eine Krücke zu Boden gefallen war.

»Verflucht!«, zischte er und zuckte dann zusammen, als hätte er erst jetzt realisiert, wo er sich befand und zu welchem

Anlass. Electra hob die Krücke auf, reichte sie ihm und sah ihn dabei strafend an. Er formte mit den Lippen das Wort ›sorry‹ und sie nickte gnädig.

Nelsons spektakuläre Rettung aus der Friedhofsgrube vor fünf Monaten hatte landesweit Schlagzeilen gemacht. Die Presse nannte ihn den »wackeren Zyklopen«, was ihm jedes Mal ein ärgerliches Schnauben entlockte. Der wackere Zyklop, der bei seinem romantischen Liebesbeweis fast umgekommen wäre, avancierte zu einer landesweiten Berühmtheit. Wie auch die »tapfere Amazone«, besser bekannt als Electra Green, die den Zyklopen aus seiner misslichen Lage gerettet hatte. Dass sie bei jedem Pressetermin ausdrücklich beteuerte, nicht ihr, sondern Charlie und der Truppe des Feuer- und Rettungsdienstes von Devon gebühre der Ruhm, speziell den Männern von Lustleigh, interessierte die Boulevardpresse nicht. Für sie war Nelsons und ihr Abenteuer beim alten Sanatorium ein gefundenes Fressen in der Saure-Gurken-Zeit gewesen, und sie hatte jedes Detail weidlich ausgeschlachtet. Irgendwann hatte das Publikum ihre Story endlich sattgehabt und ein anderes Ereignis geriet in den Fokus, worüber Nelson und sie nicht unglücklich waren.

»Ich spüre meine Zehen nicht mehr«, flüsterte Kate. »Kommt der auch mal zu einem Ende?« Sie wies mit dem Kinn auf den Priester.

»Was soll *ich* denn sagen?«, entgegnete Electra ebenso leise. »Meine Pumps sind schon am Boden festgefroren.«

Kate kicherte in sich hinein und handelte sich damit ein Stirnrunzeln des Pastors ein. Sie räusperte sich und senkte ergeben den Kopf.

Electra ließ ihren Blick über die weiteren Anwesenden schweifen. Professor Flowerday war gekommen, wie auch Simon, der Pförtner der Uni. Sie hatte beiden nach ihrer Rückkehr aus Devon die ganze Geschichte erzählt. Neben

Simon stand Ellies Luther, Tante Jos Anwalt, der das Ganze überhaupt erst ins Rollen gebracht hatte. Auch er schien in seinem dunklen Sakko zu frieren und rieb sich immer wieder verstohlen die Hände. Kates Eltern und ihr Großvater waren ebenfalls anwesend. Ms Tuttle hatte eine Beileidskarte geschickt und sich damit entschuldigt, dass sie Cookie eine solch lange Bahnreise nicht zumuten könne. Nelsons Eltern hatten ihren Sohn hergefahren, sodass er an der Beerdigung teilnehmen konnte, hatten selbst aber zur Trauerfeier nicht bleiben wollen. Sie warteten im King's Arms, in dem Electra für später einen Imbiss organisiert hatte.

Der Priester räusperte sich und griff nach der kleinen Schaufel, die in einem Behälter mit Erde steckte.

»Wir übergeben nun der Erde, was der Erde gehört. Gott spricht zu den Menschen: Von Erde bist du genommen und zu Erde sollst du werden.«

Er warf eine Schaufel voll auf den kleinen Sarg. Es klang hohl und Electra fröstelte.

»Undine Green, geliebte Tochter und Schwester: Erde zu Erde, Asche zu Asche, Staub zu Staub.«

Dann sah er Electra auffordernd an und sie nickte. Sie trat an das offene Grab, in dem die sterblichen Überreste ihrer Schwester ein zweites Mal bestattet wurden, jetzt an der Seite ihrer Eltern.

Electra griff nach der Schaufel, die der Priester ihr reichte, nahm damit ebenfalls Erde aus dem Behälter und warf sie ins Grab.

»Liebe Undine«, sagte sie und versuchte, das Zittern in ihrer Stimme zu unterdrücken. Bis jetzt hatte sie es wunderbar hinbekommen, ihre Gefühle in Schach zu halten, doch plötzlich drohte ihre Beherrschung zu kippen.

Die vergangenen Monate waren nicht leicht gewesen, und nicht nur einmal hatte sie sich über die unmögliche Bürokratie geärgert, durch die sie navigieren musste, um die Gebeine ihrer Schwester von Devon nach Oxfordshire überführen zu lassen. Doch jetzt, als es wirklich so weit war, es nichts mehr zu organisieren gab und Electra in das Loch starrte, in dem Undines kleiner Sarg lag, drohten die Gefühle sie zu übermannen.

»Du musst nichts sagen«, hörte sie Nelsons Stimme an ihrer Seite. Sie hatte gar nicht mitbekommen, wie er mit seinen Krücken neben sie getreten war.

»Doch, ich muss!«

Sie schluckte trocken. Er nickte und trat einen Schritt zurück.

»Liebe Undine«, begann sie von Neuem. »Ich erinnere mich leider nicht mehr an dich. Mein ganzes Leben habe ich mir eine Schwester gewünscht, und als mir gesagt wurde, dass es dich gibt, war das eine so große Freude. Als ich dann erfahren habe, dass das Schicksal dich schon als Kind wieder aus der Welt gerissen hat, habe ich mich gefragt, warum.«

Electra atmete tief durch, zog einen Zettel aus der Handtasche und faltete ihn auf.

Sie räusperte sich. »In der Offenbarung steht: Und Gott wird abwischen alle Tränen von ihren Augen, und der Tod wird nicht mehr sein, noch Leid noch Schmerz. Denn das alles ist vergangen und Er macht alles neu.«

Sie faltete den Zettel wieder zusammen und nickte Kate zu, die ihr eine rote Rose reichte.

»Undine, jetzt liegst du neben unseren Eltern, deiner Familie, für alle Zeit, bis wir uns wiedersehen.«

Electra warf die Blume ins Grab und wischte sich verstohlen über die Augen. Dann trat sie beiseite, damit auch die anderen von ihrer Schwester Abschied nehmen konnten. Kate war sichtlich ergriffen und schniefte leise. Nelson wirkte ebenfalls aufgewühlt, und ein warmes Gefühl breitete sich in Electras Herz aus, das sie jedoch schnell zu unterdrücken suchte. Es gab keine Zukunft für sie beide. Sie mussten das endlich akzeptieren.

Nachdem man Nelson in jener regnerischen Nacht geborgen hatte, war er direkt nach Newton Abbot ins Krankenhaus transportiert worden. Die Ärzte diagnostizierten einen doppelten Schienbeinbruch, der jedoch zum Glück keine Weichteile verletzt hatte. Sie fixierten den gebrochenen Knochen mit einem Liegegips, um das Bein komplett ruhig zu stellen. Den Rest würde Mutter Natur in circa sechs Monaten erledigen.

Jetzt trug Nelson einen Gehgips und Krücken. Sein Vater hatte gemeint: »Gott sei Dank ist er wieder ein wenig mobil!« Sein Sohn, so Richard Travelian, sei einfach unausstehlich gewesen, als er so lange hatte liegen müssen.

Nelson wohnte wieder in Exeter bei seinen Eltern. Sein Geschäft in Newton Abbot hatte er aufgeben müssen. Ein Bauunternehmer mit einem Schienbeinbruch konnte schlecht Aufträge ausführen.

Electra hatte ihn in den vergangenen Monaten ein paar Mal in Exeter besucht und dabei auch seine Eltern und Brüder kennengelernt. Sie hatte sich sofort mit allen bestens verstanden, was es ihr nicht leichter gemacht hatte, die Beziehung mit Nelson zu beenden. Auch jetzt noch klopfte ihr Herz jedes Mal wie wild, wenn sie ihn traf. Doch es durfte nicht sein. Das mutierte Gen in ihrem Blut würde mit ihr aussterben. Und irgendwann würde Nelson eine nette Frau kennenlernen, mit ihr eine Familie gründen und sie vergessen.

Electra beobachtete die Anwesenden, die einer nach dem anderen vors offene Grab traten, als Kate sie anstupste.

»Wer ist denn die Frau dort drüben? Kennst du die?«

Electra folgte Kates Blick. Halb verborgen, im Schatten einer großen Trauerweide, stand eine Frau in mittleren Jahren in einem schwarzen Kostüm und beobachtete das Geschehen. Ab und zu strich sie sich über die Augen, als würde sie weinen.

»Keine Ahnung«, sagte Electra und zuckte mit den Schultern. »Die habe ich noch nie gesehen.«

* * *

Im King's Arms war es warm und gemütlich. Nach der beißenden Kälte draußen fühlte Nelson sich jetzt jedoch erschöpft. Er unterdrückte ein Gähnen. Alle, die auch auf dem Friedhof gewesen waren, waren Electras Einladung gefolgt und saßen nun in einem abgetrennten Bereich des Lokals und unterhielten sich leise.

Nelson war glücklich, dass er langsam wieder beweglich wurde. Die Krücken ersetzten zwar nicht zwei gesunde Beine, aber immerhin konnte er damit mittlerweile wieder allein auf die Toilette. Er hatte es gehasst, so lange ruhig liegen zu müssen, und konnte es kaum erwarten, dass in Kürze auch der Gehgips der Vergangenheit angehörte.

Er beobachtete Electra am Nebentisch, die sich angeregt mit der Eule, ihrem Chef, unterhielt. Sie hatte es vermieden, sich zu Nelson und seinen Eltern zu setzen, was ihm einen Stich versetzte. Er hoffte immer noch darauf, dass sich zwischen ihnen alles wieder einrenkte. Doch offenbar war er der Einzige mit diesem Wunsch. Electra hatte ihm in den vergangenen Monaten bei ihren Besuchen mehrmals erklärt, weshalb für sie eine engere Beziehung mit ihm nicht infrage kam. Er hatte immer wieder beteuert, dass er gar keinen Wert auf leibliche Kinder legte. Und als sie darauf nur stumm den Kopf geschüttelt hatte, von einer möglichen Adoption gesprochen. Aber je mehr er versuchte, sie zu überzeugen, desto sturer reagierte sie. Und auch wenn seine Eltern die Oxforderin gut leiden konnten, langsam drängten sie ihn ebenfalls dazu, dass er sie sich aus dem Kopf schlug. Offensichtlich waren sie allmählich genervt davon, dass ihr Jüngster die meiste Zeit mit einer Trauermiene herumsaß oder, was sie vermutlich noch mehr auf die Palme brachte, miese Laune verbreitete.

»Soll ich dir etwas vom Buffet holen?«

Nelson wandte den Kopf und sah in die fragenden Augen seiner Mutter.

»Keinen Hunger«, murmelte er und griff nach dem Glas Bier. Aus dem Augenwinkel bemerkte er, wie seine Eltern einen raschen Blick wechselten.

»Sorry, Mum«, erklärte er etwas freundlicher. »Aber ich möchte wirklich nichts.«

»Schon gut.« Sie strich ihm mit einer flüchtigen Geste über den Arm. »Wollen wir dann bald los? Du weißt ja, wie ungern dein Vater bei Dunkelheit fährt, und es sind immerhin fast drei Stunden bis nach Hause.«

Nelson seufzte. Es sah nicht danach aus, als ob er mit Electra noch unter vier Augen sprechen könnte. Sie ging ihm bewusst aus dem Weg, auch wenn er ab und zu meinte, etwas von den Gefühlen, die sie ihm im Sommer entgegengebracht hatte, in ihrem Blick aufblitzen zu sehen. Aber möglicherweise war das mehr Wunschdenken als Realität. Vielleicht hatten ja alle recht und er jagte einem Traum hinterher, der sich nie erfüllen würde.

»Natürlich«, entgegnete er entmutigt. »Ich trinke noch aus und dann können wir los.«

46

»Ich verstehe dich einfach nicht!«

Electra riss ihren Blick von der eben zufallenden Eingangstür des King's Arms.

»Wie?«

Kate stieß genervt die Luft aus. »Wie kannst du ihn einfach so gehen lassen? Er und seine Eltern fahren extra den weiten Weg von Exeter her, um an Undines Beerdigung teilzunehmen, und du zeigst ihm die kalte Schulter.«

»Du weißt ganz genau, wieso ich ihn nicht an mich binden kann.«

»Schwachsinn! Er liebt dich, das sieht ein Blinder … und du ihn ebenso.«

Electra wollte etwas erwidern, doch ihre Freundin wedelte energisch mit der Hand.

»Versuch gar nicht erst, es zu leugnen!«

»Geht's noch ein bisschen lauter?«, zischte Electra.

»Jederzeit. Wie kann man sein Glück einfach so wegwerfen?« Kate schüttelte den Kopf. »Ich würde ihn mit Kusshand nehmen. Hast du gesehen, was für Bizepse der Junge hat?« Sie seufzte.

»Du bist unmöglich«, erwiderte Electra. »Er wird mich irgendwann vergessen und …«

»Ach, jetzt fühlst du dich vermutlich auch noch als seine Retterin, was? Die gute Electra verzichtet heroisch auf ihr Glück zum Wohle des armen Nelson, damit er ein glückliches Leben führen kann. Sorry, aber das finde ich echt zum Kotzen!«

Electra sah Kate schockiert an. Wie redete sie denn mit ihr? War sie verrückt geworden?

»Ich …«

»Tut mir leid«, unterbrach Kate sie. »Aber ich mag deine Rechtfertigungen jetzt nicht hören. Sie machen mich nur wütend. Ich brauche noch ein Pint!«

Mit diesen Worten stand sie auf und ging zur Bar hinüber.

Electra schaute ihr perplex hinterher, und plötzlich füllten sich ihre Augen mit Tränen. Natürlich liebte sie Nelson. Sie wollte einfach nur sein Leben nicht ruinieren. Er hatte wegen ihr schon so viel durchgemacht. Vielleicht sah er es jetzt noch nicht ein, dass sie nicht gut für ihn war, aber irgendwann bestimmt.

* * *

»Wartet hier, ich hole den Wagen.«

Richard Travelian schlug den Mantelkragen hoch und bog um die Hausecke. Nelson und seine Mutter drängten sich eng in den Eingang des Pubs, um dem eisigen Wind zu entgehen.

»Es tut mir leid«, sagte Lydia unvermittelt.

»Was denn?«

Sie wies mit dem Kinn zum Pub. »Ich merke doch, wie du sie ansiehst.«

Nelson zuckte mit den Schultern. »Schon okay, ich werd's überleben.«

Seine Mutter nickte und rieb sich die Arme. »Und es gibt …« Sie brach ab. »Ich meine, ist es wirklich sicher, dass auch sie dieses mutierte Gen hat?«

Wieder zuckte er mit den Schultern. »Sie sprach davon, sich testen zu lassen. Und da sie uns keine Chance mehr geben will, nehme ich an, der Test war positiv.«

»Verstehe.« Seine Mutter seufzte. »Ihr hättet ein hübsches Paar abgegeben. Doch manchmal soll es eben nicht sein.«

»Das hilft mir ungemein, danke, Mum.«

Lydia lachte. »Entschuldige, aber es ist auch für uns nicht einfach, dich so leiden zu sehen.«

In diesem Moment fuhr sein Vater um die Ecke und beendete das Gespräch. Zum Glück. Nelson hatte wirklich keine Lust, sich von seiner Mutter trösten zu lassen.

Lydia öffnete die hintere Wagentür für ihn. Er warf zuerst seine Krücken auf den Sitz und hielt sich dann am Dach fest, um einzusteigen.

»Entschuldigen Sie, wenn ich Sie einfach so anspreche. Ich kenne Sie aus der Zeitung. Sie sind doch der Mann aus Devon, der in die Grube gestürzt ist, nicht wahr? Findet hier zufällig der Leichenschmaus für Undine Green statt?«

Nelson drehte sich um. Hinter ihm stand eine Frau mittleren Alters mit einem strengen Haarknoten. Sie trug ein schwarzes Kostüm und fror sichtlich. Er hatte den Eindruck, sie schon einmal gesehen zu haben, wusste aber nicht mehr, wo.

»Ja«, sagte er, »gehen Sie nur rein, die Trauergäste sind alle noch da.« Er hüpfte auf seinem gesunden Bein näher zum Wagen und versuchte erneut, einzusteigen.

Die Frau sah mit gefurchter Stirn zur Eingangstür des Pubs. Offensichtlich konnte sie sich nicht entscheiden, ob sie reingehen sollte oder nicht. Und jetzt erinnerte er sich auch wieder, wo er sie schon gesehen hatte. Sie war auf dem Friedhof gewesen, hatte jedoch etwas abseits gestanden. Seltsam. Wieso war sie auf Undines Beerdigung, wusste aber nicht, wo der Leichenschmaus stattfand?

»Haben Sie Undine Green gekannt?«, fragte er.

Vielleicht war sie eine hiesige Bekannte von Electras Eltern. Oder sie hatte die Familie in Devon kennengelernt. Wobei er ihren Akzent eher dem Südwesten zuordnete.

Die Frau drehte sich wieder zu ihm um und schien plötzlich verlegen.

»Ja und nein«, sagte sie. Dann warf sie erneut einen Blick über ihre Schulter.

Nelson beschlich das Gefühl, dass sie einen inneren Kampf ausfocht. Und was sollte dieses Ja und Nein bedeuten?

»Steig ein, Junge, es zieht!«, murrte sein Vater.

»Oh, entschuldigen Sie«, sagte die fremde Frau hastig. »Ich wollte Sie nicht aufhalten.«

Nelson beugte sich ins Innere des Wagens. »Dad, können wir noch ein wenig bleiben?«

Sein Vater drehte den Kopf. »Weshalb denn?«

Nelson antwortete ihm nicht, sondern wandte sich an die fremde Frau. »Gleich um die Ecke gibt es einen anderen Pub. Wollen wir uns dort hinsetzen und Sie verraten mir, woher Sie Undine kennen?«

* * *

Nach anderthalb Stunden war vom Buffet kaum noch etwas übrig. Der Kaffee wurde serviert, dazu gab es Kekse und Kuchen, und das eine oder andere Schnäpschen fand ebenfalls einen Abnehmer. Danach erhoben sich die Anwesenden, holten ihre Jacken und Mäntel und verabschiedeten sich.

Electra atmete auf. Sie fühlte sich erschöpft und wollte nur noch nach Hause und die Füße hochlegen. Kate hatte nach ihrem Streit kaum noch ein Wort mit ihr gewechselt und sich bald darauf mit einer Ausrede verabschiedet.

Electra griff seufzend nach ihrer Handtasche. Hatte ihre Freundin möglicherweise recht und sie brachte ein heldenhaftes

Opfer, das vollkommen nutzlos war? Aber hatte sie wirklich das Recht, Nelson ein Leben ohne leibliche Kinder aufzuzwingen? Zwar beteuerte er jetzt, dass ihm das nicht wichtig sei, doch wer garantierte ihr, dass er seine Meinung später nicht änderte und ihr deswegen Vorwürfe machte? Das wäre für sie schlimmer, als ihn nie mehr zu sehen. Nein, sie handelte schon richtig, auch wenn es so verdammt wehtat.

Sie holte ihren Mantel von der Garderobe, zahlte die Rechnung an der Bar und steuerte auf den Ausgang zu. Ihr Handy klingelte.

Als sie den Namen auf dem Display erkannte, war sie im ersten Moment versucht, einfach nicht ranzugehen. Sie hatte keine Energie mehr, um weitere Debatten zu führen, deshalb drückte sie den Anruf weg. Nach ein paar Sekunden klingelte es erneut.

Sie stieß resigniert die Luft aus und meldete sich. »Nelson, was willst du?«

»Leg jetzt bitte nicht auf!«

Seine Stimme klang aufgeregt. War ihm und seinen Eltern etwas passiert?

»Was ist? Geht's dir gut?«

Er lachte, was ihre Verwirrung vergrößerte. »Es ging mir noch nie besser! Bist du noch im King's Arms?«

»Ja, aber ich wollte gleich los. Was ist denn?«

»Electra, bei allem, was mir heilig ist, bitte ich dich, jetzt sofort ins White Horse zu kommen.«

»Der Pub um die Ecke?«

»Genau.«

»Was tust du denn dort? Ich dachte, ihr seid schon auf halbem Weg nach Exeter.« Wieder lachte er und sie wurde langsam ärgerlich. »Hör zu, Nelson, ich bin müde und …«

»Electra, komm bitte in den Pub. Ich muss dir jemanden vorstellen.« Als sie lediglich tief seufzte, fügte er hinzu: »Jemanden, der Undine gekannt hat.«

47

Das White Horse war eingeklemmt zwischen dem Blackwell-Musikladen und einer Buchhandlung. Electra stand einen Augenblick vor der Tür und starrte auf das Pubschild mit dem weißen Pferd drauf.

Nelson hatte ihr partout nicht verraten wollen, wer denn diese ominöse Person sei, die Undine gekannt haben wollte, und einen Moment dachte Electra, dass er sie vielleicht angeschwindelt hatte, um eine Möglichkeit zu finden, mit ihr allein zu sein.

Doch sie verwarf den Gedanken gleich wieder. Lydia und Richard Travelian würden ihrem Sohn so eine List nicht erlauben. Oder hatten sie Nelson in Oxford zurückgelassen, damit …? Nein, auch das schien ihr unrealistisch.

Doch woher kam dann plötzlich jemand, der behauptete, ihre Schwester gekannt zu haben? Ein Hochstapler? Es gab ja immer wieder Berichte darüber, dass sich Leute an Hinterbliebene heranmachten und irgendwelche haarsträubenden Geschichten über die Verstorbenen erfanden. Meist ging es dabei um Geld, auf das diese Leute spekulierten. Aber Electra besaß kein Geld. Und woher hatte diese Person eigentlich von ihrer Schwester erfahren? Electra erinnerte sich an die vielen Artikel in der Boulevardpresse. Darin waren ihrer aller Namen genannt worden, obwohl es eigentlich so etwas wie Schutz der persönlichen Daten geben sollte. Doch offenbar interessierte sich in der englischen Presse niemand dafür, außer man war ein Mitglied der königlichen Familie.

Oder wollte sich diese fragwürdige Person einfach an Electras Schmerz weiden? Sie fröstelte plötzlich. Hatte sie denn nicht schon genug durchgemacht? Aber wieso sollte Nelson auf einen Trickbetrüger hereinfallen? Er und seine Eltern waren ihr immer als praktische Menschen mit gesunder Menschenkenntnis erschienen. Ob vielleicht doch etwas dran war? Wie sie es drehte und wendete, es gab nur eine Möglichkeit, es herauszufinden.

Sie atmete tief durch und betrat den Pub.

Das White Horse unterschied sich nicht von all den anderen Kneipen in Oxford. Niedrige Decke, viel Holz und eine Bar, die den gesamten Raum dominierte. Es roch nach Bratfett und Fisch. Sie sah sich suchend um und entdeckte Nelson, der ihr vom hintersten Tisch aus hektisch zuwinkte. Dabei strahlte er übers ganze Gesicht. Neben ihm saßen Lydia und Richard, die ihr mit einem seltsamen Gesichtsausdruck entgegensahen. Als könnten sie kaum glauben, dass sie wirklich gekommen war. Eine weitere Person saß mit dem Rücken zu Electra an dem Tisch. Sie erkannte nur einen grauen Haarknoten über einer dunklen Kostümjacke. Also eine Frau. Erstaunlich. Sie hatte bei »Person« automatisch an einen Mann gedacht.

Die Frau wandte sich um, und Electra stutzte. Diese Dame war doch auch auf dem Friedhof gewesen. Wie kam die jetzt hierher? Und warum? Als sie Electra erblickte, lächelte sie scheu und winkte zögerlich.

Electra straffte die Schultern und ging an der Bar vorbei zu dem Tisch, an dem alle auf sie zu warten schienen.

»Darf ich dir Harriet Price vorstellen?« Nelson wies auf die Fremde, die in den Fünfzigern sein mochte. Electra musterte ihr Gesicht, war sich aber sicher, dass sie sie vor dem Begräbnis noch nie gesehen hatte.

»Ms Price, das also ist Electra Green.«

Die Frau streckte die Hand aus. »Sehr erfreut, Sie kennenzulernen.«

Electra beobachtete die Fremde einen Augenblick. Sie sah nicht so aus, als hätte sie die Absicht, Geld zu schnorren, und noch weniger, als wolle sie sich an ihrem Schmerz ergötzen. Aber das konnte natürlich täuschen. Im Grunde sah sie eher … ja, was … schuldbewusst aus?

Sie schüttelten sich kurz die Hände. Auch in unerquicklichen Situationen konnte man schließlich höflich bleiben.

»Sie kannten also meine Schwester?«, begann Electra das Gespräch. Ihre Lust auf Small Talk hielt sich in Grenzen, sie wollte die Sache so schnell wie möglich hinter sich bringen. Vielleicht handelte es sich ja auch bloß um ein Missverständnis.

Harriet Price nickte verhalten. »Nun ja, kennen würde ich nicht direkt sagen.« Sie stockte.

Electra warf Nelson einen gequälten Blick zu. Für das also hatte er sie hergelockt? Doch er wirkte nicht im Mindesten betroffen, sondern grinste nur weiter dämlich vor sich hin. Langsam wurde sie wirklich wütend.

»Hören Sie, Ms Price. Ich habe heute meine Schwester bestattet, bin müde und bekomme vermutlich gleich Migräne. Sie entschuldigen also, wenn ich etwas ungeduldig bin und keine Lust auf Spielchen habe. Ich …«

»Undine war nicht Ihre Schwester, Ms Green«, unterbrach Harriet sie mit erstickter Stimme.

Einen Moment verschlug es Electra die Sprache, dann schnaubte sie empört. »Netter Witz, danke! Sie entschuldigen, wenn ich darüber nicht lachen kann.« Sie stand auf, doch Nelson hielt sie am Handgelenk fest.

Sie funkelte ihn wütend an. »Lass mich sofort los, du …«

»Electra.« Lydia Travelian sah sie bittend an. »Hören Sie sich an, was Ms Price zu sagen hat. Ihre Zukunft und die meines Sohnes könnten davon abhängen.«

Electra riss sich von Nelson los, setzte sich aber wieder hin und schlug die Beine übereinander.

»Also dann«, sagte sie kühl, »ich höre.«

Harriet Price knetete ihre Hände, öffnete den Mund, schloss ihn aber wieder.

Nelson sprang helfend ein. »Erzählen Sie Electra einfach dasselbe, was Sie uns berichtet haben. Nur zu, niemand wird Ihnen einen Vorwurf machen.«

Electra schaute ihn verblüfft an, doch er sagte nichts mehr, grinste nur weiterhin, als wäre das alles eine wunderbare Komödie. Sie würde ihn später gehörig zusammenstauchen.

»Nun gut.« Harriet Price räusperte sich. »Ich muss ein wenig ausholen, denn schließlich ist das alles schon so lange her. Und ich würde es verstehen, Ms Green, wenn Sie dann wütend auf mich sind, aber …« Sie brach ab und zuckte mit den Schultern. »Es war damals auch für mich nicht einfach, und letztendlich habe ich es erst erfahren, als es schon zu spät war.«

Sie griff nach dem Glas Mineralwasser auf dem Tisch und nahm einen großen Schluck.

»Alles begann am Weihnachtstag im Jahr 1988, als meine Schwester Ruby bei mir vor der Tür stand. Sie sah schrecklich aus. Die Kleider zerrissen, die Haare fettig und strähnig, dünn wie Wassersuppe … und mit einem dicken Bauch.«

48

Canterbury, 14. Februar 1989

»Nettie, es ist was passiert.«

Harriet seufzte. Es war schon schlimm genug, dass sie am 14. Februar kein Date hatte, aber dass Ruby sie ständig beim Fernsehen störte, ging ihr gehörig auf den Senkel. BBC Two zeigte den Film *The Captain's Paradise* mit Alec Guinness, und gerade kam die beste Szene, nämlich die, in der Maud ihren ehebrecherischen Ehemann überraschend in Marokko besucht und dabei prompt Nita in die Arme läuft.

»Was ist passiert?«, blaffte sie ihre jüngere Schwester an und stellte den Fernseher leiser, ohne jedoch den Blick vom Bildschirm zu wenden.

»Ich glaube, das Baby kommt.«

Harriet wirbelte herum. »Jetzt schon? Aber es ist noch zu früh. Bist du sicher?«

Ihre Schwester zuckte mit den Schultern. »Keine Ahnung. Doch wenn es dir warm das Bein hinabrieselt, ist das vermutlich ein eindeutiges Zeichen, oder?«

Ruby hatte in den zwei Monaten, in denen sie jetzt bei Harriet wohnte, etwas an Gewicht zugelegt. Zwar war sie immer noch so dünn wie ein Grashalm und ihr Bauch wirkte dadurch noch größer, als hätte sie eine Melone verschluckt, aber sie sah besser aus. Wegen der fahlen, unreinen Haut, den dunklen Ringen unter den Augen und ihren Stimmungsschwankungen vermutete Harriet jedoch, dass sie immer noch Drogen konsumierte. Wie sie sich das Geld dafür beschaffte, wollte sie lieber nicht wissen. Ruby hatte einmal beiläufig erwähnt, dass es Männer gebe, die auf Sex mit Schwangeren standen. Danach hatte Harriet das Thema nie wieder angeschnitten. Auch nach dem Vater des Babys hatte sie nie gefragt. Wahrscheinlich irgendeine flüchtige Bekanntschaft. Da Ruby selbst nie auf den Erzeuger zu sprechen kam, vermutete Harriet, dass er von seinem Glück nichts wusste. Oder es ihm egal war.

»Dann pack deine Tasche und wir fahren ins Krankenhaus«, rief sie und sprang vom Sofa auf.

Im Kent & Canterbury Hospital roch es nach Reinigungsmitteln und nasser Wolle. Draußen regnete es in Strömen, und Harriet und Ruby waren auf dem Weg vom Parkplatz bis zum Eingang vollkommen durchnässt worden. An diesem Dienstagabend befanden sich kaum Patienten im Eingangsbereich, nur Schwestern auf dem Weg zum Dienst schüttelten ihre nassen Schirme an der großen Eingangstür aus.

Harriet trat an die Anmeldung und erklärte, weshalb sie hier waren. Die Angestellte in dem weißen Kittel warf einen flüchtigen Blick auf Ruby, die Kaugummi kauend auf einem der Plastikstühle Platz genommen hatte und sich die nassen Haare aus der Stirn strich.

»In welchen Abständen kommen die Wehen?«

»Ich weiß nicht«, gestand Harriet, »aber sie hat schon das Fruchtwasser verloren.«

Die Angestellte nickte und reichte ihr ein Klemmbrett mit einem Formular. »Füllen Sie das bitte aus, und ich rufe in der Zwischenzeit einen Arzt.«

Harriet setzte sich zu Ruby und widmete sich dem Anmeldeformular.

»Ich nehme nicht an, dass du krankenversichert bist, oder?« Ruby warf ihr einen gelangweilten Blick zu. »Also nein.« Harriet trug das Geburtsdatum ihrer jüngeren Schwester ein. Sie war am zweiten Weihnachtstag zwanzig geworden. Ein Weihnachtsgeschenk, wie ihre Mutter immer gesagt hatte. Nun ja, da konnte man geteilter Meinung sein. »Nimmst du Medikamente? Oder … Drogen?«

»Was soll der Scheiß, Nettie!« Ruby wirkte jetzt wirklich empört. »Natürlich nicht! Ich habe aufgehört, als ich von dem Baby erfuhr.«

Harriet senkte den Blick. Sie glaubte ihr kein Wort, kreuzte aber brav Nein an.

»Sonstige Gebrechen?«

»Eine nervige Schwester.«

Harriet schluckte trocken. Am liebsten hätte sie Ruby das Klemmbrett vor die Füße geworfen und sie hier zurückgelassen. Das hatte sie nun davon, sie aufgenommen zu haben.

Plötzlich krümmte sich Ruby zusammen. »Verflucht!«, keuchte sie.

»Ein Arzt kommt gleich«, versuchte Harriet sie zu beruhigen und warf der Angestellten hinter der Anmeldung einen verzweifelten Blick zu.

»Der soll sich mal beeilen«, stieß Ruby hervor. »Das Ding muss endlich raus!«

In Rubys Zimmer auf der Wöchnerinnenstation befand sich noch eine andere Frau. Sie schlief, ebenso ihr Baby, das in einem kleinen Gitterbett an ihrer Seite lag, als man Ruby nach drei Stunden hereinrollte. Der Arzt hatte sich für einen Kaiserschnitt entschieden, als die Herztöne des Kindes plötzlich unregelmäßig wurden. Ruby war wach, wirkte jedoch desorientiert. Auf die

Frage der Krankenschwester, wie das kleine Mädchen denn heißen sollte, hatte sie im Kreißsaal nur mit einem Achselzucken reagiert und Harriet angesehen.

»Lilly Price«, hatte Harriet darauf gesagt und sich den Mundschutz vom Gesicht gezogen. »Nach unserer Mutter.«

Sie hatte Ruby in den Kreißsaal begleitet, weil man sie gefragt hatte, ob sie das möchte, und es ihrer Schwester offenbar egal gewesen war. Und Harriet war so neugierig gewesen, dass sie spontan genickt hatte.

Die kleine Lilly war ein schmächtiges Baby. Sie war ganz blau, als sie der Arzt aus Ruby herausgeholt hatte, und Harriet war regelrecht schlecht geworden. So viel Blut! Im ersten Moment dachte sie sogar, dass Lilly nicht mehr lebte. Aber dann hatte sie zu weinen angefangen und alle im Kreißsaal wirkten erleichtert.

Außer Ruby. Die hatte ihre Tochter nicht einmal angesehen und wollte sie auch nicht in den Arm nehmen, was die Krankenschwestern ziemlich irritierte. Also hatte Harriet bei der Erstversorgung geholfen, hatte zugesehen, wie man Lilly wog und ihre Größe notierte. Sie hatte sie sogar waschen dürfen.

Jetzt schlief die Kleine in einem Gitterbettchen, das man neben Rubys Bett rollte, und Harriet betrachtete voller Ehrfurcht das neue Menschenkind. Sie hätte nie gedacht, dass sie mal Tante sein würde. Von dem Wunsch, selbst Mutter zu werden, hatte sie sich schon vor Jahren verabschiedet, und vielleicht hatte Lilly ja Glück und …

»Nettie?«

Harriet nahm sich einen Stuhl und setzte sich an Rubys Bett. »Wie fühlst du dich?«, fragte sie.

Ihre Schwester sah sie aus glasigen Augen an. Man hatte ihr für den Kaiserschnitt eine Spinalanästhesie verabreicht, um den Unterleib schmerzunempfindlich zu machen.

»Beschissen«, nuschelte Ruby. »Ich habe Lust auf eine Kippe.«

Harriet schüttelte den Kopf. »Man darf im Krankenhaus nicht rauchen, Ruby. Das weißt du doch. Es geht dir bald besser, dann kannst du aufstehen und …«

»Jaja«, maulte Ruby.

»Möchtest du Lilly auf den Arm nehmen?«

Als Antwort drehte ihre Schwester den Kopf zur Seite und Harriet seufzte.

Wie sollte Ruby sich bloß um das Baby kümmern? Sie konnte sich ja nicht einmal um sich selbst kümmern. Vermutlich würde Harriet einspringen müssen. Der Gedanke war erschreckend und im gleichen Moment auch beglückend. Sie hatte Kinder immer gemocht und vielleicht hatte ihr Gott mit diesem Baby ein Geschenk gemacht. Sie lächelte.

»Ich will jetzt schlafen«, sagte Ruby.

»Sicher, ruh dich aus. Ich gehe kurz in die Cafeteria und hole mir einen Kaffee. Bis später.«

Sie erhob sich und verließ leise das Krankenzimmer.

Electra sah Ms Price mit gerunzelter Stirn an. »Wieso erzählen Sie mir das alles?«, fragte sie.

Als Harriet den Namen des Krankenhauses erwähnt hatte, war Electra ein kalter Schauer über den Rücken gestrichen. Offenbar war die zweite Frau in dem Krankenzimmer ihre eigene Mutter gewesen. Schließlich war der 14. Februar auch der Geburtstermin von Undine. Doch je mehr Ms Price berichtete, desto verwirrter wurde Electra. Wie hing das alles zusammen?

Harriet zupfte an ihrem Haarknoten herum. »Ich komme gleich zur Sache«, sagte sie. »Ich wollte nur etwas weiter zurückgreifen …« Sie brach ab. »Nun ja, damit Sie verstehen, was danach geschehen ist.« Sie schaute Nelson an, der ihr aufmunternd zunickte.

»Warte ab«, sagte er zu Electra. »Du wirst es bald verstehen.«

Canterbury, 14. Februar 1989

Harriet suchte die Toilette auf und ging danach ins Erdgeschoss. Die Cafeteria hatte bereits geschlossen, also zog sie am Automaten einen Kaffee, der nach nichts schmeckte, aber immerhin heiß war. Sie setzte sich auf einen Stuhl in der Nähe des Eingangs und fuhr sich über die müden Augen.

Wie sollte sie Lilly aufziehen? Ihr Gehalt als Angestellte im Souvenirshop der Canterbury-Kathedrale reichte nur knapp für sie selbst. Sie müsste ihre Nichte tagsüber in eine Krippe geben oder eine Tagesmutter finden. Auch das kostete Geld. Ob sie von der Stadt Unterstützung verlangen konnte? Vielleicht sollte sie Ruby doch nach dem Erzeuger fragen. Schließlich war der Vater unterhaltspflichtig. Aber wenn es einer ihrer Junkie-Kumpels war, dann …

Plötzlich brach Hektik in der Eingangshalle aus. Zwei Ärzte und drei Schwestern rannten zu den Aufzügen. Die Angestellte hinter der Theke warf Harriet einen besorgten Blick zu. Ihr wurde eiskalt.

Sie warf den noch halb vollen Plastikbecher in einen Mülleimer und hastete zur Empfangstheke.

»Ist etwas mit meiner Schwester?«, fragte sie atemlos.

Die Angestellte wirkte betroffen. »Es gab eine Komplikation«, sagte sie und griff nach dem Telefonhörer. »Bleiben Sie bitte hier. Man wird Sie so bald wie möglich benachrichtigen.«

Doch Harriet hörte ihr schon nicht mehr zu. Sie lief zum Treppenhaus, rannte die Treppe hinauf in den zweiten Stock und den Flur entlang. Über der Tür zum Zimmer ihrer Schwester leuchtete ein rotes Lämpchen. Ohne darauf zu achten, riss sie die Tür auf.

Im Krankenzimmer befanden sich der Arzt, der Rubys Kind auf die Welt geholt hatte, ein anderer Mediziner und mehrere Krankenschwestern. Sie alle standen um das Gitterbettchen von Lilly herum. Wortfetzen drangen an Harriets Ohr: Atemstillstand! Reanimation! Intubieren!

Dann ging alles sehr schnell. Eine Schwester schubste Harriet regelrecht zur Seite und Lillys Bettchen wurde eiligst aus dem Zimmer geschoben. Sie konnte nur noch einen flüchtigen Blick auf ihre Nichte werfen, die seltsam blass aussah. Dann fiel die Tür ins Schloss.

Harriet stand wie versteinert da. Die Frau im Nebenbett weinte leise und strich dabei ihrem eigenen Kind immer wieder sanft übers Köpfchen. Ruby starrte Harriet bloß an. Sie wirkte alles andere als entsetzt.

»Was …?«, fragte Harriet.

»Sorry, Nettie. Das Baby ist gerade gestorben.«

Electra starrte Ms Price bestürzt an. »Das tut mir sehr leid«, sagte sie.

Ms Price holte ein Taschentuch aus ihrer Handtasche und tupfte sich damit über die geröteten Augen. »Danke«, schniefte sie. »Es war ein solcher Schock.« Sie schüttelte den Kopf.

Nelson griff nach Electras Hand. Seine Finger waren warm und vertraut, sie ließ es geschehen.

»Hat man herausgefunden, was Lilly fehlte?«, fragte sie.

Ms Price schüttelte den Kopf. »Das gibt es manchmal, dass Babys im Schlaf einfach aufhören zu atmen.« Sie hob den Blick. »Das Schlimmste für mich war jedoch, dass es Ruby vollkommen egal zu sein schien. Nach ein paar Tagen ist sie aus dem Krankenhaus verschwunden. Nicht mal zur Beerdigung ihres

Kindes ist sie gekommen. Ich habe sie dann über vier Jahre lang nicht mehr gesehen.«

Electra schluckte. Was für eine Tragödie! Doch noch immer wusste sie nicht, weshalb Ms Price ihr das alles erzählte.

»Haben die Herrschaften noch einen Wunsch?« Die gesamte Tischrunde sah den Kellner fassungslos an, der unsicher einen Schritt zurücktrat. »Ich meine ja nur«, sagte er verdattert.

»Gute Idee«, erwiderte Richard Travelian. »Lydia, noch einen Tee?« Seine Frau nickte. »Nelson?«

»Ich nehme ein kleines Bier.«

»Für mich auch«, meinte Richard. »Es sieht nicht so aus, als ob wir heute noch nach Exeter kommen, also kann ich mir eins gönnen. Electra? Ms Price?«

»Für mich ein Bitter Lemon«, sagte Electra.

Ms Price schüttelte den Kopf.

»Kommt sofort.« Der Kellner verschwand, und einen Moment lang schwiegen alle. Erst als die Getränke serviert worden waren, ergriff Ms Price wieder das Wort.

»Wie gesagt, ich habe Ruby danach vier Jahre nicht gesehen, wusste nicht, ob sie noch lebte oder wo sie sich herumtrieb. Dann, eines Tages, es ging wieder auf Weihnachten zu, rief die Polizei mich an.«

Dezember 1993

»Harriet Price am Apparat.«

»Ms Price, hier spricht DS Cliff Webster von der Metropolitan Police in London. Kennen Sie eine Ruby Price?«

Harriets Herzschlag setzte aus. »Das ist meine Schwester. Ist etwas mit ihr?«

»Wie schnell können Sie nach London kommen, Ms Price?«

»Man hat sie im Vorort Temple Park aufgegriffen«, sagte die Krankenschwester des Hospizes und kontrollierte dabei die Infusion, aus der eine klare Flüssigkeit in Rubys entsetzlich dünnen Arm tröpfelte. »Wir geben ihr Morphium. Ich lasse Sie jetzt mit Ihrer Schwester allein.«

Harriet stellte einen Stuhl neben das Bett. Die Situation erinnerte sie schmerzlich an die Nacht, in der Lilly geboren worden und kurz darauf gestorben war. Ruby, so hatte ihr die Krankenschwester erzählt, würde ihrer Tochter bald folgen.

Von dem einst so hübschen Mädchen, das Ruby gewesen war, war nichts mehr übrig. Sie war bis auf die Knochen abgemagert, hatte seltsame Flecken auf der Haut, und die geschlossenen Augen lagen tief in den Höhlen. Ihre wundervollen Haare hatte man – oder sie? – raspelkurz abgeschnitten.

Harriet kamen die Tränen. Die Schwester hatte ihr erklärt, woran Ruby litt. Eine Immunschwächekrankheit namens AIDS. Harriet hatte davon schon gelesen, sich jedoch nie näher dafür interessiert. Aber sie wusste, dass diese Seuche unweigerlich zum Tod führte, weil es keine Medikamente dagegen gab.

»Ach Ruby«, schniefte sie leise und suchte in ihrer Manteltasche nach einem Taschentuch.

»Nettie?«

Harriets Kopf schnellte hoch. Ihre Schwester hatte die Augen aufgeschlagen. Sie hatten jeden Glanz verloren. Rubys Blick irrte umher, daher griff Harriet nach ihrer Hand.

»Ich bin hier, Schatz«, flüsterte sie. »Es wird alles wieder gut.«

Einen Moment sah sie in Rubys Gesicht diesen überheblichen Gesichtsausdruck, den sie von früher kannte, dann verschwand er wie von Geisterhand und zurück blieb eine sterbende Gestalt, die vor langer Zeit ihre kleine Schwester gewesen war.

»Du bist so eine schlechte Lügnerin«, sagte Ruby matt.

Harriet ging nicht weiter darauf ein. »Hast du Schmerzen?«

»Nein, nicht mehr. Das ist schön.«

Ruby versuchte, den Kopf zu heben, war aber zu schwach dazu.

»Kann ich etwas für dich tun? Hast du Durst? Soll ich die Schwester holen?«

Harriet machte Anstalten aufzustehen, doch Ruby griff nach ihrem Handgelenk.

»Ich muss dir was sagen, Nettie«, flüsterte sie eindringlich, dann fiel ihre Hand kraftlos auf die Bettdecke zurück. »Es ist wichtig!«

»Natürlich, Schatz. Was denn?«

Ruby schloss die Augen wieder und Harriet glaubte schon, sie sei erneut eingeschlafen. Doch dann blinzelte sie.

»Ich will nicht sterben, ohne dass du es weißt«, sagte sie.

»Was soll ich wissen, Schatz?« Behutsam streichelte Harriet Rubys schlaffe Hand. Sie war erschreckend klein, wie die eines Kindes, und fühlte sich klamm an.

»Lilly«, hauchte Ruby. »Sie lebt.«

Harriet schluckte. Offenbar fantasierte ihre Schwester wegen des Morphiums. »Natürlich, mein Schatz. Sie lebt jetzt im Himmelreich, wo sie …«

»Nein!«, stieß Ruby keuchend hervor. »Sie ist am Leben. Damals im Krankenhaus … ist nicht Lilly gestorben, sondern das Baby der anderen Frau.«

Electra starrte Ms Price mit offenem Mund an. »Was sagen Sie da?«, krächzte sie.

Ms Price nickte. »Ich habe meiner Schwester zuerst nicht geglaubt. Eigentlich tat ich das nie und dachte, das wären nur die Auswirkungen der starken Schmerzmittel. Sie hat schon als Kind immer mal gerne geflunkert. Aber als ich vor ein paar Monaten die Meldungen über die Rettung von Nelson Travelian und Ihnen gelesen habe, kamen mir Rubys letzte Worte wieder in den Sinn.«

»Erzählen Sie Electra, was Ruby Ihnen am Sterbebett erzählt hat«, warf Nelson ein.

Electra sah ihn ungläubig an. Glaubte er etwa den Schwachsinn, den diese Frau verzapfte? Offenbar war sie doch eine von diesen erbärmlichen Personen, die aus dem Leid anderer Befriedigung zogen. Vielleicht hatte in einem Zeitungsartikel gestanden, wo Undine auf die Welt gekommen war, und vielleicht auch, an welchem Tag, und jetzt bastelte sich diese Harriet Price damit eine haarsträubende Geschichte zusammen. Welches Motiv dahintersteckte, konnte Electra nur vermuten. Möglicherweise war sie einsam und suchte nach einer Ersatzfamilie. Oder ging es doch ums Geld? Wollte sie sie erpressen?

»Ich denke, wir brechen hier ab«, stieß Electra unwirsch hervor. »Ich finde es abscheulich von Ihnen, wie Sie den Tod meiner Schwester für Ihre Geschichten missbrauchen.«

Ms Price zuckte zusammen, als hätte man sie geschlagen.

Richard Travelian räusperte sich. »Electra«, warf er ein. »Es ist ganz verständlich, dass Sie durcheinander sind. Doch hören Sie sich bitte auch noch den Rest der Geschichte an. Dann können Sie entscheiden, ob Sie Ms Price glauben oder nicht.«

Electra sah ihn fassungslos an. Waren denn alle verrückt geworden? Glaubten sie im Ernst, dass diese hanebüchene Story der Wahrheit entsprach?

Sie löste ihre Hand aus der von Nelson und verschränkte die Arme vor der Brust.

»Nun denn«, höhnte sie, »fahren Sie fort.«

Ms Price wirkte jetzt unsicher. Hektisch fummelte sie an ihrem Haarknoten herum. Man sah ihr an, dass sie sich meilenweit wegwünschte.

Gut, Electra hatte nicht vor, dieser Person auch nur ein Wort zu glauben. Vielleicht würde sie sie sogar anzeigen. Ellies Luther war zwar in Rente, würde ihr aber bestimmt einen Rat geben, wie sie gegen diese Frau vorgehen konnte.

»Ich habe gelesen«, begann Ms Price abermals, »dass Ihre Schwester zuerst auf dem Friedhof von Hollowhill bestattet worden ist.«

Electra nickte.

»Dorthin hat man früher Patienten gebracht, die an der Mondscheinkrankheit litten«, fuhr Ms Price fort.

Wieder nickte Electra. Was sollte das jetzt? Es war allgemein bekannt, dass das Sanatorium eine spezielle Abteilung für diese Krankheit unterhalten hatte.

»Ich weiß das«, sagte Ms Price, »weil meine zwei Brüder ebenfalls dort gestorben sind.«

Electra runzelte die Stirn.

»Ms Green, gab es jemals jemanden in Ihrer Familie, der an Xeroderma pigmentosum litt? Außer Ihrer Schwester?«

»Nein«, gab Electra zu. »Soweit ich weiß, nicht.«

»Und du hast dich bis jetzt nicht testen lassen, richtig?«, fragte Nelson.

Sie atmete tief durch. Die vergangenen Monate waren so turbulent gewesen, dass sie den Arztbesuch immer wieder hinausgeschoben hatte.

»Nein, noch nicht«, gab sie zu.

»Dann wage ich zu behaupten, dass, wenn Sie sich testen lassen, der Befund negativ ist.« Ms Price blickte ihr direkt in die Augen, ohne mit der Wimper zu zucken.

»Aber Undine … ich verstehe nicht«, stotterte Electra hilflos.

»Dann lassen Sie mich noch zu Ende erzählen, und Sie werden es.«

49

St Mungo's Hospiz, London, 1993

»Erinnerst du dich, dass du dir einen Kaffee holen wolltest, in der Nacht, als das Baby geboren wurde?« Rubys Stimme war kaum noch zu hören und Harriet beugte sich zu ihr hinunter.

»Ja, sicher.«

»Als du das Zimmer verlassen hast, ist die Frau im anderen Bett aufgewacht. Sie hat ihr Baby aus dem Gitterbett geholt und dann angefangen zu weinen. Ich habe ihr Kind nur kurz angeschaut und gewusst, dass es tot ist. Hab schon Tote gesehen, da war nichts mehr zu machen. Mir war gleich klar, was ich tun musste. Zuerst wollte sie nicht, hat geweint und den Kopf geschüttelt, doch ich habe auf sie eingeredet. Der perfekte Deal. Sie kriegt ein lebendes Kind und ich muss mich um keins kümmern. Sie ist dann aufgestanden, ich konnte ja nicht wegen dem Kaiserschnitt, und hat diese Plastikarmbänder getauscht. Die Strampler waren vom Krankenhaus und genau gleich. Die ganze Zeit hat sie geweint, aber als dann … Lilly neben ihrem Bett lag, hat sie gelächelt. Undine hat sie sie genannt. Bescheuerter Name. Danach habe ich dann geklingelt.«

Harriet starrte ihre Schwester entsetzt an. »Das ist nicht wahr, Ruby, oder?«

»Doch, Nettie. So ist es gewesen. Ehrenwort! Ich bin dann bald aus dem Krankenhaus abgehauen, weil mich das ständige Gejammer der Frau genervt hat. Sie wollte plötzlich alles gestehen … da dachte ich, es ist besser zu verschwinden, nicht, dass ich noch Ärger kriege.«

»Wie hieß denn die Frau?«

»Weiß ich nicht mehr. Ich glaube, es war der Name einer Farbe.«

»Black? Brown? White?«

»Keine Ahnung, spielt doch keine Rolle.«

Ruby keuchte. Ihr magerer Brustkorb hob und senkte sich hektisch.

»Ist schon gut, Schatz«, beschwichtigte Harriet sie.

Die Zimmertür ging auf und eine Krankenschwester steckte den Kopf herein. »Sie sollten jetzt gehen, Ms Price. Ihre Schwester braucht Ruhe. Kommen Sie morgen wieder.«

»Als ich am nächsten Tag ins Hospiz kam, war Ruby gestorben.« Ms Price seufzte tief. »Es war, als hätte die Beichte ihre letzten Reserven aufgebraucht. Ich bin dann später noch mal zum Kent & Canterbury Hospital gegangen und habe nach dem Namen der Frau gefragt, die mit Ruby im selben Zimmer lag. Aber man hat mir keinen sagen wollen. Patientenschutz. Und ehrlich gesagt habe ich auch nicht wirklich geglaubt, was Ruby mir erzählt hat. Es erschien mir einfach zu unwirklich. Erst als ich vor ein paar Monaten in der Zeitung die Artikel über Ihr Abenteuer auf dem Gelände von Hollowhill und dann noch diesen ungewöhnlichen Namen Undine gelesen habe, kam mir alles wieder in den Sinn. Ich habe Zeit gebraucht, um mich zu entscheiden, ob ich herkommen sollte. Als es dann kürzlich hieß, die Exhumierung und Überführung sei genehmigt worden, und ich nach einigem Herumtelefonieren einen redefreudigen Priester gefunden habe, der mir das Datum der

Bestattung verriet, habe ich all meinen Mut zusammengenommen. Immerhin handelt es sich bei den sterblichen Überresten um meine Nichte Lilly!«

Sie reckte für einen Moment trotzig das Kinn, ließ dann aber die Schultern gleich wieder sinken und sah Electra unsicher an.

Diese starrte sie nur an und stieß amüsiert die Luft aus. »Das ist ja wohl der größte Blödsinn, den ich je gehört habe«, erwiderte sie beißend. »Meine Mutter war eine untadelige Frau, sie hätte so einer Farce nie zugestimmt! Tauschen? Echt jetzt? Und im Krankenhaus hätten sie diesen … Babytausch bestimmt bemerkt.« Electra schnalzte abfällig mit der Zunge. »Und ihr alle«, sie fuchtelte mit der Hand Richtung Nelson und seiner Eltern. »Ihr glaubt den Schwachsinn noch?«

»Electra«, warf Lydia Travelian behutsam ein. »Wir …«

»Nein! Aufhören!«

Electra sprang auf, warf sich den Mantel über und stürmte aus dem Pub.

Gegenüber der Kirche St Mary Magdalen befand sich eine Bushaltestelle mit einer direkten Linie in die Banbury Road.

Electra trat fröstelnd von einem Fuß auf den anderen und sah ungeduldig zur Ecke, hinter der gleich ein grüner Bus auftauchen musste. Stattdessen entdeckte sie jedoch Nelson, der mit verbissenem Gesichtsausdruck der Schwerkraft trotzte. Er stöckelte mit seinen Krücken dermaßen eilig über den Bürgersteig, dass er immer wieder gefährlich schwankte.

»Electra, steig ja nicht in diesen Bus! Ich will mit dir reden!«, rief er, als der Autobus ihn im selben Moment überholte.

Was er sonst noch sagte, ging im Geräusch der pneumatischen Türen unter, die sich vor Electra öffneten. Der Fahrer sah sie fragend an, und als sie kurz den Kopf schüttelte, zuckte er mit den Schultern, schloss die Türen wieder und fuhr weiter.

Keuchend erreichte Nelson die Bushaltestelle.

»Danke«, sagte er, lehnte sich an eine Straßenlaterne und lockerte seine verkrampften Hände. »Ich würde jetzt zwar gerne etwas Witziges sagen, um die Stimmung aufzulockern, …«, begann er, »aber ich ärgere mich zu sehr über dich.«

Electra riss die Augen auf. »*Du* ärgerst dich über *mich*?«

»Ja, und zwar außerordentlich. Sag, was ist bloß mit dir los?!«

»Was mit mir los ist?«

»Wiederholst du jetzt etwa jeden meiner Sätze?« Er sah sie aus schmalen Augen an.

Electra war zu perplex, um auf diese Frechheit zu antworten. So hatte er noch nie mit ihr gesprochen.

Sie verstand die Welt nicht mehr. Die Travelians mochten ja unbedarft einer Hochstaplerin auf den Leim gegangen sein, ihr, Electra Green, würde das nicht passieren.

»Wenn das so ist, werde ich dich in etwa fünf Minuten von meiner Anwesenheit befreien«, erwiderte sie spitz. Und als sie seine gerunzelte Stirn bemerkte, fügte sie hinzu: »Dann kommt der nächste Bus.«

Nelson stieß seufzend die Luft aus. »Electra, nun denk doch mal darüber nach, was Ms Price' Geschichte bedeutet. Wir …«

»Sie bedeutet«, sagte Electra giftig, »wenn sie denn stimmt, was ich sehr bezweifle, dass ich heute ein wildfremdes Kind neben meinen Eltern begraben habe, die mich – und die ganze Welt dazu – belogen haben. Soll ich darüber etwa auch noch frohlocken?«

Er schüttelte den Kopf. »Nein, bestimmt nicht. Wir können nur mutmaßen, was deine Mutter dazu bewogen hat, bei diesem … Tausch mitzumachen. Vielleicht der Schmerz, dass ihre eben erst geborene Tochter einfach plötzlich starb. Meine Mutter meinte, man sei nach einer Geburt etwas durch den Wind. Die Anstrengung, der Schmerz, die Hormone und so weiter. Und wir werden auch nie erfahren, ob sie es deinem Vater vielleicht sogar verschwiegen hat. Du kanntest sie, kannst das also eher einschätzen. Aber jetzt weißt du wenigstens, wieso sie dir nie von Undine erzählt hat. Ich vermute, sie schämte sich oder hatte vielleicht auch Angst, dass das Ganze noch ein Nachspiel haben würde. Aber was viel wichtiger ist, wir wissen jetzt auch, weshalb dich deine Mutter nie über die Mondscheinkrankheit aufgeklärt hat. Aus dem einfachen Grund, weil du diese Krankheit gar nicht hast!« Er lächelte scheu. »Und das bedeutet, dass du problemlos eigene Kinder haben kannst. Entweder mit mir oder …«

Weiter kam er nicht, denn plötzlich begriff Electra, weshalb er im Pub die ganze Zeit so blöd gegrinst hatte. Und auch die Tragweite dessen, was Ms Price' Geschichte für sie und Nelson bedeuten könnte. Wenn sie denn stimmte.

»Electra …«

Nelson sah ihr beschwörend in die Augen, und etwas geschah in Electras Brust. Es war, als ob ein Knoten sich plötzlich löste. Sie wollte Harriet Price glauben. Sie wollte Nelson glauben.

Der nächste Bus kam, öffnete seine Türen und schloss sie wieder. Weder Electra noch Nelson merkten etwas davon. Sie vergaßen die Welt um sich herum bei einem langen und innigen Kuss.

Epilog

Der Frühling hatte Einzug gehalten. Anfang April hatte es praktisch zwei Wochen lang nur geregnet, doch jetzt strahlte die Sonne vom wolkenlosen Himmel und die Vegetation beeilte sich, das Verpasste nachzuholen. Es roch nach feuchter Erde und Hyazinthen.

Electra und Nelson betraten den Canterbury City Cemetery Hand in Hand durch das Haupttor in der Westgate Court Road. Den Wagen hatten sie bei Harriets Wohnung abgestellt und waren das kurze Stück zu Fuß gegangen. Nelson hinkte kaum noch. Laut dem Physiotherapeuten würde sich auch das bald legen. Der Patient sei, Zitat, praktisch so gut wie neu.

Vor ihnen ragte der dreigeschossige Turm mit dem spitzen Dach auf, der die zwei Kapellen miteinander verband und durch dessen Tor man das weitläufige Gelände betrat.

Electra zog den Zettel, den sie von Harriet erhalten hatten, aus der Handtasche. Es sei recht schwer, sich auf dem Friedhof zurechtzufinden, hatte sie gesagt und ihnen den Weg zum Grab aufgeschrieben. Begleiten wollte sie sie nicht. Sie hatte gemeint, sie sollten das erste Mal allein dorthin gehen.

»Nach rechts«, befahl Electra. »Wir müssen in den Teil, der mit ›Garten der Ruhe‹ bezeichnet wird.«

»Wie passend«, entgegnete Nelson amüsiert.

»Findest du das etwa witzig?« Ihre Stimme zitterte.

Er sah sie betroffen von der Seite an. »Entschuldige, das war nicht angebracht. Tut mir leid.«

Sie nickte flüchtig.

Electra hatte angenommen, dass ihr dieser Besuch in Canterbury nichts ausmachen würde, doch offenbar hatte sie sich getäuscht.

»Sorry, ich wollte dich nicht so anfahren«, sagte sie und drückte Nelson einen Kuss auf die Wange.

»Kein Thema«, erwiderte er und schenkte ihr ein Lächeln.

Schweigend folgten sie dem schmalen asphaltierten Weg, der sich unter mächtigen Nadelhölzern und Eichen hindurchschlängelte. Blaue, langstielige Blumen blühten in deren Schatten. Electra kannte diese Pflanze nicht, sie war aber hübsch anzusehen.

»Wusstest du, dass der Schriftsteller Joseph Conrad hier begraben ist?«

Nelson schüttelte den Kopf. »Ich weiß nicht mal, wer das ist.«

Sie blieb stehen. »*Spiel des Zufalls*? *Herz der Finsternis*? Hattet ihr das nicht in der Schule?«

»Ah, *dieser* Conrad! Nein, tut mir leid.« Er zwinkerte.

Sie seufzte. »Ich muss dir wohl mal einen Stapel Klassiker aus der Bibliothek mitbringen.« Er riss entsetzt die Augen auf und sie schmunzelte. »Immerhin lebst du jetzt in Oxford, da kannst du nicht so ungebildet herumlaufen.«

Er schnaubte beleidigt. »Alles klar, falls euch das nächste Mal ein Regal zusammenkracht, werde ich es mit einem Klassiker reparieren. Wer braucht schon einen Handwerker, wenn er belesen ist, nicht?«

»Touché!«

Seit letztem Monat wohnte Nelson bei Kate und ihr in der Banbury Road. Für drei Leute war die Wohnung eigentlich zu klein, doch sie verstanden sich super und hatten eine Menge Spaß zusammen. Sobald er aber eine feste Anstellung gefunden hatte, wollten sie sich etwas Eigenes suchen. Und vielleicht auch bald eine Familie gründen. Bis dahin schmiss Nelson, so gut er konnte, den Haushalt, reparierte Kleinigkeiten in dem alten Haus, was ihm den Dank von Kates Großvater und einen wöchentlichen Apfelkuchen der Witwe aus dem zweiten Stock einbrachte. Vielleicht, so hatte er verlauten lassen, würde er es sogar nochmals mit einem eigenen Betrieb versuchen. Er hatte ihr von Harry Madrigal und seinem Angebot erzählt. Nelson hatte ihn vor ein paar Tagen angerufen, und der Londoner Unternehmer war nach wie vor an nachhaltigem Bauen interessiert. Vielleicht, so hatte Nelson berichtet, würde der Mann eine Oxforder Niederlassung gründen und ihn als Geschäftsführer einstellen. Nächste Woche hatte er mit Madrigal einen Ortstermin für die Besichtigung eines hiesigen leer stehenden Gebäudes. Nicht so ein Ungetüm wie das Sanatorium, das war nicht mehr zu retten, aber auch ein großes Projekt, und Nelson sah mit Zuversicht in die Zukunft. Wegen seines gebrochenen Schienbeins hatte er seine Firma in Newton Abbot natürlich aufgeben müssen. Und ein wenig hatte Electra das Gefühl, dass ihm seine Verletzung das Scheitern seiner dortigen Selbstständigkeit leichter gemacht hatte.

»Hier sollte es irgendwo sein.« Sie schaute noch mal auf den Zettel. »Gleich daneben, hat Harriet gesagt, steht eine Bank.«

In diesem Teil des Friedhofs standen die Grabsteine verstreut und folgten keinem Muster. Es gab weder Reihen noch eine Anordnung, die einigermaßen logisch schien.

»Die Bank dort vielleicht?« Nelson wies mit der Hand auf eine Stelle, die geradezu mit diesen hübschen blauen Blumen überwuchert war und in deren Mitte eine Holzbank stand.

»Ich muss Harriet unbedingt fragen, was das für Pflanzen sind«, murmelte Electra. »Vielleicht haben wir ja mal einen Garten und …«

Nelson hatte recht, sie hatten den gesuchten Platz gefunden. Doch plötzlich überfielen Electra Zweifel. War das wirklich so eine gute Idee gewesen, herzukommen? Was erwartete sie von diesem Besuch?

»Ist was?« Nelson sah sie fragend an.

Sie schüttelte den Kopf. »Alles bestens.« Sie atmete tief durch. »Also dann.«

Der Grabstein war aus hellem Marmor gefertigt. Davor stand eine Blumenvase mit gelben Tulpen.

»Das Geheimnis der Liebe ist größer als das des Todes«, las Nelson vor. »Ein schöner Spruch. Und ja, ich weiß, er stammt von Oscar Wilde.«

Electra reagierte nicht auf seine Retourkutsche. Sie starrte auf den Schriftzug über dem Zitat: *Ruby und Lilly Price. Mutter und Tochter vereint.* Weder ein Geburts- noch ein Sterbedatum.

»Harriet sagte, dass sie den Grabstein nach Rubys Tod neu hat machen lassen«, bemerkte Electra tonlos. »Beide sind eingeäschert worden.« Sie wusste nicht, wieso sie Nelson das jetzt erzählte. Sie musste einfach etwas sagen, weil sie die Stille plötzlich nicht ertrug.

»Was wirst du tun?«

»Was meinst du?«

»Nun ja, im Grunde liegt hier ja nicht Lilly, sondern deine leibliche Schwester, die als Baby gestorben ist.«

Electra nickte und straffte die Schultern. »Nichts«, sagte sie schließlich. »Ich werde nichts tun. So wie auch Harriet nichts tun wird. Wir haben uns darauf geeinigt, alles so zu belassen.«

Nelson legte den Arm um Electras Schultern. »Eine weise Entscheidung. Niemandem wäre gedient, wenn die Wahrheit nach so langer Zeit ans Licht gezerrt würde.«

Sie nickte und öffnete ihre Handtasche. Die Wassernixe mit den langen blonden Haaren und dem pinken Fischschwanz saß auf einer Muschel und hielt ein Seepferdchen im Arm. Electra ging in die Hocke und legte das Spielzeug neben die Blumenvase.

»Es ist leider keine richtige Wassernixe, Undine, sondern nur etwas Kitsch, aber ich bin sicher, du wirst es mir nachsehen. Schlaf gut, kleine, große Schwester.«

Anmerkungen der Autorin

Die Personen und Handlungen dieser Geschichte sind frei erfunden. Etwaige Ähnlichkeiten mit lebenden oder verstorbenen Personen sind rein zufällig.

Das Gedicht am Anfang »Abschied ist ein Kreis« stammt aus meinem Gedichtband »Heut war mir so …«, ISBN-10: 148235067X.

Das Sanatorium Hollowhill sucht man in Devon vergebens, es ist meiner Fantasie entsprungen. Als Inspiration diente mir das Sanatorio del Gottardo in Piotta, einem Dorf im Bezirk Leventina im Norden des Tessins (Schweiz). Es wird allgemein als das »Geisterhaus der Schweizer Alpen« bezeichnet. Wenn Sie sich für solche leer stehenden Gebäude interessieren, schauen Sie es sich an, solange es noch steht.

Wie immer möchte ich meiner Lektorin Karla Schmidt für ihre Anregungen, Korrekturen und ihren herrlichen Humor danken. Mit ihr machen sogar die Lektoratsdurchgänge Spaß.

Ebenfalls ein herzliches Dankeschön an das gesamte Amazon-Publishing-Team, das mir stets mit Rat und Tat zur Seite steht.

Der größte Dank geht aber an Sie, liebe Leserinnen und Leser, dass Sie auch diese Reise mit mir und meinen Figuren gegangen sind. Ich hoffe natürlich, die Geschichte hat Ihnen gefallen und wir lesen uns bald wieder.

Besuchen Sie mich doch auf meiner Website www.margots-baumann.com, bei Facebook oder schreiben Sie mir auf Amazon eine Rückmeldung. Ich freue mich über jede Nachricht.

Herzlichst
Margot S. Baumann

Printed in Poland
by Amazon Fulfillment
Poland Sp. z o.o., Wrocław

59305755R00197